阿微木依萝等／著

中国新生代散文大展

八〇后卷

天津出版传媒集团
百花文艺出版社

图书在版编目（CIP）数据

中国新生代散文大展. 八〇后卷 / 阿微木依萝等著
. -- 天津 : 百花文艺出版社, 2019.1
ISBN 978-7-5306-7551-9

Ⅰ. ①中… Ⅱ. ①阿… Ⅲ. ①散文集-中国-当代
Ⅳ. ①I267

中国版本图书馆 CIP 数据核字(2018)第 246982 号

中国新生代散文大展·八〇后卷
ZHONGGUO XINSHENGDAI SANWEN DAZHAN BALINGHOU JUAN
阿微木依萝等著

出版人：张纪欣
选题策划：汪惠仁　张　森　　**封面制作：**蔡露滋
责任编辑：沙　爽　　**版式设计：**王宝萍
出版发行：百花文艺出版社
地址：天津市和平区西康路 35 号　**邮编：**300051
电话传真：+86-22-23332651（发行部）
+86-22-23332656（总编室）
+86-22-23332478（邮购部）
主页：http://www.baihuawenyi.com
印刷：山东临沂新华印刷物流集团有限责任公司
开本：787×1092 毫米　1/16
字数：285 千字
印张：22.5
版次：2019 年 1 月第 1 版
印次：2019 年 1 月第 1 次印刷
定价：58.00元

如有印装质量问题，请与山东临沂新华印刷物流集团有限责任公司联系调换
地址：山东省临沂市高新技术产业开发区新华路 1 号
电话：(0539)2925659　邮编：276017

目 录

阿微木依萝 作品

阿微木依萝，彝族，1982年生于四川凉山彝族自治州。自由撰稿人。小学毕业。2011年6月开始文学创作，2012年发表作品。主要创作小说和散文。作品发表于《钟山》《花城》《民族文学》《散文》《天涯》等刊。获第三届广东省“九江龙”散文优秀奖、第二届广东省有为文学奖等。

采玉者

尔嘎十七岁(我决定不告诉你他的真名),亚高原出生的肤质,使他差不多可以长成一个黑美的小伙子——我是说,假如他的眼睛不生病,看东西清楚并且是一对双眼皮美目,他可以初中辍学之后找到满意的工作,那样的尔嘎绝对不为生计所愁,他的长碎发飘在风中所映衬的那张脸,肯定给人黑美的感受。

你知道了,尔嘎是半瞎的人,他看东西模糊不明。

说来我已十年不见他,这位小青年的十七岁样貌在没有见到本人之前,我的想象中他是黑美的,是戴着左耳环和骑在一匹棕色马背上随时准备参加选美大赛的。

现在你可以确信,我已见到他。然而我不能保证这个人与早些时候一样好相处,他长大了,十年中我们的生活没有任何交集,天知道他有没有干过坏事,也或者因为眼睛看不清而成了极其虔诚的信徒。我断定跟他没什么共同语言,却又想见一面。

为了能在见面的时候找到一点儿共同的话题,我自然要加深记忆,回想这个人的从前。他母亲离家出走是万不能说,他父亲早亡更不能说,那么还有什么可说呢?我不知道。

然而见面的事情一点没有耽搁,是个下午,他从路那边突然走出来站在我眼前。十年不见,还是可以认出。由于见面仓促没有准备礼物,只好厚着脸皮走过去拿出做长辈的架子,高端端地喊了一声“尔嘎”。

“大姑。”他也喊我。他必须这么喊我。这称呼不代表我们是亲戚,但一个村的人都愿意攀亲带故。

“我的小侄儿,你都长这么高了。”我带出这份夸张又生硬的热情。

事实上他并没有长多高。

他站在风口上,身后的山包是枯黄的一片杂草,我的话在风声里小得听不见。他做出一个想听清楚的动作,而我却突然没了复述一遍的兴致。我们站的地方称为“干梁子”,十年了,它似乎还是十年前的风,吹起来没完没了,永远夹杂着山包上枯草和黄泥巴的味道,而这个地方没有树,只有灰尘和飞在风中的破胶纸。

我想到他的父亲。那个早亡人当年最爱领着尔嘎坐在风口上吹风。他是个喜欢吹大风的人。大风来的时候他甚至会张开双臂嘶吼,像个疯子又像个人形的老鹰。由于他这些举动至今不能从我的脑海消除,我便以为这个人没有死,只是飞走了。他走之后肯定不能随便回来,所以这些年等在风口上的尔嘎从来没有机会再见他的父亲。我猜测并且肯定他是在等待父亲,或者,至少是在这儿,他会觉得自己是个有父亲的人。想到这些我就没有勇气将他从风口处喊下来。

“风大。”

我走过去与他并肩坐着。

“风大。”

他扭头看我,回了句同样的话。

我们说完这句话沉默不言。他望着自己的脚尖,又时不时看向峡沟里卧着的集镇。

如果我说,他像一块黑色的石头,经过雕琢可以成为一块美玉,你当然不信。坐在风口上的人发质干燥,皮肤开裂,笑起来牙齿昏黄嘴唇扯出血丝,喉咙里嘶嘶得冒不出话,这些都不具备雕琢成为美玉的条件。他的旧房子在风口的转弯处,年迈的爷爷奶奶一有闲工夫就张嘴“捉捉捉”地唤鸡,这些都无法让他跳脱出来成为一块美玉。他生来就是他父亲那样的人,掉在闲杂的漩涡中不可分身,这样的人飞走了又会以别的方式回归,是命运般的被牵扯的风筝。

但我又觉得,他不是个喜欢吹大风的人。我在他的神色中捕捉到厌弃和不甘,挣扎和苦闷,他虽然站在风口假装很舒坦很平静,其实脚尖总是踮起来,是那种随时都可能跳开风口的站姿。于是我大着胆子跟他说,你可以将房子拢一拢,不要搞得整个山坡都像是你家的房子。你父亲是那样一个没有规划的人,他恨不得这个山都是他的,房子修得像蘑菇,这里一朵那里一朵。你应该修一座你喜欢的房子,稳稳地聚合起来,让它的气味和你相投。

这位少年并没有如我想象那样来一番动情的对话，而是反手从身后的裤包中抽出一罐杂牌酒，揭开就是一大口。我闻到一股浓烈的酒精味道。

“这才是和我相投的。”我猜他想这么回答,又不便开口。

之后他回到蘑菇屋抱出几个烧好的洋芋,这算是今天的晚饭。我们坐在风口处,和一条活蹦乱跳的瘦狗一起享用晚饭,风沙就在头顶盘旋,破胶纸就在头顶盘旋。

尔嘎说,如果干梁子有水就更好了,这儿晚上的月亮大得吓死人。

他像是带着一种期盼和愿望在说。喝了酒的人很难关闭心事。

干梁子肯定不会有水。掘地三尺也不会有。月亮再大也不会有。这儿的水从另外的山坡引来,浑突突还带着一股牲畜踩踏的气味。而选择这样的环境安家落户,你不得不说,那个喜欢吹大风的人一定在某一天突然疯了,才会抛弃他原先生活条件不错的老家。

然而我所想的未必就是尔嘎真正的心思。他也许很爱这个地方,之前我所看见的踮高的脚尖,搞不好只是一种飞翔的姿势,或者,他父亲张开双臂在这儿呼喊的时候就是这样的站姿。这是遗传性的,不能改变。

那么接下来我最好走开,让这颗石头在风口上尽量模仿他的父亲。他现在晕乎乎的,用方言重复着听不懂的酒话。我坐在这儿完全是多余的。我们的见面根本不必要。世界上的人,谁都没有必要天天窝在一起,谁十年不见谁,都应该感到庆幸——你终于可以不用活在别人的眼皮底下。

这太可怕了。我把自己丢进了死胡同。这场见面说到头是我要坚持的。至于尔嘎,他突然出现在眼前只不过是一种难以逃开别人眼皮的宿命。他是被我的好奇心牵到这儿来了,我仿佛听到什么人在高喊:

——如今蹲在风口处的他醉醺醺多么可悲。

——如今蹲在风口处的她眼睁睁看他的可悲。

——如今谁都帮不了谁却愿意窝在一起吹大风。

——那些风口上的灰尘和破胶纸啊,它们窝囊囊地飞走了。

我猛然从尔嘎旁边站起,我说,就当我是陌生人,你就在这儿过你的日子吧。不用改变你父亲遗传给你的吹大风的习惯。

他也猛然站起来——我不确定是他自己站起来还是风吹他起来——说,我早就看出来,你和其他人一样把我当成风口上不成器的石头,你们看到我父亲留下的那些别扭的房子——是啦,你说的这里一朵那里一朵的蘑菇——很不舒服,他把穷困潦倒像黄沙一样泼在这儿,搞得风口上的半空中全是破胶纸和灰尘,你可能还闻到了我父亲留下的房子中飘来的霉臭味。很不幸,你还得看着他儿子紧跟他的脚步喝酒、吹大风、口出狂言,你们都替我操心,三天两头打探我过得怎么样,有没有走上与我父亲不一样的道路,甚至分别十年,你们也会想方设法陪我蹲在大风口看看有什么大的变化。现在你看到了,我与十年前没什么两样。这儿缺水,只有干巴巴的大月亮,只有干巴巴卧在这儿看大月亮的石头!

我听了他的话很激动,一把将他推到风口的下方。

“大姑。”尔嘎站稳后吃惊地喊了我一声。我这才意识到先前走了心神，我仅仅是陷入一场幻想。

“我们刚才聊了很多。”我要掩饰点什么。

“啥？不记得了。”这是最好的回答，他喝多了嘛。

山下集镇上的灯火亮起来，尔嘎的那些散落的蘑菇屋也燃起微弱的烛火。由于他的房子分散，此刻蘑菇屋只有爷爷奶奶，他们无法将每一朵灯火都点亮。

夜色完全盖下来，谁都不想说话。但是我可以感觉身边少年的眼睛在望着山那边的路。那条路通向市区。通向市区之外的各个地方。

如果我说，今天晚上我们就出发，去流浪，去发疯。我敢保证他会跳起来举双手赞成然后又坐下去，他会给出这样的理由：我不是为自己活，我生来就背负了责任，我父亲的房子和他年迈的老父母，还在那些散落的蘑菇屋等着我回去。我的怂恿注定要毫无疑问地失败，这种事情放在哪儿都一样结果：天黑了淹没肉身，胆子会膨胀得跳出来，然而它无法见光，天不亮跑出去，天亮时哪儿来又回到哪儿去。如此反复，如此不自由。

“你该出去找点事情做，不要蹲在风口上，你的眼睛一定是风吹坏的。”我说。

“你信不信，我是个非常厉害的采玉的人——那种玛瑙石，听说过它是怎样挖掘的吗？明天晚上你来找我，我带你去长长见识。”尔嘎很得意。

为什么采玉要选在晚上呢，晚上看得清什么？但这个事情它对我有疯狂的吸引力。于是这天晚上的梦全都跟采玉有关。

第二天晚上我们出发了。尔嘎准备了电筒、水、饼干，还有一只破边碗，乱糟糟地揽在一只蛇皮口袋里。他戴了一顶旧毡帽，走在前边像个落魄的……打鱼的？……不，要饭的。这身装扮的好处就是，让一辆小四轮车的主人大发善心，将我们一直载到那个传说中藏了许多宝贝的山脚下。余下的山路差不多要走三个小时。

他作为领路人毫不客气地走在我的前面。这个时候我只好一步一步踩在他的脚迹窝。我感觉这个晚上他不是去采玉,而是专门为了领我走一截上坡路。这个地方潮湿险陡,走在前面的人就像踩在后面人的眼皮上。

“我想走前面。”我试探着说。

“这种路你走不惯,到处都是悬崖和树刺,必须要我这样熟路的人带领。”他又给我展现了得意的脸子。

我发现一点变化,这个少年坐在风口处和走在采玉的路上,完全不像同一个人。他坐在那儿是个年轻的有点心理负担的人,走在路上却爆发了流浪汉的潇洒。这条看上去黑黢黢的山路对我来说有几分可怕,说不定哪儿藏着一眼地洞,恰好等到我们的双脚踩下去,那可完蛋了。自从我离开山区到别的平坦的地方生活,近二十年没有走这么险陡的夜路,我原先走路脚趾内扣,能稳稳地抓住地面和随时绕开割人的石子,而现在我的脚趾可耻地失去这种功能,由于在别处长期走着平坦舒服的路,它们放松地抬着脑袋恨不得拱开我的鞋子——“去流浪,去发疯!”我差不多要听见这样的口号从它们那儿爆发。我伸手抹了一把汗,不知道这是汗水还是露水——这时候一股凉意蹿来,反正这儿的秋天冷起来很要命——两三颗星子洒在我们上空,昏沉沉的月光根本照不明地面,我感觉危险就藏在暗处,它可能正带着不必掩饰的夸张笑脸,等着我自投罗网。谁让我是一个走了和父亲不一样道路的人呢?现在我不得不将这种难走的路归罪于当初的选择。而父亲对这种夜路的熟悉就像对人生一样清醒,他绝对不会掉入陷阱也不会走一丁点弯路。

眼下我确实有点后悔,但不是无药可救的后悔。我心里还有一点“去流浪,去发疯”的狂欢。

“走快点。”他催我。

“你走上坡路真厉害。”我想表扬他,又累得说不出话。

尔嘎越走越快,我得承认,他在这条路上走起来真带劲,简直可以这么说:一个人适合走什么样的路完全看他的脚劲。

好啊,来了一段下坡路。

我喜欢走下坡路,它不使人费力,不会让我累得像狗一样哈哈喘气。我自然地超过他,并且,我看到天边薄薄地亮开一道口子,过一会儿那里就会拱出一枚新鲜的太阳,我似乎已提前闻到了路那边顺着阳光而来的花香。

“走快点。”我催他。

尔嘎走下坡路简直太慢,甚至好像根本不是在走,是用拖拖拉拉的两条腿在地上挪。

“你的狗腿子才十七岁,走那么慢!”我忍不住抱怨。

“这种路我根本不需要走多快。”他指了指天边,“天都要亮了,急什么!”

他的语气带着挑衅的味道,走得慢,体力保持完好,更可悲的是,我走得越快他就显得越高,他又像先前那样踩在我的眼皮子上了。好在这种险些干架的局面快速得到化解。天亮了,我们来到了采玉的地点,从晨雾中时不时钻出几个孩子,他们可能刚刚吃完一包泡面,手里端着的泡面盒子里的石头上还沾着几根面条。我这样说一定把你绕晕了。天知道我要怎么才能形容这些邋遢的孩子。他们抱着宝贝从我身边走过,丢给我的眼神充满防备和嫌弃,我深知这种眼神下的暗语,他们肯定在说,又他妈来一个抢生意的!

我只好躲躲闪闪地退到尔嘎身后躲起来。

“不要怕,我们经常为了一颗石头干架,这些人!我们要装着是本地人,和他们一路的。”最后这句话他说得很小声。

我们挨着那些密密匝匝的地洞走，尔嘎说，要找到一个没有人的地洞，用最快的速度找到有价值的石头。也就是说，用最快的速度找到有价值的石头，偷走。因为这些地洞都是本地人挖出来，外地人没有开采的权利和机会。

“宝贝长在人家地里，又不长在我家风口上。有什么办法。”尔嘎说。

做贼心虚，我一边走一边拿眼睛四处观察，任何一个孩子只要把屁股扭向这边，我就觉得他要跑去喊人。地洞里也总是挤满了人，一张张黑乎乎的脸，眼里除了石头——不，不是石头，是玛瑙——没有别的。当然，也不是说他们看不见我们从地洞上边经过，走路总难免要弄出响声，尤其踩在一颗一颗石子上，那就更引人注意——万一你踩坏了价值连城的宝贝可怎么办。所以这些人一看见我和尔嘎从地洞上边走过，就在那儿大喊，瞎子！走路要带眼睛！

尔嘎因为眼睛看不清东西，有好几次都掉进洞里，又被那些人合力丢了上来。我奇怪的是他每次掉下去都能顺势抓到一块石头。而这里地洞到处都是，它们像伤口又像吃人的嘴巴。

我趴在洞口边等尔嘎从地洞里出来。我们已经找到一眼暂时没有主人来开挖的地洞。也可能根本没有主人，它是野猪拱出来或者天生就存在。

这时候我又看见那些孩子端着泡面盒子朝我们走来。我有点害怕，天知道我为什么要怕这些毛孩子，他们破烂的衣衫糊满泥巴，有的人甚至把纽扣弄丢，有的干脆打着光脚，戴一顶旧毡帽。（难怪尔嘎要戴一顶帽子，那样看上去和他们很像。）

你们干什么？我说。我必须要抢占上风，在他们还没有问我是从哪儿冒出来之前。

谁知道他们根本不理我，没看见我一样，将盒子抱紧，从衣兜里摸出一根辣条若无其事地吃起来。有人还掏出了一架断了一边翅膀的小飞机，用嘴巴“嗡嗡”地飞着。

尔嘎一无所获，他从地洞里伸出脑袋对我说，要不，去抢一颗？

我望着那些正在享受辣条和开飞机的孩子，不知道怎么下手。他们小得像麻雀而我是个小偷，如果我要夺走他们手里的任何一颗石子，那谁都无法阻止。我感到心虚。但我也不是特别内疚，当我听到地洞里他们的父母咔哒咔哒敲石头，然后用那种吓人的粗嗓门喊：“砍脑壳的娃儿，还不给老子过来帮忙！”就觉得我和地洞的那些人一样，不好不坏。

不过，这也不能完全怪地洞里的人。就像没有人怪尔嘎假冒本地人混进洞里探宝。并不是说，他们愿意把孩子们的童年像敲石头一样捣碎，而是，他必须要让他们知道，这儿到处都是石头、悬崖、黑土地、牛屎马粪和火辣辣的太阳，这种天色下玩游戏也不尽兴。

“你去。”我只好把这个棘手的难题推给他。

尔嘎用鼻子哼了一声。他站着不动。我猜他也不好下手。毕竟我们两个站在他们中间实在太高，简直就像上帝一样，毫不费力眼皮垂下去，这些人就在我们的眼皮子底下了。不过这种高度看人坏处在于：容易眼酸。容易因眼酸而冒出眼泪。孩子们当然不会在意这种意外的眼泪，尔嘎说，他们的父母在地洞里眼酸得比我们现在还厉害，要一直扛着眼睛盯着石头，只要有人肯下去查探，那张扭过来看你的脸不是血红就是满眼的泪水，并且还有点意外的呆滞——因为你出现得过于突然吓到他了——以及先前某个时候找到一颗精品玛瑙原石的喜悦，它绝对不会还有别的心情表现给你，“吃饭了吗？”这种无聊的问候简直多余。

我不知道这个地界属于哪个县，尔嘎一会儿说“跑马”一会儿说“美姑”，一会儿说，随便什么地方吧。反正走了那么远，我又没什么方向感，他怎么说都可以。

"凉山凉不凉?"他突然问我。

"凉个屁,这几年变得很热。"我用两根手指扯起后背上沾着汗水的衣服。

这个时候我们已经找了个背阴的地方歇凉。外省来买石料的老板沿着洞子走来走去,用蹩脚的杂牌彝汉双语跟本地人谈生意。由于来这儿买石料的大多是中原人,本地孩子们现在正摇着脑袋跟他们交谈:恁说滴不中,再添点儿。他们已经不吃辣条和开飞机,而是抱着那些盒子蹲在洞门口,满头的汗水和泥巴,鼻子也没有完全擦干净,就投入成年人的买卖当中。

我觉得这个时候尔嘎应该去碰碰运气,像那些孩子一样蹲在洞口,掏出他刚才捡到的原石,说不定一颗石头就可以改变他的命运。但是尔嘎坚持不去。他蹲在我旁边打起了瞌睡。

不成器的。我有点生气,难道走这么远的路就是为了捡几颗石头坐在凉地上打瞌睡吗?

"晚上再碰碰运气吧,我刚才捡的都是废料,不值钱。"

然而,我又改变了主意并且庆幸他没有去那儿卖石头。因为我发现,那些卖石头的孩子蹲得太矮,周围又没什么遮阴的树木,阳光直射在他们黑乎乎的脑门上,使汗水成线地淌进眼睛,以尔嘎这种昨天喝了不少酒的体质,坐那么矮又遭太阳烤晒和汗水冲击,肯定要当场昏倒。

整个白天我们没有吃多少东西,尔嘎吃得更少,他拍着"空空"响的肚皮说,熬吧,熬到晚上就好了。

晚上来了。晚上的月亮也来了。

我们偷偷跑到没有人看守的洞口,尔嘎走夜路比白天有太阳的时候走得稳而快。我觉得他的眼睛不像是生了什么病,它只是受不了白天阳光的强度,而习惯了夜间的月光。接下来的行为让我不能不相信他辍学之前从学校跑到风口上看月亮。这不是文艺青年的行为吗?正巧我是有望月情结的人,我眼里的月亮会变出很多东西:石门坎的仙人掌,院坝里的石榴树,我父母亲手栽的芭蕉树和竹子。这些都是隔远了才会被月亮照出来。而现在月亮就在凉山,我也在凉山,这种时候月亮的光芒对我起不了作用。我还不具备看它的心情。

尔嘎却坐在洞口不走了。

他的样子像只天狗。我是说,他脖子伸得长长的,再伸长一点月亮就会被他拱下来。

其实我可以自己下地洞,反正坐在洞口也没什么意思。可我缺乏胆气。洞子那么黑,洞子里的路那么黑,即便洞口月亮再大月光再好,到了洞里什么都摸不清,注定要一条道走到黑。

然而,我掉进洞子里了。尔嘎不肯拉我上去,他的意思是,人一辈子难得掉一次地洞,既然掉进去就不用着急出来。

于是我只好规规矩矩又怀着恐惧站在这个别人挖出来的地洞里,这简直像是特意给我准备的一样,洞子的大小完全符合我的体形,只不过,我不能随意自由弯腰做一些放松肌肉和伸懒腰的动作。说白了,我被恰到好处地卡在这儿了。我记得从前有个男青年跟我说,如果我嫁给他,吃再胖都没有关系,我卡窗户就拆窗户,卡门拆门,卡墙拆墙。我没有嫁给他所以卡在了地洞?

但这难道不会是尔嘎故意给我设的陷阱吗?他总是一个人跑到这儿来,而又总是一无所获,玛瑙石存在许多年了,他还是和他爹一样穷光蛋,他住在那些蘑菇屋里简直是个倒霉的蘑菇?我越想越觉得受了迫害,但毫无办法,就像他说的,人一辈子难得掉一次地洞。

过一会儿,洞子外面烧了一堆大火,嘈杂的声音随之传来,我听了一下,是白天那群孩子睡了一觉又跑来干活了——这些不要童年也不要睡眠的人。尔嘎终于肯将我拉出地洞。火有点小了,他们围在那儿选石头,照着月光和火光,把烂掉的石头挑出来放在别的盒子里。

有人在写作业。他们写作业的时候眼睛却时不时地望着我先前掉下去的那个地洞,然后又望着我。我从来没有在这么多双眼睛的注视下感到无处可藏,感到恐慌和心虚。他们把我看得就像一张扁塌塌的纸。这些小小的人到底要在我身上寻些什么呢?好啊,我猜到了,他们可能在想象自己明天就会长成我这个样子:穿不沾泥巴的白衣裳和梦想了半生的黑皮鞋,以及腰包上挂着装模作样的精巧的茶杯。这时候我要解释一下这些来不及换下的行头肯定不行,假如我说,不要在意这些身外之物,它们在外面的大街上随处可见,至于那雕刻得相当不错的茶杯,它在我们这儿只是一件喝水的用具,如果可能的话,去做那个雕刻茶杯的人,你要相信他绝对不是一个附庸风雅的人,杯子上的刀工可以想象那是很多年的修养和提炼,尤其那些细碎的花纹它透着一股寂寞的白月光的味道——你得相信他蹲在很多个晚上的月光下完成了这件作品。然后,好好珍惜你们围在柴火边烤火的日子,不要让它跑得太快。可是这种话肯定没什么底气和说服力——"那你为什么要穿它们,为什么要穿它们回来!"——他们一定会有更多的反驳,我就是怀着那么多的反驳走了一条自认为和父亲不一样的路。而今天我满心要走回来,却发现不是落在尔嘎的眼皮底下就是落在这么多双眼睛的直视下,我失去了走山路的能力和与他们交流的心情。

就在我胡思乱想时,尔嘎掉进了我刚刚才爬出来的那个深洞。

"快拉他上来。"我喊。

他们跑过来围着地洞大声笑,不伸手帮忙。山风呼呼向着地洞里灌,我敢肯定尔嘎两只耳朵都是大风的回声。然而我也无能为力,手臂短,力气小,我根本够不到尔嘎的手。

"不要自作多情呀,你的手那么短,他又根本不想上来,你看他的手正在那儿摸石头呢！我们敢保证，他在那儿自由得很，这种活只有像他——还有我们父母——才吃得消，你不要操心了，他在那儿心情好得很，你侧着耳朵听，一会儿他可能还要唱山歌。”

他们提醒我了。尔嘎确实没有伸手给我，并且看上去——抬头的时候我捉到了他的眼神——心情不坏。

“那我自己跳下去救。”我担心他会在地洞待很久，谁知道呢，他视线薄弱，万一看错了出口而在地洞的岔道中反复走着弯路，那今天晚上我们谁都不要睡觉了。听说我要跳下去之后，这帮孩子齐刷刷看向我，那种眼神提示我在多管闲事或者同情心泛滥，当然，也有别的猜不透的味道。他们提示的也许真不错，在某些时候我的确会同情心泛滥。还在东莞的时候我就听说了尔嘎的遭遇，他快要瞎了，他快要辍学了。然而我并非像他们看到的那样日子过得跟我的茶杯一样精致。我仅仅是同情心泛滥——这种毛病简直可以称得上“旧伤复发”，它不能保持长久，却又总是间歇性发作——然后又被别的事情打搅，很快把这件事冲淡。现在他辍学了，他掉进钱眼一样深的地洞去了。

有山歌从地洞冒上来：

太阳出来照东方，
东方是个好地方，
背时崖荫来打岔，
娘在西来儿在东。

歌声是地洞的旋涡风扯上来的。看来尔嘎也只会唱这一首歌。我记得，这首歌他的母亲唱得很好，她是汉族，喜欢穿黑白相间的外套，又怕它沾上泥巴所以洗起来很卖力，衣服的缝口总是飘着几根刷子扯开的碎线。

我的意思是，像这种会唱山歌又爱打扮的汉族姑娘，她的心可能根本安不下来，她太有想法，有想法的人爱折腾，会干出两三件随心所欲的事。后来她随着娘家人搬到别的省份去了。

我以为他很快就要爬上来喘气，反复唱歌消耗力气也必定要口渴，地洞却传来敲石头的声音，接着又是原地踏步后迈开脚步向哪个岔道进发的响动。听他那种忙活，你会以为地下不是窄巴巴的洞子而是一个广阔的世界，他在那儿过得确实如孩子们断定的那样，很开心，也很自由。我在上面反倒无事可干，是个彻底的局外人。

孩子们抱着石头在火堆旁精心挑选，火烤在脸上就像烤在那些油黄的黑白照片上。最后我认为自己看到了一条昏黄的河流，它可能是火舌变来也可能凭空而出，河流的水正在他们手指上洒落——因为他们在河边挑石头嘛——当这些人撩起衣袖擦眼睛，手指上的水也就沾到眼皮上。于是我忍不住跟他们说，坐退点。

“多管闲事。”这回他们直接这么跟我讲，并且狠狠地瞪着我。

尔嘎在地洞扯着大嗓门喊，喂，你不下来吗？我刚要回答却被那帮孩子打岔了。他们哈哈大笑，指着我说：

“看她那个样子一点都不像干活的。”

“对啊，她连只盒子也不带，根本是来混日子。”

他们说话简直和大人一模一样。不过这也可以理解，毕竟过早地学会挖坑、寻宝、说河南话、察言观色、卖原石，心性成熟快，顺便会几句嘲笑的话根本不算什么。

不过他们也有可爱的一面，那就是突然来了兴致要下地洞和尔嘎一起找石头。他们说这种工作白天做起来没什么意思，要在晚上找到好石头才是本事。所以这帮人很炫耀地在我面前一个个跳进地洞。他们很快从下方传来欢笑，始终没有听见敲石头的声响，我才明白这是一个去地洞玩捉迷藏游戏的借口。

地面上彻底只剩我一人，山风吹着我，冷月照着我，山脉在隐约处驮着我看不清的树木和不值钱的石头。地面的石头是不值钱的。

尔嘎一定也加入了他们的游戏，“下来啊，下来疯。”我好像听到谁在喊我，也可能谁都没有喊，只是我的魂早一步参加了地洞那场狂欢。

事实上我很想跳下去加入这场游戏，然而我敢肯定在那儿得不到一点自由，那种黑茫茫的通道只会令我沮丧。说到底我不了解他们，他们也不了解我，互不了解的人挤在一起只会让场面陷入尴尬。刚才传上来的逗笑搞不好只是我耳朵的误听，他们可能躲在洞中倾诉，因为当中有的人父母无法亲自来采玉，他们在采玉的地洞里受伤，现在还躺在床上呢——尔嘎跟我说的——那么，眼下这些洞子是父母留给他们的“宝库”，白天寻宝，晚上玩游戏。也可以说，白天是精明的生意人，晚上才回归童年时代。此刻他们在宝库里疯跑，大喊大叫，一点都不在乎踩坏了有可能相当值钱的石头。目前看来，石头也回到了石头本身，你似乎也可以听见它在欢叫：不要流浪，不要发疯。

地洞的回音效果将那儿的声音镀上一层陌生感，已不能分清尔嘎和别人的喊叫。很显然，他们的兴致全都升得很高，这场游戏一时半会儿结束不了。然而，我却看见他们一个接一个从地洞爬了出来。

“干活去。”他们无精打采地互相招呼。

尔嘎最后一个出来，头上全是泥巴和碎叶子。从我身边经过时懒气无力说了句：“回去吧。”

“两手空空地回去吗？”我实在忍不住这样的问题。尔嘎不说话。他父亲遗传下来的沉默的习性简直长进了骨头。他又掏出半瓶酒，仰起笑脸晃着酒瓶跟我说，没有两手空空。

于是我们两个又赶着夜路往回走，月光比先前明亮，照在尔嘎身上就像照在一颗走路的石头上。我说,你抖掉那些泥巴和碎叶子,它们要把你盖掉了。他不愿意。为此我们吵了几句。我怪他将我哄到这儿却什么都没捞着,他怪我不敢跳进地洞害他什么都没捞着。“道不同!”他说这三个字简直像诅咒。“不相为谋!”我说这四个字也像诅咒。到后来我们根本无法走在同一条路,但又不能不走在一起,天黑风大,下山只有一条独路。

由于闹了矛盾,我们在途中遇到的危险得自己承担,比如月亮被云层盖掉,天黑乎乎的,一脚踏空时喊出的不是对方的名字,而是“老天爷救我”。

后来,天快亮了。我们也走得疲惫不堪。

“和好吧,”他说,“我们是同一条路上的人。”

“好啊,”我说,“反正暂时没有第二条路可走。”

我们继续往回走,由于刚刚和好心情不错,他抖掉头上的泥巴和碎叶子,忍不住放开脚步将我丢在后方,这时候我恍惚以为他骑着一匹棕色大马,只要再催一下马的脚程,就有可能从这儿跑出第二条路。

演说家

他带我拐进了那条黑洞洞的巷道。

骗子!我要大声喊出这句话。但为什么要这个时候喊出来呢?得忍住。像从前那样对他说:亲兄弟呀,我们很久不见,你长了不少本事。我们十五年不见。来这儿之前我很信任他。以为事情就和他说的一样,在这北方的邯郸老城区,他的水产品摆满了铺子。事情完全不是这样。我没有见着一个拥有水产品铺子的生意人该有的模样。他浑身的荒凉的味道，没落的掩饰不了的漂泊者的气息，张嘴喊我的时候，强打精神，有气无力。我很失望。

见鬼的，这儿的灯都瞎了。我撞在墙上，北方人的墙壁可真硬啊！也许我的鼻子已经塌了。

我兄弟此时心虚得像一只耗子。哼。难道不是吗？我敢肯定他在偷偷打探，猜我什么时候发火，或者，侥幸地认为我没有发现阴谋。但也许我发现了呢？反正此刻他一定是纠结又羞愧，不过，他的心像是刚刚被上帝施了魔咒："使他的心坚硬。"才一会儿工夫，那种心虚的表现就平淡下来，腰身突然挺得板直。

怎么还不见你的铺子？我急匆匆问。我要捅穿这个娄子。

他低头走路，假装什么都听不见。脚步沉重起来，为保持平衡两只手张开，各自撑着一边的墙壁。在夜色的掩盖之下(事实上这会儿已经有几点灯光照到巷子里了)，这种走路也不算特别难看，只是走起来相当吃力。

"很……很……很快……快到了！"他大声说。

他天生结巴。这个毛病此刻倒是可以作为掩饰心慌的盾牌。当然，如果他跟我说，是的，你猜得一点不错，从你下车见到我的那一刻你就猜对了，我和十五年前一样是个穷光蛋，不然你认为一个真正的老板会苦兮兮站在邯郸老车站旁边、黑灯瞎火的一根电杆下，将你领进这样一条走起来倒霉透顶的破巷道，现在你一定很生气，因为这条路不是你先前预料的。你以为你的兄弟消失了十五年，是光彩照人，西装革履(这倒是真的，的确西装革履)，开着小车，腰间至少两个手机，业务忙得不可开交，由于卖的水产品，浑身沾着腥湿的气味但一点也不会影响"我有出息"的味道。假设他要这样跟我解释，那就好玩了，我一点也不介意陪他走这七弯八拐的路。

可惜他除了重复“快……快到了……”这样的话就不再说别的。

不过我不能断定自己的想法。也许他真的有出息了呢?如果他有太阳的品质,一定会忍耐黑暗。

我跟在后面心里有点踏实了,觉得那些想法可能是多余的。事实上我根本不需要担惊受怕,这位消失多年的兄弟,说不定早就比我更加有耐力,在陌生冷酷的北方,他不仅学会了走硬邦邦且湿滑的结冰的小路,还学会怎样在这条路上保持平衡。

从前,这样的黑巷在南方的夜里也时常走,那儿的风吹起来不比这儿小。但是,太难了,初来乍到,风像小刀子在我的膝盖上戳。

“兄弟,你过来扶我一把。”我朝前边喊。

这时候我才发现他已经被风掀翻在地。

“我哪里顾得上。你不会自己爬起来吗?”他一边说一边费劲地在地上挣扎。

看来大家的处境都差不多。只能自顾自。我索性蹲下来,放低身段,让强风从头上吹过去,膝盖也不那么疼了。他还在地上挣扎,不过很快也摆脱麻烦,靠坐在墙边喘气。

“你像是昨天才来的。对这儿的路一点也不熟悉。”我说。

“走……走吧……马上到了。”他巧妙地挡开了我的话,从地上站起来,扶着墙壁一步一挪。

我们总算到了他租住的地方:一所北方的大宅院。门口站着的石狮子瞪着一双扎人的眼。我还没有伸手,门就被人从里面打开。那儿站着的十几个人向我走来——我不曾想过会有这么多人出现,这些陌生的面孔摆出的笑容,让我不能及时分析这件事情的奇怪。他们指着我的兄弟跟我说:“欢迎你啊!我们这儿是个大家庭。早就听荣老板提起你这位远方的姐姐。”

我喜欢听他们说“这儿是个大家庭”。但我不知道怎样回复这种热情的招呼，只好走上去握手。这是南方人教我的礼节。

我兄弟站在旁边，当这些人叫他老板的时候，我看见了熟悉的十五年前的笑容。那时候他刚刚准备出来闯荡，脸上充满了现在这副自信的神色。

我走过去，到他们中间。是的，我感到自豪，从来没有受过这么多人关注，所有人因为我兄弟的缘故对我十分友好，他们自己人之间也相处得不错，非常和睦，说话轻言细语，使人相信世上最好的景象就是眼前这个样子。我的行李已经不在手中，这没关系，可能被人拿到房间放好了。反正我已顾不了它，沉浸在陌生人给我的温暖中。有人给我递来一支牙刷、一个杯子和一条毛巾。他们要我刷牙洗脸。这可能是他们迎接客人的规矩吧。我很满意这样的接待方式，他们跟我非亲非故，却愿意看在兄弟的面上这么照顾。之前在巷道中确实受了不少寒风，我的牙齿也真的需要一杯温水来清洗。当我刷完牙齿，毛巾已被人客气地取走，用温水打湿并且拧干了重新递到手上。

我兄弟满脸喜色。他很满意这些人的表现。但是这些人是做什么的呢？他没有说。

洗漱完毕之后，我准备上个厕所。然而，一个中年女人始终跟着我。她是受了那些人的使唤——我亲耳听见——专门来陪我上厕所。

我用略微尴尬的语气说，谢谢你啊，这就没有必要了吧？你可以出去了。

她耳朵可能有点问题，对我的话没什么反应。两只眼睛骨碌碌转几下，像正在思考，然后仰头盯着楼板。她对我的态度冷冰冰，和外面那些人完全不一样。

你守在这儿有什么用。我站在厕所的蹲坑上说。

昨天我也站在你那个位置。这是第十一天。她说。

我们互相望了一眼。作为心思细腻并且愿意想象的人,相信你很快就能猜到她的意思。没错,她想跟我暗示,昨天她也站在我这个位置,而另一个人也站在她那个位置,到第十一天,她从这个位置转换到那边去了。那么,过几天,我也会站在她的位置来伺候目前我所处位置上的某个人。总之,她在挑明一种循环。并且她知道这样的结局才对我现在所受的待遇毫无羡慕甚至有点同情和嘲讽的味道。“高兴什么,你和我一样的。”如果她可以大声说这句话,那么我一定会如她预料的感到吃惊和恐惧。总之她想告诉我——假如我从前那种料事如神的本领还在——没有人在这儿平白无故享受,到第十一天,好日子就到头了。而这个循环已经让她很不甘心。“我凭什么呢?”是这样一种意思。因此我看到一张陌生而冷漠的脸孔完全不必惊讶,明天也许我的脸比她还臭。我把这些想法说给她听,果然,她的眼神从楼板上挪到这边,冷笑道,你还不算太笨。

从厕所出来,那些人已经摆好了桌子,他们给我端了一碗刺猬肉。北方的刺猬。用黄豆一起煮出来的。寡淡的样子,不放一点辣椒。据说刺猬活动在田间地头,像老鼠一样挖了地下通道,长期在里面生存,繁衍很快。他们在北方的大部分时间都用来掏刺猬,现在个个都是行家。他们没有跟我介绍半点关于水产品生意的事情。我没有见过刺猬的样子,但见了它们的肉片,卷曲的,有点地下生存者长期蜷缩的意味。我无法用筷子将肉片抹平,是那种固执的弯曲和微硬的脆,吃它们的时候,我实在不能确信这是刺猬而不是鼠。

那个陪我上厕所的女人又跟我去了冲凉房。她守在门外。

人们热情万分,用最好的礼节欢迎我。但是,为什么要派个人跟随我呢?她与我既没有共同语言,还甚至有几分敌意。

我兄弟已经回他的住处。据说他在另一个宅院,那儿也有很多人,全是他的生意伙伴。随便吧,我对此也没多大意见。只用了一点点时间,我就和这帮人混得很熟。他们陪我在院子里看月亮。冬天雪地上空的月亮。那个女人就坐在我旁边,一言不发,两手托腮。她来这儿的时间肯定不短,手指已经冻裂了。

“你们的水产品铺子都开在一条街上吗?我什么时候能看到?”我试探着问,还想表示一下关心,给她推荐一种防冻的良方。

“明天我们带你捉刺猬。”她岔开问题,给我这样一句话。态度还是老样子。

我可不想捉什么刺猬。我来这儿是有目的:看一眼很久不见的兄弟,顺便学一些经商的本事。

可是第二天下午,我心情很好地跟在他们后面,走在一块荒废的田地上,学着他们的样子,在那些洞口的地方使劲用棍子戳。我兄弟不知是故意还是腿脚出了毛病,始终不能跟上我们的脚步。我几次扭头喊他,他不是没有听见就是正在跟路边的什么人讲话。我也不能总是停下来等他。停下也不起作用,不管我走得多慢,他都跟不上。“虚伪!你爬也爬过来了!”我心里这样想。

然而我正在戳刺猬,那个女人的大学生女儿来了。是来接她回去。她们正在谈话。我很好奇。

“不可救药啊!……”

我听到她的大学生女儿在感叹。

“你应该让张老板留下来,不但如此,连你都应该留下来。”

几个人始终围在那儿,他们喊那妇人为张老板。我发现了,他们每个人都互相喊老板。现在那几个老板耐心十足,弯着腰,边说边左右看看,对年轻女孩好言相劝。

我想走过去跟他们说,别浪费时间,年轻人有她的想法。你们要放开对年轻人的束缚。可是我不能挪得动脚。洞穴之中仿佛探到了一只刺猬，这才是让我惊喜的。不过，我没有捉住这只刺猬。于是扭头向那位陌生姑娘走去。我们都是初来乍到，看样子她也是来自南方，我们应该有点共同话题。可是这些人立刻就意识到了我的意思，还没有等我迈出第二步，他们就将我团团围住，堵了我的视线，却都笑眯眯地指着那边的田地，说刺猬一般都喜欢藏在草丛深一些的地方。我被他们拖拉着簇拥着跟那位姑娘有了很长的距离。现在即便不被围住，我也不想走过去。

刺猬找到了。冷冰冰地蜷缩在那儿，它们似乎没有尝试过别的新鲜的生存方式，比如站立，扛个小包袱，横着走出这片草林。看样子它们只喜欢把身子缩起来，往哪儿一卧就是球形的。背着一身粗糙的棕色的刺。我说这是豪猪。他们说豪猪没有这么大。这是豪猪的孙子。

我伸手戳这孙子一下，它灵活地弹开了。只有危险才会使它变得灵活。

现在无所事事。世上所有无聊的时间都在刚才打发完了。接下来总要干点有意义的事，我心里这么盘算。但这些人脸上没有一点要干正事的意思。他们脸上飘荡的，是每天都在过这种潇洒日子的神色。我立刻对他们起了反感。就是一秒钟的事情，对这儿所有的人和事包括这只被逼出洞穴的刺猬也不感兴趣。

我已经知道那位兄弟是靠不住的了。他不但不跟上我的脚步，还在故意掉队，越掉越远，现在已经看不清影子，我不能确定站在路边废弃的旧房子墙下那个人是不是他。

这些人包围住我。他们从我来的那一天就以热情的名义迎接其实始终把我包围。眼下又用这一招，大家都笑嘻嘻的，跟我讲故事，南方的故事北方的故事，祖传的故事自己的故事，反正，在宅院里让我不能突围出来跟兄弟多说几句，在外面又把我跟那位新来的女学生隔开。我站在圈子里,视线根本放不出去。我只能听他们讲故事。

然而我要见那位女学生。这个愿望更强烈。我相信那位女生有相同的心情。我们虽然不能直接见面说出来,但从这些人围堵的夹缝中,我们还可以少少地看到对方几眼,在这样的对望中,我们已经通报了见面的讯息。

“这样吧,我来告诉你,我们在做更大的生意。”

是我兄弟的声音。他不知什么时候已经悄悄跟在身后。

你走得倒是很快。我说。

他点头。然后说,这儿所有的人都是老板,如果我愿意加入的话,这笔大生意的入伙人——我,会得到和他们一样的地位。下一秒钟他们就会像称呼他那样,喊我一声老板,我从此在北方就不是孤单一人,我有这一大批同道。他们会像家人那样照顾我,还能在合适的时刻——假设我表现优秀——就会把生意的分红交到我手上。哼!等到那时候,我想回去修家里那条几十年不变的黄土路都没有问题,全部的村民都要走在我修的路上,我们凉山峡谷中的一条老路,会因为我的翻新而出名,人们走在这样一条路上就会有朝拜者的崇敬,因为它诞生于原本是小人物的手。我可以改变自己,继而改变更多。那么现在,我兄弟语气有了变化,十分自信地问,是要当金凤凰还是继续在这儿捉刺猬,随我选择。

我站在地边,一整天捉刺猬的游戏玩得腻死了。我摇头。几步走出田地。这样做不是我要当金凤凰。但是他们以为我是这个意思,所以掌声响了起来。

我不能抵抗这样的掌声。很小的时候,老师就教我们要做个懂礼貌的人,我们说不想做这样的人,想保持个性和主见,他们就打我们手心,直到我们对任何东西都不能反抗,对掌声更不能反抗,不管鼓掌的人什么心思,只要它的声音一响,就能勾动我们的双手。此刻,我禁不住要向掌声的来处也就是一直偷偷旁听的这些老板们躬身还礼。即使他们刚刚还围困了我。低头的瞬间,我撞见一张鄙夷的脸。正是那位大学生的脸。失望,又痛恨,斜着目光。

我想解释这个躬身回礼的动作仅仅是条件反射。却实在不便当着这么多人扫了面子。我是个爱面子的人,同时也会顾忌别人的面子。权衡之下,少数服从多数(没办法,这也是惯性作用),我只能顾着更多人而暂时委屈了这位姑娘。

"晚上我们会有精彩的活动。"我兄弟说。他解释那活动是专门为了迎接我这样新来的人准备的。

这时候我才发觉一个问题。他说话不再结巴。那天我们踏进院子,跟这些人混在一起的时候,他说话就十分流利,只是当时没有引起我的注意。

"几时能去你的铺子看看呢?"我问。

我兄弟吹出一口长气,有点不高兴,他问我今天抓刺猬玩得怎么样。我说这个游戏还算有点意思,在南方见不到这样小的刺猬,看它们在地洞里无处躲藏,被自己挖的坑堵住逃生的去路,我感觉它们是在演一场逃生大剧,而我作为它们的天敌,很是过了一把生杀大权的瘾。我越说越激动,跟他提起了从前的生活,从前我的命运就像这些刺猬,可是自从踏上来这儿的车,我以为前方也就是这个地方,会是我不一样的生活的开始。事情如我所愿,越来越有趣味了。假如明天就能看到那些水产品铺子,那么我一向封闭得不到展示的才能就可以派上用场。我对自己的才能过于自信,由此相信老天爷会给我最好的结果。我的这些话他很喜欢听,因此冒了点笑容,指着天边快要坠下去的白光说,抓紧时间回去,活动马上就要开始了。让我不要总是纠缠于他的水产品铺子,即便没有那些东西,我们的才能照样有展示的地方。

晚上,他们分开几路,朝着那个活动点走。不知为什么,这些人一旦踏出院子,总是分开行走。我跟在三个人身后。其中就有那个先前一直陪同我的妇人。她的大学生女儿被安排到另一队当中,好像刚才在哪个角落,我们还远远地打了个照面。她被人架着双手,路太滑了。而我已经学会了在这条路上保持平衡,和队友一样的速度。这可能是我在凉山地区走路打下的基础。昨天之前我还不习惯,现在完全可以应对。

我悄悄观察了一下,这些人虽然分开走,但其实都在这几栋房子的巷道中穿行,利用墙壁将彼此隔开,方向却是一样的,甚至有的地方因为房子的结构问题,无法遮蔽地要打个照面。这使我突然有了警觉,眼前这些状况,我们走的路线和经历,跟白天捕捉的刺猬一样,抱头逃躲——只不过我们没有被什么追撵,没有跑起来而已——却又笨拙地撞在错落的通道上。可我们毕竟不是刺猬,为什么要闹这种玄虚呢?互相打了照面不说话,连眼神都要尽快撤走,就在刚才我和那位大学生对望了几眼,想过去教她怎样保持平衡,就被他们催促:“走你自己的路,不要管那么多!”我不懂这三个人为什么脸上都紧张兮兮,仿佛真的和那些刺猬一样,正在遭受围堵,自顾不暇,连对面同伴的一个眼神都不能回应。当然我只是短暂地想了一下——我要顾着脚下湿滑的道路——并不将这些问题看得重要。我想了一下,觉得他们的习惯是受到刺猬的影响。这些看久了刺猬逃窜的人,引发了神经质也说不定,如果不是,那就仅仅是一种本能。对,本能!人天生就有一种争斗的本能。它不会因为漂泊或者安静的生活而消亡。在这些人当中,肯定有人不能忍耐天生的斗性,这个不能忍耐斗性的人因为找不到具体的对手,而他除了斗性之外其他各方面条件都很羸弱,就只好鼓动所有人加入他的队伍,到荒田里去捉刺猬。对于他来说,如果不能战胜强者,那么战胜弱者哪怕它是一只刺猬,同样也能获取一点满足感。而这些人之所以全票同意加入这个活动,一定是日子过得又冷又无聊。更何况，人们喜欢人多势众地出现在一个地方，大声说话，大声引起他人注意。就我的观察来看，刺猬的生存环境，完全可以搬到地面上进行演练，这是消减无聊的活动中引申出来的一点有趣的事情。这个趣味到现在还没有从他们脸上消下去。

我们拐进了一间宽敞的棚子，那位中年妇人激动万分地说："就是这儿了！"

昨天她还是拉着一张脸，不肯与我说话。现在却伸手挽着我的胳膊。"你可是见过这样的场面？肯定没有！"

我不明白这场面有什么可激动。甩开她的手，我跟她说，你昨天还很生气混入这个队伍，今天就变得像个主人。她非常骄傲地扬起手，往那边的棚子指了一下说，昨天那儿很多人和我一样不服气，可是今天比我都高兴，为什么呢？因为他们想通了！人最怕的就是想不通，老是抱着昨天的想法。那些想法不见得好。来，我们坐下来说，活动马上就要开始了。

我四周围望了几眼，不见我的兄弟。

这儿到处都是陌生人。正在等待活动开始。我不知道他们是从哪个拐角进来，棚子已经坐不下，窗口那儿也站着许多人，屋里亮起了一盏小灯，昏暗的光照下来。

就在这时候，我兄弟从一群人之中自信地走到台上。在那块悬着的黑板上写了几个字母，画出几条连接线。掌声响了起来，久久地不能停歇的掌声。直到他示意停止。我不知道他怎么有这么大的威信。

"天上会不会掉馅饼？"这是他演讲的开场词。

"会！！"这是我身边和窗口那儿站着的人们的回答。声音洪亮，震耳欲聋。

然后，他们关闭了所有能干扰演讲的电子设备。我坐在人群中，也跟着激动起来。我兄弟，啊，从前那个小结巴，他现在要给这么多人演讲了。

“天上是会掉馅饼的。”我兄弟就围绕这句话，开始演讲。我听出来了，这其实不叫演讲，是一场激动人心的关于怎样发财的集体大梦。演说进行到中途，身边的人跟我说，谁都可以站到台上去，只要有口才就行。然后他们又陷入我兄弟的演说当中，面带喜气，充满感动和力量。但是，我已经发觉了问题。这些人听演讲的样子就像做梦的样子。我在很多次坐火车的途中见识过类似的梦者，睁着眼睛，打着呼噜，流着梦口水，一会儿笑一会儿又笑，这是持续的好梦给他们带来的状态。

我兄弟不负众望，他的口才极佳。从那条难走的小巷子说起，他说，我们为什么要先走一段那样的路呢？那是为了穿过人生的夹缝，我们每个人一生下来就要哭，是因为老天爷不但没有给我们准备衣服，还要在某一天安排我们走那条硬邦邦的路，如果没有勇气只会退缩，也就看不到我们今天的场面。只要我们每个人都抱着梦想，聚在一起，就像现在这样，那么，昏暗的灯光即便散发忧愁的味道，明天太阳一出来，就会照亮每个人的脸。你们必须相信，昨天之前，有人已经拿到了奖赏。是的，天上掉下来的馅饼。现在也许在你头顶上空的那架飞机，正是昨天我们的伙伴领走的奖赏。你要相信在这儿，我们可以获得世上最好的奖赏。这些不是上帝给你的，是自己获取的。怎样才能拿到这些奖赏呢？当然需要众人拾柴。而奖赏你愿意跟谁分享呢？当然是你的亲人。所以，我们之中的聪明人，都把自己的亲人带到这儿来了。这是个坏天气的邯郸老城，但我喜欢由坏天气带来的好运气。昨天之前，我把远方的姐姐请来了。我想让她也沾一点福气。她就坐在你们中间。看到了吗？

我立刻起身配合他向众人点头。于是，人群中突然有人引唱：离开家乡和亲人，流浪在远方，没有混出模样来啊，誓不回家乡……

我兄弟走到我身边，他是拿着一根粉笔走来，像个教书先生。“不错啊，光宗耀祖了。”我心里想。

“你也可以光宗耀祖。”他的眼真毒,竟然看穿我。

之后,他回到台上,给我们播放了领奖的场景。我兄弟说,昨天这些领奖的伙伴还坐在我们中间,可是现在他们已经开着飞机和小轿车走啦。因为他们比我们更加聪明,懂得众人拾柴,捉住机会,并且毫不怀疑相信天上会掉馅饼。只要有这样一个想法,就没有什么事情办不成。

可是,演讲还没有结束,这些人就有点坐不住了,哈欠连天,一副疲倦透顶的鬼样。我也坐不住了。这时候我兄弟恰到好处地抓紧时间结束了演讲。

回来的路上,我跟兄弟终于走在一队。他问我今天听演讲的感受,对奖品眼不眼热?我说眼热。他很满意这个回答。

接下来他肯定要告诉我,关于怎样拿到这个奖品的条件了。果然,他说了。世上取得任何东西都需要付出。先付出再收获,天经地义。于是,他要我买他的东西。这是提供奖品的人放下来的条件:我们要表示诚意。“这是‘引窝蛋’。”他自信地笑了一下,又说:“你要鸡下蛋,就得先放一只蛋吸引下蛋的母鸡。”

他把“引窝蛋”拿出来,一个小小的化妆品盒子。

只要我买下这个盒子,再转手卖给更多的人,那么明天那些奖品有可能就是我的。

这怎么可能呢!我不买。别说我没有三千块钱买这个“引窝蛋”,即使有也不买。我一屁股蹲在地上。

“没有出息啊!”他说得有点苦口婆心的味道。

晚上,我睡在他们安排的一个小房间。突然听见旁边屋子里传来说话的声音。是我兄弟和一个年轻女人在谈话。我肯定是不由自主地走到他们的窗口边,不然怎么一点也不知道隐藏,被轻而易举地察觉。

我被邀请进屋。

这回我兄弟十分耐心。深夜,怕打扰别人休息,他语气相当温和。他再次提起那些奖品。可我一点也不想说这个话题。最后我干脆表示,根本不相信奖品的存在。如果先前还有一点相信,那么听完演说之后不信了。既然有人要做大梦,就会有人写出大梦所需的剧本,而他,所谓的荣老板,事实上只是一个被人推崇出来的演说家。我从一开始收到的就是他的谎言。做水产生意,哼,什么鬼话。谎话连篇才是他在北方真正的事业。我永远不可能见到什么水产品铺子。也不想再提这件事。

我断定这些猜测完全正确。但我兄弟极力反驳。那个年轻的女人,我这时候才看清楚,正是那位中年妇人的大学生女儿。她和我一个观点。我们互相看了一眼,然后坐在靠墙的位置。

现在所有人当中,可能也有和我们一样观点的人。但是这些人都被分开了。“不让他们团结起来!”这个策略说不定就是我兄弟想出来的。为了彰显自己的立场,除了来谈论怎样加入他们的队伍之外,其余时间都躲着我。作为一个优秀的演说家,他肯定有自信将他的亲戚——我,甚至不止我,全都牵扯进来。用一个“引窝蛋”,在我们的亲人当中,一个一个地传销下去。这个“引窝蛋”将成为我们的祖传之物。这个祖传之物永远会背着一个让人垂涎的宝藏。可以想象,这个宝藏是不能挖开,也不可能被挖开,它只是一个传说起来唾手可得的存在,不然这个“引窝蛋”就失去了效用,不能代代相传。这个团体的存在就是一个亲戚链。亲戚是世界上最容易取得信任的群体。他们也毫不掩饰,一开始就跟我揭穿了谜底:我们是个大家庭。

“没有出息啊!”我兄弟苦口婆心,拿着“引窝蛋”继续劝我,“你还想不想发大财?如果你不是我的姐姐,这样的机会根本轮不到你。我是希望你将来和我一样享受到这些财富,又怕你不相信,只好说做水产品生意。像你们这样的人,只能相信现实存在的东西,你们缺乏想象和勇气,没有冲劲儿,对所有看不见的但其实完全可以实现的东西都不感兴趣。在这一点上,即便她是上了大学,也不能改变僵化的思维。"

他说完特意地看看那位姑娘,可能在试探这句话的效应。可是我和那位姑娘都不说话。

"你们好好想清楚啊。"他说完出去了。

事情不能再僵持下去。女大学生用手肘碰碰我,"逃吧?"她说。我点点头。这可能是眼下唯一的出路。

大半夜,我和这位姑娘在房间里悄悄寻找行李。可是行李已经不在了。事实上我们一进门的那天,行李就被拿走。好在我们二人随身放着一点小钱。然而,我们从院子里逃出来不足二百米,巷道中谁家的狗叫了起来。很快,我们身后追来几个人。我看见其中一个身影正是我的兄弟。他们互相喊叫,一定要抓住我们两个。那种狠劲和白天戳刺猬一样:抓活的!

"好啦!要互相残杀了!"我有点气愤,但其实更加激动,这种场面以往只在电视里见过。

我们二人已顾不得多想。拔腿开跑。那位姑娘肯定有跑步的习惯,不费什么力气就冲出我前面一百米。这是一条直路,我们早就打探好了,它通往城区的主道,拐一个弯就能进入车站。只要进了车站,一切就好办了。北方的路不仅滑倒我,它也同样滑倒撵我的人,当我摔倒的时候,后面那些人和狗也不能幸免。

"等等我啊,你。"我朝前面那位姑娘喊。

她扭头望一眼,无可奈何的样子,"你自己爬起来吧,我顾不上你。"

突然,她的母亲从拐角杀出来堵在面前。她被抓住了。母亲紧紧地捉住她的双脚。

"你这个死脑筋!"母亲带着哭腔。

"你快来救我。"她无奈地挣扎。

“你自己想办法啊,我顾不上你……”

我的话还没说完,她们已经互相揪扯着拐进了巷道。

路边的人家被惊醒了,他们推开窗户,同时从窗口射出的灯光落到地面,我脚下的路瞬间亮了起来。现在能成功逃走的希望全在我一人身上。追撵我的人因为众人的惊醒和灯光作用,装成无事发生,放慢了脚步。狗也被村民唤回去。我的希望就在眼前。我跑在路上,以为正是一只刺猬,被同类相杀,心中却感到快活,一种刺猬逃生时悲壮的快活。

夜盲症

久不联系的朋友来找我,他姓陈,我们是在楼下撞见的。

我房间里只有一把旧椅子,他坐在上面担惊受怕的样子。“想不到你过得这么糟糕……”我从他欲言又止的神情中猜测他接下来可能想说点这样的话。可是他没有说,只是不停地拍着刚刚在楼梯口不小心粘上的蜘蛛网,神情烦躁,像个有洁癖的人。他戴了一副眼镜。现在他也戴眼镜了。从前他喊我四眼狗。

也许是戴了眼镜的缘故,我突然发现其实根本不认识这个人,他仅仅有几分陈姓朋友的相貌。这个发现令我坐立不安,是我将他领上楼来,还把唯一的椅子让给他坐,这份热情给得过于仓促以致想收回都来不及。我有点后悔了。

那么接下来我要把他请出去。这对我来说并不困难,只需要一丁点儿时间找个得当的理由。我在这儿没有交一个朋友,楼道因为只有我和少数的几个租客穿行，在拐角处已结满了蜘蛛网。这种状况的形成正是因为住在这栋楼的人都不爱交朋友。即使有那么一次意外——就像现在，我误将这位陌生人当成失联的老朋友带上楼，接着就会想办法将他送走，这里又会恢复如前。

可是我暂时找不到合适的理由。发现他不是我的朋友后，因为找不到话题，干巴巴地连水也忘记喝地坐着，再没有比这更尴尬的气氛了。眼看天色渐晚，而他还没有要走的意思。我已经开始着急。

大概是为了缓和气氛，他提议出去散步。听到这个建议我高兴坏了，正好，出去散步，然后随便说两句就散伙。

我们迎着冬风，前面有只狗给我们开路，它是只流浪狗，平常我一个人散步的时候它会跟来陪我走一段。有一次我的房东跑来跟我说，那是我的狗，是我把它遗弃了，而狗对我不离不弃，我是个没有良心的人。可是我想不起那是我的狗。我大概失去了一部分记忆。其实这也没什么关系，人注定是记不住太多事情的。就像这位陌生人，他以朋友的身份来找我，我却将他忘记了。

这样想来我确实是个没有良心的人。比没有良心更糟糕的是，我得了夜盲症，这是多久以前发生的事我已记不得，也许十年也许八年。我只清楚有一段时间，我抬头只看得见一小片窟窿一样的天，低头伸手不见五指，我是凭感觉走路凭感觉活在世上。好在最近我的眼前出现了一点光亮，虽然模糊但基本可以看到这位陌生人的装束，况且当一个人闭上眼睛的时候她的心眼就开了，她的潜能会得到更大发挥，因此他有什么情绪很难逃过我。

他在我身边走着走着就弯下腰去，这样子倒确实像我那位姓陈的朋友。

之后他跟我提起一件往事——因为提起这件往事，我才确信他是我的朋友。他问我是否记得十年前的晚上，我们坐在一片开败了的荷花池边，计划一件事情。如果当时我们成功了，今天就不会这么潦倒，就不会得夜盲症。原来他也得了夜盲症。我安慰他不要伤心，得夜盲症的不止我们两个。在我租住的房子里，甚至别的房子里，到处都有得夜盲症的人，我们之所以不交朋友正是因为看不清对方。何况灰蒙蒙的世界反而像一层保护膜，更有安全感。

他听我这样一说也就不伤心了，弯下去的腰直了起来。可是接着又弯下去了。

我知道他始终放不下那件事情。那件事如果说给我的房东听，她要么昏过去，要么将我轰出去。

事情是这样的，十年前的晚上，我们坐在一片开败了的荷花池边，筹划在一个有月光的大半夜，去挖我家的祖墓。你没有听错，十年前的晚上，我和陈姓朋友想当盗墓贼，但是我们又非常胆小，怕鬼，尤其怕陌生的鬼——我们把亲人称为家鬼，把陌生人称为野鬼，我们商量来商量去，最后都觉得挖祖墓最保险。先挖我家再挖他家。我们都很肯定，祖墓中的人活着时爱我们，死了一定也是爱我们的，如果他们看见我们穷困潦倒，一定会睁只眼闭只眼——假如他们当时被我们吓得睁开眼睛的话。反正，偷自己家里的东西最容易获得原谅。

可是我们拖拖拉拉了一阵子，不敢动，害怕含口银子是假的，尤其是看见街铺上有铁匠用白铜做了一块像模像样的元宝，我们对挖墓的事情就更冷淡了。姓陈的朋友跟我说，他父母有一双结满茧疤连筷子都拿不稳的手，如果有含口银子给祖辈，他们的手肯定像月光一样白，不会粗糙蜡黄。这样一来真是白辛苦了，所有的计划都要泡汤。我们敢肯定，祖辈们正是用一双结满茧疤的手将他们的孩子——我们的父母——抚养长大。很多例子提示我们，这样的手会延绵地遗传给下一代。

他低下头,再抬头时他告诉我,那次计划告吹之后他偷偷挖了自家的祖墓,顶着月光干了大半夜,想着很快就会挖出银子他还激动得哼起了调子,然而他只刨出一个深深的黑洞,他站在洞底感觉自己像一只害虫,还因为心情慌乱把自己的脚背都挖伤了。他爬出深洞撒腿就跑,那之后他得了夜盲症,好在人的眼睛看不见东西的时候,他的心眼就打开了,他甚至可以在宁静的黑暗中看见平时看不见的。

前些天,他的眼前出现了一点亮光,又可以辨认一些东西了。刚才在楼道拐角粘上的蜘蛛网,他也一丝不留地清理干净。

我们来到一条林荫道上,他始终弯着腰,灰扑扑地走在我前面。我对我们之间的关系又产生了怀疑,甚至,我们刚才所回忆的那件十年前的往事也可能是假的,只不过是两个四处流浪的夜盲症患者为了找到一点共同的话题,虚构了一场疯狂的往事。他所描述的祖墓中的黑洞很可能只是一眼水井。你看他弯腰驼背的样子,很像传说中背井离乡的人。

安宁 作品

安宁，八〇后，山东人。已出版《我们正在消失的乡村生活》《遗忘在乡下的植物》《呼伦贝尔草原的夏天》等25部。获首届华语青年作家奖、冰心儿童图书奖、内蒙古索龙嘎文学奖等多种奖项。现为内蒙古大学文学与新闻传播学院副教授，内蒙古评论家协会副主席。

正在消失的乡村生活

秋收

秋天一到,村子里便有一种怀孕女人马上临盆的焦灼的幸福感。昔日炊烟袅袅的平静生活,忽然间被打断了。站在大街小巷里八卦别人家私生活的大嘴女人们,也调转舌头,开始朝自家男人开炮。开炮的目的当然是为了督促男人磨刀霍霍向庄稼,而不要闻不到秋天的气息,依然在胖婶家的麻将桌上流连忘返。

其实不用女人们唠叨,男人们也知道大展身手的时候到了。秋收的时候,娘儿们能干啥呢?不过是烧水做饭推推板车。当然,女人们根本就不服气,认为她们是十项全能,什么都能做的。比如掰玉米吧,男人们掰一垄沟的时间,女人们也差不多能跟他们齐头并进,落不下多远。就连被认为是秋收时累赘的小孩子,也自有我们的用处。所以整个秋天,全村老小都是沸腾的,好像那高粱顶上喝醉了酒的穗子,被风一吹,就更加地站不稳,于是一直倾斜下去,快要触到地了,才忽然间又直起来,看一眼这成熟的、芬芳的、醉醺醺的晃动的大地。

和村里所有的人家一样,我们家早早地就分了工。我管烧水,姐姐管做饭,父母去掰玉米,砍玉米秸,收割黄豆,并将玉米黄豆运输回家。而后全家老小一起上阵,扒玉米皮,编玉米,将玉米提到平房上晾晒。我喜欢烧水,不仅仅是因为烧水的时候,可以趁势将一块从人家场院里偷挖来的地瓜烤熟,还因为能借机一个人在家里烧蚂蚱吃。姐姐是不屑这些幼稚的把戏的。只要我烧开了水,完成了父母交给的任务,她也就不再管我,让我化作院子里的一只蟋蟀，或者一个蜗牛，一朵喇叭花，尽管悄无声息地活着就是了。我最擅长将一个生地瓜变成外焦里嫩的烤地瓜了。我会在烧水之前，就将炉灰给掏挖干净了，而后把地瓜放在炉子底下，将捡拾来的朽木或者树枝点燃了，便可以坐在炉子旁边，等着水嘘嘘地冒着热气自己烧开了。在烧水的时间里，我会将捉来的蚂蚱暂时放在罐头瓶子里养着，喂它点水啊豆角啊之类的吃的喝的，以便一会儿可以肥肥壮壮地供我享用。当然，那蚂蚱一定是田间地头最大号的蚂蚱王。它们绿油油的肥硕的身体，一看就是喝足了一个夏天的露水，只等着秋天有力气在砍伐干净玉米的地里，奋力地蹦出人的掌心，或者碾过的车轮。

假若我只顾着玩蚂蚱和翻烤自己的地瓜，而没有及时地将水烧开了，并送到地头上去，给父母泡茶喝，那一定会遭来父亲的一顿恶骂。如果我的嘴头子上还留着黑色的吃地瓜留下的印记，那就更惨，几乎会有被累得满头大汗的父亲给暴打一顿的危险。所以我再怎么贪玩和贪吃，也还是会记得自己的正职是烧两暖壶水，提到自己家地头，并给父母倒在茶杯里，再将空的暖瓶给提回来，继续烧水。我一路上会在忙碌的满载着玉米的板车流里，回味反刍一下刚刚烤吃了的地瓜的香甜，和那只很不幸地被我吃掉的蚂蚱的肉味。蚂蚱的肉也就一块指甲那么大，不够塞人的牙缝，但我却吃得津津有味，将那块肉嚼得烂烂的，充分品味每一丝清香，并回忆下片刻前蚂蚱在火里发出的滋滋啦啦的响声，这才一咽唾沫，将肉也一起吞了下去。

我每次都会走神，以至于常常走过了自己家的地头，或者被拉板车的大人们吆喝：快让开点，别挡道！这孩子怎么不懂事呢，都忙得火烧眉毛了，她还那么清闲！这话有时候会被长舌妇传到父母耳中去。如果母亲忙得根本无暇关注这些琐事，那么这一灾也就算是过去了。可是如果母亲恰好上了心，知道我干活心不在焉，就会在看到我的时候，骂我一顿没有眼色,明明对面哪个老娘儿们的车开过来了,我还不知道避让,小心脑袋给镰刀削掉了！我从来都不会辩驳什么，而且知道母亲根本没有时间多骂我，很快父亲就会在地的那头叫起来，催促她赶快将掰下的玉米拾成一堆,等着父亲的下一车来装。我瞅准时机,一下就溜走了。

一旦第一车玉米被倒在院子里,我也就别想烤地瓜了。即便烤完了,也没有时间去吃。我被迫坐在玉米堆旁,有些无奈地叹口气,便开始了我的剥玉米的职业生涯。

一整个秋天,我好像都在剥玉米,无休无止地剥。尤其是夜晚,天已经凉了,露水打湿了我的鞋子,连头发上都好像落满了霜,我也困倦得快要变成玉米里的一只虫子,蜷缩着睡过去了,可是父母一阵因为疲惫而产生的争吵,还是让我强打起精神,一个一个地剥下去。天上的月亮慢慢成了好看的月饼一样的圆,不再是羞涩的蒙了面纱的少女。我抬头看着夜空上饱满的月亮,听着一家人窸窣的剥玉米的响声,觉得自己快要沉入梦里去了。梦里有什么呢,我也不知,只一心一意地想着走进去了,就是世界上最快乐的事情。甚至中秋节的那一天,香台上供奉的我爱吃的月饼苹果和橘子,我也不再留恋和想念。直到母亲忽然间注意到了我的存在,对着磕头打盹儿的我叹一口气,然后放行道:快回屋去睡觉吧！我正一边剥着玉米一边在梦里神游八极,无意中听到这句话,即刻从湿漉漉的玉米皮中跳了起来,轻飘飘地进了房间,爬上床,头刚刚靠在枕头上,便沉沉地睡过去了。

秋天总是让人觉得萧条。地里的大豆啊玉米啊地瓜啊一收割完毕,整个村子就变得空旷起来。风冷飕飕地吹过来,一副要将一切都扫荡干净的架势。我在田垄里捡拾黄色的野果吃,在袖子上简单地擦擦,一口一个吞了进去。野兔趁人不备,“嗖”一下蹿出去很远,可是因为田间太空荡了,毫无遮拦，于是它们还是会被尚未收缴的猎枪给瞬间干掉。我觉得秋天里的自己就像是一只孤独觅食的野兔，无处躲藏。

所以我总是会在秋天里怀念麦收时节的自己。那时候我会因为有更大的用武之地，而被父母重视并褒奖。我不仅仅会烧水送水，用镰刀收割，看场院里的麦子，帮大人装麻袋，还会给大人们创收—— 拾麦穗。拾麦穗是我最喜欢的事情，每拾到一株麦穗，就好像帮大人捡了一个大白的馒头一样，是卖馒头的男人“半熟”家屉笼里热气腾腾的大白馒头。而且，去别人家地里拾麦穗，总有捡了便宜一样的兴奋与开心。我恨不能将村子里所有人家的地都捡拾一遍，把那些漏掉的麦子全部归己所有。一想到自己家麦场里堆满了我捡拾来的麦穗，而它们又能变成好吃的馒头、花卷、烧饼、油条、包子，我的心里就美滋滋的，顶着烈日在地边上飞快地走着，弯腰捡着，也不觉得劳累。遇到“同行”拾麦穗的孩子或者老人，我们会相视一笑，而后默默地较劲，以更快的速度，落下一个又一个竞争对手。

麦收的时候天热，我会直接睡在麦秸垛旁，用几个麻袋就铺成一张床，看着漆黑夜空上的星星，听着池塘里的蛙鸣，还有旁边跟我一样看麦子的女人的鼾声，觉得世界满满的，好像空气里都是麦子的香气。我还会想入非非，觉得某个麦秸垛后面，会藏有一对偷情的男女，他们像猫一样，发出暧昧的叫声。那声音让我面红耳热，好像我在偷窥谁家的秘密。我甚至能听到他们的喘息声，热烈的，浓郁的，甜蜜的。这是夏日的气息。

可是秋天一来，收割之后的大地，就再也没有了这样的气息。一场霜打之后，大地变得有些寂寞孤独，昔日披红挂绿的富裕相，全都被修剪干净，露出落光了树叶的清瘦的枝干。我走在河沿上，觉得石子青苔都是清冷的滑，风凉凉的，从对面的小树林里吹过来。也不知谁在更远处吹着口哨，穿过小树林旁边的一片阴森的墓地。那里埋葬着村子里死去的男人女人，还有夭折的孩子。我经常想知道，死去的村人们，在秋收的时候，会不会被吵得无法安睡，而后探出头来，到自己家玉米地里走上一走？依然是生前那样，背着手，弓着腰，唠叨着儿孙们不作为，还顺便将别人家地头的麦子偷走一小捆，并将它们弄乱了，放在腋下，假装都是自己从路上捡拾来的。等他们巡视完了，或许依然不舍得离去，会坐在坟头上，点上旱烟袋，说道说道村里的旧事，还有跟秋收有关的人情冷暖。要等那旱烟袋吸完了，这才起身，拍拍屁股上的泥土，一缩身，重新回到坟墓里去了。

村人们忙着秋收，当然不会想起死去的老人。我也只是在路过坟地的时候，才会想起自己很早就去世的奶奶。想起每次去她的院子里，她好像都在用玉米皮编织着好看的坐垫。坐垫可薄可厚，厚的像树墩一样，可以搬到圆桌旁，坐下来将一碗面条呼噜呼噜吃得干干净净。薄的则适合在地上盘腿坐着编席子用。玉米皮都是晒干了的，讲究的人家，还会将其洗干净了，再拿来用。我看着白色的叶子，常常会想起玉米还种在地里的时候，我会和小伙伴潜进玉米地里，偷掰人家的玉米，并顺便劈下一把玉米秆上的叶子，捎回家来给母亲蒸馒头用。那嫩绿鲜亮的叶子，大概是所有女人们的最爱，因为把它铺在箅子上蒸馒头，既不煳锅，还能让馒头吃起来有一股玉米的清香味道。我喜欢在馒头出锅的时候，贪婪地将玉米长长的叶子一起拿出来，吃沾在上面的馒头皮。那皮是焦黄的、酥脆的，好像某种我永远也吃不到的小点心，藏在奶奶的篮子里。那篮子当然是挂在高高的屋梁上，任我如何仰望，小气的奶奶也不会拿下来给我尝上一口。

玉米剥完皮的时候，父母会将它们编在一起，一嘟噜一嘟噜的，挂在梧桐树杈上。那黄的红的玉米，让已经开始落叶的梧桐树看起来喜气洋洋的，好像挂了一幅画在上面。那画每天看着，都觉得高兴，气派，心里满足。还忍不住要在树下刷牙的时候，想哼一首沂蒙小曲。当然，哪天那玉米叶被雨水给浸泡得朽了烂了，又被麻雀一啄，忽然间挣断下来，砸了脑袋，就不会哼什么小曲了。父母会发了愁,想着要赶紧弄到平房上去晾干了,剥下玉米粒来,卖了换钱。

于是全家上阵,又开始无休无止地剥玉米粒的浩大工程。有钱的人家,会买一个剥玉米的小机器,据说,将玉米棒扔进去,就自己给剥完了,这听起来很阔气,可是父母也只是聊起时羡慕一下,全家又埋头一起剥玉米粒了。天已经很凉了,于是战场转移到屋子里去。每天吃完晚饭,母亲都会将一个大盆放在屋子里,将她已经叉出一道"沟"以便于剥的玉米棒,丢在我们面前。于是房间里便只剩下噼里啪啦玉米粒打在盆上的声音。没有电视,收音机也没有节目,唯一的娱乐,大概就是一家人天南海北地闲扯。母亲总是抱怨钱不够花,让我和姐姐在学习上节约一点。而父亲也会跟着附和几句,但很快他就厌烦了这样的老娘儿们的烦恼,开始转移话题,比如考我和姐姐做算术题。

这样的考试很容易带来危险。我知道一斤玉米值多少钱,我也知道一斤玉米能换多少油条或者馒头,可是,我却无法像父亲要求的那样,准确快速地算出五十麻袋玉米能变成多少件衣服或者多少斤大饼。我像任何一个伟大的数学家那样,支着下巴,紧皱了眉头,苦思冥想。但并没有天才们的好命,可以茅塞顿开,凭空得到想要的结果。那些奇怪的数字,总是离我很远,好像我天生跟它们无缘一样。我不明白父亲噼里啪啦剥着玉米粒的时候,怎么就对玉米换油条的事情那么有兴趣。难道他从小也没有吃够油条,所以才加倍地将这种欲望,放置在数学一塌糊涂的我的身上,希求我能给他准确无误的慰藉?还有母亲,明明没有文化,却也来一起考我。她不钟情于吃,所以她的考题永远都是关于针头线脑的。比如一斤黄豆能买多少尺粗布,一尺粗布能做几个书包?还有十个鸡蛋值多少钱,如果换线箍,能换几个呢?

我觉得那个时候,父母一定把我当成了全知全能的神仙,恨不能将肚子里所有的对于生活的热望，都通过我的嘴得以实现。如果我回答得准确，他们会满意地丢给我一个玉米棒，让我离开纸笔，继续干活。偶尔还会由此扯开话题，谈及针线的价格，或者粗布质量的好坏。但大部分时候，我没有这样的好运，总是会被父亲的一声大喝给吓得魂飞魄散，继而吃一个父亲的巴掌。但这样也没有结束呢，父亲会派姐姐来监督我，让我继续算那永远跟我不肯亲密的结果。我坐在那里，憋得快要尿裤子了，只好可怜巴巴地求助姐姐，快将那个要命的结果告诉我吧；如果她能帮我一把，我将来一定真的给她买几斤油条吃。不，哪怕一屋子的、一天井的油条也可以。

每次都是饿得眼冒金花的时候，吃完了饭的父母，才会想起我的存在，一声恨铁不成钢的抱怨，终于肯将我解放出牢笼。那时我总是脑子晕乎乎的，想，秋天快快结束了吧，这样，等漫长的冬天来了，玉米都剥完卖掉换成钱了，或者变成了玉米面，做成了"咸糊涂"（玉米粥），父母就再也不会无边无沿地给我出算术题了。

可是，秋天它太长了啊！除了玉米，还有大豆、棉花、地瓜、芝麻。地里总有收割不完的庄稼，我也总有千百个理由，被因为收割而疲惫不堪的父母苛责。我很想找一个人，问一问他们那里的秋天，除了收获庄稼，也要收获巴掌吗？但我永远都是孤独的长不大的那个小孩，行走在秋天的田垄里，捡拾着棉花、稻谷，啃咬着一丝微甜的地瓜，想着什么时候秋收能够结束，大雪覆盖了整个的田野，一切都寂静下来。而劳累的父母，也终于有了大把的时间，可以睡下了。

走亲戚

在乡下走亲戚，你除了需要备好足够体面的礼品，还得有一张禁得起千锤百炼的厚脸皮，随时准备接受亲戚的冷嘲热讽，或者听他们说一些语义模糊，却又会让你脸红难堪的双关语。

所以我怕走亲戚，就跟小羊怕见老狼一样。尽管母亲给准备的一提包烟酒糖茶，也不怎么丢脸面，但还是觉得有无所适从的紧张与局促。都说远亲不如近邻，我去胖婶家里玩耍，跟在自己家院子里一样自在，但去近亲姨妈舅舅或者姑姑家，却百般不情愿，心提得高高的，除非是出了亲戚家门，上了公路，眼看着离自己家越来越近，才会长吁一口气，有犯人离开了监狱的轻松与快乐。

偏偏乡下人最爱走亲戚，就好像不走亲戚，人就偏离了社会、离群索居了一样。走亲戚是人们彼此沟通有无、互相攀比较劲的一种需要。哪家变得富了，有了秘密了，非得去走一趟亲戚，跟那些有这样那样关系的亲戚“说道说道”，才能释放出内心淤积的东西，重新轻松上路。否则，就那些无人分享的喜怒哀乐，也够将人给压死的。

每年走亲戚的高峰期，当然是过年的时候。好像一道过年的程序一样，大家必须要把所有的亲戚，都走一遍。漏掉了哪一个，都会成为一个重大事故，被人在接下来的一年里，无数次提及，甚至有可能造成彼此断交的危险。所以为了顾及礼节，我和姐姐弟弟三个人，需要一起上阵，代替父母去走亲访友。倒是大人们自己，不知是为了避免那些无趣的嚼舌根，还是不想让人知道这一年日子过得紧巴，反而据守在家里，招待前来走亲戚的小孩子们，并旁敲侧击地从小孩子嘴里，撬一些有用的八卦来听听。

在弟弟没有出生以前，走亲戚的任务，基本上都属于我和姐姐。姐姐骑车，后面载着我，前面带着母亲准备好的礼品，晃晃悠悠地就出了村子。那礼品里，必备的是“一刀礼”，也就是新鲜的猪肉，猪肉都是年前就割下的，常常送给第一家亲戚后，过上个十天，兜兜转转，又回到了自己家里。母亲眼尖，不用在那刀礼上做记号，就能够看出是不是我们家的。万物守恒，其他诸如红糖啊饼干啊鸡蛋啊，最后也会换来价钱相差无几的其他礼品。所以走亲戚,那礼品换来换去,也不会太过吃亏,不外是你的给了我,我的给了他,他的又转给了你。唯一越走越多的,是各家各户一年来积攒的八卦消息。真真假假的,听了来,琢磨一阵,再找人考据求证一阵,也就大致知道了彼此的近况。

乡下人似乎家家户户都有七大姑八大姨的,好像女人们不值钱,所以由此组成的亲戚也多。而女人无疑是世界上传播速度最快的“小报”,也因此,我最怕被她们盘根问底地审讯家中大事小情,把握不好母亲口中的尺度,哆哆嗦嗦地就将那秘密的导火线,给哗啦一声扯开了头,结果,好的坏的黑的白的,全倒了出来,以至于回了家,被父母一盘问,免不了挨一顿骂,骂我不知道察言观色,怎么就没将亲戚家的信息全套回来,倒是把自己家那些见不得人的事,全给说漏了嘴!

所以带着父母的重大任务去走亲戚,跟外交使者一样紧张,嘴里吃着亲戚家做的好吃的,心里却哆嗦着,该不该将亲戚的问题照实全答。招待我和姐姐的亲戚也谨言慎行,怕一不小心,我们就会说出一些不合时宜的话来,比如借钱啊求办事啊,谁谁要结婚生子考学需要拿一份礼金啊等等。因为彼此都在琢磨着对方的心思,所以饭便吃得漫不经心,只听得见嘴吧嗒吧嗒咀嚼的声音,和筷子跟碗磕磕碰碰的响声。偶尔一只狗不识趣,跑到圆桌底下找人吐掉的骨头吃,舌头还没碰到那骨头呢,就被主人一声厉喝,给赶出了门。狗于是趴在门口,吐着舌头,气喘吁吁的,有些委屈,也有些气愤,不知这平日里慈眉善目的主人,为何忽然就变了脸,生出这般让狗畏惧的面容。那主人大约也有些不好意思,看狗可怜地哼哼着,将筷子里没吃的肉给扔出去,那狗一时有些分神,等肉落了地,才反应过来。主人不悦,骂道:这狗东西,今天有他妈的什么事吧,怎么就反常起来,看着怪怪的呢?这话狗当然是听不懂的,况且狗已经咯吱咯吱地啃上了喷香的肉骨头,根本就顾不上看主人的脸色,所以话中之意,就被吃饭的客人给吸收了去，虽然嘴上跟狗一样嚼着肉骨头，心里却没有狗的单纯，翻来覆去，只想着这招待饭菜的亲戚，到底是什么意思，怎么就忽然变得冷淡起来了？

不过这样的冷淡，到送别时，却会转变成高涨的热情。这热情来自于客人提来的一包礼。这礼究竟留下多少，带走多少，是有很大的讲究的。一般说来，留一半，送一半，是基本的规则。但即便大家遵守了规则，还是要来一番虚假的客套。这客套也不知是谁发明的，我猜测跟孔夫子有很大的关系，因为孔夫子最讲究繁文缛节，这一套在没多少知识的乡下人这里，并不缺少分毫。我每次都怕这最后的一个环节，总想赶紧逃掉，不想看母亲跟那来走亲戚的，将一包好像价值连城的礼品推来让去，一个坚持要全留下，一个执拗地要带走一半，两个人各不相让，互不服输。干这事的当然都是女人们，没有哪个男人愿意跟一包糖或者一瓶罐头过不去，只有女人们会斤斤计较这一瓶罐头的价钱，想着上次给这亲戚家送去的那一袋炒糖，这次他们来，应该留下多少钱的东西，才算是不失礼数，且不让来的亲戚觉得此行亏了。有时候两三岁的小孩子不懂父母跟亲戚家的这些虚假的客套，以为他们吵了架，会在大人们的肢体推搡里，哇一声吓得大哭起来。这一声哭，是很好的休止符，让斤斤计较的大人们见好就收，也让那一包糖或者瓜子，得到其最终的归宿。

这些烦人的礼数，我完全不在行，但却要硬着头皮，被母亲千叮咛万嘱咐地去完成任务。好在我们家亲戚不多，常常走的，也就大姨和小舅家。那些脸面相差无几、让我分不出谁是老大老二老三老四的四个姑姑，被父亲和他的两个兄弟给平分了，每隔三年走一次。我当然还是有大舅和二姨的，只是不知哪年哪月的规定，我们家和大舅二姨家，逢年过节，再也不走动了。我猜测这是历史遗留问题，基本上也逃不出金钱和礼节等带来的相互误解。据母亲说，二姨是因为搬到县城之后，开商店发了财，瞧不起我们这些穷亲戚，怕我们有事没事就去求他们办事，当然更主要的是借钱，所以主动断绝了与我们的来往，以至于在我的印象里，几乎没有过二姨的影子。我不知道这个跟母亲同一个娘胎里出来的二姨，为什么会这样无情无义地断了交。当然，对我来说，有没有她，都无所谓，我原本就不喜欢走亲戚，少了她，我还觉得过年时轻松了一些，无须在一个不远不近的亲戚家里，枯坐上一上午，只为了吃一顿不怎么丰盛的饭菜，留一两包礼物，就完成了过年的仪式。

而我的大舅，也是在即将去读大学的那个暑假，突然才知道了他的存在。好像在此之前，我从未有过大舅一样。想起来，大舅是母亲的哥哥，他们兄妹两个，怎么就落到互不来往的地步，谁也说不清楚，大概各自成家后，彼此琐事增多，儿女成群，也就顾不上这同胞的情谊，于是慢慢走动少了，关系也就淡了，以至于我们这一辈人，连母亲曾经有过这样一个大哥都不清楚。那年高考完后，姐姐带我去大姨家走亲戚，离开的时候，不知怎么大姨就叮嘱姐姐带我去附近大舅家坐上一会儿。姐姐比我年长，也比我更懂得礼节之类的重要，所以尽管母亲并没有让我们拜见大舅，她还是遵照大姨的指示，在路过大舅家的时候，折进去坐了片刻。姐姐每年都走亲戚，而我只是偶尔为之，所以她大概知道我们还有一个亲戚，是大舅，他有三个儿子，每个都需要他拼命挣钱盖房子娶媳妇；哪一个完不成任务，都是他这做父亲的失职。所以相比起来，他比母亲更为辛苦。我第一次见到他，看着那张跟母亲有些相似的脸，觉得人生真是奇怪：他与母亲的血缘关系，究竟是怎么流落到我们这一代，就忽然间停止了呢？而我跟这个叫大舅的男人的儿女们，更是从未谋面，或者，曾经谋面过，却并不知晓母亲与她的这个哥哥之间，曾经有过互相关爱的兄妹时光。

大舅看到我们，有些诧异，但还是按照礼节，给我们沏了茶水。虽然是孩子,不怎么喜欢喝茶,但那茶水却和大人一样的规格,绝不会少上一撮,或者低上一等。当然不是觉得小孩子会品出茶水的味道,而是怕回家后,大人们细细问起,孩子们口无遮拦,说出茶水难喝,让此后的亲戚关系,忽然间恶化。大舅当然没有失礼,很快停下手里的活计,陪我们两个对春种秋收并不在行的孩子聊天。对于已经当了爷爷的大舅的陪聊,我和姐姐都有些拘谨,在大舅一声声"喝茶"的客气相劝中,小心翼翼地一口一口抿着并不知道是什么滋味的茶水,并在大舅提壶给我们续茶的时候,客气地用手护住杯口,连连说几句"不用了,满着呢"。

大约这样持续了有半个小时吧,我用眼神示意姐姐,礼节是不是足够了,我们该回家了吧?还不等姐姐接到我的暗示,大舅忽然就咳嗽一声,小心问道:你们这次来,是有什么事吧?我和姐姐面面相觑,不知道该如何回答大舅的问话。而大舅见我们姐妹保持沉默,又紧跟着加了一句:有事你们说就行。我笨嘴笨舌,也不打算做这样尴尬的外交发言人。倒是姐姐,红着脸说了一句:真的没啥事,就是我妹妹考上大学了,顺路过来看看您。我以为大舅会为我高兴,表示一下微微的羡慕与夸赞,不想,他却好像明白了什么似的,"哦"了一声,然后便再没有了问话。

我和姐姐当然很识趣地起身离开了。而那个我之后再也没有见过的大舅,还一个劲儿地跟在身后,问我们:真的没有什么事了吗?我其实知道大舅是想直白地追问一句:是不是这次来,要考上大学的喜酒钱?但到底谁都没有说破。我和姐姐,并未想要去大舅家里讨一百块喜钱,而坚持认为我们无事不登三宝殿的大舅,大约在我们离去之后,还会花费很长时间,想方设法去大姨家打探我们此行的真正意图。

但我其实也并不怎么喜欢大姨。尽管她跟我们家算是走动最为频繁的亲戚,不比那些势利眼的姑姑们,我考上学了,还要打探那大学到底是否正宗本科,又是不是花钱买的。而在得知我毕业后或许只能当一名普普通通的中学老师后,又百般嘲讽老师是天底下最没出息的职业。不怎么喜欢大姨,我想大概是因为大姨家的两个儿子,都通过考学得到了一份正式工作,而且姨夫还有一笔不菲的退休金,让他们老两口可以比我爸妈过得更为滋润,所以他们也就对我们这样一家穷亲戚,带着一些同情,每次登门拜访,都会让我们家人觉得自惭形秽,或者羡慕嫉妒。这个世界上,大约我们都需要有一家亲戚,可以作为参照,照得出自家的幸福生活。所以每次去大姨家回来,或者大姨家两个儿子从我们家离开,我都会被父母批评教育,大致内容不外是要好好学习,赶超姨哥之类的话,我为此要在家里埋头苦学三天,才能逃得过父母苦口婆心的教导。而在我当初究竟是考高中还是中专的选择上,因为没有听从大姨一家的劝诫,读了高中,大有超过两个读了中专的姨哥的野心,而被他们指责,并因此让我生出不考上大学就被大姨家看笑话的压力。

在我一级一级地从本科到研究生再到博士的读书过程中,一直伴随着母亲与大姨的比拼。她们姐妹两个,从比拼当初的婚姻,到比拼各自的儿女,再到儿女的工作与婚姻,始终没有停歇下来。

我因此借着外面读书就业的原因,很少再去大姨家走亲戚,并最终习惯了从母亲口中得到他们零星的消息,而丝毫不想亲自去看上一眼,他们的生活,究竟是怎样的状态。我与整个家族中最后一个亲密交往的亲戚,在嫁到千里之外的他乡之后,终于只剩下藕断丝连的一点关系。

从母亲口中听来的关于亲戚的消息,在远走他乡之后,似乎都是关于疾病或者死亡;好像一个亲戚没病没灾,就会被人遗忘。只有他们忽然间生了变故,与之有血缘关系的人,才会意识到生命中曾经有过这样一个人,跟自己的家族,有着这样那样的关联。母亲会代替整个家庭,去给那个病入膏肓的亲戚,提一些礼品,表示慰问;或者在丧礼上,去烧一些吊纸,感叹一下过去曾经有过的恩怨,而后便将这个亲戚,锁进了记忆的仓库,除非闲聊提起,这个亲戚,自此很少再会进入我们的生活。

生命在乡下,大约跟田间地头的草一样廉价。而那些贫穷的功利的爱挑拨离间的亲戚们,他们见证着我们的衰败颓唐与荣华富贵;我们也同样折射出他们鸡零狗碎、潦草随意的一生。害怕我和姐姐登门拜访的大舅,几年前死于癌症,死前儿子与媳妇怕传染,将他一个人丢在破旧的小屋里,连一杯水都喝不到。我的某个欠钱不还并因此怕我们登门讨要的姑姑,也在忙完儿女婚事后,累死在农田之中。另外一个每年都因碎嘴而让父母吵架的姑姑,则死于一场意外的事故。对于我,他们的生命犹如飘摇的庄稼,倒下之后,便化为模糊的麦子、玉米、稻谷或者高粱,被装进了记忆的瓮中。对于父辈,他们更是炊烟一样,被风吹过,便消失不见。日子在他们离开人世之后,依然琐碎地过着,好像,在这个世界上,从未有过这些亲戚的印记。

或许,也只有我知道,他们曾经在我的成长之中,烙下怎样无法祛除的印记——卑微的、贫穷的、尴尬的或者辛酸的印记。

丧事

村里某个老人一去世,邻居家的郑大便开始莫名地兴奋。

郑大是村里红白喜事的司仪,只要有他在,这丧事或者喜事便可以进行得体面而且顺利。但他的脑袋总是歪着,形象有些不好,于是不成文的规定,便是丧事都会找他,喜事则拐弯抹角地,将他给忽略掉了。所以郑大便更珍惜这丧事的主角地位,常常主人家还没有请他过去,他自己就巴巴地上了门,以不容置疑又略带商量的口气,对着还没有从悲伤中缓过劲儿来的主人,探讨怎样将丧事办得排场一些,风光一些,让村里人瞧得起一些。

我一点儿都不羡慕郑大,但我羡慕郑大的儿女们,他们会在整个丧事的过程中,有吃有喝,就好像地主家的孩子,忽然间在那几日里,都长得肥头大耳起来。小孩子是不懂得大人们的悲伤的。当然,也可能,大人们根本就不悲伤,人死了,如果是无疾而终,那就是一件喜事,会像结婚一样,任由郑大和他的下手们大操大办,让那已经去了阴间的人,明白阳间是多么卖力地为他(她)的轻松离去,做足了文章,挣得了颜面。

小孩子有独属于自己的快乐,在丧事开始的那一天,我会和村里的孩子们一起,爬到墙头上去,或者某一棵能看到院子里全景的大榆树上,再或直接钻到人来人往的院子里,静候丧事的开始。不知是我们人小,不足以引起大人们的注意,还是大人们愿意我们这些小屁孩儿们围观,给丧事增加一点儿人气,不管我们站在哪里,人家吊唁的堂屋里,还是堂屋外面搭起的棚子里,或者做丧宴的厨房里,大人们都不会赶我们走。有时还会派我们去干一点儿活计,比如买个针头线脑的小玩意儿,或者趁机塞我们嘴里一大块肉。肉当然是肥的,流着油,但那时的小孩子没有觉得肥肉太腻的,相反,在宴席开始的时候,那端上来的一大碗肥肉,大多都是小孩子们给分吃了。每一个小孩都吃得脑满肠肥的样子,好像这辈子就吃这么一次肥肉,或者吃完这顿肥肉,就要壮烈牺牲了一样。反正父母都给了份子钱,抢一片肥肉吃,也是理所应当。否则,这样全村人出动参加的节日里,不吃不喝,假装矜持,不被人笑话才怪。即便人不笑话,那个死去的人,也会不悦,好像我们嫌弃了他家的饭菜一样。

当然,我们并不是冲着这一顿饭才来守候一天的。丧事上有的是好吃好喝好玩好看好听的玩意儿,足够我们玩乐一天,到天黑丧事结束后才肯回家。光那"守棚人"的各式哭相,就够我们乐一阵子的。没有人前来吊唁的时候,守棚的主人们就会披麻戴孝地聊天,或者假装面容严肃地跪在席子上,回忆逝去家人的音容笑貌,再或彼此商量着,这一场丧事的细枝末节,有没有不周到的琐碎地方,是否无意中得罪了某个吊唁的亲戚。他们头抵着头,嘁嘁喳喳地说着,更让我们觉得兴奋与好奇,很想弄明白,到底发生了怎样好玩的故事。这样的八卦,村里的女人们更是喜欢。因为这基本上是下一场丧事来临之前,村子里最值得咀嚼回味的谈资。如果错过了哪一节,那跟错过了评书里的某段重要的情节一样,让人遗憾。当然,这种遗憾,很快会在接下来的日子里,被别的女人们给补充完整。

相比起这样的八卦,守棚人的哭声,颇有插科打诨的感觉。只要那主事的人在门口大声地一喊,报告某个重要人物的来临,那棚子底下,立马传来整齐划一的哭声。我想如果这是喜事,那哭声一定会换成兴奋的叫好声。左右两排守棚的人里,男男女女都有,大人小孩也都齐全,所以那哭声便听上去很像一首大合唱,凄凄哀哀的,一下子便感染得来客也捂着半张脸,一路哭将上来。那守棚的人里,哭爹的也有,喊娘的也有,甚至还有哭姐姐的,可是,他们明明是死了父亲的。所以我一直百思不得其解,为何爹死了,一定要哭娘?也或许,是太伤心了吧,已经分不清死去的是谁了,只知道在来吊唁的人面前,表现出十二分的热情来哭,以便让来人意识到丧事的重要,和他们内心无法抚平的痛苦。

堂屋里那两个围着纸钱箱子,主打送纸钱给逝者的女人,不会哭得这么夸张。她们的哭,呜呜咽咽的,很是内敛,又带着些真诚与感伤,所以更容易触动来人的内心,进去看见那镜框里的黑白遗像,又被两个女人的哭声一感染,便将大门口就开始的哭声,转换成了让人动容的眼泪。而这相对比较封闭的堂屋里,也成为来者与逝者最好的交流的地方。我喜欢悄无声息地溜进门去,看墙上去世的那个人,以特别庄严的面容,注视着热闹的庭院里,儿女们穿梭来往。村里人都说,人的遗像,都是在去世以后拍摄而成的。我便一直好奇,去世的人眼睛怎么会睁开着呢?村里人便回答我说,因为眼皮是被细细的高粱秸给撑开着的。这样的回答,让我觉得更为诡异,再看那墙上放大的遗像,便生出了恐惧,似乎那微笑的眼睛,在暗含深意地看着我,或者,会像老人们说的,能将我的魂魄一起带走。于是我便不敢再继续看了,一低头,退出堂屋,混入快乐的人群里去。

中午的时候,院子里快要站不住脚了。人群都跑到墙头上、麦秸垛上、院墙外的高树上去了。我人小灵活,在人群里钻来钻去,总能逢着好时机,一下子挤到丧事的焦点——吹唢呐的班子旁边去,以最近的距离,观看唢呐班的精彩演出。唢呐班当然是主人家花钱从乡镇上请来的。一个班底大约有四五个人,其中,总有一个漂亮的女人,类似于时下乐队的主唱角色,那主唱是整场丧事让人瞩目的焦点。男人们喜欢多看几眼这能歌善舞的女人,她的一笑一颦,好像电视里好看的演员,含着娇羞,带着妩媚。男人们站在墙头上,一起叫好,一曲完了,再要一曲,而且无休无止地点播节目,将那些暧昧的情歌,一首一首地全唱完了,他们还是不肯罢休。不过唢呐班里,总有一个男主唱,会站起来怜香惜玉,保护这女主唱的嗓子,让她休息一会,自己接班,来点荤的调剂观众的口味。这唢呐班唱得好不好,跟主人家给的钱多钱少,也有着很重要的关系。如果钱多,他们当然会卖命地弹啊唱啊吹啊,女主唱也会宽容男人们的荤言荤语,或者调戏的眼神。如果钱少,他们就总是找了理由,歇上一会,这样的间歇,会让丧事的整个节奏,也跟着萧条冷清起来,以至于主人家的脸色有些挂不住了,匆忙赶来,中间给点小费,这才让快要熄下去的火焰,又继续旺旺地燃烧起来。

这些活计,当然都是郑大和他的跟班们操劳布置的。他总能从拥挤的人群里,发现那些不和谐的音符,并及时地汇报给主人家,而后再给出最有效的解决办法。所以郑大比任何人都要牛气烘烘,嗓门也比平日大了许多。而他的儿子郑小印,在我们小孩子中的威望,也跟着提高了一倍。外人不能随便出入的厨房，郑小印完全可以凭借郑大的知名度，嗖一下钻进去,捏一块猪肝出来。于是我们便在门口,流着口水看郑小印趾高气扬的样子,看上片刻,知道那猪肝也到不了自己的嘴里,也便罢了,咽下一口唾液,继续看唢呐班的女人,在接了小费后,喝一口好茶,吃几口点心,又咿咿呀呀地唱了起来。

等着那戏在院子里唱得差不多了,宴席上也只剩了杯盘狼藉,我与其他小孩子们渴盼的事情,便是抢花圈的乐趣了。这一活动大约在下午的三点半以后,有了点滴的苗头。那时跟主人家关系好的小孩子,早就通过大人疏通好了关系,定下了谁扛白马,谁举纸钱箱子,谁拿最大的花圈,谁又第一个“占领”田野里的坟头。之所以如此积极热情,当然是有小费可以拿的,主人家会给每一个扛花圈的孩子,发五毛钱作为感谢。五毛钱在那五分钱一根冰棍的年代,几乎可以算得上我们小孩子手里的巨资了。只是因袭下来的传统是,扛花圈的只能是男孩,所以我这样的女孩,就只有眼睁睁看着他们一拥而上争抢的份儿了。不过赶在他们出门的时候，瞅准时机,摘一朵自己喜欢的纸花,也是一件好玩的事。那纸花做得漂亮极了,如果幸运,我常常可以抢到四五个纸花,红的,黄的,蓝的,紫的,拿回家去插在酒瓶子里,可以欢欢喜喜地看上好一阵子。

下午四点,唢呐一阵悲天悯人的响声之后,院子里的人们,便开始一窝蜂朝外面走。于是整个村子里就沸腾起来,通往村口的大道上,挤满了男女老少。队伍像一条无限蜿蜒的长龙,首尾皆看不到头。郑大当然是领头羊一样,风光地走在最前面的。他对每一个程序都了如指掌,整个的队伍,就是他手下的千军万马,他想让他们在什么时候停,就在什么时候停;想让主人家的儿女亲戚们啥时候哭,他们就得啥时候号啕大哭。所以郑大的声音几乎有穿透整个村子的魄力和气势，不管那哭丧的队伍有多么悲痛，都能够清晰地捕捉到郑大的指令，在该摔陶罐的地方，绝对不会多行一步，一定是话音刚落，那长子便举起罐来，一次摔个粉碎。摔完了整个队伍立刻站起来，将凄惨的哭声，缭绕整个的村庄。

儿女的哭声，也是有讲究的。我总觉得他们事前都排演过如何哭丧，否则，如何会表演得那么动人心扉？那鼻涕流得越长，眼泪溢得越多，将双手拍打得膝盖越响，越发证明自己的孝心比别人更多。女人们更厉害，常常哭得喘不过气来，两三个人架着胳膊，都抬不起她们来，好像她们要长在地上一样，或者马上要哭晕过去了。大人们都啧啧有声，称赞那些哭得动情的子女，我却站在高高的土堆上，一边好奇地观看女人们的夸张表演，一边乐得肚子疼，好像那些女人们的鼻涕眼泪，是专门为取悦我而流的。

唢呐在这时候，是最热情昂扬的。不过我怀疑那是因为他们很快可以拿到薪水，回家去见老婆孩子了，所以才那么卖力地唱啊吹啊，吹得腮帮子鼓鼓的，好像塞着两颗甜蜜的大红枣，那枣含在嘴里，还不舍得咽下去，一定要瞪着眼珠兴奋地炫耀着，让每一个人都知道这场丧事马上就要抵达高潮，并到达尾声了。这时候女主唱的歌声，都是朝悲壮里唱的，要让那哭丧的儿女们，意识到马上就要离开逝去的老人了，所以如果可以，还是将那哭声，再掀起一阵高潮吧。看丧事的队伍，摩肩接踵的，有女人们会跟着一起哭，好像自己死了亲人一样。小孩子们也下意识地握紧了妈妈的手，怕被什么人给一起带走了似的。我看着队伍走出了村子，朝村外主人家的田地里行去，忽然觉得有一丝的惆怅，涌上心头。

有些人看得累了，会陆陆续续地回了自己的家，关起门来，指点一番这场丧事的好与坏。我却一定要跟着去看最后的结局，好像不看那包着红布的骨灰盒，入到坟墓里去，而后填上泥土，筑起新坟，就觉得丧事没有结束一样。

最先抵达坟墓的是那一帮举着花圈的男孩们，他们早就将花圈铺满了坟墓周围的麦田。那个事先被挖出的坟墓，并不太深，一个大人跳下去，还能看得到脑袋在地面上诡异地移动。等到骨灰盒被几个人一起徐徐地放下去的时候，唢呐声和哭声忽然间大作，黄昏已经来临，夕阳血一样，染红了天空上的大片云彩。稀少的看丧事的人群，让坟墓看上去更加的孤寂和凄凉。常常在骨灰盒下放的过程中，那些儿女们会触景生情，扑上去拦住，好像那骨灰盒拦下来了，人也能跟着起死复生一样。一切在郑大们的安排下，当然是有条不紊，不管女人们怎么歇斯底里地哭喊，黄土还是一锨一锨地被铲进了坟墓里，并堆出一个漂亮的坟头来。而那些散落的花圈，也被插在坟头上，被大风一吹，发出稀里哗啦寂寞的响声。

那新坟立在广袤的原野之中，在黄昏里看上去有些孤独。尽管它的周围，有许多这样大大小小的坟墓，陪伴着它。那些坟墓下的死者，也大抵是跟这新逝去的老人，有过这样那样的交往，或许，曾经是亲戚也未可知。而今，他们又在地下重逢，像以前在人世一样，唠唠叨叨，说长道短，或者，谈论自己这一场丧事，被儿女们办得是否还算是体面周全。

唢呐声停止之后，人群散去的速度，比田野里的风还要迅速，包括哭丧的儿女们。他们大约要回去处理很多的琐事，包括分摊这一场丧事的费用，或者将买下的成批的做孝衣的白布，分给每一家，回去做成棉被的里子，或者纳鞋底的布料。当然，也会将欠下扛花圈的小孩子的五毛钱，给一一都还清了。

我总是飞快地跑回村子里去，好像后面有鬼火在亦步亦趋地跟着我一样。晚上睡觉，母亲帮我扇着蒲扇，我总是会问她一些稀奇古怪的问题，比如那个死去的人真的能喝到瓦罐里的汤水吗？比如坟墓里的鬼魂会跑回家去看一眼哭肿了眼睛的儿女吗？母亲总是用蒲扇拍打一下我的屁股，不耐烦地呵斥道：睡觉！

夜晚的村子，静谧得好像什么也没有发生过。白日丧事的喧嚣，被虫子的叫声给清洗过后，越发地淡了。我忍着被母亲拍打的疼痛，乖乖地闭上眼睛，很快就睡过去了。

骂街

村里女人们都是骂街的高手，这一点好像无师自通，但凡嫁到了我们村，就能绕着村子，骂上两圈半，而且那骂词都不带重样的，总能有那么几句，让藏在家里挨骂的那个人，听了面红耳赤，心里有一万只“草泥马”驰骋而过。但再怎么气急败坏也没有办法，无论如何，都不能跑出去，将偷着宰杀的鸡，吐出来，还给那骂街的女人，所以还是让骂街的继续唱歌一样骂给全村人听，直到她嗓子哑了，回家休息一晚，择日再战。

我怀疑女人们都学过表演或者心理学，否则，不会将那小偷的心理，摸得那么恰如其分，会让小偷好长一段时间，都不敢出门，只憋屈在自己家里，等着风平浪静了，再跟个蜗牛一样，瑟瑟缩缩地探出脑袋来，透一口气。男人们当然不会干这样“缺德”的事，他们只负责躲在家里，坐等被偷走的鸡鸭牛羊自己跑上门来；这类出风头的事，他们宁愿让给女人们去做。女人们也不含糊，个个都能担当起这样的重任，从家门口开始骂起，沿着村里的大道，一路骂下去，声音时而感伤，时而激亢，时而愤怒，时而劝诫，而且会在那重点怀疑的某户人家门口，多待上一阵，朝着那家人的后窗，无休无止地喷起了唾沫星子，直骂到觉得那人在唾液里快淹死了，才收了兵马，打道回府。

事实上那骂街的女人自己，也常常会被人骂。村里人都喜欢守着自己的鸡鸭不吃，专盯着别人家的。譬如一到捉蟋蟀的八月时节，一夜在人家玉米地里候着等那好蟋蟀的男人，假若一无所获，总会在天亮之前，恶狠狠地掰几个人家地里的玉米,或者撸一书包毛豆,挖一大袋花生,回家给老婆交差。那做老婆的,不至于看到男人一分没有挣到,而觉得气恼,翻翻提包,将那采摘来的玉米花生,锅里煮了,吃完睡上一会,也就原谅了自家分文未挣的没本事男人。

不过等到男人醒来的时候,从农田里干活回来的被偷了玉米花生的人家,会有女主人沿街叫骂开来。骂哪个屙血坏良心的捉蛐蛐踩坏了他们家玉米,还偷了一书包玉米棒,也不怕嘴巴烂了祖宗八辈招阎王小鬼下油锅!要是你自己到家里来赔钱,老娘我就饶了你们全家,否则非得扒了你们皮吃了你们肉!有了孩子不得好死!生孩子没屁眼!女人一路骂过去,估摸着这事全村的人都能够听到了,傍晚出门乘凉的时候,会议论起究竟哪个王八蛋干了这缺德的事,便住了口,回家喝一大杯水,继续吃喝拉撒的琐碎生活。

倒是那个一夜没睡觉又被老婆抱怨分文未挣的男人,醒来摸着吃了玉米棒的肚子,打了个饱嗝,边听骂街的女人高一声低一声地换着花样骂他,边朝院子里忙活喂猪的媳妇嘟囔道:这女人嗓门真他妈的高,想把天给震下来吗?媳妇头也不回丢过来一句:睡你的觉去,钱没挣一分,屁事管的不少!男人被媳妇这么一骂,有些气,大着胆子反驳道:一夜没挣钱的多了,不光我一个,今天晚上捉个卖钱的蛐蛐,饭也不在家里吃,直接下饭店!媳妇这回将喂猪勺子朝地上一扔,吼道:吃你个王八蛋的饭店!老娘伺候你一天累了!喂猪去!男人终于不敢再接下去,乖乖地捡起勺子,“唠唠唠”地唤开了那似乎比他更幸福一些的猪来吃食。

我家左邻胖婶家爱养鸡,一养总是一大院子,鸡蛋留着赶集卖掉换针头线脑,鸡当然更舍不得吃,除了逢年过节心疼地宰杀一只尝尝鲜,基本上都等着肥了卖掉。怕有人偷鸡,胖嫂总是用“洋红”给染了头顶或者翅膀,跟我们家和右邻二蛋家的鸡们区别开来。胖婶人精明,谁都不服,因为胖,小眼一笑,便在脸上找不到了,所以一般人不知道她心里在想什么,她却能从细细的眼缝里,窥到外人的坏心眼。胖婶还疑心很重,天井里的东西有时明明是她自己放错了位置,忘了,非得跑到大街上骂上一圈,再回来翻箱倒柜地找。她人胖,有的是力气骂人,从村子东头骂到西头,快骂到同一个大队的隔壁村里去了,也不见瘦上一斤,反而回来饿了,狂扒拉上一海碗面条,又胖了一斤。

母亲在给胖婶连着接生了三个闺女后,胖婶又怀了一个,大家看着她那尖尖的肚子,都说,这回肯定是个“带把儿的”小子。胖婶得意地在村子里挺着大肚子显摆了没有多久,就引起了妇女主任的注意,恰好那时计划生育开始轰轰烈烈地铺排开来,为了让自家小子顺利诞生,而不是被拉去流产,扔到医院的垃圾桶里,胖婶在一个风高月黑之夜,只收拾了一些细软,便投奔远方的某个亲戚。至于那亲戚家居何方,叫什么名字,就连胖婶的婆婆,也不知道。当然,很有可能,胖婶盼孙心切的婆婆守口如瓶,不肯告知。反正那个年代乡下没有电话,妇女主任也不会插上翅膀,孙悟空一样翻个筋斗,从空中俯视胖婶与瘦叔的行程轨迹,所以也只能由着胖婶怀着心头肉躲在这世界的某个角落里, 惴惴不安地等待着一朝分娩的那一天。

因此胖婶家的院子里,自此便荒芜下去。胖婶养得了孩子,却管不了她的鸡了。她的婆婆隔三岔五地过来看一眼孤独的鸡们,喂一把饲料,清点一下数目,也就关门走了。那门早已被大队书记带领着一帮计划生育委员会的人,给踹坏了。因为知道胖婶肯定是要超生的,那么也只能罚款了事。胖婶躲起来不见人,就无法征收罚款,最快的办法,便是将胖婶家值钱的物件,拉上几个,权当是抵押资金。不过胖婶家的鸡们,倒是幸免于难,未被捉去当“人质”。它们照例在院子里跑跑跳跳,东奔西走,泥土里刨着食吃。这样放养出来的鸡们,反而个个活泼可爱,健壮结实,每个看到的人,都会啧啧有声,夸赞一番胖婶有肉,她家的鸡果然也长得肥硕。

说者无心,听者有意。右边邻居家的二蛋老婆,再看到那些平日被忽略掉的鸡们,便眼睛发亮起来。于是自此她有事没事便到院墙旁边,假装遛弯，踮脚张望一眼胖婶家院子里奔跑的鸡们。我每天放学看到二蛋老婆,会习惯性道一声婶子好,之前她都会回一句:放学了啊妮子。但那一段时间,她却进入了一种忘我的境界,常常我喊她两声,她都听不见,只隔墙看着胖婶家院子里欢快的鸡们,好像她喜欢上了那些鸡,想变成其中的一只,跟它们一起嬉戏,再闻闻它们身上的味道一样。

我将二蛋媳妇的这些奇怪举止告诉母亲,母亲呵斥我:不准胡说！记住,谁也不准告诉！就当没有看见！我有些不明白,明明看见的事情,母亲为何让我说没有看见呢?难道二蛋媳妇是个女鬼不成?搞不明白母亲的意图,我也懒得多问,只将这一发现,告诉一起上学的伙伴二芹。二芹继承了她老妈的精明劲,一下子将二蛋媳妇的意图揭穿:她肯定是看上了人家院子里的鸡,想要杀几只尝尝！这一句终于将我从梦中点醒了。

只是不等我想要继续将侦探当下去，胖婶的婆婆便开始了她漫长的骂街之旅。当晚胖婶的婆婆绕着村子先骂了一圈,以便让每一个人都知道她儿子家的鸡被人偷吃了,至于是哪个王八蛋给下的黑手,躲在自家院子里舔着油嘴的女人自会知道。胖婶婆婆这当然是先制造声势,让那股子舆论的气势,将吃鸡的女人给灭掉,至少,让偷鸡的不再敢打鸡的主意,或者,收敛上一阵。村子里果然议论纷纷,说不知哪个坏良心的女人给办了这样缺德的事,人家胖婶全家躲出去避难了,她倒好,乘人之危,下了黑手。这样的女人啊,呸！简直不配在我们村子里做村民！

在胖婶婆婆围着全村骂街的时候，母亲也只是朝一墙之隔的二蛋媳妇家,意味深长地看了一眼,什么也没说,便继续忙碌家务去了。反正那鸡不是我们家偷吃的,人也便坦坦荡荡,不怕鬼神。只是,忽然有一天,胖婶婆婆将范围缩小了,似乎,她已经通过一些人,排查掉了无关人员,将重点放在了我们家和二蛋媳妇家所在的这一条胡同里。也就是说,我们家和二蛋媳妇家成了重点怀疑对象,用法律术语说,就是两个嫌犯!

这一重大转折,非同小可。母亲再也坐不住了,打算要将二蛋媳妇给捅出去。父亲立马阻止,让母亲不要多管闲事,反正鸡不是我们家偷的,她且安生过自己日子得了,何必插上一脚,反而让人更怀疑我们是此地无银三百两呢?父亲念过高中,说话文绉绉的,母亲大字不识一个,听不懂那此地无银三百两是啥意思。她一急,就朝父亲吼开了:什么他妈的银子啊,还三百两!要有三百两,我还在这里跟你受洋罪啊!父亲无故被母亲喷了一脸唾液,也气愤,吼道:有种你上大街上急去啊,我看人家不将你认成偷鸡贼才怪!倒叫人家真的贼听了高兴!

这一句,倒是提醒了母亲,让母亲瞬间做出了决定,要上街头帮着胖婶婆婆一起骂街!这一决定一旦做下,母亲反而不着急了,她吃了一顿饱饭,又将自己梳洗打扮一番,朝头发上抹了点水,然后出了门。我跟屁虫一样,紧跟在母亲屁股后面,到了胖婶的婆婆家。还没进门,胖婶婆婆就拿眼瞟了一下我和母亲,好像看两个偷鸡贼一样,充满了警惕与冷淡。母亲抹抹被风吹乱的头发,笑道:他大娘,这几天你骂那偷鸡贼挺辛苦的,以后啊,我帮你一起骂,直到那个该死的偷鸡贼,自己到家里来道歉认错,或者将她那张嘴给缝上,以后再也不敢打您儿子家鸡们的主意!

胖婶婆婆先是吓了一跳,很认真地看了看母亲,见她不像是开玩笑的样子,这才有了一丝缓和的笑容:这样啊,谢谢你的好意呢,不过左邻右舍的,这样多不好,我一个人骂街就行了,想那偷鸡的被骂上几天,肯定不会再偷了。母亲附和道:可不是,我想这几天您的叫骂,其实已经让那个偷鸡的露出了马脚,别人看不见,我啊……

母亲卖了个关子,没有说下去。胖婶婆婆果然将母亲拉进了堂屋里,商量什么国家机密似的,压低了嗓门问母亲:丽她娘,你真的瞧见那个偷鸡的了?母亲自信满满地挤出一声冷笑:一个胡同里,抬头不见低头见的,还用我专门看?胖婶婆婆会意地点了点头,算是听明白了母亲的意思,胡同里只有三户人家,除了我们家和胖婶家,就是二蛋家了。那么毫无疑问,偷鸡贼就是二蛋老婆。当然,一起宰杀鸡吃的二蛋,也脱不了共犯的干系。

母亲从胖婶婆婆家走出来的时候,腰杆挺得笔直笔直的,我也仿佛被母亲这自信的光芒给罩着,瞬间有了精神。出门后有人碰见,狐疑地看了一眼母亲,但母亲理也不理,径直拉着我的手,大步流星地走开了。

当晚胖婶婆婆再开骂,母亲没去帮腔,因为胖婶婆婆骂街的方向,这次转换了位置,直接冲着二蛋家开了火。而且叫骂中几乎明白无误地提醒全村的人,那个瘦得芦柴棒似的偷鸡贼,脸上长了"鸡屎雀子"(雀斑)的女人,走路外八字的干瘪媳妇,就是二蛋老婆!胖婶婆婆的骂辞颇为犀利,从二蛋这个偷鸡摸狗拔蒜苗的惯犯,到二蛋老婆鸡架一样没油水的长相,再到孕育两三年也没个种生出来的倒霉相,再到即便是生下来也没屁眼的未来孩子,总之,二蛋整个家族都快被胖婶婆婆给指桑骂槐地骂了个遍。

胖婶婆婆一连骂了一个星期,以至于二蛋和二蛋老婆一个星期不敢出门。终于有一天,胖婶婆婆累得嗓子发了炎,骂不动了,全村的人也都听腻歪了老太太那刺耳的尖嗓门,纷纷在背后说,这老太婆啥时候歇战,让村里消停消停,安静几天?这样的风言风语,当然很快会被多事的女人,风一样吹进胖婶婆婆的耳朵里。又恰好,另外一个女人家的狗被人偷走了,于是那傍晚七八点钟的黄金档骂街时间,就被占用。而二蛋和二蛋老婆,也蜗牛一样,怯生生地探出头来,见村人们被更新鲜的事情吸引了去,并无太多人注意到他们,也便放心大胆地自此出了门,重新参与到全村的舆论圈子里来。

只不过,二蛋老婆自此跟母亲交了恶,常常听见二蛋老婆在某个黄昏,忽然骂出一嗓子:我看你他妈的就是闲吃萝卜淡操心!母亲每每听到了,都朝着墙哼一声:偷吃人家的鸡,也没堵住你那张臭嘴!父亲则白母亲一眼:我看你还真是操心操多了!

这些话,当然都是压低了嗓门说的,因为我们的左邻——胖嫂和瘦叔,已经带着他们的胖小子,从远方亲戚家回来了。我听着他们院子里震天响的小孩子的哭声,父亲母亲压低嗓门的吵架声,二蛋和二蛋媳妇摔碗砸盘的声音,觉得乡村的夜晚,真是热闹极了。

我在这样热闹的夜晚,会顺着竹梯爬到平房上去,一边驱赶着蚊子,一边抬头看慢慢暗下来的天空。月亮早已经升起来了,稀疏的星星们眨巴着眼睛,注视着整个缭绕着烟火味道的村庄。梧桐树硕大的叶子密密地铺排开来,挡住了我看向天空的视线。我索性闭上眼睛,在一点点沉下去的夜色中,倾听整个世界的声音。

我就在那样的时刻,开始想念被二蛋老婆偷吃掉的那只肥硕的芦花鸡。想它如果还健在人世,一定晋级为鸡们的领导了吧?或许,它还能每天打响亮的鸣,叫我起床,也能代替而今总是飞我白眼的二蛋老婆,放学时跟我打一声招呼。这样想着,忽然有一些感伤,慢慢浮起在浓郁的夜色之中。

草白 作品

草白，八〇后，现居浙江嘉兴。著有散文集《童年不会消失》。

劳动者不知所终

1

秋风轻轻摇晃着坡地上的柿子树，那些高高在上的柿果似乎感到了危险。摘柿子的人马上就要来了。我三十八岁的父亲也将加入这支浩大的队伍，他刚长了智齿，半边脸都是肿着的，就像一个虚假的胖子。

屋子里，母亲嘀咕着，说搞不明白为什么一个大人还要长牙齿，这些牙齿有什么用呢，长的时候还那么痛。连一向沉默不语的祖母也发出了压抑许久的哼哼声，像是对母亲质疑的回应。我更弄不明白长牙齿怎么会疼，拔牙的时候才疼呢。

尽管牙疼了一夜，出门前，父亲还是穿上他的白色假领子，藏蓝色卡其布上衣，灰色的确良裤子，如果不看他脚下的鞋，还以为他要去赶集或者修族谱呢。

"你也拎只篮子跟着去吧。"母亲像是放心不下，派我做她的使者。之前，每有她不能及的地方，都让我跟去。

柿子树太高，它的果实在离我们头顶很远的地方，常被比喻为红灯笼什么的，在我看来，它可不是什么灯笼，它就是柿子。可以吃的柿子。

柿子是甜的，制成柿饼更甜，这些甜美的东西总是让我们感到慌乱，如果我想要得到它们——谁不想得到它们呢——那就会成为一名小偷。其实，当我拎着篮子跟在父亲身后的时候，就准备做一名小偷了。

山坡上，柿子树远远地等在那里了。那些红透了的柿子，有些已经等不及，提前坠落在树下草丛里了。经过草丛的时候，我看到虫蚁们正在享用那些破碎的果实。它们总是等待着,等待着,就等到了一切。

三三两两的采摘者站在坡地上,吸着烟,一副悠闲自得又心事重重的样子。许多人陆续赶来,他们扛着梯子,担着箩筐,孩童们则跟随左右,彼此躲藏着,不说话。

我知道他们心里在想什么。

终于,我瘦弱的父亲也龇牙咧嘴地爬到树杈上。我简直不敢抬头看他,更不敢看那些柿子。我看着对面的水渠、寺庙和远山,我看到秋天的世界里万物支离破碎的样子。树叶掉了,田地荒了,草丛随之矮伏下去,飞鸟的身影显得孤单。

在这样的世界里,什么东西都看得见,什么都掩藏不住。

而那些柿子,挂在只余几片树叶的枝条上,父亲把它们取下,放进箩筐里。有些则放在我的篮子里,让我带回家。其实,那些柿子并不属于我们,它们不属于任何一个具体的人。那些树上长的柿子,更不属于那些树。

每年,我都不知道是谁吃掉了它们。一想到这个,我就难受,并不是我想吃那些柿子,有时候我只想看看它们。特别是当冬天到了,下雪了,如果一个屋子里放着一些柿子,一些被冻出柿霜来的柿饼,好像有什么不一样了,连空气都变得无比甜美。

父亲挑了几个最好的给我。它们柔软、光洁。他还要往我的篮子里放。我很怕回去的路上被他们发现,哪怕我会在上面盖上青草,表面上什么也看不出来,我知道他们还是会发现的。

几乎所有的柿子都被摘下了,除了树顶上那少数的几枚,不是遗忘,而是够不着。它们太高了,高到好似要触到天际了。

回去了。我拎着篮子,父亲担着箩筐,我们像陌生人那样往不同的方向走去。我是来割草的,我的篮子里堆着草,兔子们需要它们,我需要它们,我给人看我的篮子,看我割的草,可他们看不到柿子。

我不给他们看我的柿子。

从山坡到家是一段漫长的路程,到处都是人。随时随地会有一些人出来挡住我的去路。远远地,我看见一个人站在水渠边,他好像是在等我走近,以盘查我的行踪,检查我的篮子。我挪动步子,迟疑地往那里靠近,待我走近,看见的是一棵树;天黑了,树影挡住了我的去路。

父亲已在灯下等我了。他的箩筐清空了,他交出柿子,拿到一些钱,这一天的工作就算结束了。他蹙着眉,半张脸还肿胀着,直愣愣地看着我。全家人都在看着我,他们看着我的篮子,等着我变戏法似的把那些柿子掏出来,一一放到桌子上。

好像,这是全家人这一天来,真正期待的时刻。

我哆嗦着,有种不好的预感,那些看不见的柿子,藏匿在青草底下的柿子,在回家的路上已经逃出我的篮子,消失不见了。

2

父亲没有钱买真正的有领子的白衬衣,但他拥有许多假领子。每当出门,就穿上它,把洁白的领子翻出来,裹衬着细瘦的脖颈,显得干净、利落,像个国家工作人员。

他去给我舅舅办事时戴着假领子,去外村修族谱时戴着假领子,下雪天出门打牌也戴着假领子。那雪白的领子衬得他的脸格外英俊,成了村里最与众不同的男人。有一段时间,父亲热衷牌戏,因此引发家庭矛盾,有一次深夜归来将家里的木门踢破;还有一次,与母亲起口角,不吃晚饭就甩门出去了。

不过,这些事情,很快都被我们原谅了。母亲不仅不反对他打牌,一旦他打牌错过吃饭时间,就焦虑得不行,非要我七请八请,请他回来先吃了饭,再打不迟。可我一站到那牌桌前,除了干杵着,什么话也说不出。父亲叫我先回去，我走掉不是，站着又怕遭嫌弃，对请一个迷上牌戏的人回家吃饭实在厌倦透了。

在村子里，父亲有一个绰号：囡囡。一个成年男性拥有这样一个绰号实在匪夷所思。大概因为他是独子，祖母除了他之外再无别的生养，于是，在兄弟姐妹一大堆的村人眼里，他就显得孤单，缺少庇护，因此受到额外的关注。

他在外面那么受欢迎，谁都说他好话，可在家里，他总是那么不靠谱，自迷上武侠小说后，上茅厕的时间格外长。家人说什么，他不是听不见，就是转眼忘了。母亲只默默地干活，任他出去玩牌，只要不被抓，派出所的人不让我们去交罚款赎人，就谢天谢地了。

每次打牌回来，赢钱自然皆大欢喜，就算输了钱，他也不说输，只说赢得不多，一脸无所谓的样子。总之，在他那里，打牌是没有不赢的。要是被揭穿了，他也是一副恍然大悟的样子，好像自己根本不知道有这回事。

村里一个男人输了牌，回家将老婆纺织的棕榈线，点火烧着了。至于因为输了钱受不了女人嘀咕而大打出手的人，更多。最严重的一次，父亲他们在打牌的时候，有个牌友的老婆喝农药死了。

这一回，母亲终于说：你不能再打下去了。

父亲在床上躺了三天，决定去厂里上班。从此，他开始了昼夜颠倒的生活。人们早起的时候看见他刚回来，天黑了，要上床睡觉了，他却出门了。

那个工厂有什么好呢，除了每个月可以领到固定的工资，到了生日，还发一只奶油蛋糕。

父亲一天天地走在上班路上，轮到换班日还要上二十四个小时，他的脸变黑了，厂服脏兮兮的，眼睛里布满血丝，看人的时候也没有从前那么兴致勃勃了。隔壁女人生了小孩，婴孩的哭声吵得他睡不好。要开着电视机才能入睡。可他仍没有逃过一天班。

连母亲也说,你父亲变勤快了。

母亲说这话的时候没有一点兴奋之色。从前的父亲是一个多么懒散的人啊,从前的父亲还会给我们讲一些笑话,报纸上看来的新旧见闻。我记得最牢的是,他告诉我很多年后,这天上会有一枚人造月亮,“到那时候,就算晚上,你也可以在屋檐下写作业了。”

父亲的工资卡一直放在母亲那里,母亲问他需要什么,他都说不要。自从不再打牌后,他好像真的不需要钱了,什么都不要了。

可是,他总睡不够。从前,他可以睡上一天一夜,如遇下雪天,可以连续好几天不出门。昏昏沉沉,享受人生。

生活对于一个三十八岁才长智齿的男人来说,实在太艰难了。

那年夏天,天气燥热,大地干涸,已经一个多月没有下雨。父亲的工厂因限电放假。他躺在床上,在电风扇送来的热风中,辗转难眠。

彼时,村里一位男人从城市的脚手架上摔下来,死了。赔了一笔钱。丧礼过后,他的妻子来到我们家,她与我母亲绘声绘色地说着镇上纺织厂里一名女工的长发被卷入机器里,那个场面实在吓人,很多人当场晕死过去,反正她不打算去任何厂子上班了。

年轻女人的脸充满滋润,一点儿也没有被丈夫死亡的阴影所笼罩。关于年轻女人的谣言可能是真的。她爱上丈夫之外的男人,便假装腹痛差遣丈夫去邻村诊所买药,自己却跑到那个男人家里帮忙做家务。她的丈夫买了药回来,发现家里无人,便跑去向女人的兄弟告状,那个男人喝了点酒,哭哭啼啼。这事,一时被引为笑谈。

母亲对父亲的工作忽然感到不安,好像那里面隐藏的危险正一点点向我们走来。之前,村里的窑工生肺癌死了,死前咳出的痰像是瓦窑洞里充溢的火光。还有一个壮年男人,被采石场的石头砸死了。莫名其妙的死亡事件频繁发生。

就在全家踌躇忧愁之际,舅舅托人传话来叫父亲去替他办事。那个地方在外省,来回需要十几天。那是夏天,男人们都穿汗衫,脖子上光光的,没有领子,父亲却准备戴上假领子,套上黑皮鞋。

几天之后,他像是度假似的去了远方,把那双唯一的皮鞋穿破后,又回到家里。他送给我一条项链,说是从一座寺院门口的小贩那里买的。很多年后,我也去了那座寺院,只想看看父亲所说的那个寺院的名字以何种形式被刻在一堵黄色山墙上,可那里除了闹哄哄的香客,我什么也没有看见。

3

在去工厂上班之前,父亲贩卖过水果。他像个真正的小贩那样从别处运来廉价的水果,准备拉到集市上去赚个盆满钵溢。

出发之前,他对此信心满满,认为所有的买卖不过是一手交钱一手交货那么简单。再说,那些来自异域的水果都是本地的土壤所不能生长的,人们只需看上一眼,就会生出无穷的购买欲。

父亲甚至夸下海口,等这次买卖成功了,他要给自己买一辆三轮摩托车,给母亲买一条金链子,带我奶奶去普陀山烧香,给我和妹妹买娃哈哈口服液——当广告上那个小女孩说“妈妈,我要喝”时,我和父亲都在电视机前面看着。

我对父亲的话半信半疑。

——娃哈哈口服液我没有喝过,电视上出现的很多东西我都没有见过,每次当我看得入了神,父亲就在我边上哈哈大笑。我觉得他的笑声里既有一种故作的镇定,也含着某种不便说出口的允诺。

水果贩来后,他马上后悔了。

许多年后，人们还嬉笑着向母亲复述当年父亲在集市上，在自己的水果摊前，那一脸局促，低头乱翻书的场景。

谁会在做买卖的时候翻书呢？他根本就不会叫卖，一到人多的地方，就成了哑巴，什么话也讲不出来；如遇熟人购买，恨不得倾囊相赠。

父亲卖的是苹果。街市上有很多卖苹果的，那些女人，是天生的卖家，很会和顾客拉关系，而父亲沉默得像杆秤上的砣子。他觉得丢脸，和一大堆女人争抢生意，而那些女人们还对他很客气。

那些苹果不知道是怎么卖掉的，或许大都是烂掉的，那段时间，我经常在家里吃烂苹果，我感到自己嘴里都散发出腐烂苹果的气息了。

有一天，我放学回家发现父亲在房间里睡着了，大白天的，他居然丢下货摊安心睡觉，那条旧红色的毛毯一直被拉到下巴底下，他像个婴儿似的蜷缩着，显得疲惫不堪。

不用说，金链子、摩托车、普陀山都化为一阵青烟飘走了，只有娃哈哈口服液从电视机上走下来，一盒里面装有十瓶，我和妹妹每人五瓶。

父亲问我娃哈哈口服液什么味道？

我想以自己吃过的某样食物来作比方，可想了半天，觉得那种味道什么也不像，什么也不是。

4

在我们家，父亲是不重要的。借债还钱是母亲的事，造房起屋是母亲在张罗，家中一应大小事情，都是母亲拿主意。

特别是当水果贩子失败后，父亲对自己的能力有了近乎消极的估量。后来，当母亲实在走投无路，父亲才把自己贡献出去，他的姿态是无奈的，也是决绝的。从此，他成了一名昼伏夜出的人，是蝙蝠或猫头鹰。那个生产橡胶制品的车间，一天二十四个小时，机器轰鸣，空气里有一股模糊的难闻的气味，是大热天里马路上奔跑的汽车轮胎所散溢出的气味。父亲则成了一架勤勉的、作息规律的机器，为了保持这架机器良好的运作状态，他必须睡觉，可总是睡不够，眼睛布满血丝，身体里全是孔洞，走起路来摇摇晃晃的。

父亲成了一名工人，这是一个尴尬的身份，既是对原有身份和习性的背叛，更是对原有劳动方式的一种颠覆。他的劳动不再受季节气候的影响，白昼黑夜不分，时刻处于劳动状态中，或者随时准备投入其中。

他的生活节奏被彻底打乱，眼睛里密布的红血丝再也没有消散过。他开始睁着一对红眼睛看人，用沙哑的嗓音与人说话，或者不再说话。有一次，我由于吃饭时坐姿不雅，被他狠狠地训斥了一顿，训得我直想哭。以前他从不这样。这一切，全是因为他的劳作方式发生了根本性的变化，他不用去山坡上砍柴，不用去田间劳动，不必去沟渠里弄水；而且还拥有了工作服，那件散发出黑色橡胶气味的制服，蓝颜色的制服，受到汗水和黑夜的滋养，看上去充满诡异之气。他虽然不在太阳底下劳动，可那个车间里却有无数个太阳在炙烤，炎夏闷如蒸笼，劳作之人如屉笼上的包子。

父亲的力气开始像干涸大地上的水，一点点被蒸发殆尽。后来，他只是凭着惯性，按照作息表去上班，不迟到不请假。

那个轮班日，他终于拥有完整的二十四个小时的休息时间，却不准备躺在床上睡觉。他要上山，不是去田地上劳作，而是去打野栗子。从前，那些无主的栗子树即使长在深阔茂密的林子里，总能被人找到，而这几年，它们开始无人问津。那天，父亲忽然想到它们，或许他只是想起了从前的劳动方式，那种在野地里进行的，自由忙乱，带着惊险刺激的、不是事先被安排好的劳作方式。

栗子树长得高，栗子果干脆躲藏在一团绿刺里，想要得到它们并不容易。可父亲那天“战果”累累，装了整整一麻袋，拿到市场上去卖，赚了很多,好像那些钱是香的,是他最愿意赚到的——此事一度成为他最愿意谈论并炫耀的话题。

5

在我还小的时候,那些真正的劳动者——他们是走村窜户的货郎,炸爆米花的外省男人,弹棉花的驼背,以及做衣服的,收长头发的,阉猪的——过着动荡或半动荡的生活,在大地上奔走,以不同的方式养活自己及家人,艰辛却充满尊严。

那些人出现的日子,天是蓝的,流水澄澈,夏日赤焰燃烧,冬天经常下雪。如今,这些古老的职业彻底消失了,曾经的从业者被塞进黑乎乎的机械轰鸣的车间里,成为一种连自己都感到陌生的物种。

当父亲穿着蓝制服走进那个地方,又从那个地方出来后,也成了一个彻底的陌生人。他不仅成了自己的陌生人,他沉默寡言的形象也让我们全家感到陌生。

他是谁?从哪里来?他与那些奔跑的轮胎之间存在什么关系?他制造了它们,然后再由它们来改变这个世界的速度。

那些夜晚,我窗外公路上的汽车声,变得繁密而紧张,常有刺耳的喇叭声将我从梦中惊醒。

那样的时刻,父亲通常不在房间里,他成了家里的缺席者;这个缺席者出现在灯火通明的车间里。由此,父亲拥有了另一种形象与身份,这是被生活所虚构的身份,为了迎合那个身份,他变得勤勉而专注,一反之前的懒散与漫不经心。

他从不迟到,总是在被闹钟叫醒之前醒来。他需要的不是闹钟,而是一面镜子。事实上,这面镜子自进入车间后,就被他握在手里。镜子的存在时刻提醒着他,让他成为镜中之人。于是,他不再是那个流连于牌桌的自己，他牺牲了全部的自己，迫切想要成为那个镜中人。一个付出了一切的人。

他从来没有赚过那么多钱，可这些钱都是以数字的形式存在于一张长方形的卡片上，这让他的成就感大打折扣。它们是看不见的，虚幻的，不像以前替公家摘柿子时那样，一手交货，一手收钱。

由于不再打牌，父亲对钱毫无兴趣，他的工资卡干脆交与母亲保管，任其使用；他只有在领回那只生日蛋糕时，才流露出类似欢欣的表情。每年，那只蛋糕都是被邻居的孩童们一起分食掉的。或许，这只奶油蛋糕是个安慰，支撑着父亲一次次走进那个车间里。当然，这只是我一厢情愿的猜测。

小时候，父亲给我做过风筝，因为骨杆太厚飞不起来；父亲瘦削的身体自穿上那件蓝色制服后，就被它紧紧裹挟着，也飞不起来了。

彼时，我们家开始养狗。当父亲下了夜班回来，这只狗早早地等在桥边，望着父亲的自行车靠近，摇摇尾巴，将父亲迎回家。

这只来历不明的流浪狗，不会说话的动物，好似来自远古的亲人，在我们家进进出出，与父亲建立了某种隐秘的、窸窸窣窣的关系。每当他们静坐门口沉默无言，却向着同一个方向眺望时，好像那狗也拥有一颗同样躁动不安的灵魂。

6

这么多年，像父亲这样过着非生活的生活者，实在太多了。有些人熬下来，面黑肌瘦；而父亲病了，最终被淘汰出局。从此，一个劳动者不仅被取消劳动的权利，还无法成为若干年后奥运会体育节目的观众、新房的主人、婚礼的证婚人，以及送葬队伍中的一员。

这种劈面而来的结局是父亲所无法预料的，像是另一种被虚构的命运，是镜中之人的变异与分身。后来，这个躺在床上丧失劳动能力、随时有性命忧患的人，忽然成了这个家庭的陌生人。全家及父亲本人都在试图说服自己，去认领这具病入膏肓的身体，去接受它。

CT片被病榻上的父亲长时间地举在手中，他试图透过那些明暗与阴影去认清自己的现状，那被关在身体内部的恶疾，毁坏他的身体至何种程度。可他什么也看不出。那些灰色的黑色的半透明的阴影，像无意义事物的排列，是迷宫。

为了印证自己身上依然有那种叫作“气力”的东西，父亲起身，抓取书桌上的狼毫，试图练字。多年来，那支笔毛稀疏的狼毫只在旧历新年时才派上用场，父亲没想到自己的力气连一支狼毫都无法对付，他握笔的手在发抖，勉强成形的黑字好似打摆子，一副迎风逃离状。

向壁而卧的父亲发出一声哀号。他寻找、反思致病原因，到底是哪里出了问题，他想起家里的储水容器，他吩咐母亲以水缸取代塑料桶。他认为是过去十几年来喝的水害了他。过一会儿，又怀疑是那些治疗慢性胃病的药，转而荼毒了他的胃。

一个老太婆被领到父亲的房间，对着父亲的病体施法。她燃香点烟，口含清水，嘀嘀咕咕，一张青色皱缩的脸埋在烟雾之中，

老太婆走后，父亲连黄绿色的胆汁都呕了出来。

从此，父亲成了一个彻头彻尾的病人，一个失意者，身体与精神的双重挫败者，一个惨遭出局的人。连巫术也不能拯救他。那些如马蹄一般纷至沓来的疼痛，耗尽了他的所有耐性；他要转移它，分散它，驱除它，最终他所能做的只是消极地等待它过去。他对纷纷扬扬的来访者，各路亲友，自身惨状的围观者，表现出了基于本能的冷漠。或许，他是看不见了。什么都看不见了。

他们在他房间里进进出出，温言软语，言辞凿凿，却与他无关。

还能起床的时候,他也去牌桌前观战,可无法久站,只呆坐一旁,听听声响,牌起牌落,“吃碰听扛和”,一脸木然。有时熬不住在软榻上昏睡过去,他们看他的眼神明显有了异样。

他不必再劳动,任何形式的劳动早已从他身上抽离,他甚至不能照顾自己。他对自己的存在感到了厌烦,他迫切想要结束这种状态,不是以死亡,而是以另一种形式。他还没有想出那是什么。

而当剧痛来临的时候,他什么也想不了。房间里,电视机彻夜开着,申奥刚刚成功,举国欢庆,人群传来的笑声好似来自遥远山谷的回音。所有这些,已经与他无关了。父亲闭上眼睛,脑海里浮现出那个著名的乒乓球运动员,那个小个子女人好像一头敏捷的豹子,浑身充满着爆发力。

在两次疼痛之间,父亲颤抖着拿起遥控器,在各个频道之间切换,试图寻找那个女人的身影，可已经没有任何一个节目能够将他留在这个世上了。

7

父亲的肉体没有等到那场奥运会的召开，在两次疼痛的间歇永久地昏睡过去。

而无数个被虚构的父亲,在我的意念中长久地活着,被不同时期的我不断赋予新的内涵。

我想让父亲过上想象中的生活，这种生活是这片土地上的人们所没有过过的。它不是有钱人过的生活,也不是穷人过的,这种生活和财富的多少没有必然关系。我不知道这是一种怎么样的生活。

在这种生活里,它要解决一个最重要的问题,那就是劳动。我们该如何劳动。我们对待劳动的态度,决定了一切。

在此期间,我不断地纠正母亲的劳动方式。我劝她以逸待劳,保持身体上的安逸比过分地使用它,更接近劳动的本质。可母亲有自己的节奏,这种节奏被保存在她体内多年,已经成为她生命意志的一部分,无可更改。

这些年来,我越来越渴望一种单调的劳动,在自然环境下的劳作,不必你追我赶的劳作。这种劳作既能给人带来身体上的疲倦感,也能让人迅速恢复。它是一种克制,一种试探,而不是穷尽。

多年来,我帮助父亲寻找着可能的劳作方式。他可以做一个无所事事的守门人,丰收季节的拾漏者,研究彩票和运数的人,或干脆当一个游手好闲者。

而随着世态发展的不可控制,这些可能性都变得渺茫。

这个世上无数个活下来的我的父亲,正在逐一死去。他们死在毫无尊严的劳作现场,死在冰冷的黎明,当太阳升起之前被埋到荒凉的山岗上。

"人居然必须要通过一份工作才能活下去,这个事情包含了人生绝大部分的荒谬。"

有一天,当看到这句话,我有种大声悲哭的冲动。

父亲辞世后多年,母亲以各种方式去打探父亲所去的那个世界。通过梦境、关魂婆的转述以及祭祀日的仪式,她试图获知父亲死亡的真相,以及如何避免这类悲剧的再次发生——不是避免死亡的发生,而是一个人,该如何清楚、明白地死去,接受一份完全属于自己的、独一无二的死亡,好似基督徒走在赶赴圣餐礼的路上。

母亲的努力是徒劳的,她自己就是一个面目模糊的劳动者。在父亲去世后,她更没有让自己闲着。有那么多时间需要填充,那是一个无底洞,她不知道该拿它怎么办。除了昏天黑地的劳作,累了躺倒在床上,第二天从那床上爬起来,继续昨天的生活,她没有别的生活。

她好似被什么东西控制住了,在熟悉的泥淖里越滑越深,根本无法开启另一种生活，那是不可能，也是不存在的。

如果活着的人换作父亲，一切都是可能的。我固执地相信父亲比母亲更加懂得如何保存自己，他的遽然离世是个意外；好似死去的人不是他，而是另一个被虚构的人。

多年前，那个被虚构者抛弃了假领子、柿子树、麻将牌，两手空空，惨然赴死；当通过请客送礼走进工厂的那一天起，那个人就已经提前死去。

飞鸟去了别处，而劳动者不知所终。

深渊

1

千方百计地偷袭我尚未完全结痂的疤痕，盼我手上或脚下创口再次出血是哥哥的童年乐事之一。我对疤痕的病态防护基于对痛觉的敏感。我怕痛。更怕在毫无防护的情况下，皮肤被撕裂；从同一个地方，暗红黏滞的血液再次流淌而出。

我很怀疑，这从同一个地方流出的血液，是不是拥有不同的源头。它们带给我的体验是如此不同。对这个世界，我可以说是一无所知。那些曾在我身上流过的血和发生的事情，也不能让我更好地了解它。很多时候，我以为自己已接近真相的边缘，不想这只是另一个深渊的入口。时间固有的迷惑性，让我体验到无尽的挫败感。

记忆里似乎有过一个极为普通的下午，家中某个尘封许久的抽屉里躺着哥哥小学时的日记本，我好奇地辨认着，似乎想要找到一个日后叛逆成性的人彼时的蛛丝马迹。可让我诧异的是,日记里的哥哥却是一个异常懂事的人,放学路上捏着零花钱,走过冰棍摊,却忍着干渴不靠近。

许多年后,我可以认定该场景的虚构性,或者不可确认的真实性。可是,至少,他曾经以日记里的形象要求自己,以此规整和塑造自己,就像我和我的同龄人所做的那样。我们对身体和欲望有一种本能的淡漠和戒备,惯常地以牺牲自身欲望来成就完美和获得赞誉。

日记里童年哥哥的形象与他日后所表现出的“恶”——种种疯狂与怪诞,在一个人身上,以时间的顺序,明暗的比例,或隐或现,或合或分,组成和消解了人性的各个立面。后来,在父亲无数次恨铁不成钢的痛打和亲人们声泪俱下的集体控诉下,哥哥主动抹去童年日记里的形象——似乎那种隐忍的少年的道德感只是草叶上的露水,马上就在恶世的浊气中蒸发殆尽——他甚至变本加厉,决绝地将一切丢弃,撕碎书本,敲破玻璃窗,穿上破洞牛仔裤,在太阳落山之后,大摇大摆地向门外的黑森林里走去。

不断地,从外面传来的消息是,哥哥打人了,哥哥闯祸了,哥哥可能被抓起来了。颇为奇异的是,所有的坏消息都在黄昏前后抵临,不知是传递者那一刻正好闲静下来,还是黄昏里那明暗莫名的光线,诡异闪烁的气氛,随时抵达的暗夜的忧伤,正是制造悬而未决命运的温床。

那时候,家里所有的人都还活着,安静地各就各位,就如桌椅板凳那样默默承受生活的负重,不哀求不哭泣,不挪动位置。哥哥的行为迅速打破了这种稳固的关系。一个古老宅屋的门被推开,有人出去了,出走者带来的风声隐约传递着外面世界的讯息。

这么多年,我一直在想,是什么导致了哥哥出走。自小没有劳动过的羸弱身体无法对抗父亲的皮鞭之痛,还是像无望的祖父母那样将一切毫无办法地归之于命运的安排?那些走村串巷的占卜者,神之又神,好像趴在我们家窗外偷听,对我们的生活了如指掌,又能如神灵菩萨一样站在高处，俯瞰并预知一切。

一个家庭有人出走了，这只是事情的开端。然后，那个出走的人不断地回来骚扰他们，让这个家庭原本拥有的宁馨气氛遭到破坏，越来越坏，以致草木皆兵。可是，人们要活下去，这就需要宗教。这个家庭最年长的祖母信佛，其实也不过是当有事时问菩萨方便些。菩萨说了，这个孙子会变好，只是需要时间。菩萨每次都这么说，祖母只好相信。

于是，人们开始等待。等待的日子并不让人安宁，只感到这样的日子恐怕永远也不会结束了。可是，人们依然会等。浮水流灯，世事无常，活着就是等。而我在等待长大，离家，永不回来。我发誓出走以后再也不回来。与此同时，哥哥却不断地返回，携带怨气和伤痕回来，就像一个带毒的人，不断地回来寻找那永远也不存在的解药。

哥哥是回来拿钱的，用各种方式逼迫我们交出钱来。

有一天，母亲正在二楼房间里数钱，而哥哥进门的声音从楼下传来。她赶紧关门，脊背抵住门背后，用手指头指指楼下厨房间，结结巴巴地对我说："他，他，回，来，了。"她不敢离开那扇木门，生怕哥哥撞门而入，上锁也没有用，哥哥有的是打开一扇门的办法。有一次，我看到他拿着一把菜刀，刀刃朝上，寒光一闪，就将祖母房间的门哐当一声打开了。

为了应付哥哥地毯式的搜索，母亲将钱分散地藏于各处，裹在毛线团里，塞在写字台下，藏在鞋子里、谷仓里、各种瓶瓶罐罐里……她大概是想把它们藏在一个连自己都有可能找不到的地方，似乎只有如此才安全。是有好几次，她都忘了它们到底藏在哪儿了。

后来，当哥哥不再觊觎母亲的钱财，可她藏钱的方式却没有因此改变。

2

那年夏天的傍晚，我们全家坐在门口空地上乘凉。相比别人家时常漫溢的欢乐气氛,我们家是显得过于拘谨和沉默了:连电视机的音量都调至最低。这沉默是有原因的。哥哥还在外面,谁也不知道哪天他会闯出什么祸端来,将我们苦心经营的欢乐破坏殆尽——既如此,我们索性不要那些终将会被打破的东西。

有一天晚上,我们全家正坐在门口乘凉,一个女人走进我们的视线里。这是罕见的。因为哥哥的事,全家早已习惯在村里所保持的孤立地位。那是一个年轻又漂亮的女人,眉毛细细的,就像柳树的叶子,皮肤有一种罕见的白,细腻的,寒冷的,让我想起屉笼里的豆腐。三年前,她从苏北嫁到我们村。她肯定是在家里待得太久了,以至于连影子都显得苍白。果然,她说自己得了一种叫迎风流泪的病,白天不能出门,"就是眼睛老是要流眼泪嘛。"女人笑嘻嘻地说。我们不知道那是一种什么病,以为那是一种眼疾。可年轻女人说不是。

年轻女人忽然讲到了我的哥哥,说那是一个很帅的小伙,有一次还帮了她的忙。我从来没有听人如此讲起过我的哥哥,我们全家人也都听得蒙掉了,这个外来女人肯定不知道我哥哥的底细,不过也难说,哥哥尽管在家里很坏,在外头却是不偷不抢,对人和气。

"你哥会变好的。再给他一点点辰光。"年轻女人的苏州腔普通话软软的,有点好听,也有点怪。当她打听到我哥哥只有十八岁时,便说,到了二十八岁,他肯定变好了。女人又说她的丈夫今年刚好二十八岁,他们是在一个集市里认识,他追她到家里,父母亲起先不同意,那么远,不放心啊。不过她自己是愿意的。"我喜欢他。我那么喜欢他。"女人说这番话的时候,低了声腔,语调也随之变得婉转,神情羞怯,好似自言自语。她总是说"我的丈夫",而不是像村里人那样"老公"长"老公"短。女人走后,母亲告诉我,她的老公是做生意的,据说在外面有了相好,很长时间没回来了。

"她婆婆说她脑子有点问题,用红丝线缝被子,孩子都两岁半了,还以为自己是新嫁娘。”母亲停了停，接着说，“不过，我看她倒是没有外界传的那么严重。”

后来，年轻女人又到我们家廊檐下坐过几次。都是相似的夏天的傍晚。从来没有一个人在谈论哥哥时这样自然、温和，充满着耐心和体恤之情，好像谈论的是自家兄弟。她的语气里有亲人的疼惜、怜悯，却没有亲人们因期望落空、恨铁不成钢、多年的怨怼而生成种种咬牙切齿，爱恨交缠。她谈起我哥哥时的语调，让我们感到哥哥是一个有前途的人，我们要做的只是等待。年轻女人还说，在她们老家，也有过几个这样的后生浪子，不过他们都顶顶聪明，见过世面，比一般人大方。

那样闷热的夜晚，年轻女人薄荷一样的声音抚慰了我们一家焦灼的心。很多人都在我父母面前谈论过哥哥，他们只是碍于情面或有所企图，或者向我母亲借钱，或者求我父亲帮忙，他们言不由衷，吞吞吐吐，话还未出口，就已变形、僵硬，提前背叛了主人。

那些夜晚奇异而安宁，给人期待。说好奇更为准确些。哥哥的命运将以何种方式延续，真有所谓小径分岔、泾渭分明的道路供人选择吗？走了好人的路便是好人，走了坏蛋的路便是坏蛋，这世上真有这样现成的路让人去走吗？

仰望星空，那里黑暗深邃，永久存在。宇宙最重要的特征是日夜交替，而影响我们家最重要的事情永远是哥哥的举止。一年年过去，青春期的野花野草疯疯癫癫地随开随谢，无可寄托，我感到恐惧，如果说隐隐的逃离念头算是由此而起的抵抗，那也是本能的身体上的逃离，而不是基于对现状的改变。可能，在心里，谁都明白，不可能变得更好了。时间流逝，一年年过去，这才是最坏的最不可更改的事实。

那几年，每次我在暮色中回家，远远地看见炊烟从各家各户的屋顶升起，就有一种莫名的畏怯。不知这一天哥哥又会犯什么事，家里人的心情都好吗？如果这个世上没有哥哥的存在，我可以说是一个没有什么烦恼、接近于幸福的人了。

我们等着，等到哥哥累了，老了，坏不动了，停歇下来。在时间的魔法里，没有什么不能得到解决。后来，当我离家，离开漫长、逼仄的热浪滚滚的夏日黄昏的等待，确实忘却了很多。可在最深的遗忘中永远保存着那部分记忆，甚至记得更为深切了，它是一个伤心的慰藉，谜一样的痛楚与深渊。记忆结成硬块，自为一体，拒绝异物渗入。

3

《聊斋志异》里有一则《拆楼人》的故事：

何冏卿，平阴人。初令秦中，一卖油者有薄罪，其言戆，何怒，杖杀之。后仕至铨司，家资富饶。建一楼，上梁日，亲宾称觞为贺。忽见卖油者入，阴自骇疑。俄报妾生子，愀然曰："楼工未成，拆楼人已至矣！"人谓其戏，而不知其实有所见也。后子既长，最顽，荡其家。佣为人役，每得钱数文，辄买香油食之。

异史氏曰："常见富贵家数地连亘，死后，再过已墟。此必有拆楼人降生其家可知也。身居人上，乌可不早自惕哉！"

很多年后，当我读到这个故事，心里一颤，马上就想到了我的哥哥，并松了口气。原来，原来哥哥的事情并不孤立，原来一切事情都是有因果的啊。我想到苹果在腐烂之前，在种子阶段之前，所经历的一系列可能或不可能的变故，也想到祖母所说的初一、十五出生的人命硬——哥哥的生日正好在八月十五。

如今事情已经过去，我很庆幸事情终于过去，果子已经剥裂，沙粒已经漏光，回想总是容易一些。

那几年，我们家从没有添置过一件像样的家具。我们小心翼翼地抑制着时常冒出的、想要买点什么好东西回来的欲望。一旦哥哥的癫症好久未曾发作,只要我们流露出丝毫想要过好日子的念头,便有一个防御系统自动生成,于是,这蠢蠢欲动的欲望就被环堵萧然的场景给毫无悬念地压制下去,既然它们迟早都要遭到毁损,不如一开始就不要拥有它们,我们什么都不要,那些美好的东西不配出现在我们家。

装修用的三合板在阁楼上堆成小山似的,没有派上用场。冰箱还是早年买的益友牌,氟利昂耗尽,内部电线老化,取食品时要防备随时可能出现的触电感,双门的表面布满坑洼的被硬物击砸的印记,由胶皮和塑料包裹的外皮被敲碎,露出里面的合金。门窗玻璃碎了,也就碎了。铁锅也敲碎过好几次,因为要吃饭,不得不去买了新的来。谁也不敢对这个家进行任何装饰,那是徒劳的。

很多年,我们住在一个家徒四壁的空间里。我们的后窗对着无名的坟墓,墓上芳草萋萋,远望和任何一处荒地没什么区别。夏天的傍晚,窗外的青草蚊子从破碎的玻璃窗飞进飞出。冬天到了,西北风呼呼地刮着,冷空气在屋子内外自由穿梭,恍惚中我们全家衣不蔽体,成了荒寒天地间的植株。

那个遥远的冬天的夜晚,我坐在火凳前喂柴,火光长久地映着我的脸颊,那光芒肯定还映照在我身后的墙壁上,我感到脸上粉灼灼,红彤彤,好像一切温暖、干燥的事物都奇异地集中到了我的脸部。那一刻,我走神了。我非常不现实地想到与我的现实生活毫不相干的事物。我想拥有一个房间,一个有门、有窗、有家具的房间,一个完完全全属于我的空间,连那里的空气都是我的,我的,我的,与别人毫无相干。我的脸越来越烫,我的脑门在冒汗,可我仍不断地往炉灶里喂柴,木柴在火焰的作用下发出噼啪响,有乳白色的汁液从其两端渗出,冒着气泡,一股奇异的气味在我鼻端蔓延。

屋子里,父母亲在说话。母亲说,她想要买一台洗衣机。这样,冬天的时候,就不用去河边洗衣服了。河里水冷,女人来那个,洗冷水不好的。母亲又说:“洗衣机不贵的,我问过了,好几个商场都有。”母亲有点害羞地看着父亲,好像在等着他的答复。父亲忽然大手一挥,大笑着说:“洗衣机算什么,我还想买辆三轮摩托车呢,是后面可以坐人,也可以运货的那种。不过,我们家的门可能太窄了,如果买了那样的车,还得把门面拓宽。”母亲用爱怜与鼓励兼备的神情望着父亲,好像在说,那也算不了什么,你想买就买吧。我们还要买更贵更好看的东西呢!在那样的夜晚,俩人目光交融着,碰撞着,彼此鼓励着,被禁锢已久的欲望与渴念在这温暖的冬夜里暗暗聚拢,涌动在一起,生出了只属于此刻的不切实际的幻想,如消融的糖块黏缠在一起。

洗衣机,三轮摩托车……我似乎看到那台洗衣机,还有三轮摩托车,更有别的什么东西,一些想也不敢想的好东西慢慢地向我走来,将空旷的屋子填得满满当当,物阜民丰的感觉瞬间涌上心头。然后,然后,从这样的家里走出去,走到外面的空气里,这样的生活多么让人满足啊。

在另一个相似的夜晚,屋子里弥漫着惯常的铁一样阴冷、沉重的空气。那肯定是个冬夜,或许还下着雨。屋子里极有可能没有生火。他们忽然讲起那个来自苏北的年轻女人。这个死在异乡的女人,在自杀之前其实已经疯了。她要婆家的人将她埋到房子对面的山上,“这样,我的丈夫站在楼上,就能看见我了。”葬礼上,那个遗留人间的女孩儿正和另一个年龄相仿的女孩跳着橡皮筋,唱起马兰歌,一脸天真,丝毫不知她年轻的母亲正躺在薄薄的杉木棺材里,马上就要被永久地埋入地底之下。

年轻女人消失后,村庄里再也没有人用那样温和的语气谈论哥哥。很多时候,我们都无法相信那些话竟然是从一个濒临疯癫的人嘴里讲出,它们是光,是热,是神性的骤然降临。渐渐地,我们忘了那些话,我们自己从来不说那些话，它们就像台词，是假的。

4

那几年，哥哥就像一个被虚构出来的人物。江湖上，校园围墙外，台球厅，到处流传他的故事。他的名字越来越多，诨号别名满天飞，全名反而鲜为人知。衣衫下露出的刺青图案骇得人心怦怦乱跳。少年们离家出走投奔他。他们的母亲走在通往我们家的路上，她们来祈求我的哥哥不要将她们心爱的儿子带坏。一路上，她们准备了一箩筐的好话，想要说给我的哥哥听，可她们没有找到他，她们失望地打量着我们，打量着这个破败不堪的家，一个家徒四壁的地方，瞬间窥透了我们的秘密——这是一个没有希望的家庭。

从那些支离破碎的眼神中，我们感到了绝望。

那个夏日午后，毫无预兆地，我被哥哥打了。我有一种索死的快感。我想去死。从家里出来，向着离村庄三公里之外的一个水库走去。一路上，热浪滚滚，尘灰扑面，我泪水汹涌，止不住地往下滴淌。出了家门，我就知道自己死不了，也不想死，只是想亲自感受走那条路的心情。很多自杀者都走过这条路。我只是在模仿他们，体验赴死的心情，我和他们一样难受。当然，我从来没有想过要去追求真正的死亡，我所经历的这一切并不能让我抵达这一步。一汪青绿温顺的湖水蓄积在山坳底部，看上去格外安宁，有种混沌朴拙的美感。在泪眼汪汪的情形下，我并不能欣赏这样的美。我只是走到了水库边缘，然后又慢慢地往回走。我仍在哭。我的哭泣无声而巨大，在胸腔里酝酿着，却也逐渐止住。

之后，无论遇到多么难的事，我再也没有去过那里。

与此同时，围绕着哥哥，一股疯狂的拯救行动在我们家生生不灭。它们指向一个根本性问题——劳动。我的哥哥没有劳动生涯。他退学，离家，打架，全是为了逃避劳动。“人类德行滑坡的最大根源在于妄想不劳而获。”我的脑子里忽然冒出这句话。那时候，我们全家所有人的脑子里肯定都在想着这个问题：如何让哥哥回到劳动现场。一个人必须劳动，在监督下劳动，在皮鞭抽打下劳动，或者走进创造性的劳动生涯中！

他们想起了那个远近闻名的雕花师傅。在此之前，他们肯定想起过很多人，那些篾匠、油漆匠、木匠、泥水匠……可最终还是想到了那个雕花师傅。那个能让木头开花的师傅，有着巨大的本领。他的木头上住着游鱼、美人、亭台、楼阁，还住着云雾、烟岚、隐者、鬼怪。那个被雕刻的世界多么安宁。我们全家都被那个世界里发生的一切迷住了。雕花师傅被请来吃了一顿山珍海味后，将哥哥带走。三天后，哥哥回来了。哥哥肯定会回来，不是当天返回，而是三天之后。他让自己付出了三天的耐性。

压死骆驼的最后一根稻草注定不会那么快到来，或许永远也不会到来。只要活着，就不会有那一根稻草的存在。

那时候，当我走在街上，看到各种各样的人，我永远也不会认识的人，便想，他们身上也有那么多揪心的事情正在发生吗？可他们还活着，大多数人总是活着，他们无处可去。

我们也是如此，活着，只是活着，无处可去。

有一年，家里的枣树结果很少。祖父母手持柴刀在树底下演双簧，一个要砍它几刀，让它长长记性；另一个却说饶了它吧，它知错了，明年就好了。

确实，到了明年，枣树长记性了，变好了，结果多了。可是哥哥呢，谁来吓唬他，又有谁有本事让他变好？

爷爷觉得自己快要死了，由于我们家还没有死过人，他们就觉得或许可以用这件事情“刺激”一下哥哥，让他“变好”。

爷爷屋里挤满人。人群的焦点是哥哥，而不是行将就木的爷爷。爷爷气若游丝，目光直直地望着哥哥。在众人催促下，哥哥立誓以后好好做人，请爷爷放心。看他神情恳切,态度端正,爷爷这才安心闭眼,离去。可丧礼的哀乐还未散去,哥哥已经蠢蠢欲动,种种行为与过去没什么两样。奶奶觉得爷爷是白死了,好像他真的是为了教化哥哥而死去。

“你哥哥他不会变好了。人死了也就完了,活着的好好活着吧。”这一次,奶奶并没有想象中那么悲伤,无论是对爷爷的死,还是对哥哥的故技重演。或许,她早就知道这一切都没有用,什么都没有用,种子早就埋下,长出的是好果子还是坏果子,那不由果子说了算,更不由她说了算。

有一天,奶奶停下织网的动作,神情严肃地对我妈说:“现在,咱们只剩最后一条路了。”奶奶说的是女人,她们要给哥哥找一个女人,大概是想到了戏文里唱的冲喜小新娘什么的。可她们终究没有找,或许是不想让最后一条破灭来得太快,或许是因为没有女人愿意“舍身饲虎”。

那几年,家里人声息渐消。院子里的老人也一个个离世,只有奶奶似乎在等着什么。或许,在爷爷临终的床榻上,他们之间存在过某种隐秘的承诺。

我在长大。可童年的天空,云层低垂,大兵压境,全是煎熬。偶尔坐卧河边大石头上看大人们浣洗衣物,水声潺潺,她们在讲述鳗鱼的故事,从前的鳗鱼那么长那么粗,比水蛇还长,比手臂还粗,通体黏滑黑亮,似非普通鱼类,俨然已成鱼精。听她们笑语晏晏,捶衣之声古静、安宁,默想着这深渊之下到底藏着什么,可还有鳗鱼潜伏的身影?

没过几年,河水浅下去,河床干涸露底,只见白色板结的淤泥在烈日暴晒下化为齑粉,鳗鱼已经游走大海,不复踪迹。

5

关于真实,鲁西迪在《午夜之子》里有过这样的表意:真实是个与视角有关的问题,你离过去越远,它就越发显得具体可信。我还认为,真实或许就是被记忆反复渲染的那一部分,无法被轻易抹去的心理刻痕,回忆导管中深厚黏滞、人事壅塞的局部。

多年来,有个画面一直在我脑海里徘徊不去。它没有随着时间和记忆的磨损而黯淡下去,反而愈加清晰。它渐渐抽离发生环境,成为颇具象征意味的一个场景。当然,被我记忆的不是因为其象征性,而是其中的眩晕感。肉体的记忆最难泯灭。

童年里,我痴迷于绕柱而行。门厅里那根虫孔密布的大柱子,是我乐此不疲的游乐场。每次都在"晕死了,我要飞出去了啊"的意念中,猛地刹住,戛然而止。身体是停下了,可由于惯性的作用,我还像颗陀螺那样旋转,旋转,好像要飞出去。或许,我马上就要飞起来了。

飞行是所有逃离中最迅捷、最具诗意的方式。从童年的现场到成年后的梦境,我浸淫其中,无力自拔。十六岁那年,一个昏暗的清晨,我终于搭上大巴车离开故乡。父亲依据车子远远辐射而来的灯光,准确拦下我所要搭乘的车辆。那是一辆前车缀有许多小灯的大客车,车身很高,与普通的货车和集装箱都不同。天没有亮透。车厢里,人们头枕椅背,昏昏欲睡。车子上山爬坡,渡河过桥,一路颠簸,密闭车厢里的异味,随时可能涌上的呕吐感,让我焦虑不堪。离家的兴奋感早已荡然无存。或许根本就没有存在过。

从此之后,来自哥哥的消息渐渐少了。偶尔,它们恍如冬日冷风透过一扇镂空的窗户,吹至我的枕边。惊悚、漠然至麻木,那永远是在别人事情上的态度。在我这里,它们就像藏在暗处的针,当我松懈下来,猛地戳我一下。再戳一下。在梦里,在母亲含糊躲闪的电话声中,无处不在。我从来就没有远离。只是从这个房间转移到另一个房间,所有那个房间里发出的声响,仍不时传来,甚至比亲眼所见还要真实。

异乡的黄昏,哥哥忽然来找我。我好似看到熟悉的鬼魂出现在窗下。那是冬天,他站在校门口,反复搓着手,说自己只是路过这里,来看看我的学校。他说这些话的时候,带着微笑的呆滞的表情。似乎有什么东西和记忆中的不一样了。我带他去食堂吃饭。我走在前面,与他错开两三步的距离,心里有些惴惴然,从没有想过在家乡之外的地方看到他,在父母亲人之外独自面对他。他快速地将一荤两素的盒饭扒光了,还是和从前一样,饭桌上撒了许多米粒,“你们学校的伙食真不错啊。”我望着那触目的米粒,不响。“为什么要到这么远的地方来上学呢?”他说这些话的时候,神情略有些茫然和惶惑,就像一个在梦里做了坏事的人,醒来什么也不知道,什么也不记得了。记忆中那张戾气氤氲的脸消淡了,代之以一个在俗世中讨生活的人惯于的倦怠与茫然。可那些米粒子,白花花的米粒子……一个人长久养成的习惯可没有那么容易改变。

我听到他在对我说,一个人在外面要注意安全啊,城里小偷多要防着点什么的。他竟然关心起我来了,还那么真切。我第一次意识到,他比我对他的判断要复杂得多。十年过去了,时间首次让他以不同于以往的面目出现在我面前,好像这世上没有一件事情是我真正知道的。我只觉得悲哀,苦苦思索其中缘由,虽不难理解,却仍觉得真相大于所思所见。逆风行走的人,肉身被戳成千疮百孔,最后只得乖乖地顺着风向行路,可哥哥与那风中行走的人到底不同。他更像是被解除了咒语的人,从此钻入人群缝隙,战战兢兢地度日。

异乡的黄昏,时间呈现了它终将要呈现的某个截面。之前一切不过是铺垫、渲染,乖张诡异,叙事学上的一波三折。

可这个波折实在太过曲长。那个黄昏,离苏州女人所说的二十八岁已过去三年。离爷爷去世已经六年。很多年里,没人再去算命先生那里。奶奶老眼昏花,弃了梭子,躲在阁楼上念经。而母亲呢,在情绪上来时饮泣不止,过后又像个没事人似的,该干嘛干嘛。其间,许多桩足可以让一个人“变好”的事情在我们的期待中逐一发生了,可又无一例外地让我们希望破灭。

哥哥的身影消失在异乡黄昏的灯火里，越来越觉得他像父亲。代替另一个父亲在人间活着。深长的鼻唇沟，微微伛偻的背，连走路的步态都像。因为哥哥，我经历了太多，无数的磨难和怨怼，自动发酵的黑暗情绪，裹挟了漫长迢遥的青春期，以为无穷无尽。无数个哥哥走在通往今天的道路上，可那个转折和渗透又出现于何时？对别人身上发生的事情，我们尽可以猜测，但只止于猜测。

6

姨母在多个隐秘场合，述及哥哥结婚当日母亲的怪异情状，“她站在三楼窗前，看着下面新娘子进来，痴愣愣，木呆呆，喊她不应，不知在想点啥。”

一个别人命运的旁观者，语气中带着点轻佻与惊奇，即使身为亲姐妹，能够同情理解，也无法感同身受。

那一刻，底下人群攒动，鞭炮声声。而三楼的母亲宛如立于尘世之上，思绪纷飞，却讷于言辞。她肯定有话要说，和离世的亲人说，和过去了的时光说；与祖母心中的佛陀说，与暗夜无眠时内心里的恐惧说。十几年的焦虑早已如影随形。她惧怕自己的感觉，更让她惧怕的是，这种惧怕完全不是多余的。一个家庭被乌云笼罩得太久，好不容易拨云见天，这天在她看来仍是阴沉不堪。哥哥放下玩世不恭者的武器，走进家庭，他的精明与他的懒惰织成另一张新型大网，牢牢保护自己利益，准确地说是保护他们一家三口的利益——他，他的妻以及他们的稚子，却以攫取家人辛劳为本能，特别是母亲的付出，更被视作理所当然。

浪子归来，却成了市侩。其实，这两个角色之间，有足够的空间和理由可让彼此顺遂自如地转化。

母亲从起先的期待,叹息,至最后的心如死灰,勉力维持,其间多少渴盼遽然成灰。如果说从前,她对他还怀着希望,希望他变好,并孝敬于她,弥补之前亏欠,可现在,她已经不这么想了。哥哥或许会发达,会出人头地——这当然也是她所企盼的,可他对她的攫取,让人想起贪婪纵欲的水蛭,历经多次变体的血吸虫,无休无止,和生命本身一样漫长而煎熬。寄生虫与宿主的关系,以持续的吸噬为养分和供给,由此获得生存的热力。

有一次,母亲以玩笑的口吻说:"如果有一天,我死了,你哥哥可能还发现不了,由旁人来告诉他,他会惊奇,还说,我妈死了啊,这怎么可能呢!"

"他想他妈是永远都不会死的,永远那么强壮,永远帮着他。"看着母亲似笑非笑的神情,我略感震颤,却假装什么都不知。我知道她也需要安慰,也明白这些安慰的无用。从此之后,她只是尽力,却不怀希望。她开始衰老,抱怨睡眠不好,心脏跳得厉害,胃疼,一旦有所好转,又无怨悔地继续奔走,直到筋疲力尽,喘息着停下,休整后重来。一个人天生地永远地为另一个人服务,不计报酬,不问反哺,我不知道这该归之于母爱的伟大,还是盲目。

或许,这只是本能而已,就像海龟天生朝着大海的方向前进,中华鲟千万年来遵循溯流习性。一位母亲生下她的孩子,这孩子也便成了她的衍生器官。这器官在这世上遭遇几何,好与不好,寒凉暑热,器官的主人是有感知的,他们是休戚相关的命运的共同体。

与此同时,我的哥哥对他的稚子也表现出了超乎寻常的耐心和溺爱,与学艺、待人、侍亲时不冷不淡、毫无长性的那一个远远区别开来。从哥哥对幼子的纵容上,我不知道另一个"他"是否因此隐隐长成?命运的轮回说,让人无奈和倦怠。

如今,我的哥哥已是一个中年人,与按部就班的同龄人相比,他的经历可以算是复杂了。胳膊及后背上刺青的龙纹是某种狰狞的暗示，让人想起那些永远也无法结束的等待的夏天；眉眼之间隐隐泄露的晦暗表情，也在昭示着那些曾经存在过的煎熬与暗无天日。他的火暴脾气奇迹般的得以收敛、闭合，并学会了叹息。物价的昂贵，人事的龃龉，世道的艰险，都成了他哀叹的内容。一种深沉的浮世的苦涩，占据了浪荡子的内心。

赚钱方面，他费尽心机，并且认为仅凭规矩、克制的劳动并不能满足自己，他自有巧取的办法，多年江湖历练，使得他的脑子在这方面转得比别人快。货物抵押，高利借贷，反复钻研出的生意经，让他屡有斩获，并获得别人或隐或现的赞誉或嫉妒。

哥哥以行动不断更新、改变自己的形象，将那个少年叛逆者死死地压进尘埃深处，为了防备死灰复燃，他比常人更通世故，更守礼数，更怕被俗世的浊流抛至岸上。可十六岁接触烟草，多年来吸烟成瘾，从未试图戒除，告诫他孩童在侧应该收敛，及二手烟对人的危害等等，他充耳不闻。那旁若无人的吸烟者形象和贪婪的攫取者形象合成一体，让我想起章鱼的吸盘，牢牢地依附在深海的崖壁上，毫不松懈。

有时候，我会想，一个生命在人世之初的浪荡行为未尝不是精神反抗之一种，或清醒或本能，这背后的渊深及动荡，足以映射灵魂在人世生存的艰难。可哥哥的内心深处，到底经历了怎样的跌宕，我是一无所知的。家中至亲，我的父母及祖父母又经历了怎样的忧煎和等待，我也是一无所知的。他们以自己的方式默默承受着，甚至在离世之时都无法得到解脱。

有些事情或许过去了，但又没有那么容易过去。现在，我每次返家，再也没有少年时看到炊烟升起时的畏怯和心慌。暮色里，也早已没有了炊烟。各人回各自的家。各自离开，各自走远。我至今仍然无法得知，发生在哥哥身上的事情，对我的人生到底意味着什么。我不急着知道这些。可总有一天，我是会知道的吧。

陈崇正 作品

陈崇正,1983年生于广东潮州,曾在《人民文学》《收获》等刊物发表作品,著有《黑镜分身术》《半步村叙事》《我的恐惧是一只黑鸟》《正解:从写作文到写作》等多部。现供职于花城出版社《花城》编辑部,兼任广东外语外贸大学创意写作专业导师、韩山师范学院诗歌创研中心副研究员。

老屋时光素描

只有在过年祭祖的时候,大家才会想起老屋。平日里老屋就如同一个多病的老人,似乎只需要一阵微风就足以让它轰然倒下;但它却矗立在时光里,那么久,那么慢,仿佛会一直在。今年过年的时候我又去看老屋,穿过七弯八拐的小巷和斑驳沧桑的门楼,在熟悉而又陌生的小路尽头,总能找到它们。老屋看起来比记忆中小,童年总觉得一切都那么高,两三米宽的门前巷道似乎就是一个小广场了,可以徜徉,可以不知疲倦地来回奔跑,简直就是小天地!而现在,一路走过去,总觉得自己身上有一部分是与这些老房子一起成长彼此分享的。在屋子还紧贴着地面的时代里,一间屋子与一个人(甚至几代人)的记忆是共存而不可分割的。

我们家的老屋大约有两处,一处在柚园,一处在大房。柚园的老屋是两层的小洋楼,共四间房,二楼有阳台和走廊。这处房子在整个院落的西北角,虽不大却很独立,也安静。旁边一墙之隔就是邻村了。邻村的那棵龙眼树很大,枝叶总是越过围墙探到阳台上来,和阳台上的花花草草相互掩映。围墙下面有一个舂米用的大踏臼,我懂事的时候那个石臼已经闲置,上面用脚踩的木头已经腐烂,所以也就被拉了帘子,改造成浴室。冬天的时候,在这露天的地方洗澡,大风一吹只觉得整个人就快结冰了。

柚园老屋曾风光一时,至少在一百年前,它的双层结构就足以傲视整个柚园院落。据说老嫲的丈夫为了迎娶她,花心思建了这栋洋楼,用的是他从暹罗(泰国)做生意赚来的钱。建楼迎娶老嫲的时候,他已经在暹罗有了家室,生了三个孩子。但漂洋过海的人总希望有根,为了唐山(以前华侨对潮汕的称呼)能留下子嗣祭拜祖先,他将已经二十岁的老嫲娶进了这栋小洋楼(那时二十岁已经是老姑娘)。数年之后的1931年,我奶奶淑琴出生。这是一个充满传奇色彩的奶奶,她降世之时就被占卜的巫师断定为“天投人子”,大意是天上的神仙犯了戒条被打落凡间受苦,所以不宜婚嫁。淑琴奶奶果然自幼体弱多病,坊间传言她小时候到溪边寻找走失的母猪,忽闻天上传来一个声音道:“犯了天条你可知?”此后更频频病倒。但多病的奶奶却能诗善文,写得一手好字;后来偏瘫的时候,她依然能用左手执毛笔写家书,字迹模糊但句法雅致。淑琴奶奶出生不久,她的父亲便回到暹罗做生意去了,留下老嫲孤零零照应多病的女儿。她也能理解自己的丈夫,这个自幼漂洋过海外出打拼的男人内心有种种焦灼。数年之后,丈夫将在暹罗的两个孩子贤坤和淑吟送到老嫲身边,希望能在唐山学习汉语汉字,以期日后文书往来能得到保障,不致断了联系。淑吟学了两年汉语之后因战事日紧便回到泰国,而贤坤老舅留了下来,和老嫲一起经历了饥荒的1942年。在饥荒年代,老嫲总是将最好的食物留给贤坤,甚至不惜亏待自己多病的女儿淑琴。她待贤坤老舅有如己出,但挺过了饥寒交迫的年代,却迎来了一场瘟疫。骇人听闻的天花险些夺走了贤坤老舅的生命。在昏迷七天七夜之后,医生宣布可以准备后事,老嫲用银钗撬开贤坤老舅的牙齿将汤药灌进他的嘴巴,仍然不见醒转。老嫲坐在贤坤老舅的床头放声大哭,而恰在这一刻贤坤老舅醒来,这个十几岁的少年永远记住了这一刻,那双深情的泪眼永远烙在他的心上。回到泰国之后,几十年岁月山河永隔,贤坤老舅一生之中最大的愿望便是回到柚园看望老嫲,即使在多病的晚年,他数次偷偷溜到机场,都被家人和医生带回家中。暹罗和唐山不远的距离,却千山遥隔,没有什么泪水能洗清这段记忆。他唯有勤奋致业,并将一半的家产断断续续寄回唐山赡养艰难岁月处境坎坷的老嫲,也在家书中嘱咐务必坚持给妹妹淑琴治病

(希望她病情好转早日嫁人生子)。没有什么语言能描绘那个时代缓慢的时光,被空间阻隔的思念,生死变得可以没有情景,一封家书经过千山万水从这一头到那一头,写的人以泪洗面,读的人也以泪洗面。

我奶奶的寂寞人生一直坚持到三十三岁,才嫁给三十八岁的爷爷,那是1964年的事情了。爷爷住在大房。这是另一处老屋,属于曲折家史的另一条脉络。太爷爷玄湘是潮澄饶海军的舰长,一直在外奔忙。1926年我爷爷森宜出生之后,却被人称为狗生。因为太奶奶责怪太爷爷对家中母子不管不顾,别人问及这是谁的孩子的时候,她便气说这是狗生的。从这样的对话中,我隐约能感觉到这是一个性格刚烈的太奶奶,才能在漫长的孤苦无依的岁月中独自将爷爷拉扯大。从爷爷出生到五十年代太爷爷落魄归乡,太奶奶一直生活在贫困之中,虽后来有亲戚说太爷爷每月都有托人带钱物回家的,但可能所托非人,钱物被送信的人侵吞了。我爷爷出生数年之后,我太奶奶才知道太爷爷已经在外面娶了二房,便是太二奶奶。各种委屈、嫉妒、怨恨从太奶奶的心中迸发出来,她扛着锄头,直奔祠堂,将陈家的灶台砸烂。在潮汕人眼中,灶神无比神圣,乃一家之主神,孩子年岁未满十五,逢年过节皆要拜祭灶神,谓之“拜公婆”。所以太奶奶此举激怒了族长。族长一声令下,用猪笼将太奶奶装了起来,准备放到池塘里淹死。从我母亲有限的转述当中,我的想象无法还原七八十年前的这个情景。一群人在族长的带领下,将一个号啕大哭的女人装进猪笼应该是什么样的画面,空气里应该弥漫着屈辱和悔恨,是否对于当时的人们来说,还带有一丝狂欢的意味,不得而知。太奶奶被沉到池塘里,又被捞了出来,一群人就这样将太奶奶抬回她的娘家,一个只有几十户人家的小村落。小村落里的人们见到大村落的大队人马杀到,竟然吓得关门闭户,不敢出门接人。就这样,太奶奶被扔在广场上,在呜咽和咳嗽声中遭受来自父老乡亲如刀剑般的眼光。

太奶奶瞎了。这仿佛是她对世界的一种应对策略,也仿佛是她绝望的反讽和反抗——世界太黑,所以她避而不见。从变瞎到此后公社化中暗淡死去,这二十多年的黑暗生活对于我是一片空白,我无法猜想太奶奶在想什么。她大概一直在诅咒自己的男人吧。所以她的男人,就真的十分倒霉地回到故乡。与以往衣锦还乡不同,国民党军队已经退守台湾,太爷爷带着太二奶奶和一儿一女回来了,他被认定为地主,接受批斗。年轻漂亮的太二奶奶穿着旗袍跟随着太爷爷回到书楼的时候,她受到村里女人的指指点点,她感到不安,却无法预知后面的命运。过惯了好日子的太爷爷在数年之后就被饿死了,与照片里他身着海军戎装不同,他饿死的时候只有一片门板托着他,将他草草挖坑埋在杨桃林中。门板太窄,一路上他的双脚还滑落在两旁,漫无目的地晃动着,仿佛想走到哪里,但他哪儿都逃不掉,等待他的是静默的永恒之死。这时太二奶奶再也无法穿她漂亮的旗袍,也无法抽她漂亮的香烟,她拎着装粪的簸箕走街串巷捡猪粪。宽敞明亮的书楼也被没收了,她和儿女一家三口寄住在另一处小房子里。她的儿子,我的老叔,也已经到了娶妻的年龄,但因为没有房子,婚事一直没有着落。她曾开口向瞎了眼的太奶奶提出借住大房的房子,但自然遭到拒绝。而那时,太奶奶已经卧病在床,家徒四壁。我爷爷搜遍了屋子,只找到一点烟叶,他决定到市集去,将烟叶卖掉,换回一点大米煮粥给久病的母亲吃。买卖烟草的集市离柚园较远。“森宜,早点回来!”太奶奶这样吩咐道。爷爷点头就出发了,走了一段他又不放心,折回来到太二奶奶门口,跟她说老母卧病不起,希望等一会儿能过去给她点水喝。太二奶奶答应了。午后时分,爷爷才从市集回来,归途中他路过太奶奶的娘家村庄,还被亲戚叫进去喝了一碗粥。待回到大房,他刚进门,太奶奶便生气道:“森宜,你怎么才回来啊,我快要被渴死了!”细问才知太二奶奶没有来过。一个早上缺水成为最后一根稻草,太奶奶第二天就走了。而这一幕,令爷爷对太二奶奶终生记恨。太奶奶被葬在山下路边,她连墓碑都没有,只有一堆石头堆成墓碑的模样。我记事的时候,每年清明爷爷会拿着毛笔,蘸着红色的油漆,将石头上变淡的字迹重新描过一遍。每一次他都小心翼翼,分外专注。我小时候曾问石头里面住着谁,答曰奶奶。“哦,原来这是石头奶奶。”我的话引来一阵笑声,石头奶奶这个称呼此后慢慢被大家接受。这别致的墓碑成为石头奶奶性格的另一种象征,只是不再有人知道她的刚烈和柔和。

那是 1958 年,太二奶奶以女儿刚好满十五岁为由,没有出席太奶奶的葬礼。此后几十年中,爷爷和太二奶奶、老叔春晖的嫌隙一直存在,几乎断了往来。一直到爷爷要走的前几天,他突然叨念起血脉相连的弟弟,而老叔春晖刚好也从外地回到家乡, 哥俩在暗淡的灯光中聊到很晚,还不时传出几声笑声。一夜长谈之后,大家似乎都踏实了。那是 1995 年元月,过几天就是除夕夜了,爷爷终究没有走到他的七十岁,因为七十岁就可以进村里的敬老院了。老叔对所有人说,哥在等我。

时光之轴再推回到 1964 年,我奶奶从柚园嫁入大房的爷爷家,结束了她犯了天条不宜婚配的传说,也开启了那个多病多灾的预言。结婚几年之后,多才多艺的奶奶果然就卧床不起,并慢慢变成偏瘫。这个时候,我爷爷预料到自己膝下无儿女,便从我外公那里将我母亲要了过来。爷爷和外公是在潮州一中认识的,外公教书,爷爷掌厨,两人相谈甚欢,深入交流之后才发现爷爷没有儿女, 而外公外婆当时一口气生了八个孩子。单靠外公教书那点微薄的工资确实少得可怜,家中处境十分艰难,于是遂有了那笔“交易”。我母亲是家里的二女儿,潮汕人是不会将大儿子大女儿送给别人的,儿子也不舍得,我母亲是二女儿,自然就成为最佳人选。我外公对我母亲说,带你去看戏吃好吃的,我母亲当然很高兴。其他孩子也想跟着去,结果我外公大怒,一脚将我大姨踹倒在地。待我外公拿着钱和一篮子鱼回到家里,外婆才知道发生了什么事,愤然将一篮子鱼扔到门外去。

我母亲是五岁被过继到爷爷家里的,后来又回家待了一年,一年之后终于还是被我爷爷接走了。她来到官塘,正好经历"文革"十年,满街呼口号贴大字报,我爷爷当时也不再当厨师,而到溪水之中去捕鱼。"文革"十年,我奶奶也刚好偏瘫病了十年,其间她有三次想自寻短见,都被我母亲发现救下。母女灯下对泣,不胜唏嘘。1977年奶奶病逝,结束了她四十六年多才多艺也多病多灾的一生。自此之后,爷爷担负起照顾岳母的义务,也承接了暹罗的书信往来业务。而我母亲因为照顾我那偏瘫的奶奶而辍学,当时也到了谈婚论嫁的年龄。我爷爷理所当然地选择了入赘的方式,希望得一贤婿,日后也有个依靠。在诸多选择之中,最后爷爷选择了我的生父,一个能言善道好吃懒做的男人,能言善道是当时就看出来的,而好吃懒做是后来才知道的。其时我爷爷相信一个人是可以改变的,他说,猪狗都能管教,人为什么不能管教。他过于自信而导致一场失败的婚姻——在我两岁的时候,父母便离婚了,我的亲生父亲自此不知所终。在法庭上,爷爷毅然揽下我父亲所有的债务,只要求将我留下继承香火,所以我对爷爷只叫爷爷(潮汕话是阿公),而从来没有将之当成外公。所以爷爷给我取名从正,意为从事正业,不走邪道。而写户口本的人大概太有文化,将之写成崇正。但我的小学校长很喜欢这个名字,他说崇正总比从正听起来要雅致一些。

我母亲几年之后改嫁,并和我现在的父亲生下了三个孩子,两女一男。所以在很长一段时间里,我有很多个阿公阿嬷,也有好几个老嬷。大妹月纯出生之后不久,家里开始做豆腐生意,爷爷毅然将大房的屋子让出来,让我父亲在屋里砌了一个烧豆浆的大灶;二妹月霞出生的时候,我母亲一家搬到溪水对面的新屋区居住。而我也随爷爷从柚园搬进大房,老嫲则随我母亲住到新房子里去了。从柚园到大房,住的地方离得其实不远,但对一个孩子来说,这个位置上的改变就等于改变了我所有的坐标。以柚园为原点我似乎哪里都去不了,因为通往邻村的路被一堵围墙隔断了,而柚园院落围着一口水井而建,合围起来的世界有天然封闭的感觉。而到了大房则不同,那几年里,借着帮爷爷到药店买中药的机会,我将老屋前后左右各条小道都走了一个遍。其间我有两三次落水的经历,险些就在池塘里淹死,但都被救起。池塘的那一边就是我的小学。我上课的时候,爷爷有时候会在池塘边蹲着,他用他蒙眬的老花眼在小学门外远远望着我,那时我并不懂,我俨然成为他生命中唯一存在的线索。

再过两个月我就三十周岁了。跟许多人的三十岁一样,而立之年结实沉稳,一不小心就在生命的河流之中成为别人的支点。而我常常会想,我爷爷的三十岁究竟是什么样的呢?那时太奶奶卧病在床即将去世,饥荒的恐惧正弥漫整个村子,一个三十岁的年轻人,能做些什么会想些什么呢?想象毕竟很难抵挡真相,在我的记忆中,爷爷好像从一开始就是一副白发苍苍的样子。那个年代农村有太多的老人,五十岁就仿佛老得不行了,蹲在墙角晒太阳,目光混浊,若有所思,其实是在打瞌睡。我爷爷骑着单车从老人们身边穿过,他看起来是个有本事的老人,虽然白发苍苍,但他俨然还是一个支点,支撑着我和老嫲。老嫲八十多岁了,会制作一种治眼疾的药水,但其实她的眼睛一直不好,总是拿着一个小枕头一样的时钟问我,时针分针指在哪个位置。

岁月的时针指向我的童年,爷爷、老嫲和我住在柚园最角落的那栋洋楼里。那曾经是村里最漂亮的房子,没有人能预知它今天的破败。二楼阳台上，爷爷种了四盆玫瑰，玫瑰是娇气的植物，爷爷每天都给它们浇水，爱之如宝贝。有时候，他会在阁楼上写信，坐对四盆玫瑰，写着那些寄给暹罗的家书。那时距离奶奶离开人世已经有十个年头了。写信的时候，玫瑰总是开着，有不同的颜色，有大有小，都骄傲地缀在长满尖刺的花茎顶上。四周静默，楼板上有时候会传来吱吱呀呀的声音，那是写不出句子的爷爷在楼上踱步。

这些美好的记忆在我并不宽敞的脑海中储存多年，它们伴随着我鬓发上的痛感而存在。小时候我剪着短发，耳朵与眼睛之间的那一撮头发总是很短，但并不妨碍爷爷的手去扯它，让它产生痛感。我总因为一些小事触他之怒，他就会在静默中爆发，来扯我耳朵前面的头发。这种既不伤筋动骨而又令我痛苦不已的惩罚方式持续了很多年，爷爷打我的次数没那么多，但显然他的脾气并没有变得更好，而是更坏。他分配了一部分坏脾气在跟我谈话上面，克制着他的怒火，和我讨论为人处世的方法，并让我盘点自己劣迹斑斑的“作案记录”(一部分乃是他蹲在池塘边观察所得)。

一场大病让他多了一根拐杖。他用小刀将拐杖的顶端削出了一个老鹰的嘴巴，并在拐杖触地的末端装上了一个小铜圈。他小心地在衣柜的抽屉里贴着孙中山先生的肖像，然后穿着中山装拄着拐杖出门了。他到敬老院去看了一会儿电视，然后到市集去买菜，领受着小贩们对他的尊重；回家的路上，他需要走很多石板铺成的台阶。在密集的台阶舒缓的拐角处，有一个乞丐总在那里用破罐子烧水煮茶，爷爷会蹲下来喝他的茶。乞丐很热情，呼呼地扇着炭炉，希望水快点开，因为爷爷喝了茶，每次都会给他零钱。爷爷说，其实他的茶很难喝，也不知道哪里捡来的茶叶。

那个在台阶下面煮茶的乞丐后来就不见了，没有人知道他的去向。那年夏天刮了很大的台风，爷爷的病日渐加重，大口吐着浓痰。他开始为我的未来而忧虑，他以为自己很快就要死了，但其实他病了好几年。在此期间我学会了骑自行车，我的右腿从自行车的三角形车架中间穿过去踩住脚踏板，右腋下夹着车座，两手扶着车把，就这样颤巍巍地出发了。学会骑车以后我能用小水箱往老屋里运水，再不用亲戚帮忙挑水了。而且走的路远了，有时候还能捡到钱。

那天骑自行车穿过老屋窄窄的巷道，摔了一跤，捡了两块钱。那是绿色的钞票，面值两元，我用其中的一块钱买了两盒沙炮。新款的沙炮很漂亮，简直就像糖果。我将沙炮带回老屋，告诉爷爷我捡到钱，同时将一块钱上交给他。

爷爷久病而苍白的脸上露出久违的笑容。我十分得意，顽皮地掏出沙炮，告诉爷爷我给他买了糖果，他接过那颗沙炮，说："还能吃到孙子的糖。"我又撒谎说，这糖果可以连纸一起吃，他果真把沙炮往嘴边送。这时，我看到他眼角感动满足的泪滴，才知道玩笑开大了，我伸手一拍，那颗沙炮就被拍到地板上，啪的一声炸开了。

愣了五秒以后，爷爷大怒，抡起拐杖要打，又停住，改用一个巴掌扇屁股。我眼明腿快，早就跑出老屋门外，嘻嘻笑出声来。但我知道闯祸了，那场无名火燃烧了好几天。他不理我，靠近他就会打我。我只能一直在门口等着，等爷爷原谅我。三十岁了，回望爷爷的怒火，我知道这没有名字的火气中丝毫没有怨恨，更多的是爱与希冀。对于他的有所期待，其实我应该都是懂的，而我报之以叛逆，太坏了，太坏了。

母亲一家搬到新屋区，在豆腐生意以外，又加上油条豆浆之类的早餐，为了赚一点维持家用的小钱，家里总是忙得鸡飞狗跳，我从爷爷身边来到新屋，加入了这个忙乱的阵容之中。有一阵子我天天去赶鹅，在空旷的田野中跟鹅群聊天，回家之后需要切鹅菜、洗盘碗、煮饭、喂猪铲猪粪；

有时候我需要用自行车推着一筐油条走街串巷叫卖,遇到同学迎面走来就赶紧躲开;那些日子总是凌晨四五点就得起床,所以我每天都睡不够。家里很穷,交学费有时需要拿一袋零钞(卖油条得来的),又穷又忙的时候,父母心情总是不好,一着急就打骂孩子。我老嫲常常在打骂孩子的声音中叨念着什么,有时候还黯然落泪,她心疼她的孙子,只是没有人知道她心里在想什么。老人拖着她多病的身体,服药,呆坐,想念过去。终于在一天早上,她诀别尘世,为九十二年的人生画上一个悲惨的句号。爷爷从溪水那边闻讯赶来,他病得厉害,十步一歇半天才走过桥来主持丧事。一年之后,在那个冬天,爷爷就在大房那间老屋里头,在我的身边与世长辞,慢慢变冷。

两个老人的相继离世,让老屋结束了百年喧闹。柚园的老屋彻底锁起来,大房的老屋里摆放着祖宗牌位,只有逢年过节才打开清扫一下。两处老屋都已经破败不堪,土墙上的沙子不时掉落下来,风大一点随时都可能轰然倒塌。暹罗那些亲戚早已经没有联系,只是有一年政府发了通告说要修建高速公路,可能需要迁坟,母亲才重新提起,说必须写信告诉暹罗那边让他们知道。但后来公路改道,不用迁坟,便又重新沉寂下来。时光斑驳,在这岭南小村之中,那些懊恼与荣光消失在宏大的时代里,不再会有人去体察他们活生生存在的某个瞬间。故事中人的欢笑和泪水,被时光封装在破败的老屋里, 终归都会消失在轰然倒塌的灰飞烟灭之中,了无痕迹。

一条鱼的天空之城

(一)天路

这个世界上的人可以分为两类:一类是去过拉萨的;一类是想去拉萨的。去了便去了,没有去的可能永远都不会去。每个人心中都会有一种狂热,只是有的人将之用在脚上,有人将之用在嘴上。对许多人而言,拉萨的符号性大于一座真正的城。这是高原,圣徒和装逼犯同在,流浪汉与奸商并存。对我而言,各式人等都无非是人,拿着火车票走进西宁西火车站的那一刻,我并不知道等待我的会是什么——我说的是高原反应。我有一个朋友就曾因为高反动弹不得,抱着氧气瓶眼睁睁看着自己被送出高原。能知道是怎么一回事还算幸运,据说因此丧命也不在少数。海拔在一夜之间升高了几千米,相当于一下子升高到一千层楼那么高的地方。一千层楼是什么概念呢?大概只有高原的人知道吧。而我,这条养在空气之中的鱼,现在就要到氧气稀薄的地方,不知道能否挺得过来。但没有尝试怎么知道呢?对人而言,许多选择都是概率问题,没有对错,只有勇往直前。

青藏线的火车票非常难买,我开始买了硬座,但因为在青海湖边住了一夜,下了一夜的雨,什么湖景都没看到,反而又冷又累,疲惫得要命,于是将硬座票改为奢侈的软卧。我和青海湖边认识的木头走进软卧车厢,车厢有四个铺位,里头坐着母子二人,后来一问,才知道是姐弟。姐姐已经工作,很瘦,脸上都是青春痘;弟弟还在读初中,胖嘟嘟的,盘腿坐着玩游戏。

出门在外，大家很快熟悉起来，姐姐之前来过拉萨，这次是带弟弟来拉萨体验的。“还有我爸妈，一家人一起来，我爸坐硬卧，我妈在硬座……因为火车票太难买，没办法……硬座和硬卧不会隔开的，门是开着的……”就这样一问一答地聊着，车慢慢开出西宁。胖弟弟实在太懒了，姐姐让他帮忙倒水，也不倒，什么都要姐姐来。我实在看不下去，便告诉他我也是初中老师，于是帮忙说几句，倒是听了，乖了一些。我心中有小得意，看来学生都是怕老师的。姐姐走开去接电话，过了一会儿，门口的光线暗了一下，抬头一看，一个真正意义上的胖子站在车厢门口，笑嘻嘻地看着我们。他开始没有进来的意思，只是一味夸奖这个车厢环境很好，人也不挤，安静舒服，最重要的是玻璃窗这么大，风景好，人生难得看到这样的风景。外面的景色慢慢在发生变化，山上的草树这时候大概只剩下草了，没几棵树。

“这是老师，要多向老师请教。”后来我才知道他姓孙，自称老孙。老孙开始教育他的小孩，这让我有点不太好意思——人家自然有父母去教育，一个路人多说什么，不免有狗咬耗子的感觉，于是只能表扬他的孩子聪明懂事。“我看他什么都懂，应该挺爱读书的，能把孩子送到北京去读书，您真有眼光。”父子俩一起恭维一下，我心想这大概就扯平了。这时老孙一个跨步走进了车厢，空间瞬间逼仄了起来。老孙在他女儿的床铺上坐下来，床铺吱呀了一声。我见他是专门进来跟我聊天的，心想刚才说自己是初中老师，这下可不能让人看扁了，这要好好聊。为了显摆一下我具有很好的教育专业知识，我告诉老孙，孩子这个时期非常关键。老孙连连称是。为了让他更加信服，我告诉他，孩子在成长的每一个时期，都有一个“重要他人”，比如婴孩时期，重要他人是父母，这时候父母说什么就是什么，孩子对父母崇拜得不得了；到了小学低年级，孩子的重要他人是老师，老师说什么就是什么，老师的言行举止直接影响着孩子，这时父母的重要性是在老师后面的;等到小学高年级和初中,孩子的重要他人是他身边的同学和朋友,这时候同龄人之间的游戏规则决定了孩子的所有选择,父母和老师都是有代沟的,很容易就被放在敌对面;到了高中以后,小孩就慢慢自我了,开始有自己的想法和秘密,对重要他人的信任度会降低……我滔滔不绝讲下来,老孙连连点头称是。我心想,嘿,小样的,总算把你降住了。

“你看,要听老师的,跟老师在一起总是没错。”老孙抚着胸口说,“感觉高原还是空气稀薄,你看我说几句就有点喘,老师你年轻,说这么多还没事。”

被他这么一说,我发现话说多了头是有点晕,旋即闭嘴,深呼吸了几下。车厢是供氧的,深呼吸能缓解问题。

窗外出现了光秃秃的山头,就如同大地的皱纹。这样的皱纹我只有在学校里的中国地形图上看过,没想到今天见到真的,内心不禁一阵惊喜。这时姐姐对弟弟说:“你看这些山,底下一定有东西!矿藏啊,石油啊什么的!”弟弟兀自低头玩游戏,老孙随即附和:“当然有东西,政府会开采的!都是宝贝啊,这样的山,底下当然会有好东西。”老孙边说边转动着手中的佛珠。

父女俩的观点倒是空前统一,我虽然有点头晕,但还是不禁开口回了一句:“高原上的人们看到的是山,你们看到的是资源,所以才会有那么多的矛盾。山就是山,看成矿石就不好玩了。”姐姐笑了,不说话了;老孙的手机响了,他声如洪钟:“喂,十四万的货款已经转过去了,收到了没有?一定要按照质量给我发原料,如果不符合要求……”

车子在前进,老孙接完电话,直喘气,感慨地说:“高原啊高原,说电话都累。”

有你这样讲电话的吗?简直是吵架啊。

他继续说:“说几句就喘,你看这太胖了,人一胖,这血管就小,血压高,高血压,就容易高反。”

听他说这话,胖子我也开始调整呼吸,小心点,我也胖,可千万别高反,如果高反,可能到了拉萨就要直奔机场买张机票回去了。这里的山水虽好,可不是我的埋骨之处。

这时老孙的老婆,一个弱弱的女人也来了,他们一家到餐车去吃晚餐。我心想,吃完饭之后,这父母看孩子也看完了,老孙也应该回去了,所以我跟老孙说再见,希望后会无期。但没想到没过多久,老孙一家就都回来了,母亲在门口坐着,其他三人都又挤进车厢里来。老孙继续找我聊天,谈西部大开发等宏观问题。作为一个好为人师的人,我当然兵来将挡水来土掩,自以为思想较之高了好几个层次。但老孙开始脱鞋子,正式盘腿坐到床上去,这个动作跟他儿子一模一样,这个动作让我闭嘴。闭嘴的原因是因为我这才明白老孙从下午到现在,并不是听说车厢里有个老师专门过来找我聊天的,而是来享受车厢的。我没有那么多观众,他的目标也不是我,而是这个软卧车厢。

果然,我安静了之后,他絮絮叨叨说了几句,觉得大家都熟悉了,便对他妻子说,车票给你,你别到硬座上去了,到我的硬卧里睡,我今晚就在这里跟儿子一起睡就行。

我大吃一惊,看着老孙和他儿子,这加起来应该接近四百斤了吧!

但老孙似乎没看到我惊恐的表情,他开始尝试爬到上铺去。他口中不断在埋怨高原非常高,让他没什么力气。在尝试了四次之后,他终于艰难地到了上铺,然后,他朝儿子挥手:“上来!上来试试两个人能不能睡!”

“会塌的!”他儿子倒是非常有自知之明。

“没事,上来!”

禁不住父亲的祈使句,儿子只能也往上爬,父子俩就头对脚,脚对头,侧着身子躺在上铺上。床铺呈现了前所未有的一个弧度,但应该说这列火车的床铺质量真好,居然没塌!

“我没法转身!”儿子说。

“没事。”老孙说。

“我快透不过气!”

“没事!”

床上惨不忍睹,全是肉。

“别动,床会塌的!”儿子说。

老孙长长地呼出一口气,开始陈述他为什么到这里来的原因:“你们不知道,我高血压,头晕,等一下一定高反,我在那边硬卧,一个人,等一下有什么问题,都没人照应……你们姐弟俩,自己说,谁上半夜,谁下半夜,都看好我。”

女儿说:“没事,有呼噜声就没事。”

儿子说:“那你怎么不都买软卧?”

软卧的价格是硬座的三倍。老孙没接话,接着说:“我那硬卧旁边,有一个怪人,神神道道地念经,我听着都害怕,他的手还不干净,老往人家包里摸,看到好东西就要借去看看……”

他罗列了无数理由,只为了留在这个车厢里。

夜慢慢来了。最后是姐弟俩挤在一张床上,把上铺留给了老孙。巨大的月亮升了上来,在老孙的呼噜声里,车过德令哈。德令哈,海子的德令哈:“姐姐,今夜我不关心人类,我只想你。”海子空空的戈壁,多年前在他的诗歌之中出现过,但直到今天,我才目睹这里的荒凉。是的,这才是应该诞生诗歌的土壤,空旷,永恒,残酷的冷和热,萧杀之中的万物,因缺氧而心智单纯,最应该诞生诗歌和宗教。而处于氧气浓稠之地的我们,就如狡猾的鱼,只会拜神,只会跟菩萨许愿做交易,不会有真正的信仰,至少纯度不足。

我昏昏睡去，醒来时已经深夜，车过格尔木，正开始翻越唐古拉山。一切正常，我应该不会高反，我想。半夜我几次被明晃晃的月光惊醒，凝视着虚空的窗，就如凝望着鳄鱼张大的血盆大口，有开而不合的渴望，以及一望无际的苍茫。

我的高反是从清晨开始的。开始是轻微的头痛，然后是恶心，我蜷缩在床上，只听老孙还在絮絮叨叨说着一些大道理，我是一句都不愿意回应了。头开始越来越痛，就像被人用平底锅敲了一样，浑身无力，我虽大口呼吸仍然无济于事。广播里反复强调不要抽烟，说列车已经供氧。这让我更加绝望——车厢里已经供氧都如此糟糕，那到了空气稀薄的拉萨，岂不是更加完蛋。我内心充满了绝望。缺氧造成的头痛开始持续折磨着我，车过那曲，我都在盘算着到了拉萨是不是直接买一张机票飞回去。虽然这样有点滑稽，但高原虽美我也不想葬身此地。

想到死是十分正常的事。又想或者得留下几句遗嘱，但发现自己并无财产可以交代，如果年轻时候还有一些情债未了，现在转念之间似乎也空空如也。抬眼望向窗外，高低起伏的山峦犯人一样被剃了光头，偶尔长一些青草已经很给面子了。树是很远都不见一棵的，即使有，也发育不良。对高原的惊喜慢慢转变为平静，耳边响起老孙在盘问儿女：

“昨夜没死，好啊，你们都有看着我吧？”

“你一宿呼噜都没停过，哪里会有什么事情？”

拉萨还是到了。从火车上下来，一股新鲜的气息扑面而来，天是蓝的，蓝得叫人陶醉，美得叫人心碎。心情大好！我深深地吸了一口气，恶心的感觉消失了，头也不再如刚开始那么疼。美丽的高原最终还是张开双臂拥抱我，它带给我处女般的羞涩和疼痛，也带给我一座全新的天空之城。

(二)平措康桑六号床

到了拉萨,天空透亮,触手可见过往。我入住平措康桑青年旅舍,分了一张六号床,下铺,住了一个星期。这张床成为我认识拉萨的一个原点,一周时间我去过羊卓雍措、纳木措两个湖,去看过小昭寺、大昭寺、哲蚌寺、仓姑寺等大小寺庙,也去光明港琼喝过甜茶,但每次都必须回到这里。

放下行李出去吃饭回来,我发现上铺住了人,一个重庆女孩,姓代,今年读大三。小代长着一张圆脸,婴儿肥,爱笑,说了几句话就嘎嘎嘎笑个不停。窃以为笑点低的人是旅行好伴侣,能让你所处的整个空间都充满笑声。此后几天时间,房间里人来人往,有孤僻的,有沉稳的,有语重心长的,还有一队去珠峰大本营的香港少年,但都没有人能带给这个房间这么喜悦的笑声。跟小代同来的还有一个男生,开始以为是她的男朋友,后来才知道是在火车上捡来的小伙伴,理科生,也是快言快语,挺爽快。

一屋子男女在一起混住, 这是青年旅舍倡导的一种平等互助的文化。好处是不会无聊,坏处呢?对我而言是午夜梦中醒来的时候,小代的一头秀发刚好从床头垂下来,昏暗中有如贞子降临,着实把我吓了一跳。

为休息调整,第二天不作任何安排,有人说要买衣服,有人说要买纪念品,于是几个人出去瞎逛,转了一圈下来,同行的贵州美女小妖做过饰品生意,她告诉我们,这里的饰品八成来自义乌小商品市场。我们都笑了,心照不宣。我看中了一个狼牙,正在犹豫买与不买,忽然想起可以淘宝搜同款,搜完就笑笑走开,心想有多少人大老远跑到高原来,干了淘宝快递哥的活——所以说,人知道得太多,总是不快乐;忘怀得失,瞎买一通,人傻钱多,都容易快乐,正所谓“弱智青年欢乐多”。

在饰品市场大家都警惕性很高,但从闹哄哄的市场出来,走到对面一家门面装潢都颇有档次的饰品店，我们马上为满屋子的宝贝而惊叹不已。老板自称是康巴汉子，汉语说得比我们还流利，人瘦，眼睛挺大，闪着精明的光。首先是小代“沦陷”，花了比饰品市场高N倍的钱买了所谓的一颗绿松石（后来百度说西藏不产绿松石，不知真假），接着我们又有人买了两只玩具一样的鸡血藤手镯。那心直口快的男生被店主一句“这手镯就不要送给朋友，只能送给父母”一忽悠，便连讨价还价的环节都省略了，直接付款，从店里出来之后才大叫冤枉。

不过出门旅行就是花钱买累买教训买哈哈大笑，仅此而已。于是我们的话题很快从对店主的老谋深算和自己的冲动自责转移到布达拉宫。来拉萨当然要去布达拉宫，但买门票很难，我们几个谁都没有事先在网络上预约，于是说好晚上去排队买票。顽皮机灵的小代理所当然就成为我们的先锋部队，先到指定的售票地点打探情况。等我们都赶到布达拉宫旁边的售票处，外面已经排成长龙，我们只能排队。队伍一点点地移动，我们一点点向前，小代却突然不干了，说不排队了，不看布达拉宫了，一甩头离开队伍，我们都被吓了一跳，追了过去，以为出了什么事。问明情况，原来是她目睹了许多人插队：“保安明明看见的，却不管，我提醒他们不能让人插队，他们也不吭声，一定是被买通的！”她无法接受在神圣的布达拉宫脚下，居然也出现这样的情况，气得掉眼泪。我抬起头，布达拉宫的上空有鸟儿在盘旋。我笑着告诉小代，希望她从保安的角度去看问题，他家里也许有困难，要理解他。

“有困难就可以这样？难道有困难就可以去当妓女？”

“可不许看不起妓女，”我笑道，“她们比很多坏人干净多了！”

她破涕为笑。

就这样，布达拉宫是看不成了。但我们可以去看湖。

翻过两座高山才到羊湖。其实我也记不住是不是两座山，只知道一路盘旋往上走，直到一眼看到碧玉一块，才知道一切都值得了。羊卓雍措，碧玉之湖，喃喃念着这样的名字，就如远处的少女正在想念我——压根儿没有什么少女，有的只是云朵；云朵像刚挂上去一样柔软，湖水如天空之眼。作为三大圣湖之一，它的名望来自于自身，也是大自然的选择。俗人如我，只配远远窥视一眼，然后速速离去。

但有时候，一眼就够了，不必多看。还可以跟湖边的藏獒合影，还可以站在最蓝的水边，发发呆，想念前世的时光。

来之前，朋友反复交代，必须先看羊湖再看纳木措，不然被纳木措征服之后，羊湖的美总是不完整的。是的，在纳木措，湖边徘徊了一日，我浑然不觉得累，时光似乎慢了下来，想自己走了这么远的路，不就是为了来此地发呆么？在纳木措，湖水清澈，沙石可见。远处雪山，与云弥合。这应该是我见过的最美丽的湖了吧，有涛声的湖。芸芸众生皆如水底之石，生怕错过某一个水波的暗语，生怕滑进更深的湖底。人会死去，而石头永存。但永存的石头呢？只是躯壳罢了——千万年才挪动一下位置，却以为是宇宙变迁的全部。祸福闲转总是一世，心无挂碍拥有此刻才是正事。

（三）万佛朝宗

从拉萨飞成都，刚从双流机场出来，就碰到摆摊揽客的旅行社，这座旅游城市，就连机场大巴上的乘务员也是旅行社的业务员。计划在成都待三天，想着峨眉山总得去看看，没有灭绝师太和周芷若，至少还有猴子，说不准哪一只猴子的肚子里还有《九阳真经》呢！毫无准备，自己跑太累，想着还是跟团吧，于是到旅行社报名参团。

业务员拿出两份合同：两天一夜，左边四百五十元，有一些付费景点可以自己选择是否参观；右边七百五十元全包，包括东方佛都、乌木馆、熊猫馆等三处景点的门票，还有当晚的一场演出。我的目标是峨眉山，当然选择钱少的。

本来参团是图个舒服,谁知道两天下来累得快崩溃,为了赶时间,每天早上基本上都是摸黑上路,睡眼惺忪。第一天是六点半集合,相当于五点多就要起床;第二天竟然四点四十就被叫醒,刚上车导游就开始演说,说不走回头路,从乐山大佛的后门出去以后就直接到东方佛都后门进去再绕一圈近路出来,所以无论如何东方佛都都是要买票的,二百元白天的景点,再加上二百元晚上的演出,一共要加四百元,比之前七百五十元全包价还多出一百元。车上一片怨声载道,但大家多数都交了二百元过路钱,因为交了钱可以升级到“准四星”的酒店,而没有升级的,则会住到“比较一般”的宾馆。

收完钱也就到了乐山,导游就下车了,地陪导游上来,一个白皙儒雅书生模样的中年男人,一来就自我介绍说姓池。池导游说我们很幸运,他一般很少带团,这次是因为同事请假,过来顶班;还说乐山的导游非常特殊,除了一般的导游证之外,他们还必须持有佛教知识培训的证书,所以佛教知识比较渊博。我们一下都开始崇拜起来,他一来就跟我们讲佛与菩萨的区别,又说乐山有下山虎和困龙,都不可合照,由此引申到家中的摆设风水诸多禁忌,颇多讲究。

停车吃了一顿跟猪食差不多的饭之后,我们就往乐山大佛景区进发。池导游温文尔雅,指着江水跟我们说三江汇流,又掏出乐山大佛的照片告诉我们跟佛像合影的讲究,并掏出自己随身佩戴的玉佛告诉我们“男戴观音女戴佛”的原理。他大概知道我们明天将赶赴峨眉山,淡淡问了一句:

“你们明天去峨眉山,峨眉山万年寺的开光法会刚好举行,你们导游有跟你们说过吧?没有说过?哎呀,这么重要的事情他怎么没有告诉你们!”

我们顿时觉得自己错过了什么,那个导游只顾收钱,哪管我们具体的讲解如何。

“大家都围过来,”他大声对我们说,“我告诉你们,所谓乐山导游说破嘴,峨眉导游跑断腿,明天你们也别难为峨眉山的导游,他们对佛法完全不懂,但我可以在这边先跟大家稍微讲一讲……”

遇到好导游,我们都觉得应该认真听一下。

“六十年一甲子,十二生肖十二年,这轮一圈下来要七百二十年,今年甲午年,不同凡响,你们国家多少大事,所以本来要在五台山举行的开光法会,今年隆重改在峨眉山万年寺举行,也就是这两天,明天你们去,刚好赶上了!”

很多人纷纷点头,觉得自己真的非常幸运。

“什么是开光佛会?大家可能都不了解,我跟大家说说,”他又举起他佩戴的玉佛,“大家应该都有佩戴菩萨观音佛像吧?一般的寺庙开光,叫开普光;开普光的饰物,洗澡、睡觉的时候要把佛像摘下来,但是这些在四大名山开光法会上开光的佛像,叫开天眼,开了佛光,大家猜猜怎么样?四个字:百无禁忌!”

大家恍然大悟,哦了一声,都觉得这了不起。池导游是个好人,他热心地告诉大家,明天到了峨眉山,应该如何将身上的饰品给大师开光,会带来怎么样的福报,他说他家里老人都是居士,自己也是佛教徒,讲这些都是为了积功德。

我总以为宗教诞生在深山高原之地,难得在成都这么低海拔的地方,还能遇到有信仰的人。

乐山大佛以前在教科书上看过照片,据说本来有楼阁保护佛像,后来被一把火烧掉了,这些年政府正在准备重建楼台。排队看大佛的人太多了,我险些被挤怀孕了。兜了一圈,拍了照片,回到原地,感觉佛祖正在天上笑:“你们这群傻×,绕着一块石头挤成一坨,可悲啊! ”又开始听池导游讲述一个儿子因为阻止自己的母亲烧香许愿而被石头砸死的故事。这个故事告诉我们,别阻碍别人礼佛,如果儿子不是让母亲将捐给佛祖的功德钱取回,就没有杀身之祸。这么一说我心中也拔凉拔凉的,觉得佛祖的现世报来得太猛,近乎于残忍。池导游业务精良,口中心中皆有诸多禁忌,包括拜佛有五个原则:跪在蒲团边缘、走侧门、不许贪婪的愿望等。说起来玄乎其玄,让人不得不信服。

转了一圈到苏东坡读书的凉亭休息,池导游才无意间想起刚才有人问他关于开光法会应该用什么佛像去开光的问题,他开始讲一些比较专业的概念:比如佩戴的佛像如果没有坐骑,是为残佛,只有那些有坐骑的佛,才能随时随地腾云驾雾前来看你。那么佛的屁股底下是什么坐骑,其实跟每个人的命的属性息息相关。比如你是水命,那么当然最好坐骑是鲤鱼或者鳌鱼,如果你是金命最好是鹏鸟,如果是火命最好是麒麟……那么如何知道你是什么命?池导游非常专业,他打开一个小本子,上面将哪一年是金木水火土都标注得清清楚楚,只需要按照上面的来,便百无禁忌。团友们纷纷围过去虚心求教。

“这峨眉山的开光法会,是非常严肃的,庄严肃穆,两种人可能会被工作人员请出会场,一类是大声喧哗者,另外一类呢,则是用一些不三不四的东西来开光的人,包括用一些纯度不高的佛像,或者残佛,都会被请出去。这么说吧,开光用什么开,一般两类,一类是弥勒佛,一类是观音,其他都不行。”池导游颇费了一番口舌,讲解了这些跟乐山大佛完全没有关系的细节。

大家对明天的开光法会都充满了期待,想象着那宏大的场面,得道高僧口诵真经,念念有词,宝相庄严,皆大欢喜。

“当然,大家到时会发现百分之九十的朋友都会有差不多的配饰去开光,非常讲究,因为大部分朋友都是到了这边,为了这场法会才买了玉佛去开光的,有的会给父母儿女买一个,或者全家都买的也有。这玉佛哪里请?我来告诉大家一个指定的地方……”

我这才慢慢发现其中的端倪,绕了大半天,是要让人去买他的玉饰。但很多人非常专心地问了运势、对应的坐骑,以及玉佛的讲究。池导游非常耐心地告诉大家,要用红纸黄布将饰品包起来,黄布上要写上生辰八字和三个心愿,到时候要将红纸烧去,将黄布带走。

我转念一想不觉失笑,想这甲乙丙丁生辰八字是历法知识,金木水火土这是五行相生相克,一般道家用得多一些,而四大菩萨这些都属于佛教范畴,如今这些东西竟然联系在一起,三教原来是一家,融合一下竟然自成系统了。梦中惊醒之后,再环顾周围的导游,没有一个不是手执一个笔记本,口中念叨着金木水火土和鳌鱼、麒麟、鹏鸟等坐骑,十分系统地介绍每个生肖的本命菩萨。

当我第二天来到峨眉山,才发现峨眉山的导游也不是吃素的,但她却让我们都吃素。当天峨眉山腰下了一阵小雨,导游就告诉我们,金顶可以不用去,上面也是灰蒙蒙的。我们都信以为真,再加上导游反复强调上山要走很远的路,大部分人都打消了上山的想法,签字返回山腰。等于我们凌晨四点多起床排队买票进了景区,就坐车上山,又坐车下山,就这样到了中午,吃了一餐看不见肉食的饭:生切黄瓜、西红柿切片、水煮青菜、萝卜煮水汤……就这样赶赴传说中的万年寺。

进了万年寺,我就明白这条利益链究竟有多长。进寺总要烧香嘛,峨眉导游开始介绍:“这里头请香有三种,普通三十元那种,很少人烧啦,九十元一条的可以烧,但以后要来还愿,最好是烧一百九十元那种,不用还愿,而且你给二百元,他会找回你十元,这十元钱不要乱花哦,拿回家,买点水果,一家老小围在一起吃,保平安……”

我的团友们都十分虔诚，纷纷买香，烧香之后便问开光法会在何处。之前乐山的导游花了那么大力气宣传峨眉万年寺的法会，只是为了让大家提前购买玉饰。导游说第二天法会现场根本就来不及到外面买玉饰，于是有点想法的人几乎都买了。而来到万年寺，大家都在找法会，但万年寺并不大，连个大雄宝殿都没有，根本就没有什么法会，也不会有人因为高声喧哗就被请出会场。开光的地方倒是很显眼，但只有一个小和尚在里头守着，屋里一尊佛像，门口一块牌子写着：开光50元。交了钱和尚对着你和饰品念念有词，用树枝蘸点水在大家头上甩一甩就完事了，三五分钟之内搞定。这就是池导游口中庄严肃穆的开光法会。

这声称“纯玩团”的两天游，就这样被废了，我当然不甘心，于是只能自己寻找游玩的乐趣，一边观察着导游如何忽悠，一边欣赏山林之美，快步在山中穿行，感受山风过涧带来的味道。也不忘独自去逗逗猴子。有一只淘气鬼还从我肩膀上跳过去，又将我背后一个美女扑倒在地，然后跳到树上不见了。峨眉山的最高海拔也有三千米，只比拉萨的海拔低几百米，在这四川盆地的碗里显得如此突兀，又如此迷人。

有时候我也想，自己是不是过于清醒了，假设我也跟我同行的团友那样，五迷三道进庙烧香就拜，掏钱买玉石让职业和尚开光，心中有所求，至少保平安，是不是会活得更踏实呢？信众之信在哪一条边界之上就算是迷信呢？没有任何佛法探讨修习的跪拜烧香难道真能给人好运气？你见过西藏虔诚的佛教徒，你见过教堂里虔诚的祷告，你见过真正的祈福和修为，你就很难再忍受这样的污秽。假如冥冥之中真有一个频道能读懂你我的意念，这些心怀鬼胎、借佛敛财的人就应该下地狱，或者说他们早已经就在心灵的地狱之中。在我的理解之中，善念即佛，痴执必为魔道，沉迷于五行配搭、妄图通过一件饰品就将大日如来、大势至、观音、普贤等佛与菩萨都变成自己的本命菩萨，应该是十分反智的。难道信仰不应该是一种智慧的修行么?难道信仰不应该是考验一个人独处之时内心的力量么?

离开峨眉山,我心中依旧怅然,明天还有一拨又一拨的人过来接受忽悠,我是希望他们获得清醒的痛苦,还是迷迷糊糊的快乐?

彭剑斌 作品

彭剑斌，笔名鳜膛奔，1982年12月生，湖南郴州人，现居长沙。著有短篇小说集《我去钱德勒威尔参加舞会》。

咸肉冬瓜

马车

如果做爱时充满忧伤多好啊。如果赤裸的两具身体都知道要去的那个地方,干净得一尘不染,于是哭泣,强忍住不洁的快乐,皮肤起伏像地平线般遥远,细细地轻颤……高潮则是一种闻所未闻的静。时间的爪痕布满整张床的上空,记忆积成欲望的肥胖云朵,漫不经心地挤出雨滴来。努力使自己达到片刻的空虚,这一片狼藉多么像倒下的绚烂野花,在稻田窄小的田埂上或沙漠里,我们也应该试一试。如果我们是在星空下做爱,在屋顶或者山巅,如果我们表情严肃,藐视一切,那么时间将嫉妒我们。我们会被这虚伪的无数年无期地放逐了,只带着我们的身体,在冰天雪地里忧伤地缠绵。或许我们能生出一辆可以追回童年的马车呢。

新闻

今天看报纸时, 我的内心本分了许多。我小心翼翼地表示着我的悲哀,几乎想对每一个人说:伙计,对不起。汽车里播放大声的音乐,我想附身在喇叭那颤抖的膜上,变成一个小小的人,被喇叭巨大的振动打断全身的骨头。"从我们车后快速超上来的两辆汽车,闪烁的尾灯,一下子不见了。"这种清醒令人惊讶,他们刹住了车,前面是奇迹般的悬崖,和别人的灾难。他们置身于难得的、该死的境界里了。

他们,这两个老人,站在那滑稽的边缘,又救了许多人。

五分钟

在恩平的第二晚，我睡得比较早。凌晨三四点隔壁房间的人大声嚷嚷把我吵醒了，好像是来了两个女的，里面的男人们迅速地开了门，高声地喊话，那声音离我很近。他们一直站在门口，我本来就觉得高声讲话是一种给人带来不安的现象，而且现在他们像是故意冲着我的门口将这种恐惧撒播给黑暗中的我。更绝的是，他们居然轻易地推开了我的门，反正没亮灯，我也看不清他们的轮廓，但是他们好像很清楚我睡着的位置，因为声音正是冲着我的脸上飘过来的："五分钟后，我们会进来杀死你，现在你可以想想怎么逃。"怎么逃，连个窗都没有，唯一的出口就是被他们把守的那扇门。他们关上门，继续高声谈笑，用语言(或许加上某些动作)来消磨这五分钟。

独白

其实……爱情跟生命的道理差不多，当你确实爱她时，你会开始害怕失去她，可是如果你永远不会失去她，光是假想一下这种可能，便马上陷入对永恒的鄙弃与最痛苦的怀疑中，于是你不知道拿这份爱情怎么办才好，应该对它抱有哪些期待。生命也是这样，你既不能接受死亡，也不能设想永生，两者似乎同样可怕——各有各的可怕方式。所以，理智地想一想，当你追求她而没有获得成功时，这是多好的事情，不管是爱情还是生命，当你拥有它时，一切都晚了。最好是还没有开始，或者是不会开始了。

追赶

今天还是很冷。我刚下车，还没站稳，一个臃肿的女人从我身边跑了过去。她喊了一声："救命啊！"我没来得及看清她的脸，这时又有两名男子窜过,他们块头不大,衣着寒碜,表情沉着而冷静。他们在追赶她。很多行人都站住了,伸着脖子观望。后面还有四五个男人风风火火地跑来。这几个人一会儿奔跑,一会儿又改为疾步行走,不过每一步都迈得很有力,脚板震得他们脸上的肌肉轻微地跳动。也有不少路人朝他们跑去的方向迅速拥上去,就像是突然一阵微风把他们刮了过去。我站在原处,费劲地朝那边望着,可总有人挡住我的视线。后来我就穿过车缝和街道,回到了家里。

那个女人呢?她可能死了。她可能是该死的,也可能不该死。我不知道。不过话又说回来,有谁没有被一种强大的(强大得足以让我们吓破了胆)力量所追赶过呢?有谁没在生死之间挣扎过呢?

我现在想象着这样一种情形:一大群人惊慌四散,慌不择路地逃进了一条小巷子里,因为我在后面追赶着他们。

吸烟

其实身边多个男人又何尝不可以呢?让我想想,他应该是孱弱的,但是善良的。他也可以在精神上统治我(我一直乐意当配角),但他与我又应该是平等的。我不希望他在我心情好的时候突然和我谈起女人来,不,不要这样大煞风景。其实交流多了不一定是好事,一个话题最多两句话就应该止住了。而大多数时间,可以一块到街上逛逛,在郊外抽烟。男人们一块抽烟(不包括为了应酬和礼仪),简直叫人消魂。记得前年在铜仁的旅馆里,我翻开刚买的《尤利西斯》,慢慢地读到这一段,那是多么美妙的一刻:

> 海恩斯停下脚步,掏出一只光滑的银质烟盒,上面闪烁着一颗绿宝石。他用拇指把它按开,递了过去。
>
> "谢谢。"斯蒂芬说着,拿了一支香烟。

海恩斯自己也取了一支，啪的一声又把盒子关上，放回侧兜里，并从背心兜里掏出一只镍质打火匣，也把它按开，自己先点着了烟，随即双手像两扇贝壳似的拢着燃起的火绒，伸向斯蒂芬。

哼哼，没错。他们在一块抽烟！他们走着走着，突然中断谈话，竟然是为了吸一支烟。在那个阅读的瞬间，难得的机会里(我突然感觉他们一下子站在了我身边，来到我投宿的旅馆里)，我立即点上了一支香烟，同这两个男人一道吸了起来。

婚礼

早上你是什么时候醒来的呢？而我在这里，一场婚礼把我吵醒了。说实话，我还真没见过一大清早举行的婚礼呢，怎么会有这种事，太有趣了，你说是吧。如果醒来得很突然，我总感觉到正在做着的梦离我越来越远，然后在一秒钟的时间里，现实与梦就切换了，还挺自然的。但现在又记不起来梦到什么了，可能是梦到了什么灾难吧，我隐隐约约意识到正在发生地震，鼓声从四五十米远的地方轰隆滚来，伴随着人声鼎沸，我醒来后的几秒钟里还是不能确定是不是真的发生了地震。我从床上翻身下来，跑到客厅，隔着玻璃窗睡眼蒙眬地看到一队喜庆的人向这边跳跃而来。他们拥进了我这单元的楼梯间。我又跑去开了门，新娘子趴在新郎的背上正从我眼前一笑而过，当时我还没穿衣服呢。一大群人像老鼠一样冲上了楼梯，跑到这对新人的前面去了。我关了门，继续睡大觉。当时还只是七点多钟。

咸肉冬瓜

晚上，我还是在前两天吃的店里吃饭，点了个咸肉冬瓜。当时嘴里塞着好几片冬瓜，不知怎么的就产生了一个想法：

——我知道自己从来不期望成为鲁迅(虽然读《孔乙己》《社戏》《从百草园到三味书屋》时,我也希望这些作品是我写的),而只是希望成为鲁迅有可能在他散文中用寥寥几笔提及的某个青年,这个青年去拜见大名鼎鼎的鲁迅时,显得如何地紧张而又可爱,鲁迅当时可能什么也不说,待这青年离开后,就在文章中怀着一种怜悯、喜爱、悲哀的复杂感情给记上一笔,但即便如此,这个青年在此之后的日子里仍然是一望无际地默默无闻,丝毫没有可能到达鲁迅对他所期待的那种成熟的程度。我就希望自己是这样一个悲剧性的青年。

场景

还是夏天时,在街边的屋檐下避雨时想象了一个场景,当时觉得很美,可是没有记下来。现在有些细节忘了,有可能忘掉的是关键的部分。

他们在街上等车,这时下起了雨,他们没带伞。他们退回到屋檐下,远远地望着街上过往的车辆,他看不出那些驶过的出租车是否载了客,当他想从屋檐下冲出来时,车已经飞快地开走了。一些水珠滴落在她的头发上,屋檐很窄,她不断地用手去抹干头发。他穿过人行道,跑到街边的一棵树底下,这里离那些驶过的出租车更近。树底下下着另一场雨,稀稀落落,但雨滴更大,而且总是从那几个相同的地方掉下来,掉在他衣服上和皮肤上。她不知什么时候过来了,站在他身边,“快回去,”他说,“车来了,我叫你。”“你可以用衣服给我挡雨。”她这样对他说。他穿着一件宽松的大衣,虽然不是一件雨衣。他解开大衣的扣子,将她揽进怀里,用大衣把她裹在了里面。她什么也淋不到了,甚至还非常暖和。她紧紧地抱着他,将脸埋在他胸前温暖的内衣上面。雨越下越大,从树叶上掉下来的水珠也越来越多了,他的头发和脸全湿了,衣服也湿了不少。过了好几辆车,但都载着客。“快来一辆车吧,我们得尽快回去。”他说。她没说话,他则继续说:“因为我硬了。”她将脸从他的大衣里钻出来,刚好迎接了一颗水珠,她眨了眨眼,羞涩而又调皮地笑着:“这样也会硬?”“嗯,会的。”他的脸贴在她的脸上,贴了一会儿,又将她的脸按回大衣里面去了,同时,她的一只手溜进了他的内裤里,那里容纳了它。

外公与飞机

我母亲曾经在电话里跟我商量过一件事情, 让我找个机会把外公接到广州去玩玩,并且让他坐一回飞机。对了,那是去年外公生日之前的事了,母亲说外公讲过这样的话,“就剩下没坐过飞机了。”看样子他想尝试一下在天上飞的滋味。“可是让他飞去哪里呢?”我考虑着这个计划,产生了这样的疑问。“还要去哪里才能飞吗?”我母亲好奇地问道(她也没坐过飞机),“就在广州飞不行吗?”“在广州怎么飞?”我大吃一惊。“就在广州上空飞一圈嘛。”我母亲利落地回答。“这怎么行?”我为难起来,想着怎么才能做到这一点。“不是说有那种小飞机,专门搭客人在广州上空飞一圈的吗?”“谁说的!怎么可能?”话刚出口,我又觉得我的语气太过强硬了,万一真有这么回事呢?哦,怎么会有这种事?!我很犹豫,对自己产生了一种不信任。她说:“他们说的。”不过她的语气透露出她已经放弃了那个想法。

装置

读福斯特的《天国公共马车》时,我注意到,“我”第一次乘坐马车并返回后,神父仍然在“我”家里。照理说,神父只是头天傍晚,即“我”乘坐马车去往天国之前的那个傍晚来“我”家参加晚宴,当晚他就应该离开了(没道理在“我”家过夜)。或许他第二天又来了,但作者没有交代。这让我产生了一种幻想,即,马车是一台驶往过去的机器,乘坐它即可使时光不露痕迹地发生倒流。我想设计一个类似的“装置”，即一个事物，或事件，该事物一经出现，或该事件一旦发生，时光便回到它出现或发生之前的那一刻，但又要让人不轻易察觉到。这是好些天之前的一个想法了，今天我进一步确定了这个“装置”是什么，我想它最好是一种食物，一种普通的食物，吃了它之后，相同的情景会再次重演。

（一对情侣吃完分手餐之后，很自然地又一同做了爱，这既可以理解为一次留念，也可以解读成时光返回到了他们分手之前。）

故事

我想写的在我看来总显得可笑：一个女孩极不情愿地去男孩家里赴约，她半死不活的表情暴露出她对他全无好感，甚至在设想到他可能希望她爱上他的情况下，她心里自娱自乐地涌起一股夸大了一百倍的惊讶！这邪恶的惊讶，可以说，约等于鄙视。在男孩沮丧地送她离开时，一列火车从他们眼前经过，那列火车是很难描述的，特别是当你从正面看到它驶来时——它实际上没有想象的那么快，于是她第一次得知了男孩原来住在铁路附近。正是这样——当然她自己死也不愿承认——她爱上了他。她不愿承认的不是自己爱上了他这个事实，而是不愿承认铁路和火车在这里面起到的重要作用，她认为这种爱毫不虚假，毫无借托，她爱的是他、他给的惊喜、他的迟到和慢。

圣诞节

入夜，好像很多灯都亮起来了，我疾步走出小区门口。经过那家鞋店，透过玻璃门，只看到一个男人蹲在一只那么小的电饭煲面前，拿着勺子使劲舀饭。我突然觉得我无法承受这一幕。我想象不出有人竟可以如此孤独。

恍惚

今天开始读《苔丝》。在第七节的开头，哈代写了这样一个令人难忘的比喻(说到比喻，我在读贝克特的作品时，发现他绝少用比喻)："这是黎明即将来临的时刻，小树林里还是静悄悄的，只有一只预言天亮的鸟儿嗓音清脆地唱起歌来，仿佛坚定地相信至少它知道正确的时间，其余的鸟儿都保持缄默，仿佛同样坚定地相信它搞错了时间。"

这个比喻的重点在喻体部分，并不是真的为了描述清楚黎明时分一只鸟儿的啼叫。而是为了"顺带"揭示一个鸟儿们的世界，同样存在着时间与分歧的世界，这个世界与我们所要知道的故事没有丝毫关系，它只是在某一个瞬间与这个用了几百页纸来讲述的故事发生的世界产生了某种奇妙角度的交叉——擦肩而过，然后便再也不会相遇了。但是它却使全神贯注在主体故事上的读者产生了轻微的恍惚，这种恍惚也是艺术所能达到的所有效果里面很重要的一部分。

母亲

关于妈妈的墨镜。昨天妈妈给我发了几个短信，都是她自己用手机拍的照片，照片里她一律戴着过年时在深圳买的太阳镜。在这种时候，理解必须动用一生的回忆、体验和强烈的感情，但我不得不痛苦地说，理解仍然是有效的，而且是如此的有效，甚至胜过其他。我记得我还在读高中时，一个暑假，家庭的气氛被她那骨子里与生俱来的正义和某种狭隘理想主义的高度纯粹性弄得异常紧张和沉重。在一个乏味之至的晚上，她刚骂完我(有时她一个笑容的凋敝，就让我感觉她是在骂我)，提着一桶猪食一出门就惨叫一声，"哎哟嘀啊！"那声音就像要把上天的脑袋拧下来才解气，同时她把这一声呻吟赋予了一种怒愤而完整的语句的刚性，她想把它变成一句话,一句在紧急情况下也不失严谨和力度的话语。而这句向着话语延展变形的呻吟,让我立刻抛开了被她损害的感情,跑了出去,就着挂在柏树上的灯泡那微弱的光,我看到她半跪在侧门的门槛上,那显然是从跌倒的地上试着站起来的姿势,她的手按在膝盖上,猪食桶躺在地上,洒了一地。膝盖上一块厚厚的皮掀了起来,她想把它按下去,又想把它捏起来,事情很明显,但我却问她:"怎么啦?"好像严格呆板地遵循着某种搭讪的程序。她没有理我,我不知为什么,反而感激她此时的冷淡,好像若不是这样,那统一的世界就会发生可怕的裂变,以后再也无法恢复完整似的。我一转身跑进黑暗中,靠着心里的村庄地图飞一般地跑向奶奶家里,仿佛"摔"变成了一个闯进我们家的怪物,我在漆黑中勇敢地向它叫喊着:"来吧!来吧!"但是我并没有摔倒,我撞开奶奶家的门,奶奶站在屋子的正中央等着我似的,"干什么,跑得咚咚的响?"她用一种不以为然的情绪问我。我跟她说,我要红花油。

接受

那天想到一个很简单的道理,我要做的不代表我想做的,只代表我应该做的。

比如,我可以以后生活在农村,但这不代表我向往那样的生活,只不过是,或许我命不好,在农村生活是我唯一的出路,那么它就是我应该做的。

我总是怕别人误解,而把自己的喜好体现在选择里面。我一直把品味看得太重要,而躲避了那些不符合我口味的事物(自作多情的自我标榜)。我应该尝试给别人(如果真的有人关注我的话)制造一些混乱,让他们以一种错误的眼光看待我,其中也掺杂着正确的眼光。

福克纳未必热爱那种他命中注定的生活方式,至少他的初衷不是要做一个远离尘嚣的隐者,他心里装着大城市。他不甘心。我欣赏他在不甘心中做出了这么大的成就,而不是郁郁不得志。

接受,并且主动寻找自己必须接受之物。

因果关系

十月某日,重新审读《不检点与倍缠绵书》,我发现我真正擅长的是抒情,是对不安的享受和陶醉,我骨子里就是一个不懂得诗歌的抒情诗人。

“她笑得眼泪都快流出来了”,这句虽然并不夸张,但过于俗套。如果是小说,我可以考虑改为:“她一边笑,一边流出了眼泪。”淡化因果的逻辑(急切),转化为并列的平静,甚至有点冷淡。

过红绿灯时,我在想:我人生的各个方面都还没有展开。

关于使用因果关系进行叙述的一个反例,我刚读到的:

> “爸爸要娶阿芙多基雅·华西里耶夫娜,你知道吗?”
>
> 我点点头,因为已经知道这事了。
>
> ——托尔斯泰《青年》第35章

这个“因为”让我大吃了一惊,起先是有一点儿不习惯,继而感到了不安,后来就觉得它用得非常好。显然,在这句里面用来替代“因为”的,最适合的就是“表示”,但是,托尔斯泰让因果关系出其不意地杀了回来。

恶心

早上。一个女子在店门口,徘徊。店里没人,灯也没开,她放松了警惕。迅速从身上掏出一个红色的东西,丢在柱子后面。要是我就不这样丢,我会假装不小心掉了,让它从裤子口袋里滑落。我站在台阶上,她并没有注意到我,我正注视着她。红色的东西被柱子挡住了,我不知道是什么。我猜想,可能是用过的卫生巾,上面全是血。也可能是刚刚流产的婴儿。好大胆的想法。我喜欢第二个想法。她边走边张望,准备溜。我走下台阶,去看,是一个红色的钱包。捡起来,里面没钱。有张身份证,但显然不是她。她若回头,必望见我。但没有,好像身后是安全的,所有危险全都潜伏在两侧及前面。她像只被追赶过的鸡,毫无必要地上了二楼的台阶。我把钱包装进衣袋里,还把口袋拉链拉上,然后用目光跟踪她。如果她去上网,我就能逮到她。但没有,她只是绕行了一圈,施了点障眼法的小计,又从那头下了台阶,然后又朝这边走过来。接着跑了起来,朝着公交车站,好像突然看到了自己要乘坐的公交车。她被站牌挡住了,我急忙跑到站台,站台真长,我从人丛中挤过,三辆公交车停在那里。

后面的事情真令我恶心。我盯着那张身份证望了三十秒钟。我在钱包隐蔽的夹层里找出一张写满了电话号码的小纸片，娟秀的字迹，蓝色墨水,这些号码都没有名字。我拨了第一个……“她是我女朋友,她刚才打电话给我,说钱包被偷了……”

怎么办。事情乏味得令人掉胃口,那个拥有漂亮女朋友的家伙几分钟之内就会赶过来,从我这里领走钱包。我不想见到他。他还会说些感谢的话,发给我一根烟。

我该怎么办?我必须说不用谢。说不用谢是我的义务!尽管我很讨厌冲着那些家伙说这三个字。

途中

从平坝回来时,我身边坐着一个女孩子。应该是说我坐在她身边,因为她早坐在那里了。我上车时,只有两个空位了,另一个就在她前面。我走到她身边,一看是女的,于是心高气傲地想坐她前面那位置。走到前面一看，空位子旁坐的是一个胖胖的极其丑陋的老头，便又坐到了后面。她戴着一顶五颜六色的帽子，像草帽的样子，但不知道是不是稻草做的。我没去摸，事实上，我连看都不敢看。低下头时，她的手闪进我的视线，细细的，不但手指，就连手腕都几乎透明，那样的皮肤差点让我失去理智。坐下之后，利用她的眼睛被帽檐挡住的极好机会，偷偷地、心虚地窥她。脸的轮廓在帽子下像探出的半只去掉皮的土豆，香香的啊甜甜的……一些极细微的汗毛(我真不想用这个粗俗的词)，在看不到的风中像跳舞一样地飘扬。鼻孔是冷冷的，似乎在代替隐藏起来的目光向我传达她的鄙意。我真想哭着一把将她抱住。她的乳房是小小的，像两只拳头躲在衣服里，我又去看她的手……我们穿的都是短袖，彼此的手肘在车子颠簸的瞬间就碰在了一起，皮肤们甜蜜地亲吻了，滑滑的，像涂满了润剂，那是一些丝线一样的亲吻，不断地，皮肤们在相互地摸。这是她的左手，而她的右手呢，靠着车窗，小掌心轻轻地攥着一部巨大的手机，在发短信呢，给男朋友吗？我又想哭了……她的下巴一副很尖锐的样子，尖尖的，锃亮，像一把刀子。我应该给她一张名片，还是给她一个耳光，或者冒着坐牢的危险咬一下她的嘴唇？我用力地闭起眼来，假装睡着了，我的头靠在靠背上，时不时又装作被颠得耷垂下来，在空中像一块海绵一样左点点右点点。其实她根本就没看我，但我还是必须得装睡，喏，我们的手肘又美妙地靠在一起了，这完全是车子过于颠簸。她一点都没有闪躲，我总是巧妙地让车子颠簸得更自然，我的头差一点慢慢地滑到了她肩上，在闻到她的气息时，我猛然惊醒了。当然这也是假装的。装睡装得我累死了，我简直有点生气。在后来，我便干脆不装了，我的身体不断地动着，但就像是自尊心受到了严重的打击一样，我动只是为了努力地避免碰到她。我想，这样一来她或许会后悔吧？她的手肘再也感觉不到滑滑的亲吻了，她一定悔恨自己的冷漠，她躲在帽檐下的睫毛上一定挂满了泪水。到了贵阳时，我赶紧抓起我的行李，匆匆地跳下了车厢,连看都没看她一眼。

来客

一个寻求帮助的人,从我这里走了。他住了十天,他的内心一直在吵闹,尽管他说话声音很小,我总是听不清,而且他很少说话。我对他不是很友善,我请他吃过两次饭。那天中午送外卖的在楼下按门铃,我隔着一堵墙壁说:"你准备八块钱吧。"他像一匹马一样从卧室里走出来,喉咙里吞咽着某种滋味。摆了八块钱在我桌子的角上。

吃过午饭,他又睡了一觉。他看不到我睡觉,但他根本不觉得奇怪。我每天只睡六个小时,而这又是在他睡着了的时候,他还没醒来,我就从床上逃离了。但有时我精疲力竭地回来,他压抑着一种内心的不安,镇静地躺在床上。他一天到晚都躺在我那张舒适的床上,只穿着一条裤衩,两眼空洞地玩弄着那些小心翼翼的思想。他胆小而纯洁,他同情自己,所以并不感觉到有关心别人的必要。但他希望自己符合道德。

我说:"我们出去走走!"

他任我摆布。

在公交车上,他并没有坐在我旁边的空位上,离我远远的。但他脑子里只浮现着一样东西,那就是我的眼神。那让他感到绝望。

在图书馆,他像一个怕走丢的孩子,每隔两分钟他就出现在我身后。他已经失去了兴趣,那种折磨着他的兴趣。我带他去书店,指给他看一本薄薄的旧书,上面标价一百五十元,我告诉他,我一直想偷这本书。但是他什么也没说,似乎这一切跟他毫无关系。为了让他知道,这是很有可能的,我躲到一个角落里,把书从背后塞进裤带里面,再用衣服下摆遮住了。我走到他面前,将背对着他:"看得出来吗?"他像一摊还没睡醒的水面,轻轻晃动了一下,他问道:"什么?"我将手绕过去,隔着衣服轻轻地敲了敲那本书。我听到他很快地说了一声："看不出。"

他的嘴唇宽而薄，像一个细浪，正在涌向岸边。但他上唇中间偏左的地方，有一处奇怪的突起，像一块刺破那个波浪的巨石。有时我感觉自己被他用这块巨石砸中了。

但是对我来说，他的威力还太小。

我们在旧书店里打发着下午的时光，但我听不到任何人呼吸的声音。

走吧。我说。

我带头溜进旁边一家书店，然后我把那本书从衣服底下拿了出来，拿在手上。我们又从那家书店的另一扇门出去了。

我越发不知道他怎么看待我了，但那一点儿也不重要。有时我想让他知道，我不会帮他，任何人也不会帮他。他什么魅力也没有。时间和存在，对他来说，只不过是一股把他拉向死亡的毫无阻力的力量。但别的人，所做的一切，都是在阻止死亡，或者让死亡对人的侵犯蒙上一种巨大的失败感，生命可以在精神上获胜。

从那里回来，我提议去买菜回家做饭吃。但他，不知道怎么搞的，用一种惶恐的神情表示，在外面吃算了。我说，可以。他受到了鼓舞，进一步提出，去吃米粉。我说，可以。

一封信

所有的回忆一起涌来，还有我自己想象出来的那些我不能容忍的事情。我的思绪是一个啰嗦的粗鄙的老妇人。我坐在书桌前想写点有价值的东西。窗子外面零零落落的狗叫声流入了我的笔端。我期待一个揭露某种深刻本质的句子，可是没有。狗像刹车般地叫了两声。没错，写下去就会有惊喜。只管往下写，就像只管活下去一样。你所要做的事情只是每天早上醒来时睁开双眼，一种配合式的表演，十分简单。我从不承认生活是一件没有意义的事,尽管我活得已经不耐烦了,但我又非常怕死。死了我什么都不知道了。这是我不能忍受的。但我活着的时候,却从不主动地去知道更多的东西。这很奇怪。可是有一点可以解释:我尽量去了解别人怎么谈论我,甚至是她们是否谈论我,甚至是她们怎么想起我以及她们是否想起我。对于这些问题的实际情况,我死后决不会比我活着的时候知道得更多。我认识到某种偏差:我想写下我所想的,但事实上,已经不是这样了。当你拿起笔的时候,真正的思绪便停止了。大脑将被写所用,它只为更适合书写的内容和形式感工作。我写下来的不一定是真相,至少不是一颗自然状态下的头脑所想到的。我无法记录下我,只能勉强地自我剖析一番,但像这样剖析自我,首先是人为的,其次它更忠实于修辞和艺术,而不是那个总是躲避自我意识的自我。在我笔下,我只能朝着某个理想的、散发着艺术气质和虚幻迷雾的怪物靠近。这句话太啰嗦,本该是——在我笔下,我成了一头理想的怪物。只有第一句是真实的,因为那时刚拿起笔,什么也来不及思索。所以它那么平凡、朴实、蹩脚,它是真的。“所有的回忆一起涌来……”看,我本来想写写我的回忆,却奇怪地偏离了轨道。这支笔左右着我。还有一个我忽略了的现象,我总是一边写一边回过头去看我写下的内容,不知为什么,这让我觉得不像是一个正人君子做的事。不知为什么。不知为什么。我应该揭发我自己,但我还会继续这么做,同时我又将(现在就)揭发我自己仍心存继续犯下这“错误”的念想。当我暂停下来,浏览前面刚刚写下的字句时,我还会又删又改,而且——虽然暂时还没有——不排除会添上一两句,使得我实际上是后来想到的东西出现在文本的前面部分。这样一来,你又如何能看出我思绪的轨迹呢?你既不能看出我在想什么,更无法知道我从头到尾是怎么想的。那么我给你写这封信又有什么用呢?

还是另起一段吧。因为写到这里我发现我不知道你是谁。虽然多半你可能是女性，二十岁左右，你有一种我所能想象出来的笑容，以及由它衍变而来的另外三种形式。但你是否富有，是否安静，是否纯洁得近乎极端？你与他人之间的关系是什么？你会用词语来概括它吗？还是你只根据某种根植于内心再也不会消失的体会发展出一种抽象的命名方式——而所有这些名称是既不能说也不能写的？我很想把你写下来，用句子来限制你，从无限可能性中将你捕获，像将一条鱼从水里抱到空气中来一样，使得你像那条鱼一样气喘吁吁，用滑溜溜的尾巴鞭打着如今变成了唯一的现实：沙地——也就是说你的宿命。但是，我写得越多，你就变得越模糊。当我将你看作一个整体时，你是唯一的；当我试图将你拆分，你就变成无限的了。请别相信我的任何一句话，如果你对生活感到满足，坚固地活在一种安全的关系之中。也别相信我的任何一句话，如果你活得不幸。但是你不妨放下戒备，感受一下我对你所写的话背后所掩藏和散发出来的那种复杂的气息，这就是我全部的目的，既不损人也不利己，它就是这么一种东西，又不能解释什么，也不被别的所解释，在某些时候，它可能变成你毫无来由的回忆。

聚会

由于害怕，我沉默了几次。谈论任何事，都是谈论死亡，而空着的椅子上（刚好在我对面）正坐着我们谈论的对象。

一袋弃物

路面显得异常干净。而草坪上却尽是厚厚的积雪，它们已经硬化，成为冰块，变质了的雪。在这微弱的阳光的抚摸下，毫无所动，像是商人在为时数日的抢购(想到前两日疯狂的大雪)之后无人问津的过剩商品，现在堆在仓库里使人发愁，离它们过期的日子越来越近。

风景是那么的单调。

我抽出一根插在积雪上、让人感觉是无法插得更深的木棒，然后又将它刺入，所受到的阻力是惊人的——虽然我已经多多少少作了些心理准备。这次刺出的洞比刚才那个更浅。我百般无聊，便用木棒敲打在这些冰雪上面，手心感觉到的是振动、是抵抗，而不是攻破不是如同咀嚼的那种“软”；溅起的雪粒像火花那么少。

我又走到自行车棚那里，看到放在杂物堆上的一些废品。其中有一个白色塑料袋，袋口系在一块，露出里面装着的一些用过的物品的包装壳。我随便用手指拨了拨，药品和影碟，不同的性质躺在一起，显出一种黯淡的废墟般的光芒，这是我今天见到的最自然的东西，最令人感到舒服、真实，一种比积雪和木棒来得更无心机的真实。一股描述的冲动令我口干舌燥，饥肠辘辘。我将这袋垃圾提回了家里，连手都没洗就开始淘米、切菜，将这一切弄好，插上电饭煲的插头，我就回到电脑前，打开了Word文档。

放在最上面的是一个长方体的纸盒，黄金的颜色，红色字体写着“青春宝·抗衰老片”，服用的人比较粗鲁，因为从这个六面体被撕烂的一面可以看出他并不是按正常的方式打开包装服用药品的，他将这一面从中间撕下，然后又往上一挑，使得纸面不仅被扯掉了将近一半的面积，而且剩下的一半与它相邻的一面也仅有两厘米是连在一起的。被撕掉的这一面，残留的纸片上用黑色字印着：

【成分】红参、生地黄、天(这个字只剩一半)

【性状】本品为糖衣片，除

【功能主治】益气养阴、宁心安神("神"字剩一半)

虚所致的神疲乏力、(顿号后面只有一个笔画：点，看不出什么字，不过我估计是"心")

潮热盗汗、耳鸣健忘

这一面的对面则丝毫不损，它提示的也是对于药品来说十分重要的信息。

【用法用量】口服，一次3~5片，一日2次。

【规格】片芯重0.3克(此处无句号)

【贮藏】密封。

【包装】聚酯塑料瓶；每瓶装80片，每盒装6瓶。

注意事项详见说明书。

这是一个损坏了的空的包装纸盒，里面——内壁为暗白色——空无一物，当然也没看见所说的"聚酯塑料瓶"和说明书。

我接着拿出来的是一个DVD包装壳，也是硬纸印刷品，只不过这个薄薄的空盒子被压扁之后，看上去更像一本小书，从中打开之后，就会发现，绚烂的画面使得这本书成了只有两个封页而没有内页的书。封一的画面上有四个男人，背景是一条两边是欧式建筑的并不宽阔的街道的尽头,占住主要画面的是一个侧蹲着的年轻男子,毫无疑问在影片中他应该是主角,他的这种侧蹲应该是一个处于防守但又随时(只要一抓住敌人的破绽)都可以进攻的姿势。他的武器是两根又长又粗的骨头,那至少得是水牛或者大象的腿骨,一手抓一根。朝前、倾斜向地面伸出的是他的左手,手里抓着牛骨一头那个如同巨瘤般惊人地凸起的关节,出乎意料的是,整根腿骨并不是像刀一样地刺向前方,而是紧贴着他的前臂,另一头的那个同样如同巨瘤的关节则小心谨慎地躲藏在他的肘后，而更离奇的则是一块毛巾或是破布将这根骨头同他的手臂绑在一起，在那只放在蹲着的大腿上的右手上,情形也是一样的,一条与他脖子上的围巾同样色彩与布料的玩意儿将另一根骨头同他的右臂缠在一块。这两根硕大的骨头难道真是他的武器？不,我更倾向于认为这是他要保护的东西。看他那如英勇的猎犬般龇开的嘴,看他那威慑对手的目光,看他那侧着的脸上警觉地竖起的一只耳朵,难道还看不出他大有“骨在我在,骨亡我亡”的架势吗？我觉得描述一下他怪异、自相矛盾的衣着装扮同样是十分必要的。他穿着一条看似平常的浅绿色粗布裤子,粗看不足为奇,但仔细一看,虽然他采取的是蹲着的姿势,但还是不难发现,那是一条我们身边很多年轻人穿的那种大腿上爬满了各种口袋的休闲裤。他穿了两件短袖 T 恤,外面是一件同裤子的款式相协调的褐色 T 恤,而从袖沿、从他胸前被刀划破的伤口则可以看出他里面还穿了一件白色 T 恤。他脖子上围了一条密布着红点和黑点的围巾,围巾的一端搭在了背后,另一端则飘在胸前,可以看出上面的线须。影片的标题横陈在他蹲着的两腿之间,用的是一种不规则的连笔(十分可笑的)行书字体:冬荫功。我们这位主角,毫无疑问,代表的是正义的一方。而邪恶的势力就在他头顶上,占用了稍为次要的画面,一个上身裸露、肌肉结实粗厚的光头男子,他的肌肉反射着太阳那油腻腻的光,使他的上身看上去像餐桌上的一盘美味的冒着油的牛臀肉。他的身体弯成一个圆弧,正在跃起并(看样子是要)努力地使自己背部着地将对手压成一张薄饼。在低空中,他摆出的仍是一副格斗的姿势,右臂伸出,五指揸开,根根手指都是那么有力、险恶、没头没脑;他的左手捏成一个铁拳,正待从背后击来;他肩膀圆浑,聚积起似乎注定要被浪费的力量。那张像狮口般巨大的嘴巴正张开着,发出像他那种人物肯定少不了的口臭,小小的鼻子(也许是因为仰视的关系)被突然往上一拱的上唇挤到了眼皮底下,仿佛无处可退,正打算钻进眼珠子里去。在这两位人物(分别代表着两股势力的主要力量)后方,两个缩小了的身影一左一右地也在强调着自己的存在,但这种强调是可笑的,适得其反,并具有讽刺意味,因为他们——非常可悲地——只能在影片中担当配角。右边那个正在奔跑,跑得一只脚都(虽然看不到,但肯定——)快踢到自己的屁股了。他一手尽量朝前伸出,五个手指在空气中狂抓(这可能是一种无意识的举措),另一只手,则举着一柄砍刀,尽量地朝身后拉去,以在砍下的时候获得更多的力量。虽然他的样子远没有前面所说的那名光头肌肉男那么夸张,但他却更为阴险——如果将他张开的五指,同光头张开的五指来作个比较,便不难得出这个结论。他,理所当然地,也没有他的同伴那么莽撞,硬打硬拼,他跑的距离虽然还短,却能看出他跑出的是一条弧线的轨迹,他是冷不防地斜冲出来的,这说明在几秒钟之前,他一定藏身在他身后的那几根柱子后面,像一只阴险狡诈的耐心的蜘蛛,而一旦看到适宜的、万无一失的时机来了,便迅猛地出击。他的目标便是那位手执骨头、不懂得穿衣打扮的年轻英雄。然而在这只心怀恶意的蜘蛛背后和左边,正腾空跃起另一位留着两撇帅气的胡须、穿黑背心牛仔裤和尖头皮鞋的长脸帅哥。拿两边的建筑的高度来作比较可以看出,他跃起的高度足以打破男子跳高的世界纪录,他在空中将自己的一条腿折得像根麻花,而另一条腿伸得笔直即将踹下,他咬牙切齿却仍不失英俊,左手已经将一记直拳送到你鼻子跟前,同时右手也正在后腰处酝酿一记漂亮的、有足够后劲的右勾拳。在这本“书”的封二,首先看到的是右下角,淋湿的头发垂在眼前,一双红肿的眼睛,两个不再那么有力的拳头(这对拳头给人的感觉是好像现在不是在大街了,而是在自己的卧室里,所以不必那么紧张),的确,环境以及光线变得柔和了,背景是模糊的,这种模糊隔绝了一切危险而不是隐藏起了隐患(这一点尽可放心),而这个软绵绵而又优雅地举起自己拳头的年轻人(像一个爱好武术正摆好姿势准备拍照留念的游客)已经穿上了一件长袖外衣,外衣的领子遮住了那条红色与黑色混杂的围巾的大部分。这是一张硬要掩盖自己的倦意与世俗的脸,虽然世俗并不是一件什么坏事,而这种掩盖则是导演无法控制的——它发生在这个世界上。眼睛扫过这个形象之后,你会发现其实陈列在上面的文字介绍部分更引人注目,因为在一片色彩斑斓中,这些文字是用刺眼的白色印上去的:

幕后:

去年 Tony Jaa 首次担纲演出的《拳霸》以“无特技、无替身、无威亚”作号召,以“拳拳到肉、脚脚穿心”真功夫示人,令全世界观众大开眼界,对泰拳刮目相看,《拳霸》并且横扫全球的票房,包括美国、英国、日本、意大利、德国等地,成为泰国历史上最高票房的电影。

除了票房收入彪炳之外,《拳霸》还横扫多个奖项,其中包括2004 年法国 Deauville 亚洲电影节的最佳亚洲动作/剧情电影大奖。凭着《拳霸》这部电影,Tony Jaa 一跃成为国际武打巨星,成绩一时间甚至可以媲美他的偶像李小龙、成龙及李连杰。

今次《拳霸》原班人马再聚一堂拍摄《冬荫功》。Tony Jaa 还经过两年的精密锻炼,排演新的打斗招式、踢脚、飞腿、跳跃动作等,并将有关新招式注入电影,为观众带来观能上的刺激。

封三跟封一的内容一样。而封底除了重复了封一中 Tony Jaa 侧蹲着的那个姿势之外,他终于骑在了那个光头的脖子上,双腿用力地挤压后者的脑袋,双手举过头顶,虽然两根骨头还是捆在前臂上,但原来躲藏在肘后的那两个巨瘤般的关节现在滑出了手肘,正变成可以向光头索命的武器。而这个被制服的笨拙的大块头一脸临死前的绝望,口齿大开,却已没有了那份凶恶,他青筋暴露的双手正使劲地剥着 Tony Jaa 死死缠在他头上的双腿,却不见成效。然而最令人欣慰的则是,这时的 Tony Jaa 脖子上的那条该死的围巾总算不见了。红色的小字交代了影片的故事情节:

在一个泰国宁静的村落里,出身寒微的阿锦与父亲相依为命,他们过着简单而开心的生活。当年曾担任泰皇御兵的父亲闲时还会教授御兵所操练的拳术予阿锦,希望他日练成后可以为国皇效力。此外,两父子并计划将家中饲养的大象呈献给国皇。在泼水节前夕,父亲雀跃地跟村长商量如何将心爱的象呈献给国皇,岂料村长另有图谋,与坏人互相勾结,借口把大象送往身体检查,把大象运往澳洲做黑市交易。

阿锦眼见心爱的大象被夺,甘冒生命危险只身远赴澳洲挑战坏人头子玫块夫人,期间遇到泰裔澳洲籍警察马克及被逼当娼妓的巴娜,在他们的协助下,阿锦誓要抢回大象。虽然阿锦遇到不少顽强对手,但凭着勇气及毅力阿锦把他们一一打败……

结束了第二件废品的描述,正当我兴致勃勃地打算继续用这种方法对塑料袋里剩下的东西逐一介绍时(虽然头有点晕了),这时一个我没有意料到的情况出现了。这算不了什么意外情况，只不过由于我过于自信地排除了本来极有可能出现的事情，所以当它真的发生时，我反倒不知所措了。剩下的东西大部分都是用来装 VCD 碟片的那种透明塑料硬壳，硬壳里面塞着彩色纸片，印着人物、片名、剧情。我从最上面拿起一张叫作《帝国军妓(上)》的碟片盒子，一眼看见几个脸谱化的剧中人物，有军医有日本军官，和闭着眼睛的年轻女子。而一个衣服敞开露出胸膛的男子，正义凛然的面孔则将这一切全都撇在他宽阔的背后，两行红色的字正好印在他肤色健康的胸脯上："认清侵略者的嘴脸　不忘国耻"。我将它翻过来，想看看背面印着什么时，从我原以为空的盒子里面传来微微的撞击和响动。我将盒子打开，看到里面嵌着两张碟片！这就是那件让我顿时失去了主张的意外事件。我的兴致立刻烟消云散，我认为我这个上午的意义已经被污染了。

我的那种刻板、一丝不苟的程序被我抛到了一边(这时我已经对它不在乎了，而且写到这里，我还产生了将这些文字处理成小说的冲动，以挽救……挽救一点什么)。嗯，我说到我已经不按照事先行动的章程行事了，我将《帝国军妓(上)》这两张碟片及其盒子扔在床上，继续翻看别的 VCD 盒子：一张名为《青春少女》的碟盒，上面是两个穿泳衣的、长着一副土相的女子，打开盒子，里面也有一张碟，上面印着两个较大的红字：泳装。而一根横线下面则是十五首歌名，《爱你十分泪七分》《难忘初恋的情人》《月亮代表我的心》《何日君再来》……一只《九斤姑娘》的盒子，里面是空的(我翻得越来越快，根本不顾细节了)；一只被掰坏了的盒子，被掰断了的盒盖和盒身却欲盖弥彰地、笨拙地、硬生生地扣在一起，标题是《壮士断臂》，里面只装着一张碟，是《壮士断臂》的 B 面；一只用来套 VCD 塑料壳的扁扁的空纸盒，《冰原的猎人》，上面画了一个手执长矛的爱斯基摩人(我觉得是)，"屡获多项国际大奖作品"；一只《哈哈笑》的盒子，印着一个金发女人的面庞,背景是一座霞光中的钢铁桥,印的字样却让人觉得肯定是出版社搞错了:“流行经典”,然后是十六首歌名,《花心》啦,《祝福》啦,《冬季到台北来看雨》啦……而里面装的碟再一次地对不上号,两个红字“泳装”,然后是十五首歌名,《相思风雨中》《相亲相爱》《看见你牵着别人的手》……拿开《哈哈笑》的盒子,袋子里露出来的便是散在那里的没用盒子装的好几张碟,我将它们叠好,放在桌子上,它们依次是:《五朵金花(1)》《怒吼吧中国》《狂林猛兵(A)》《共和国战争纪实(上)抗美援朝(2)》《世纪末大战-北约进攻科索沃-》《壮士断臂(A)》《刀锋战士(2)》;接下来,从袋子里拿出来的是“优秀爱情故事片”《五朵金花》的纸套封,没有该碟的盒子,纸套上印着三个少数民族的青年,两女一男,都戴着头巾;一只皱了的用来装碟的空薄膜套,上面有用炭黑大头笔手写的数字:779;又一张《青春少女》盒子,这里印的是两个肥胖的泳装女人,胸部大得出奇,长相依然土气,里面装的碟片有《渴望》《篱笆墙的影子》《命运不是辘轳》《山不转水转》等十八首歌名;另一只被毁坏了的盒子,只剩下盒座,盒盖不翼而飞,标题是《热歌辣舞》,画面是一个瘦长的西装中年男子与一个穿粉红色裙子的较为丰满的金发少妇大跳交谊舞的照片,他们脸上洋溢着一种你会想象它可以在一秒钟之内收敛起来的灿烂笑容,没有碟片。

我松了口气。袋已见底,此时孤单寂静地躺在塑料袋里的是一本手机说明书。这是摩托罗拉公司生产的一款比较肉感的、样子俗气的掀盖手机。除了另一款也是该公司生产的像刀锋一样薄的黑色掀盖手机外,这也算是我见过的最常用的手机了,它最常从衬衫或西装口袋里掏出来,偶尔也看见一两个异类用根绳子将它拴在腰带上。它就是成熟、冷静、稳重的摩托罗拉 V303,手机中的智者。这本说明书制作得十分精美(虽然可能成本实在低廉),可也没什么特别之处——哪本手机说明书制作得不精美呢?

现在我要描写的是今天上午令我最心动的一个东西，它其实并不是在袋子的最底下，是我在介绍《冬荫功》的时候，将它单独拿出来，放在床上的。我决定等到最后才来谈谈它，足以见出我对它情有独钟。这是一个硬纸盒，比青春宝抗衰老片的包装硬多了。显而易见，它是一个产品的内包装盒，因为它虽然是长方体，却只有五个面，也就是说像一个抽屉，上面是没有盖子的，规格约为 3 厘米×13 厘米×10 厘米。它洁白，没有花纹、图案和字样，没有任何杂质，棱角处分明，更为坚硬。它……它实在没有什么好说的。

盛文强 作品

盛文强，1984年生于青岛，作家，海洋文化研究者。近年来奔走于渤海、黄海、东海及南海，致力于渔夫口述史、海洋民间故事的采集整理，兼及海洋文学的跨文体写作实践。著有《海盗奇谭》《渔具列传》《海怪简史》《岛屿之书》等。

蟹与菊

石榴树已近迟暮之年,它缓缓起身,晃悠着紧走几步,挨着院墙靠住了身子,就不再动弹了。许多年后,它从老宅门楼上探出头来,扔下大片的暗影,墨绿油漆的木门在暗影里陷落着。门侧的阳沟里有污水流出来,一小片青色的影子在水底慢慢移动。那是一只青蟹,它立着双眼,眼珠一下又一下刺破水面,波纹一圈圈荡开去。从那一起一伏的双眼,我感到了丘壑密集的沟底。水向西流去,在一片开阔地里铺展开来,渗进地下。周围开满了简单的花,我的视线到此为止,那只蟹也蓦地不见了,像被一阵风刮跑了一样,它藏到了哪里?或许它也像水一样渗到了地下。那片开阔地里有太多不被我们所知的秘密,大片积水常年淤积,夏天的早晨可见到蒸汽升腾,水面泛着生铁般黑硬的光,这里面不知竖起了多少双密密匝匝的蟹的眼睛,那些细小的目光忽明忽暗,闪烁不定,却足以穿破水面,投放出一道道波纹,水面上掀起密集的漩涡,让人目眩。有人走夜路时看到那片水洼里竖起两根并排的旗杆,他忽然想起,这里平时并没有竖旗杆,想到这里,不敢贸然靠近,抬头望,只见两根旗杆微微摆动着,有时在水中来回游弋,身后拖出两条长长的波纹,天亮后,两根旗杆就沉入水底不见了。老人说那是蟹的两只触角似的眼睛,趁着天黑出来作怪。这么多年过去了,我们并不了解这片积水的洼地,只在路过时顺便看一眼,低声骂几句,然后小心翼翼地绕开。

我在老宅度过了很多年快乐的时光。记得那时的院墙高大,陡峭的四面围墙里鱼虾堆积,游荡着咸腥,浓烈的气息也被围墙切成了方形,长年累月地挤压发酵，像要燃烧起来。阳沟里也不断有漂着鱼鳞的污水流出来，那正是蟹族枝繁叶茂的时节，在村子周围，到处都能看到高举着双钳的小蟹，它们通常是八只脚抠住地，整个身子朝上掀起，双钳举过头顶，不住地抖颤，像要迎战一切来犯之敌。它们有的是和鱼一起被网回来的，也有的是自己爬上岸，跑到村子里的。我们走在院子里经常踩碎几只，鞋底下咯吱响，习惯了也并不在意。那年的春末，我搬开水缸，清洗缸底的青苔，一只小青蟹从那片圆形的湿地里蹿出来，赫然站在院子中央，举起了略带苔色的双螯，它躲在缸底已经太久，也早已适应了淡水。这是最常见的一种蟹，体形较小，蟹盖不到二指宽，八条半透明的细腿里注满了青色体液，末端生着倒刺，两只螯机械地一开一合，似乎永远不知疲倦，不到生命最后一刻不会停息。或许是因为瘦小，才逃过了捕杀，它们像暴风雨一样掠过了半岛的沟沟汊汊。而那些个大肉肥的梭子蟹、毛蟹们却成为争抢的对象，短短几年下来已几近绝迹。

河网密布的半岛上，经常有鱼虾改水，在淡水的后来到了海水，一场暴雨把河里的鱼冲到海里，有的死掉，有的却活下来，出海时经常能网到淡水鱼虾也就不奇怪了。自从那天在缸底看到改水的青蟹，我到海边又逮来十几只，拿衣服兜着，一口气跑到南山脚下，那里常年有几条溪流从山上淌下来。到了溪边，我拎起小蟹，一只只扔进去。溪水清澈见底，最深的地方过膝盖，水底的白沙反射着太阳的金光。蟹触到水面，并没有像石头一样直挺挺地落下去，它频频拨动细腿，坠落的路线变成了平缓的斜坡，这样过了很久才落到水底的白沙上。它们脚一沾地，立刻来了精神，眼睛直立起来，四下探视，接着吐出细碎的气泡，顺着溪水的流向跑远了。几天后，我在溪水下游看见过两只蟹，它们已经适应了淡水。捞起一只来细看，它的背壳被淡水泡得发白，双螯有气无力地摇摆着，看来改吃淡水不是多么轻松的事情。从那以后，我再也没见过它们，漫长的漂泊在我身上开始了。

再次回来是在秋天，石榴树仍然骑在墙头，鲜红的石榴上下跳跃，和当初没什么两样。刚进院子，我看见一道蟹影，倏地从南墙根斜刺里钻进一丛菊花里，金黄的菊花渐次开放，不断有花骨朵爆开，丝丝缕缕，裂成一朵绒球样的黄花。那只蟹躲在菊丛深处，半边身子被枝丫挡住，一只眼探出来，四下探视，我手里的大包小包纷纷落地，掀起的气浪在院子里回响，那只蟹受到惊吓，疾速挪动八条腿，眨眼间消失得无影无踪。

偶然的机会，它离开了海滩，在渔家院里住下来，我忽然想到那年被我扔到溪水里的十几只蟹。突如其来的暴戾，它们默默承受了，寡淡的溪水成了它们的家，或许，一场暴雨会使溪水暴涨，把它们冲回老家去——许多年后，我在心里这样安慰自己。一个孩子一时突发奇想，毫不费力地把它们掳走，这超出了蟹的认知范畴。在它们面前，我是难以预知的神秘力量。那么在十八年后，送我远走他乡的又是什么力量呢？

到了夜里，我在床上翻来覆去，眼前总是出现像毒蛇似的疯狂喷着芯子的菊花，还有院子里蹿来蹿去的蟹，它们眼神诡秘而又落寞，似乎意味深长的注视，让人不寒而栗，曾经多么熟悉的院子，忽然变得躁动不安，在这样的院子是难以入睡的。几千年前，半岛还是一片蛮荒之地，它们是这里的早期居民，我们都是后来者。平地而起的房舍和道路，于它们而言，和礁石没什么两样，这里是属于它们的，它们是这里恒久的居民，而我们，只是早年间漂泊者的后裔。

那天晚上我忽然梦到菊和蟹铺天盖地，先是挤开房门，遍地流淌，继而淹没了屋舍，淹没了村庄，菊的花蕊悬浮在半空，一派黄光，凛冽的香气使人沉醉。我不知身在何处，慌乱中顺手抓过一只蟹，这是一只肥硕的蟹，铠甲的接缝处肥得快要爆裂开来，像一只熟透的石榴，足以塞进手指。蟹壳顶端传来一阵阵彻骨的冰凉，出于恐惧，两簇细腿扑棱棱直响，它后背上近乎绝望的抽搐令人心慌。

相遇

中学的环形院墙扣在隆起的丘陵上，十几间黄墙的平房就是教室，这天下午已经放学了，校园里安静下来，孩子们的喧闹声跑远了，教室山墙上投下的黑影高大肃穆，不住朝东方延伸，最终被学校围墙截住了。教室的门忽然打开了，走出一个穿红色校服的男生，他或许是当天的值日生，刚打扫完卫生，也可能是被老师留下来罚抄课本，偌大的学校只剩下他一个人了。他推门走出教室，伸了个长长的懒腰，瘦小的身影被夕阳闪电般送到了山下，斜挎在肩头的书包掉在了地上，他并没有在意，书包落在水泥甬路上的声音短促，大摞的课本及时把那“砰”的一声给摁住了。他叉着腰，转动脖子几下，然后定定地望着远处的海——匍匐在学校院墙下的一片白亮的水，这时落日正把它最后的光辉投向海面，海上升腾起的大片水汽把落日的光辉形象虚化了。他聚拢目光望去，看到的太阳却是白花花的一片混沌，海水倒是反射了落日的光辉，那些细小的金色碎片不住地跳跃着，粘连成大块的碎片，较大的几块撞在一起，又碎裂成无数小块。如此循环往复，似乎没有止境，那是怎样的一种奇异材料啊，他想到这里，不由得揉了揉眼睛，眼前出现一片金色的幻影，再看房屋和树木时，竟然被金光截成了零散的碎片，他使劲甩了甩头，把它们甩到一边去了。他俯身拎起掉在地上的书包，大踏步朝校门外走去。

岛上只有一条街，横贯南北，他在这条街上已经走过了十多个年头，碧绿的邮局藏在一丛杨树里，与杨树的绿色合为一体了。当猝然发现青枝绿叶后的坚硬墙体时，才发现邮局的存在。他经过邮局门前时，拍了一下邮筒,险些把邮筒推倒,投信口的正下方有个方块形的纹样,刻着“开箱时间”几个字,后面的具体时间是用黄漆手写的,字迹早已漫漶不清,开箱的时间已经没有人能知道了。邮局旁边有三间平顶房,门前的大牌子上写着:“半岛百货店”,他朝里面张望,看见老板娘趴在柜台上睡着了,皮筋扎在脑后的头发高高立起来,旁边的桌子上摆着电扇,鼓出的风柱把老板娘的发髻吹得来回晃悠,他在门外差点笑出声来。老板娘有所警觉,忽地抬起头来,他拎着书包赶紧跑开了。

百货店旁边是公交车站,每隔半小时会有一辆绿皮的公交车开过来,车上坐着零星的几个乘客,车身颤颤巍巍,好像来自久远的年代,他赶紧躲开。站牌下有个穿黑西装的中年男人,胳膊下夹着棕色的公文包,看上去像个小职员,或者是从事会计之类的工作,因为普通劳动者是不需要公文包的。在公交车刚进站时,中年男人适时挥手拦住了车。孩子正从中年男人身后路过,只看到个背影,粗壮的背影,几乎与车门同宽,黑西装的坚硬色块晃进了车里。售票员靠过来,中年男人抬起左腿,把公文包放在大腿上翻找零钱。汽车开动,正在金鸡独立的中年男人被闪了一下,在空荡荡的公交车里倒下去,售票员不耐烦地晃着手里的票,两边坐着的几个乘客面无表情,甚至连头也没偏转一下。中年男人倒在车里,男孩没有看到他倒地的样子,汽车窗户以下就看不到了,只看到斑驳的铁皮车厢,男人倒在了巨大的未知空间里,公文包斜刺里飞出,他向后栽倒时是那样慢,像一次煞有介事的表演,悄无声息地倒下去,好像忽然消失了。公共汽车跑远了,离开了半岛的尖角,逐渐跑进了深不见底的广阔内陆,孩子还在朝车里张望,他没有看到那个男人在车窗上出现。这时,他感到肚子急剧抽搐,发出空旷的回响,他不由得加快了脚步。路边的一个村落里有他的家,几户人家正在房顶上摊晒绿线网,人们的身影一律变成了黑乎乎的剪影,他看着几个离他最近的侧影,越看越觉得眼熟,一时又想不起来是谁,各家各户的烟囱喷出飞旋的火星,随着风势忽明忽灭,再远处是白亮的一片海水,微微罩了一层夕阳的胭脂红。晚饭就要开始了。

他走进村子时,忽然听到了炸鱼的一连串声音,“吱啦”是油开了,“扑扑”是筷子拌面糊的急促声音,“啪啪”是裹了面糊的鱼结结实实贴在锅底的声音。黄花鱼的身影在他面前游动,沿途洒下略带甜味的面糊的香气,他仿佛看到母亲把炸鱼端上了炕桌,父亲从窗台的角落里拿出了前天喝剩的酒底,在灯下晃了晃,他躲开母亲的视线,侧过身微笑着斟上了半杯,金灿灿的灯泡映在酒盅里,父亲忍不住先尝了一小口,长出了一口气,把酒在舌上的余香品得啧啧有声,黑白电视上开始播报天气预报……想到这里,他脚下生风,左转右转就不见了。他也许不会想到,在车站,他意外地看到了三十年后的自己。三十年后,当他夹着公文包挤公交车时,或许也同样是狼狈不堪,而当他到站下车,拍打着裤子上的尘土,溅起的尘土一定包围了他,他在浓雾般的尘土中消失了。就在这弯下腰的瞬间,他会不会忽然想起三十年前的这个下午?

八月

八月里,梭鱼成群结队回到深海,它们扭转身躯,半透明的尾鳍在水面搅动出一片漩涡,青黑的身子悄无声息地沉进了黑暗。每到这个季节,随着梭鱼的远去,渔民们也获得了前所未有的闲暇时光,他们纷纷登岸,用独轮车推着打包的渔网,回到海边的渔村,在村口分散,回到各自的院子里。刚走进门楼,他们立刻被白光笼罩,满地都是灼烫的白色火焰,地面散发着蒸气,弯曲的气流在地上投下流动的暗影,檐下有一处窄条的漆黑阴影,黑与白的交界处,白光跳跃着逼近,黑影力不能支,这条界线在中午变得暧昧不清,不住地变换位置,让人想起在风中翻滚的一条窗帘。四面院墙紧紧包围着,热气难以消散。这样的季节,轻微的举动,哪怕是高声说话,都会赚得满身大汗。我躺在竹席上,目光斜穿过窗户朝上望去,水缸反射的金色日影在那里流泻着,它兼有了水的流动和光的明亮,径直照到屋檐里面去,八月的最后一块黑影就此失守了。灼热的白光把人们囚禁在屋里,我们为了保持体力,不得不小心翼翼,一举一动都缓和下来,更不敢出门活动,长此以往,我们便有了安详的品性,这就是八月带给我的最初印象。

凌晨,我照例被柴油机船的隆隆声震醒了,那是海上的挖沙船在作业,天上还闪着星星,这么早就有人开始了新一天的海上劳作,而这时许多人还在沉睡中,我回身轻轻合上了黑漆院门。山墙上开着的窗户传出了均匀的呼吸,在那些绿纱窗后面还有粗重的鼾声,带着夸张的颤音和轻快的哨声,我走在胡同里,听得见自己的脚步回声,没有人知道我在这里。

村前的大街上还没有行人,卖豆腐的推车从远处走来,他已经穿过了几个村子,早晨的清爽全被他一个人占去了,我这样想着,他好像远远望到了我,不失时机地敲起了梆子,有了梆子声,我的早晨就不孤单了。迎面是南山,在一丛屋顶后冒出来,那是一整块的石崮,也是半岛的制高点。许多年前,我在山脚下经过,捡回两块暗黄云纹的石头,火苗似的花纹闪烁,不经意间透露出它来自火焰的古老秘密。走在山路上,两边的深谷寂静,谷底的水潭闪着寒光,投射出令人目眩的引力。脚下的路恰似凌空铺设而成,摇晃着通向山顶。我记得山顶有一片开阔地带,石缝间生出几棵低矮的赤松,每年第一场雪后,我们在这里张网逮过麻雀。这时星星已经下去了,在我脚下,各家各户的窗帘被拉开,窗口亮起灯光,他们或许会看到站在山顶的我——不到一指高的身影。向南望去,我们的半岛像一根碧绿的手指,平伸进灰蒙蒙的海水里,走到指尖就可深入海湾的内部了,我去过无数次,每次回头看,来时的路在海浪中若隐若现,弧形的海湾就此一分为二,那真是一根孤独的手指,它伸得笔直,执拗的姿态是要告诉我什么?往来的渔船都在绕开巨大的手指,从这一半海湾驶向另一半海湾,船尾掀起的白浪经久不息,它们紧贴着半岛外围航行,不经意间描出了手指的轮廓。那年母亲给我做皮手套,把我的手按在皮革上,用笔描出了手形,铅笔扫过我手指的外缘,总要比手指的轮廓宽出一些,尤其是线条的圆润与轻捷,和这些船的航道何其相似。

突突响的马达声是从那些窄条的船上传出来的,每天早上惊扰我们美梦的正是这些船,我看到了噪音的来源。海面上有一股金黄色的火花在翻滚,小船上的人看上去完全成了黑影,他们不断地起身或俯身,照料着船上的工作,不知不觉中在闪着火花的水上通过。这时我忽然注意到,我站着的山顶正是半岛这根手指高耸的指关节。回头看,是连绵不尽的丘陵,在缓缓移动,那是蜷起的另外四根手指——这真是一只巨人的手掌。在家族的传说中,我们的始祖来自西南,他一路不停地走,终于到了海边,发现不能再走了,便停了下来。要按他的性格,走起来是不会轻易停下的,是海改变了他。在海边,他遇到了高入云端的巨人在踏平村庄,我的始祖带上干粮,背上家传的宝刀,攀着巨人的腿毛,经过一个多月,一直爬到巨人的心脏,像掘地道一样挖了进去,就这样杀死了巨人,巨人喷涌而出的血水把他托上了天空,长达半年之久,他靠喝血水活了下来,并且掌握了在空中睡觉的本领。巨人的血流尽了,而他也慢慢降到了地面,意外地看到山石和泥土都变成了紫红色。许多年过去了,没想到巨人的遗迹还在,他的全身和面貌不是我们活在地面上的人能够轻易看到的,可以约略感知到的仅仅是他的一根手指,而且要费去半天的时间登到山顶,才能远远望见那根手指横在海湾中。我们在他的手掌上生活了无数代,在这期间,有许多人轻松走到巨人的指尖,迈着悠闲的四方步,轻轻掠过无数的沙砾,正如轻轻掠过他们曾经生存过的无数个日夜,最终沉入一座座坟墓,许多人还没有懂得生活,巨人的手掌,更没有几个人能看见。谁又能想到,指向波涛的一根手指,竟然是我们日夜止栖的广袤土地。巨人给我们指出了什么?我望了望,只见波涛滚滚,什么也看不到。回头望,密密匝匝的屋顶挤在山脚下,我在搜寻自家的红瓦顶,它却淹没在成千上万的红色或蓝色方块中,如同一片瓦消失在宽阔的廊檐。漆黑的柏油公路穿过半岛,通向深不见底的内地,过完这个暑假,我就要离开半岛去内地上学了,听母亲说,这条公路正是通向学校的必经之路。我踮起脚尖,眼看着公路的另一端消失在愈走愈低的天空下,对从未离开半岛的我而言,那里是神秘的未知之乡,它会在某个清晨忽然出现在我面前,就像顶着一头露水的庞然大物,湿淋淋的新生活足以让我手足无措,那时我也一定揉着惺忪的睡眼,在车上颠簸着,手里紧紧攥着行李的把手,行李包还是以前常用的,这是和旧时岁月的唯一联系。我看清了离开半岛的路线,公路由海边码头开始,一路向北,在我快要看不到的时候,忽然向东甩去,转了一个大弯。我把看到的这一切牢牢记在心里,启程之前我就会知道,在半路有个急转弯,真到了那一天,当汽车急转时,我至少不会惊慌。

那天我从山上下来,太阳已经升到很高了,清晨的新鲜空气变得微温,我必须马上离开了。这时,肥硕的斑鸠出现在山坡上,它们急匆匆赶路,灰底白花的肉身连蹦带跳,两条细腿因为挪动太快而看不到,它钻进草丛不见了,齐腰深的蒿草顶端一片摇晃,那是斑鸠碰折了草茎。朝山下望去,所有的草丛都在晃动,还有野兔,蹦跳着穿越土路,有时撞到裤脚上。我看到一只野兔在十字路口呆立着,默不作声。居高四望,看不到尽头的荒草上划出一道道伤口,随即迅速弥合,如此反复,沙沙的巨响连成一片，在半岛上空回荡，这些动物的来回穿梭，最终导致巨人的手掌一阵痉挛，我仿佛感到了来自脚下的猛烈震颤，拳头大的石块纷纷滚落下山。山路上布满了滚动的石头，我感到一只巨大手掌的收缩，周边的海水伺机窥视，有意淹没孤独的手指，单薄的半岛岌岌可危，我终于看到了半岛的真实情形，心里暗暗吃惊。

海底的祖先

那天我一早就动身，在路上费尽周折，回到半岛时已经很晚了，暮色中我还是看到了那条白亮的小路——它从海滩那边伸过来，擦着村子过去，一直通到山坡上。山坡朝西北方向攀升，那里没有高大的乔木，地上只有些地龙草，许多年了，它们匍匐前进，枝蔓上垂下的气根又扎回到地里，逐渐做成了死结。这些地龙草经常暗中发力，将往来行人绊倒在地。

每当秋季到来，地龙草变得通体灰黑，映得山坡也是灰蒙蒙的，同样灰黑的蚂蚱藏在草中，随时会撞到人。有一次，我遇见一只螳螂，也是灰色的，它站在蒿草的顶端，独自舞着大刀，四周空旷，它的武功也一定是寂寞的。

每到深秋时节，上山的小路越发白亮起来，路边的地龙草被来往的鞋子踢折，露出未见阳光的雪色内瓤，给小路加上了星星点点的光晕，在绝望的荒野里猝然出现，常常让人不寒而栗。山坡沿着白色的路裂开，这是特殊的留白，正如空底的船。确切地说，这条小路连通了海滩和墓地，这分明是一个不安的隐喻。早年间的半岛有渔歌唱道："岭上土饽饽，一人来一个,有馅没有馅,别嫌没滋味。”说的是那些远航的人在海上遇见了飓风,多半会葬身水底,难以找到尸体。飓风抬起的巨浪有几十米高,浪头落下来能砸碎渔船,再好的水性也难以抵挡那浩无边际、无法呼吸的绵密介质,一连串的惊呼和船板的噼啪爆裂之声过后,一切归于沉寂,只剩下风声和雨声。从那以后,他们再也没有回来,再也没有听到他们的消息,建造墓地时,他们的家人找不到尸身,只能含泪捧出几件他们生前穿过的衣服下葬,做成衣冠冢,正所谓“有馅没有馅,别嫌没滋味”。坟头就堆在海边的山坡上,石碑的正面对着大海,人们盼着那个故去的人能够望见回家的路。

那支渔歌到现在恐怕已经没有人会唱了,本族中有位年近百岁的老曾祖母是唯一会唱这歌的人了。除夕之夜,在我们的怂恿下,她用没牙的皱嘴高声唱着这几句渔歌。那一刻,她的老态一扫而光。正月里的天黑得快,我的堂弟拽开了灯,红眼的灯泡放射出混浊的光,老曾祖母穿着对襟福字大红袄,腰板拔得笔直,因为嘴里鼓着气,两腮上的皱纹骤然平复了,双颊也泛着红光,她或许在年轻时听丈夫唱过,或者是在她很小的时候,扎着小辫,坐在大人们的腿上,听大人们唱过,一连串的浊音从她喉咙里喷溅出来。她以衰年之躯居然会爆发出如此巨大的气场,这是久远年代的绝响,我被歌声穿透,这是祖先们的声音,也是半岛人对死亡的巨大嘲弄与戏谑。在近乎癫狂的曲调里,生死攸关的选择变得无足轻重。歌中的“土馒头”即坟茔,我不由得想起了半岛上最有名的一座衣冠冢。

现在,我就站在这座衣冠冢的前面,许多年过去了,它丝毫没有改变。当我再次来到墓前,墓碑的阴影在草地上拉得很长,它站立了几百年,渴望歇一歇的心迹在倒伏的阴影中表露无疑。这是一座年代久远的古墓,它雄踞墓地中心,基座是砌得齐整的青砖,刚下过雨,青砖上满是泥点,再往上是一人多高的土包,经过几代人的培土加固,它已经成了墓地中最大的一座坟了。坟前花岗石的墓碑纵向裂开了一道缝,填满了油腻的浮土,碑顶生出了两三棵杂草，在风中摇曳。碑的正面，逝者的名字经风雨剥蚀，大部分已经脱落，难以辨认，隐约看到一个“公”字，指尖一碰，哗啦掉下来一大片石头碎屑，时间过去了太久，几百年后，已经没有人能记得他的名字。石碑背面是密密麻麻的小楷碑文，不知出自哪位乡贤手笔，大部分也是漫漶不清，我用手指试探着笔画，断断续续地读出了这样一句：

> 自公沉海十数载，族人每遇险，□□公立波涛间，以手指浪，海波□平……

字迹到此戛然而止，再也续不上了。后面的文字还有不少，可惜笔画已经落尽了。遥想当初，有位乡贤受人之托，来写衣冠冢的碑文，确实是费了一番心思的。那正是雨后初晴的天气，屋内乍觉明亮，他提着一管竹笔在素白夹宣上写下了铁划银钩，满屋都是毛笔落纸的声音，似乎比秋后树叶落地的声音还要重一些。外面客厅里，条案上杯盘罗列，几个渔夫在客厅里焦急地等待，其中有一位还站起身来朝书房张望，窗户开着，牡丹花探出窗台，在风中晃动。

这是很多年以前的事情了，而如今时光的锉刀最终将它们抹去，先人的故事就这样淡出了我们的视线，所幸故事还在人们的口耳相传中得以保留了微弱的光亮。这位先人在满月之夜会回到自己的衣冠冢，有人赶夜海回来，曾看见他在墓碑前徘徊，长袖飘飘，帽子后面的飘带在风中凌乱，孤单的身影在白沙土地上被月光照得很长。人们看到后失声惊呼，他的影子转瞬就不见了。

从此以后，只要月亮升起，人们就会想起他。只要有月亮时刻提醒我们，古老的传说便不会湮没，古老的传说当与明月同在。

十八年前的夏夜，我们一家人在房前的空地上铺开凉席，就地而坐，摇着蒲扇乘凉。抬头望去,东南方向的山坡上,那座古墓出现在满月中,它的硕大圆顶将一轮满月切成了豁口朝下的月牙,随着月亮不断升高,我们目睹了难得一见的月食奇景。父亲低声哼起了“土饽饽”的旋律,母亲看我听得出神,就讲了衣冠冢的故事给我听,她说:

“几百年以前,你的祖先坐船去深海打鱼,正遇上风暴,全船人都沉到海里去了。家里人知道消息,找出他活着时穿戴过的衣服和帽子,立了衣冠冢,就是紧挨着月亮的那一座。又过了十几年,他的儿子长大成人,出落成壮小伙子,又出海打鱼,他第一次出海时就遇到了大风,船眼看就要沉了,这时小伙子忽然看见死去的父亲站在水面上,抬手一指,水面就平静了,小伙子上岸后重新修了父亲的墓。传说你这个祖先只救自己家族的人,所以那些船老大每年春天都争着抢着来找你爸搭伙出海,你还记得吗?”

母亲在月夜里讲述的故事,看上去似乎要比今天的更古老一些。是的,我忽然记起来了,每年的正月里,一过了十五,家里就陆续有人上门来,他们一律用红布包袱包了印着红花的饽饽,还有上好的坛装烧酒,一起来看父亲。一天最多时能来十几拨人,小院顿时热闹起来。春节刚刚过去不久,喜气还留在人们脸上,蓝呢子大衣,黑绒线帽子,脚上还有半新的黑皮鞋擦了鞋油,阳光下还能看到丝丝缕缕的鞋刷的纹理。他们是周围村镇的船老大,来找父亲搭伙,父亲迎出来时,他们忙着敬烟,有时父亲手忙脚乱,不知该先接谁的,或者干脆愣在那里。一会儿他缓过神来,高声招呼母亲去泡茶,这应该是他一年之中最兴奋的时刻,只要他决定跟哪家的船出海,那家的船老大就会放上一挂上百响的鞭炮庆祝,青烟与红纸屑弥漫在小院上空,火药的气息让人精神一振。父亲作出决定后,未中标的船老大们站在旁边眼睁睁看着,急得直抖手,有几位跺着脚离开了我们家的院子,到村西头去请父亲的几个堂兄弟。那位先人的巨大魔力并没有随着时间而减淡,相反越来越浓烈,穿越了几百年的时空,在贫苦的年代里给子孙们留出来一条生存的路,毕竟,想在船上谋个差事是极难的,船上多是选些膀大腰圆的人,瘦小的父亲显然不在此列。

从那以后我才知道,在看不见的海底深处,居然有我们一位先人,即便海上时有风暴肆虐,我们也不再心惊,毕竟,我们已经找到了一条走出绝地的秘密路径,风浪再起时,我们大可不必惊慌,包括船老大,也能平心静气地对待风浪了。穷人有什么指望呢?本族中陡然出了这样一位神话般的人物,对于他的存在,我们都深信不疑。

站在先人墓前,神圣的敬畏猝然降临,每当想到他身着古时衣冠,在水面上如走平地,举手投足间荡平海波的风仪,总是让人感奋不已。后来出现了另外的说法,在我们附近的村子里流传很广,据说他老人家从水底冒出来的时候,头上还顶着一只张牙舞爪的螃蟹,蟹嘴里吐着泡泡,盖住他的眼睛,他一只手对付波浪,另一只手使劲擦眼睛——对于这种丑化的说法,我一向是坚决反对的,肯定是外姓因为嫉妒而搞出来的谣言。

我作为他的后人,居然头也不回地离开了他所荫庇的蓝色之乡,是什么引我走向歧途?秋风乍起之时,天空格外高远,那种明净澄澈的蓝,正是海的颜色。这时节,我忽然想起了衣冠冢,想起了先人传奇的经历。

我想,我最终还是会回到海上的。当我的船浮在海上时,先人在水底仰头望着我的船底,他的目光穿越了层层鱼群。阳光照透水底,不时有鱼影在他脸上闪过。我的心头一阵微温,从此不看老天脸色。

夜泊周岛

周岛在地图上是找不到的，即便坐船到了那片海域也不一定找到，它太小了，起风时冲天而起的浪头也会把它挡住，一年中总有几个月的时间，周岛会沉入水底变成暗礁。周岛只是一块比礁石稍大的长条海礁，东西宽二十几步，南北方向也只有四五步，它深藏在一片广阔的海域里，是蓝色地带里一块惹眼的黑斑，夜航时甚至看不到它，只有在晴好的天气里才会看到它在海浪中出没。我曾经为它感到难过，就像许多人可有可无的一生。每到潮水凶猛时，它就沉入水底变成暗礁。青色石面上生着白皮的牡蛎，来往的渔民都叫它周岛，就这样叫了很多年。

四月里，东南季风送来了潮湿的暖意，我们的船停在周岛边上，踩着岩石的断茬登上去，一直到达了顶部的开阔地带，顺势翻身坐下，一路的摇摆在这里骤然停止了，脚下的海水呈现出前所未有的冰冷的深蓝，正北方是我们居住的半岛——已经变成了海平面上狭长的一道黑线。在礁石上坐下，四周全是海水，不住地灌进岩石的裂缝里，白沫从石缝里鼓出来。海鸥聚拢在我们头顶，巨翼的锋刃投下影子，在青石上闪烁，给我们带来隐隐的不安。海鸥们长途跋涉，寻找落脚的地方，看到我们几个坐在石头上，盘旋着不敢落下。我身边的三个人，都是父亲的本家兄弟，我们一起守着这片孤单的海域，在海风中抬头仰望头上的海鸥们，它们黑白分明的羽毛衬在水和天的蓝色世界，仿佛世上只剩下这黑、白、蓝三色，我们抬起头，三种颜色在剧烈碰撞。

周岛上时间过得很快，似乎比在陆地上要快得多，黄昏瞬间来临。我们坐在石头上吃着干粮，有人掏出刀子，撬开岩石上的牡蛎壳，把雪白的牡蛎分给大家。牡蛎的汁水浸透了干粮，使吞咽变得更加顺利，干粮稳稳落进肚里，我们攒足力气准备返航。这时，月亮从海底升起来，还带着水汽，我们头一次离月亮这么近，在古镜似的冷光里，甚至看清了它表面起伏的群山在微微旋转。在月亮的周围，星群骤然亮起，它们排成蛇形，昏沉沉地闪烁着，海水里也有了星群的幻影，而且也有一个晃动着的月亮，我们当中的一个伸出手，朝远处指点着。星月之光在我们力所能及的视野里连成了一片，哪里是天，哪里是海？白天看到的那条模糊的海平线消失在黑暗里，我们迷惑地晃晃头，杂乱的星光伤害了我们的眼睛。此刻，垫在身子底下的周岛，仿佛悬在宇宙中的一块棱角分明的巨石，坚硬而又细腻的断面散发着微弱的蓝光，它笨重的身子旋转着，正如宽广河道中的一根木棍，冲破了水草的阻挡，漂向遥远的未知之乡。我们几个人坐着不敢动，不约而同地抓紧了凸起的石块，警觉地看着四周，从群星的旋转里，我们知道岛也在转，只是看不到而已。我们所能做的，只有抓紧，手心里已经热汗涔涔。如今，我还时常想起那些旋转的海鸥和星群，它们诡异的内在秩序，就像半岛以外的世界一样令人费解——这是我十年前在周岛经历的神奇的一夜。

周岛是以一个姓周的船老大来命名的。船老大的事迹淹没在浩大的时空里，他的名字已经没人记得了，只知道他姓周，世世代代住在周家庄。他在这一带横行霸道是一百多年以前的事了。老船夫们只言片语的讲述，甚至自相矛盾，只会让他的面目更加模糊不清。我用了多年的时间，终于拼贴出了他的大致轮廓，现在我终于知道，他当初是这一带最能干的渔民，他从摸贝螺这等小事干起，一直干到了船老大，有一条容纳十几人的渔船，他家里堆满了鱿鱼干和贻贝，屋檐下挂满了风干的鱼片，墙角几十个坛子里是满满的虾酱。他家的院子里铺满了厚厚的一层鱼鳞，晚饭过后,全家人赤着脚走在上面,就像地毯一样松软,抬起脚时,凹处自动恢复平整。晚饭前,他的两个儿子经常出现在门口的台阶上,随手在家里抓了一把名贵的鹦鹉螺当棋子下,来往的路人无不瞠目。还有人说,他家所有的容器都是满满的,从来不会空,如果有一个盛放鱼虾的瓦罐空了,马上会自动盈满鱼虾,而且看上去比先前还要多一些。有一天,腌咸鱼的黑瓷坛碎成一地瓦片,卤水流了一地,顺着院门淌到了胡同里,而坛里的鱼慑于船老大的威力,一动也不敢动,它们咬着各自的尾巴,还保持着坛子当初圆润的外壁,一直坚持了许多年不敢松口,最外面的一层鱼风化为新的坛壁,直到它们被一个个端上饭桌,撬开牙齿也需要费去很大力气。所以又有人说,他们家的坛子的材质都是鱼。这些奇怪的事都发生在他家里,还不等路人看清,他的女人适时出现在院门前,合上了两扇黑漆铁门,院子立刻消失了。不让看,是船老大驾驭一条船的办法,他的女人也会用,多年以后的今天,这种办法到处都在用。

另一条船上的船老大听说了这些事,很不以为然,并且到处说周在船上私自藏了兄弟们的鱼,所以家里才会如此富足,他的兄弟们出力最多,一下船就瘫倒在地上,这样卖力还是吃不饱。还说周在船底挂了网兜,偷来的鱼都放在网兜里,网兜一路跟着船跑回来,最多时达上百个网兜,有个船员发现了这事,就被他扇了耳光,并且撵下船去。这话传出去,闹得人心惶惶,周的水手们想起船行速度最近大大减慢,返航时不断有船超过去,于是不到一个月,船上就跑了不少人,还有许多水手在家里躺着装病,拒绝出海,船上剩下几个打杂的半大孩子。

周知道后怒不可遏,在一次出海回来时路过周岛,两家的船在这里相遇,他撑着桨跳到对方的船上,一把揪出那个说坏话的人,扔到岛上,然后他也跟着跳出去,一桨拍在那人的后脑上,头骨应声裂开,海浪的喧哗之声骤然大作,及时盖住了那沉闷的一击。

鱼头砂

那一夜我们在海湾里遇到了大风浪。在此之前，我们一次次提起网袖，又失望地放下，里面只有零星的几条薄得像刀片似的小鱼。显然，这样的情况是不常遇到的，我和父亲都疑惑地抬起头，在我们头顶上，群星像浮在海浪上，跳跃不止。它们纠结缠绕，直让人看得目眩，那应该是我见过的最为喧闹的星空了。

我们看到脖子酸疼，瘫坐在船板上，恰巧我们的身子同时晃了一下。起初我们以为是船板松动了，赶忙按住船舷，谁知船舷也在晃动，定睛细看时，整条船都在晃动，原来是起了飓风。

风贴着水面来了，就像一把笤帚，势必要扫除水面上一切异物。一个巨浪扑过来，一半撞在船身，我险些摔倒，另一半浪头全灌到船里。几个浪头过去后，我们脚下船板上的水已经过了脚踝，水面上漂着点点鱼鳞和海藻。船舷刚刚被浪头撞过，几股水柱肆无忌惮地倾泻下来，它们有飓风在后面撑腰，居然变得神气活现，也学着大浪的样子，横冲直撞。混乱中听到父亲在喊我的名字，他不知什么时候到了船尾，手里拄着插网用的竹竿，勉强稳住身子，摇晃着朝我走过来。忽然一阵狂风夹着浪朝我们的小船卷过来，父亲和我都被掀翻了，冰凉的海水浸透了半边身子，前所未有的恐惧把我包围了，在那一刻，时光仿佛停滞了，眼前闪现出一些纷杂的场景，它们近在眼前、纤毫毕现，仿佛触手可及，却又稍纵即逝，全然不见痕迹。

据老渔人们讲，在风暴中即将沉没的人，都会在一瞬间回忆起许多往事。我首先看到的是十岁那年的夏天，几个渔民往船上搬运桶装的淡水，其中一个看上去只有十七八岁，他从歪斜的水桶下回过头看了看我。他跳到船上，水桶早有人接了过去。他看我还蹲在岸边，在船上顺手捡了一只海星扔给我。他们的船从老鸹湾出去，从那以后一船人音信渺茫，谁也不知道他们去了哪里。我又看到中学同学艳红，为了供弟弟上学，她没上完初中就辍学回家，跟着本家的叔叔一起出海。现在，她已经被晒得黢黑，姣好的面容被无情的黑幕遮蔽了。她穿着肥大的皮裤，全身是泥点子，她手里还拎着一只洋铁桶，深一脚浅一脚走在滩涂上，身后扯出了一溜儿脚印，不知为什么，我的心霍地疼了。我还看到母亲坐在炕上，用剪刀把干鱼的尾巴剪掉……

父亲伸过竹竿来敲着我的手背，一霎间，十七八岁的水手、拎着洋铁桶的艳红、修剪干鱼的母亲，这些毫无秩序的影像纷纷遁走了。父亲示意我抓住竹竿，我照做了。

不对劲儿，有飓风时都是有雨有黑云，这天上怎么还有满天星？父亲冲我高喊着，他的声音随即被风浪淹没。我抬头看，漫天星斗发出耀眼的光芒，比刚才还要亮。

我们一定是在梦中，不然不会这样。父亲说。

鱼头砂。

我和父亲同时喊出了这三个字。有一种青鱼的头侧有两块指头肚大小的脆骨，宛如白砂，晶莹透亮，半岛人常把它塞到枕头里，据说能破噩梦。

每条船上都会有几块鱼头砂的。我们在没踝的水里摸索，还要顶住风浪，稳住身子。借着星光，我看见船坞子上有一点银白，正是鱼头砂。又一个浪拍过来，溅起的水柱冲得鱼头砂直往下滑，甚至沿着坞子滚落下来。我纵身跳出，劈手攥住鱼头砂，与此同时，我掉进海里，而鱼头砂细腻的肌理通过手掌传遍了全身，在手心断裂，我猛然惊醒，翻身坐起来，果然是个梦。

多年以后，每当我一个人在寂寞的旅途中，总会想起那个梦，想起那个晚上耀眼的星空——那是一个多么热烈的年代。

获鱼之夜

北斗星紧跟在身后，七颗星都有鸡蛋大小的光亮，照彻了脚下的路。我急匆匆走着，头顶的星空不停地旋转，而季节正在它们的旋转中暗自更替。又是初秋了，正是银鱼肥硕的好时节，此时的银鱼肥硕、滑嫩，甚至成群跃出水面，在空中划出白亮的弧线。两天前，父亲和他的几个叔伯兄弟在这里起锚，在突突的马达声中离开半岛，开始了为期两天的海上作业。今晚正是返航时，我早早来到码头，盼望着父亲的船快些回来。四下里响起了“沙沙”声，这是九月里的“虾暴”。有一种巨螯虾，擎着两只螯一开一合，似乎永远不知疲倦，而成千上万只虾在弧形的海岸上同时开合长螯，便成了合奏，铺天盖地的声响，让人忽然觉察到，脚下的这片海滩是活着的。一只长嘴鸥盘旋几圈，落在浅滩上，低头啄起一只巨螯虾，虾螯露在褐色的鸟嘴外面，还在不停地开合。长嘴鸥将嘴指向天空，微微松开口，虾滑进了喉咙，发出咕咕的吞咽声。一只虾的消失，丝毫没有阻挡群虾的巨大合奏，长嘴鸥转身飞去了，它飞向海湾深处，就在它消失的地方，我远远望见父亲的船从岬角上拐进湾里来。那是一个漂亮的转身，海面没有掀起浪头。正是顺风顺水，他们关掉马达，顺流漂来。船划破水面，悄无声息，船上人影晃动，他们在水面滑行，夜色里听到了他们说话的声音。

小船吃水很深，进港就横了过来，那是一次前所未有的收获，船上传来一阵阵笑声和吵闹。还没靠岸,两条人影飞身跳上岸来,在平坦地带摊开了黑油布,两个人分别扯住油布的一端,朝相反的方向跑去,脚步轻快,经过浅水洼时,溅起的水珠油亮,很快又熄灭在地上。油布被抻平,罩住了大片地面。油布落地,船也稳稳靠在了岸上。圆网兜呈饼状摊在地上,散发着金属光泽的银鱼倾倒在黑色油布上,四处流溢,我们赶忙兜住油布四角。它们离开水已经有很长时间了,大多睁着眼朝天看,没有力气再蹦跳了,每块鳞片上都映着天上的半个月亮,紧接着又有几桶银鱼倒出来,油布上的光亮在伸展,照亮了我们的脸,在亮光中我认出了父亲,还有父亲的兄弟们,这些脸有着惊人相似的清瘦轮廓,我们来自同一根脉,每个人都在别人的脸上隐约看到了自己。我们用手势交谈,生怕打破夜的寂静。油布的四个角上都有铁环,四个角合拢,二人抬的大杆秤出场了,铁钩挂住了铁环,大包的活鱼离开地面。我拨着油腻的算盘给众人分鱼,每拨一下,算珠上都有鱼鳞掉下来,而算珠的油腻和指尖的粘连变得越来越有节奏了。我暗记着算珠的位置,在黑暗里拨打算盘,五指用力恰到好处,算珠多时用大力气,算珠少时微微用力,算珠相碰不发出任何声响。四周有许多无声的期许,打那时起,我觉得自己是个大人了。所获的鱼均匀分成了六份,分给六家,用各色油布兜住,塞进竹筐里。那块最大的礁石后面,藏着六辆自行车,用拇指粗的铁链锁在一起。父亲拿钥匙打开链条,大家找出自己的车,把鱼筐勒在后座上,骑上车摇摇晃晃地走了。

我和父亲走得最晚,我们望着五辆自行车走远,骑车人的背影被鱼筐挡住了,在我这里望去,车轮变成一条竖直的黑线,隐入了黑夜,到最后只剩下圆滚滚的鱼筐在土路上左右晃悠着,像几只悬空而行的企鹅。我帮父亲扶着车子,父亲打第一道线的时候连拽了三下,绳子深陷在鱼筐里。有一回我往车座上捆鱼筐,走到半路绳子就滑脱了,鱼筐滚进沟里,鱼游走了大半,打那以后,父亲再也不让我捆筐子了。看月亮的位置已快到半夜了,经过一片盐池时，那只狗迎面跑来，在离我们几步远的地方停下。盐池间的小路只能容一个人走过，父亲推着自行车，后座带着鱼，我在后面推着，正好把路堵死了，再也没有缝隙经过了，况且还是这样健壮的一只大黑狗。

狗忽的直立起来，两只后腿着地，两条前腿在空中踢腾，月光的闪电刹那间勾勒出它的轮廓，它的身躯有着与黑夜同样的颜色和质地，短而硬的鬃毛上，那些白亮的光才把它和黑夜区分开来，脖子下面还有一把锃亮的褶皱，舌头上也闪着光，我和父亲都失声惊叫起来，在我们的印象里，似乎只有那些修炼成精的动物才会两腿直立，窄条的土路顿时旋转起来，下面传来水声，盐池里还有深不见底的海水。已是半夜了，海边的凉风起来了，沿着裤管盘旋上升，腿上的汗毛根根直立起来。那畜生嘴里喷出的热气已经在空中凝成了滚圆的白柱。这时，父亲忽然飞起一脚，不偏不倚，脚尖正点在狗的心窝，狗身上的光亮刹那间熄灭了。如果在白天，肯定会看到它胸前油亮的黑毛上印着一个清晰的泥脚印。事后父亲跟我说，他当时想都没想，就胡乱踢出了那一脚。看着狗斜着飞出了土路，他难以确信，刚才竟然踢中了，不由得又下意识地踢了两下腿。紧接着，我们听见了狗落水的“扑通”声，还有连成一串的尖叫。我们顿时轻松下来，黑狗吐出的热气还停在空中，父亲挥挥手把它们驱散了，像擦掉黑板上的粉笔杠杠，来回擦了多次才擦干净。我两鬓已经热汗涔涔，冷风一吹有些发麻。黑狗在盐池里扑腾着，我们往下看了一眼，没有看见它，只听到它口中发出喑哑的“呜呜”声，这让我们紧缩了半天的心颇感抚慰，回家的路在脚下豁然展开，而在刚才，这段路被狗吞掉了。

十八年过去了，在城市的夜晚，日光灯照得房间里如同白昼，我们照例昏昏欲睡，电视机里一张张脸在眼前变得模糊不清，嘈杂的歌声也已经细若游丝，父亲就在我身边，此刻，他已经靠在沙发上睡着了，鼾声如雷。在这样的夜晚，是否还会有人记起那个遥远的获鱼之夜？

蟹笼简史

蟹笼是网罟的变种,更加精巧的诱捕术。钢筋的骨架撑起了渔网的柔弱。蟹笼沉入水底,渔人离开,在他目力所及的整片海域内,有数不清的蟹在横行,而密密麻麻的蟹壳上,似乎都覆满了他的掌印,那些蟹也必将属于他。

蟹笼多数是随意而造,造笼者以自己的喜好为准,方圆不等,大小不一,通常作为家传的样式传给子孙。后来贪心不足,便不断扩大其容量,经几代人的不断改进,蟹笼一度成为最庞大的渔具,起笼时需要三四十人同时用力搅动绳索,才能把庞然大物拽出水面。蟹笼出水时海面撕裂,笼里掉下的海水哗哗响过之后,露出的是蟹群在笼中拼刺场面,巨螯折断,汁液迸溅,在蟹笼底部纷纷如雹霰落下。

到后来,蟹笼越做越大,一条大船只能装载两三个蟹笼。蟹笼一沉入海中,水面立刻上升,我们脚底踩着的船板隆起,而到了收回蟹笼时,水面下落,我们的船也随之坠到谷底。蟹笼中心捆着死鱼,是引蟹的良饵,蟹们纷纷钻进蟹笼争食,殊不知进来容易出去难,进来时是喇叭阔口的陷阱,出去时却被卡住,求生无门。

长年不停歇的蟹笼捕捞,蟹族日渐聪敏,提起蟹笼来,有时居然是空的,只得再把蟹笼扔回海里。

这时药笼便出现了。

在半岛的东海岸,悬崖峭壁直立,崖头长满了小叶紫花的野草,有蟹攀岩而上,巨钳夹住叶子便吃,更多的蟹没有爬上来,中途掉回海里,悬崖上缀满了蟹,应该都是冲着这野草来的,这草被称为蟹药草。天生万物,必有相生相克之理。于是渔夫中就有猛士攀上山崖,采了一筐下来备用,从中取一把捣碎,拿细网包成一团,放到蟹笼里,居然连连满载而归,蟹药草有腐臭之气,正是蟹类所喜。在蟹类日益珍贵的年代里,崖顶的野草就此被渔夫挖尽了,不久之后,蟹药草的种子在草筐底发了芽,植草的人应运而生。捕蟹的渔家都在自家院子里种满了蟹药草,互相引种,尖瓣的紫花瞬间开遍了半岛的大小庭院,过膝的荒草,紫气闪烁的黄昏,都成为渔家生活的原初记忆。紫花的蟹药草,再加上蟹笼,蟹被捕捞殆尽。每个蟹笼出水,里面都盛满了蟹,还有不少蟹挂在蟹笼外壁,不肯松开巨钳。

终于有一天,岛上发生了大规模的蟹族入侵,它们来自潮间地带,无一例外地举着双钳,从每一户的门下空隙进入庭院,吃尽了院中种植的药草,然后一哄而散。第二天早上,人们醒来,看到凌乱的蟹腿布满了大街小巷,多数蟹腿还在动,在初降的晨光里痉挛不止,那是蟹群在夜里成群结队赶来时,因踩踏而受伤脱落的腿。人们把蟹腿收集到一处,堆得像粮仓一样高,岛上居民遂分食了蟹腿,吃不完的晒成蟹腿干,蟹腿风干开裂后,剩下一束束的细肉丝,是难得的美味。

经此一役,蟹药草被蟹族连根刨起,啃噬一空,连种子也没留下,蟹笼捕蟹又陷入低谷,后来又有了三十六面的蟹笼。

蟹笼的复杂化,体现在棱角和面的不断增加,三十六面体的蟹笼能出现,也就不足为怪了,这种蟹笼的陷阱口也有三十六个。在梭子蟹集体出动的九月之夜,载着蟹笼的小船就在这时划进了满月里,无所依傍。划船者只顾埋头往前划,才能走出黑暗。三十六面的蟹笼落水,瞬间沉没,常常会有三十六只蟹在蟹笼的三十六个出口同时失足坠落,腹甲撞击之声,在船上就能听到,若在捕蟹船上听见水底传来瓷器碰撞似的声音,满船人都会喜形于色。众蟹在笼子中心短兵相接,带着蟹笼在泥滩里翻滚,海湾里生出一团团浊浪,漩涡和暗流遍布海湾,在月下的水面上旋出颗颗金轮。

我们曾有过难得一见的丰饶之年,蟹腿在饭桌上充当牙签,剔完牙就插进木质的窗台上,留待以后随手取用。蟹壳甚至做过咸菜碟和调料缸,里面塞满了咸菜、虾酱和各种香辛作料,蟹螯也成了叉子,可以轻松叉起盘中食物,配合筷子使用。蟹在这里成了赖以度日的粮食,人们饱嗝里掺杂着蟹黄的油腻,热烘烘的浊气,拒人于千里之外。每家的院门前都有蟹壳堆积过膝,众多蟹壳在起风的夜里轰然倒塌,蟹壳触地的哗哗声响接连不断,其间还夹杂着因之而起的犬吠,这些构成了渔村夜晚的基本形态。蟹壳在院门外堆积如山,雨水敲击蟹壳,如鼓点般急促,在午后的大雨中,不妨靠在枕上听,不同质地的蟹壳,发出不同的声响,我在驳杂的雨声中仔细听,越发感到蟹壳绵延无尽,如恒河沙数。终于,蟹壳之丘在雨中轰然塌陷,我们躲在屋里,却已听到了门外的巨变,有的蟹壳在积水中漂走,也有的沉没,被泥土覆盖,它们来自泥水,终于又回到泥水。

在以后的漫长岁月里,蟹族终于一蹶不振,我们居然再也没有见到像样的蟹壳之丘,我们的夜晚也变得悄无声响,在雨季里,雨水也能直接拍到地上,再也没有薄而脆的蟹壳来承接雨滴。这样的夜晚,我们都默不作声了,蟹笼还挂在南墙上,可是,属于它的时代早已远去。

止风术

东海边上有一个善于使用绳结的族群，早在几百年前，他们就在东海上来去如风，以捕鱼为生。他们造船从来不用钉子和卯榫，船板的接缝处穿孔，以绳索捆扎缝合而成，捕鱼也不用钩，只用绳索套鱼，结好的绳扣抛进海底，待鱼游过绳套，便会自动绞紧，从无失手。铁器在船上是禁止的，在族人看来，铁器不如绳结方便，若使用铁钉和铁钩，便会遭到族人耻笑。

他们的绳索不断从船上飞出，收回来时，每个绳头上都拴着大鱼，水手们忙着给鱼解扣，解扣的工作繁重，鱼是那么多，绳扣的数目和鱼的数目分毫不差，那是惊人的收获。船板被鱼群覆盖，水手往来已无落脚之地，只得踩踏鱼身，许多鱼被踩成肉泥，长年累月的沉积，鱼肉与海泥的混合物渗进了船板的缝隙，所以他们的船总是密不透水。

飓风来时，族人毫不惊慌，也不躲避。船上为首的船老大走出船坞，大风立刻把他的衣角掀开，他赶紧从腰里拿出绳子，把衣角捆得结实。他抬头望着风来的方向，左手早已打好绳结。飓风来时，直扑船帆。船老大不慌不忙，单等风快要挨到船上了，他手上的绳索才迎着风疾速甩出，这绳索是两股绳子拧起来的，拧得不紧，中间还留有无数孔洞，在风中扔出，可破风的冲力。船老大一击得手，正中目标，套在了风的脖子上，随后绳扣一松，又滑在腰上，大块头的飓风动弹不得，它掉在船板上来回翻滚，把船板上的泥土擦得干干净净，泥土覆盖的船板又露出了木纹。船老大把绳头缠绕在膀臂上，铁青着脸不说话，头上暴起了十几根青筋，突突直跳，几个水手忙过来抱住他的腰，这才帮他稳住了身子。这时，风还在船上翻滚，船板缝隙里的鱼鳞也给清理掉了,包括腥味与霉味,也一起带走了,船板为之一新。

船老大这才收紧绳套,把飓风勒得喘不过气来,借此机会,又把几十个绳套铺天盖地般扔了上去,也不知这些绳套事先藏在何处,也未见船老大的手从何处取来绳套,但见这些绳套无一旁落,只把飓风捆成了粽子。旁边冲过来几个水手,和船老大一起抬起飓风笨重的身子,把它扔下海。

和巨石落水相仿,船尾掀起了滔天巨浪,船身前后摇晃。在飓风落水之处,海面上旋起了巨型的涡流,那是飓风溺水后的垂死挣扎,要不是被捆绑住身子,它旋起的涡流势必会把船吞没。不多时,飓风就旋转着沉到海底,鱼群纷纷逃逸,有的受惊蹿出水面,形成难得一见的鱼汛,此时下网,便会有沉甸甸的收获。终于,飓风在深海的岩礁上撞成无数气泡,待它粉身碎骨之后,海面上风平浪静。

船老大手搭凉棚望着身后的水面,气泡上涌所掀起的白浪在身后的海面上格外醒目,他的嘴角露出了笑容,附近的飓风纷纷陨落海底,其他飓风闻讯都绕道而行,来往船只皆受其惠,你知道,这是很多年以前的事情了,他们就是远古时代的防风氏的后人。

以后的许多年,族人中有的做起了专门的驱风买卖,每到夏季,飓风肆虐的季节,渔人便把他们请来护航,乃至远在大陆腹地的皇帝也听说世上有这样的奇人。皇帝久居宫殿,对奇人异事的需求更甚于金银珠宝,他派出大臣远赴东海寻访,擅使绳结的部族听到了风声,集体涉洋避到海外去了——这样神异的部族远涉重洋自然不是难事,一路上不免捆绑飓风无数,在他们身后留下一条漫长的无风地带。到最后,谁也不知他们定居在何处,绳索止风之术就此失传了。

白光

胡同两侧竖起的高墙，因太阳和雨水的交替出现而有了浓绿的霉斑，它们的顶端压在山墙的瓦缝里，成条状倒挂下来，越往下越窄，分成了十几条绿丝带，还没有触到地面就停止了，那是久远年代里一场大雨的状貌，流泻的水柱骤然噤声，在墙上凝固。许多年后，我再次回来，站在山墙下，仰头望着流动的霉斑，我耳畔响起那场大雨经久不息的喧哗，其间还伴随着翻滚的雷声，穿越久远的年代奔袭过来。

胡同的衰老过程缓慢，每天黯淡一分，这一分是那么细小，我们用肉眼根本看不清。衰老的过程是在不知不觉中进行的，我们天天看到，便不觉其衰老，只有离开一段时间后再回来，才会忽然发现它的老态，中间的过程被轻易地跳过去了，这正如父母的衰老，也是突如其来，同样让人揪心。幸好胡同里还有些明亮的花，挨着院墙开放，硕大的花盘在风中晃动，古旧的院墙显得更加暗淡，还有的花甚至挡住了道路。花的主人，定是寂寞的人。这条胡同贯穿整个渔村，东侧是丛林般的山墙，午饭和晚饭后，有人坐在山墙下织网。织网人的样子已经记不清了，时间过去了太久，只记得他们坐在板凳上，网的一头挂在山墙的钉子上，另一头在他们手里，碧绿的一捆网，在竹梭的飞舞中变长。胡同另一侧是并排的平顶，院内的台阶能通到顶上，这是为晾晒鱼虾而搭建的，岛上人家以捕鱼为生，整天和鱼打交道。阳光充足的日子，胡同里弥漫着鱼虾的咸腥，各院子的主人赤着脚走在平顶房上，正如农人走在田垄间。他们俯下身子摆鱼，或者从竹筐里抖出一堆虾米，他们站在平顶房上，举起右手测定风向，就像站在自家的船上,飞起的檐角就是船头。有一家摆着几盆仙人球,西瓜大小的圆球上生着若干小球,它们一律顶着尖锐的刺。这家的孩子比我小几岁,那次在胡同里遇见他,他说仙人球摆在平房上是为了防止外人偷鱼,他还看到过仙人球上有血迹。我每天两次看见仙人球,就这样看了很多年,直到有一天,我看到圆球上喷溅着尖瓣的白花,还有淡淡的清香,我这才知道,仙人球也是开花的,只不过开花的时候太少,我只当它不开花,却意外遇到了它开花的时候,平淡的日子变得稍异于往昔。如果早知道仙人球开花,我是没有耐心等待这么多年的。我踮着脚尖拔下一根刺,捏在手指尖观看,这刺是半透明的,掰到第三次才掰断,脆响过后,断茬处还淌着淡绿的汁液。我不明白的是,柔软的仙人球上怎会长出坚硬的刺,或许这些刺和我们的指甲是同类。胡同里走出一个裹着粉红头巾的妇女,泼出一盆带着鱼鳞的脏水,等我走到近前时,脏水已经渗进地里,鱼鳞却留下了,是些圆片的鲅鱼鳞,天色尚早,这家的女主人已经开始准备午饭了,中午的饭桌上必会有新鲜的鲅鱼,鱼头从盘子里探出来,布满尖牙的嘴微微开启,筷子拨开鱼身最外面的一层青皮,就像打开了绸缎的封套,里面露出耀眼的金黄色鱼肉,久违的光芒,照亮了一家老少的脸。

一天上午,我再次出现在离开多年的胡同里,环顾周围,胡同里一片黑暗,高大的山墙遮住了阳光,在另一侧的投下尖角的影子、朝南打开的胡同口,阳光探进来几步,若到了中午,阳光照彻,整条胡同就会变得明亮无比。这个上午让我想到了另一个上午,那是很久以前的事了——那天的阳光侧身挤进了胡同口,在地上切成斜面,一个少年背着书包,第一次走出家门,胡同外的世界忽然呈现在眼前,他在胡同口稍微停了停,然后毫不犹豫地冲进了白光里。

厢房

厢房是以大院的南墙为依托而垒起的几间平顶房子，北面随便开了几个绿油漆的木门，里面存放渔网和杂物，成了渔村常用的仓库。在厢房不起眼的拐角处，红砖砌成的台阶通向平滑光洁的屋顶，阳光闪耀的时节，这里摊晒着鱼虾，那么多细小的生命，在炙烤下扭曲，艰难的变形正在我们看不见的厢房顶部秘密进行，我们在院子里走来走去，偶尔也抬头看看天，但对厢房顶上的蠕动却毫不知情。

五月里，乌云的黑气随时降临，浓黑盖住了地面，沿着院墙上升，这是暴风雨的前兆。鱼虾都收起来了，厢房顶上一片空旷，这时常有孩子站在上面，他们把椭圆的贝壳抵在食指和拇指之间，抡圆了胳膊，自后往前挥出，与此同时奋力用食指把贝壳弹射到低沉的天幕上，漫天飘着飞旋的贝壳，有的被逆风吹回来，落在水泥屋顶上摔得粉碎，三角形的碎块四处跳跃，最初的落点留下了海鸥粪便似的白斑。久违了的白斑，令人想起夏季的黑礁石，朝着海的一面全是这样耀眼的白，海鸥在这里飞过，啄食贝壳而形成的粪便随处可见。那是从天外飞来的白，翻转着坠落，挂着风声，落地清脆地爆裂，生成一朵展开的蒲公英，它们同样掺杂了贝粉与阳光。不久，雨就来了，厢房的平顶立刻被烟雾笼罩，我坐在正堂里朝外看，满眼热闹。黄昏时雨停了，屋里有了片刻的明亮，是谁家的女人站在厢房门口，把两根干鱼并在一处互相敲打，烟尘四溅，枯木般的铙钹响起，鱼鳞被声浪激出很远。

早年间的厢房顶部留有一个圆洞，趴在洞口往下看，厢房里摆着一口水缸,缸口正对着房顶的圆洞,正午的阳光会把水缸照亮,年久积攒的尘埃在缸口飞升,被屋顶的圆洞吸走。每年秋后,厢房顶上的海米晒成了,经过皮手套的揉搓来脱皮,将它们举到空中再放下,落到地上的是橘红的弯曲肉段,满地跳跃,破碎的外壳则被风吹走了。收海米时,只需在厢房屋顶,冲着圆洞倾倒下去,屋里的缸就接得稳稳的,省去了上下搬运之苦。那年正是海米丰收的季节,他随着父母一起忙碌,时不时抓起几个海米放进嘴里大嚼,父母也不加阻拦,就在父母忙着收海米的时候,他却一脚踩空,从圆洞里掉下去,父母惊呼着从厢房上跑下来,推开厢房的门,见他正从缸里探出头来,嘴里塞满了海米,耳朵和鼻子里也有海米落出来,他的父亲母亲转惊为喜,一家人大笑起来,笑声沿着屋顶的圆洞攀援而出,在渔村上空鼓荡——那真是难得一见的丰收, 这样的日子里, 孩子们可以放肆,所有的过失也可以忽略不计,所有的惊恐与不悦也都化为云烟,这是他对厢房最初的记忆。

许多年后,厢房依然耸立,渔村的上空只剩下一个孩子奋力挥动胳膊的身影,雪白的贝壳最终消失在黑幕里。一千多年前这里就有了渔村,厢房在每家每户的院子里拔地而起, 厢房的屋顶上照样站着一个弹射贝壳的孩子。当贝壳在空中升到最高点时,一只蛎鹬恰好飞过,就在贝壳快要贴到肚皮的时候,它猛扇几下翅膀,往前紧赶几步,终于把贝壳甩在了身后,随后在孩子们的头顶盘旋飞过。每年春季到来,当海边的劲风变得松软的时刻,蛎鹬从海上飞来,路过半岛的这个岬角,照例在渔村上空经过,它躲闪着空中飞旋的贝壳,仿佛见证了那个孩子的永生。

田鑫 作品

田鑫，生于二十世纪八十年代，现居银川。作品见诸《散文》《青年文学》等刊，部分被《散文选刊》《散文海外版》选载，入选多种年度散文选本。

长腿的风什么都知道

如果仔细听,就能听到一株草顶破土的声音。它弹开一块土的瞬间,是那么努力,使出这辈子最大的劲似的。而更多的时候,我们是听不到这一切的。我们都走得太过匆忙,完全忽略了一株草所具有的力量。

想听见破土的声音,还需要一场风。入冬之后,人也需要在一场风之后才能渐渐苏醒。立春一过,风开始透过渐次变薄的衣物,慢慢渗进身体,把春天、新绿、舒展和芬芳一股脑灌进人的身体里。

这时候,人和大地一样,被缓慢地打开。疏朗起来的身体,连毛孔也有了抽芽的错觉。风就这样,把人唤醒了,让人和万物有了一样的气息。风让一切苏醒,当然也就掌握了一切事物的秘密。

你别不信,长腿的风什么都知道。疾风知劲草,其实,除了草,它还知道河流的一切、树的一切、村庄的一切、路的一切……甚至连城市的一切,只要它愿意,也能轻而易举地得到。

芒种前后的一天早上,我赖在床上翻手机,冷不丁听到一声"布谷,布谷"。毫无疑问,这来自一只布谷鸟。不过,它是怎么出现的呢?我住的小区里,树是刚栽下去的,还没有鸟儿在上面筑巢。而这个城市,也没有让布谷留恋的东西。不算高的楼房,将一些孤单的树裹挟在其中,有些树,偏僻得连风都吹不到,更不用说一只布谷鸟能找到它,并将它作为自己的巢。

再说了,别看布谷叫声洪亮,其实它天生就是个胆小鬼。我在村庄里住的时候,从来没有见过布谷鸟接近人和村庄,它们躲在成群的树中间,冷不丁一声"布谷布谷",你想找到它是何其的难,它怎么会突然出现在城市里，并且叫这一嗓子呢？我对这一声突然就来了兴趣，放下手机，起身，立在窗户边静静地倾听。

可惜的是，随后的很长时间里，这一声再也没有出现。它一闪而过，没有留下任何蛛丝马迹，我找不到它的出处，也看不见它的去处，只能对着窗外发呆。

我一直想弄明白它的来历，于是就想到了风，肯定是它路过带着湿气的树林时，见到了这只正在啼鸣的布谷鸟。风被它所吸引，但是鸟是带不走的，风就把它的叫声带走。于是，这叫声，穿过草地、溪水，绕过几条土路，就到了城里。风跑累了，就把布谷的叫声卸下来，留在了我的住处。

风能带来布谷的叫声，就能带来它的秘密。这么想来，还有谁的秘密是可以在风面前守口如瓶的呢。它们每到一个地方，就带走这个地方的所有的秘密。秘密越来越多，风背不动了，就停下来，随意地卸下来一些。于是，就在一个清晨，我听到了一只布谷的叫声。

这事已经过去半个多月了，我还时不时会想起那一声"布谷布谷"。想它的来历，想它的出处，想它抵达城市的路径，想它让我听见的意图。我一度怀疑，这一声被风带来的叫声，是要启示我的，可是到底要启示什么？

这一切，风没有告诉过我。而我也没办法向它核实。现在，我连带来这声"布谷布谷"的那阵风去了哪儿都说不清，更别说向它追问答案。我陷入一种焦虑当中。

有一天，读陆游的《嘲布谷》，有了找到答案的舒畅。他说："时令过清明，朝朝布谷鸣。但令春促驾，那为国催耕。红紫花枝尽，青黄麦穗成。从今可无谓，倾耳舜弦声。"布谷让风带来的这一声啼鸣，原来是要提醒我。

可是，它究竟提醒我什么？要是在我的村庄，听到布谷鸟催耕的啼鸣，再懒的农户，也都开始拾掇闲了一冬的农具；但是，这一声，对于一个已经告别村庄蛰居城市很多年的人来说，意义何在？

后来,我想明白了,这一句无意间被风带进城市的啼鸣,是让我记住时令,记住村庄,记住来时的路。风也是煞费苦心啊,原本以为随意卸下的一声啼鸣,却带给我如此多的思考。在我看来,不是所有风都会为一声啼鸣或者一个人带路。相反,它们只会使劲地吹你走过的路,要么把一切吹得一干二净,要么把一切吹得乱七八糟。

我开始相信,有些记忆是风吹来的,有些记忆是被风吹走再也没有回来的。

我在万千人中走着,风吹过来的时候,还在低头赶路,想着接下来要发生的事情,丝毫没有注意风正在向我靠近。就这样,它击中了我,我再也走不动了,站在原地。这些带着味道、尘埃和温度的风,其中的一些东西唤醒了我记忆中沉睡的部分。于是,我就想着自己也成了一阵风,不停地吹,吹过我刚才走过的路,吹过我以前走过的路,吹过我出发的地方……风就这样一直吹,一直吹,直到把自己吹旧。而那些被风吹来的记忆,还像当年一一经过时那般新鲜。

风从来都是你第一次见到的样子,它一直没有改变过,它就这样一直吹,把野草从嫩绿吹到枯萎,把麦芽从破土吹到抽穗……吹啊吹,吹瘦了河流,吹老了村庄,那里住的每一个人,都不是活着活着老的,而是被风吹老的。人一老,记性就不好,不像野草、河流,还有下一个轮回,人只有一世,所以需要记住的东西太多,但是又太过健忘。

我曾经小心翼翼地将那些散落在童年里的碎片收集起来,写进日记,装进盒子里,或者藏在记忆中。但是有一天,当我想着翻检它们时,却突然找不到任何与之相关的信息。健忘让我很苦恼,我回想起某些事情,就找到当事人,试图还原当时的情景,可是时过境迁,我们忘掉的细节太多,已经无法描摹当年的情景。我想起钟爱过的某一件物品,或者一口吃过的最可口的食物,就找来替代品,但是,不管有多像,替代品就是替代品,无法让我回到过去,而食物,即便是吃到了以前的味道,那时候味蕾的感觉已经完全找不回来。

这时候,就需要一场风,把被我遗忘在过去的东西一一吹回来。风像一个庞大的黑洞,装着我们所有人的过去,每一个细节它都一一替我们保管,就等着我们来找的那一天。我抿着嘴,不断收缩着鼻孔,面朝天空使劲地吸气,可是,风中没有任何痕迹。风不来,我担心有一天全部的回忆就这样渐渐模糊了,到时候,我们就真的回不去了。找不到来路,也没有去处。

花儿与少年

立春一过，吹几场风，村子里那些叫不上名字的花儿就渐次冒了出来。村庄缺水,野花儿每年却都是按节令赶来,它们还从体形上理解了干旱所带来的尴尬。村庄里的野花,一个个都长得小而巧,为了省水它们中大多看起来像是没有茎只有叶子，在野地里，几瓣细小的叶片贴在地面上,花瓣简约又凸出。也有全身是茎没叶片的,瘦瘦的一根或者一束,顶着几瓣花。

土是村庄的主色调,野花随便把自己扔在某个地方,远远看起来,村庄就成了一张画布,风一吹,长出许多彩色的图案来。村庄里的女人们,模仿花朵的颜色,给自己扯来红的绿的粉的紫的布,做一身衣服,逢年过节回娘家穿在身上。这时候,她们是画布上流动的元素,走到哪儿,那里就有一朵花。

村庄的调色板上,缺黑和白,人们最怕的也是这两种颜色。村庄里的人对黑和白敬而远之，最大的可能是出于对死亡的敬畏。夜晚占去村庄二分之一的时间，整个晚上，村庄像是被泼了墨一样，所有的色彩被黑所遮蔽。黑把一切东西都涂上自己的颜色，人从屋子里出来，抬头望望天，再望望地，啥也看不见。回到屋子里，就昏昏欲睡，身体处于一种近似于死的状态，松弛、乏力，恐惧趁机而入。在村庄里，很多种死亡都是在一片黑中悄悄发生的。

不知道出于什么样的启示，村庄里的所有人，都深信不疑地认为，死神是一黑一白两个，黑色的潜伏在夜晚，白色的潜伏在白天。因此，人不怎么亲近黑，也不敢亲近黑色，在黑夜里待得太久，即便是相安无事，对一切黑的物体还是保持着厌恶。而白是黑的反面，顺其自然被嫌弃。奇怪的是，嫌弃白色，人要是死了，白却成了他离开世上时最后的颜色。

大门上贴出的白对联上，黑色的字无力又沉重，越看它们越像黑白无常，有点得意扬扬。一尺白布再往活着的人头上一缠，村里的人就知道，这家人失去了一个亲人，从此他们变成了可怜人。我曾经头戴白孝身穿白衣，混在送葬的人群里。大人哭我也哭，大人停下我也停下。送葬的队伍就像一大片的白，把村庄的路铺满，我们这些可怜人是一朵又一朵走动的白色花朵，走过的地方悲伤弥漫。母亲就躺在白色的花朵中间，红色的棺材像花蕊一样，缓慢地被送进土中。这颗种子被种到地里，每一年我们都会去看看，头戴白孝身穿白衣跪倒在坟前，但是不管怎么磕头，母亲却一直也没有发出过芽来。

从此以后，我成了一个可怜人。逢集的下午没有资格混在孩子群里在村口等母亲，新年的第一天没有资格穿上母亲买的新衣服……我这朵白色的悲伤的花，孤零零地长着。母亲下葬之后，我内心就有一块巨大的空洞，人们忘记了给它培土填满它，它就这么一直空着。我和村庄里的所有人一样，忌讳白色。我恨白色带走了母亲，恨母亲这个称呼成了一片空白，我喊出来这两个字的时候,它们在空气中连个回声都没有。

奇怪的是,后来,在很长一段时间里,我竟然和一个穿着白色衣服的孩子成了朋友。他叫堆金,在村庄里流行男孩子穿灰和女孩子穿红的那些年里,他已经放弃了土得掉渣的颜色,穿上了具有忌讳意义的白色衣服。有人避而远之,有人拿他的白衣服开玩笑。滑稽的是,大家穿的都是刚到屁股的短衫,堆金的白色衣服却盖过了膝盖,胸前还有一个深深的V,露出褪色的毛衣前襟。一直没闹明白他这身衣服是哪儿来的,但是那身布料的颜色和质地,多年以后,我在医院里找到了答案。我的手指头被菜刀切断,大量出血导致我深度昏迷,等我醒来的时候,已经躺在了医院里,睁开眼睛的时候,身边是一些穿着堆金当年穿过的颜色和质地的白大褂。难怪和堆金在一起总感觉他身上有一股怪怪的味道,后来才明白,那是来苏水的味道。

我很多次地回想和堆金认识的过程,但是却没办法还原任何的细节。不过可以确定的是,他是那种不怎么爱到人群中去的孩子,和他身上宽大的白色长袍一样,在村庄里他总显得空荡荡的,似乎内心也有一个巨大的空洞一样,随时都有可能飘起来飞走。

大抵是两个内心有空洞的孩子彼此吸引吧,后来我们还真黏在了一起。一起在悬崖下的草滩放牛,一起看蚂蚁搬家好不容易到洞口恶狠狠朝着蚁群撒一泡尿,一起把狼毒花编成帽子扔得满河都是看它们漂在水上的可怜样……

堆金送给我的第一样东西是一支烟,我给他的是一块两毛钱的泡泡糖。那年春天,我们躲在学校的半截土墙后面,学着老人的样子,靠在墙上,晒着还有些寒意的太阳,抽烟。

刚开始,很不习惯这种呛人的东西,感觉有人硬生生在我嘴里塞了一根棍子。哆哆嗦嗦地点燃,照着堆金的样子吸了一口,胸腔内马上有一种被填满的感觉,有东西一个劲地往肺里钻,想咳嗽又有一种奇妙的欲罢不能的快感。抽烟的过程极具仪式感,当时我的感觉和桃园三结义的情形是完全一样的。抽完烟,我们就算是结盟了,嘴里嚼着泡泡糖,从墙角起来,从此就形影不离了。

我明显地感觉到,心里那个空洞,在香烟和泡泡糖的粘连下,一寸一寸被缝合。奇怪的是,它在不断收缩的过程中,又空出一大块来,上面长满了杂草一样的东西,乱乱的,说不清楚。这种乱一直从春天持续到来年秋天。那天下午,我们躺在草木开始收紧的树林里。一只麻雀把另一只踩在脚下,树枝有些颤抖。我正对这一切好奇得很,堆金从口袋里掏出几张卡片来,神秘兮兮地递过来一张。到现在,我都还记得我被血脉贲张的羞愧瞬间包围并且全身变得僵硬的震颤和畅快。躺在树叶上,我身体的某些部分就毫无征兆地半截树枝一样翘了起来。我眼睁睁看着青春期的那层窗户纸,就这样被一张卡片硬生生捅破。从此,风鱼贯而入,杂草被吹得东倒西歪。

和杂草一样疯长的,还有躲起来的白色野花。它们是村庄里少有的白色的花。花瓣像铃铛一样,风吹过来,有一种花蕊碰撞花瓣的声音。但是,白色是危险的,是忌讳的,谁碰它们白色的铃铛,谁家就招来灾难。不知道谁从哪里引来了这样的谶语,人们对这种白色的花带有恐惧的敬畏,不管在哪里,看见它们,就一铁锹下去,连土挖起,然后翻转,花被凌乱地葬在土里。

每年的清明,人们会买来白纸上坟,被裁成条的白纸,这时候是以冥币的名义出现,它们被土块压在坟地里,风一吹哗啦啦的,像是有人在一遍一遍数着它们。这个说不清楚寓意的风俗,让我们有机会收集这些白色的纸,并悄悄将它们订起来,当作作业本。我和堆金沿着田间小道,到坟地里去捡白纸条的时候,遇到了那些白色的野花。在墓地,它们小心翼翼地活着，清明前后的风不大，铃铛形的花瓣摩挲着，有一种孤零零的意味。

我们忽略了它白色的铃铛形花蕊所具有的恐惧意义，将它们拔起，对着阳光猛烈地摇晃。我们以此为乐，好像要把这白色的铃铛摇出声响来才罢休。后来，这种叫铃兰的白色野花不知怎么就出现在班上最漂亮的女孩子的课桌里，蔫蔫的，铃铛形的花瓣耷拉着，和那女孩的脸一样，煞白煞白。女孩子的课桌里突然出现忌讳的白色花朵，没有人把这当成爱慕，忌讳的恐惧笼罩了教室。事情严重到，堆金的示爱被直接忽略成诅咒和耍流氓，他为此在旗杆下站了一个下午，他手里拿着那束花，更蔫了。

谶语并未灵验，班上最漂亮的女孩子一切如故，但是堆金却突然死了。他往自己十二岁的胸膛里，灌下去了至少半瓶子劣质白酒，村里的几个少年给了他半盒烟作为奖品，但是还没来得及抽，他就倒了，被抽空了一样，躺在地上，软塌塌的。

按照村庄里的风俗，早夭的娃娃是进不了坟地的，亲人也不会为他披麻戴孝。堆金就被裹在一块白布里，用一扇门板抬着，一个手持铃铛的阴阳先生，念念有词，引领他到了沟底。在我们坐过的崖下，选了一块平地，挖出土，把堆金放进去，再填土回去。草丛里多了一个小小的土包，它把堆金收藏了。

堆金就这样消失了，这个世界上再也找不到那个叫堆金的孩子。我一个人孤苦伶仃，内心的空洞开始慢慢变大，一度似乎要破掉一样。我的眼泪下来的时候，在空洞里流成了河。

埋着堆金的沟里，再也没有人去放牛了，除了我。我把牛赶到沟边，坐在崖畔上。我大喊一声，看崖上的鸽子窝里惊慌失措飞出几只鸽子。再喊一声，这一声是补给堆金的，但是鸽子窝里却没再飞出鸽子来。我有些懊恼，把土块扔得很远，想着堆金肯定在某个地方悄悄藏着，看着我喊，看着我扔，看着我孤零零的一个人在沟里。

趁着我目光游离,牛已经走到了崖畔上,再往前走一步就有掉下去的危险。我看到它的时候,它一只前蹄已经抬了起来。我慌了,大喊一声。牛像是按下了暂停键,蹄子悬在空中。它意识到自己的处境,身子往后一倾,前蹄落在地畔上。

牛是被我喊住的。牛是被我喊住的吗?

如果我真有喊住一头牛的本事,是不是可以把母亲喊住?让她从弥留的土炕上爬起来,带着十岁的我去赶集,过年从街上扯回新布给我做衣服。这样我就可以把蔓延过村庄的悲伤还回去,撕掉门口的白色对联,从一个可怜人重新做回一个有母亲的幸福孩子。

如果那头牛真是我给喊住的,我是不是也可以把堆金喊住?在他往自己十二岁的胸膛里灌酒的时候,我要是大喊一声,他是不是就可以停下手中的酒杯,这样就能像往常一样,把我带到土墙下,从皱巴巴的口袋里摸出两根烟来,然后划一根火柴把两支烟点着。我们狠狠地吸一口,像是把整个世界吸进肺里一样。一吸一呼,整个世界还在,并且完好无损,堆金却再也不能给我一支烟了。

现在,母亲和堆金躺在地面之下,像一颗种子和另一颗种子。我喊破嗓子,他们却从来没有给过我任何回应。母亲的坟头野草蔓延,已经无法分辨哪一棵是替母亲站立在人间。

我怀疑,少年的堆金有一天顶破了土,把自己长成了白色的风铃一样的野花。他睡着的地方,一大片一大片的白色铃兰,一簇一簇的,铃铛形的花瓣,朝着天空,风一吹,真的发出声来一样。我想起了埋堆金那天的那个口念经文的阴阳先生,他手持的招魂铃铛和铃兰很像,我记得他要摇起来的时候,崖下的鸽子竟然一一回了巢……我经常去母亲的坟头,可很久已经没有去崖下,我怕那些白色的铃铛一样的野花,一摇一摇,把我内心的那个空洞捅破。

人总有一天会空缺

玉米秧子被牛踩了一脚之后，它站过的地方就陷了下去，空出一棵玉米秧的位置。我盯着那个不大不小的坑，那棵玉米秧子紧贴着地面，没有一点要站起来的意思。我看着它，想不通怎么能这样，一株玉米秧子怎么会说死就死了。

我总觉得，指甲长了剪短又长上来，韭菜割了过些日子又是一茬，树叶黄了会绿，竟然有些东西空缺了就再也不回来了。越想越失落，并且有一种顿悟了的感觉，才明白这世界上有很多东西，就像被踩进土里的玉米秧一样，总有一天会突然空缺。并且这种空缺，谁都会遇得到，甚至还伴随一生。

我从童年开始，就在经历各种空缺，并记住它们所带来的滋味和创伤。

小时候寡言，怕到人群里去，路上遇见村庄里的人只是嘿嘿一笑，远远看到亲戚走过来，还会悄悄躲起来。去学校上学，看到老师黑黑的脸，就想把自己从教室里抽出来，倒回到家里。不过还是得面对，我整天闷不吭声，用老师的话说，半截子木头一样长在板凳上，看到就觉得别扭。

这种静态的别扭，直到遇到堆金才得以缓解。他和我相反，一上课就想说话，每一任同桌都受不了他，老师觉得我不说话，堆金要是坐我身边想说话也没得说，没想到弄巧成拙，堆金竟然打开了我这把生硬的锁。

他竟然成了我遇到的第一个突然消失了的人。他将一瓶劣质白酒灌进自己十二岁的身体后，就再也没有醒来。从此，教室里那张课桌的一边就空出一个十二岁孩子的位置,我坐在旁边,守着一个巨大的空洞。

堆金的离开让我明白了人有一天也是会突然空缺的, 但是母亲的离开,却让我理解了空缺带来的痛到骨子里的悲伤。毫无征兆,我在放学回家的途中被截住了,来接我的人说你母亲出事了,得赶紧去看看。其实我对出事毫无概念,就跟在他身后。一路上没话,跑到山坡上的时候,一车土豆翻在路上,母亲躺在父亲怀里,软软的,看见我就流起眼泪。我别过头,想把泪水憋回去,可是无济于事。她被送到医院前眼睛还是睁的,送回来就一直闭着眼睛。那个傍晚,在一一和亲人们告别之后,从此家里的院子里炕上饭桌上就空出母亲的位置。父亲和他的几个孩子守着母亲留下的空缺,度日如年。

三年前,祖父去世,这个四合院里又一次出现了让人悲伤的空缺。我们把祖父埋到了埋着母亲的那块地里,从此,他作为丈夫作为父亲作为祖父的身份,就永远地空缺了下来,我们用长久的悲伤也没能让他复原。我们在白纸上写上他的名字,把他的照片洗出来,装进相框里,端端正正地摆放在供桌中央。逢年过节,摆上贡品,点一炷香,然后抽出一根香烟点燃,像祖父活着一样递给他。事实上,我们就当他从来都没有离开,说话的时候大家尽量把悲伤收起来,装作没事人一样,吃饭的时候,先给爷爷盛一勺,放在供桌上,估摸着他动筷子了,我们才夹菜。祖父平素节约惯了,米粒掉在地上他捡起来吹吹放进嘴里,我们吃饭的时候,不敢剩饭,怕爷爷心疼。

这样的日子一直持续到父亲被我带进城。父亲走了,村庄里就空出了他的位置。四合院里出出进进的瘦小身影,突然就看不见了。留在村庄里的人,再也看不到父亲扛着铁锹把地里的粪土堆拍得瓷实又圆溜,门市部的土炕上打牌的人群里也看不到父亲粗糙的双手死死摁着牌的样子,五里外的集市上也看不到父亲躲在小饭馆里和他的酒友吆三喝四把一瓶瓶啤酒灌进肚子里。

看不到的太多了,我像移走一棵树一样,硬生生把父亲连根拔起,让他带着原土来到这座城市。村庄里空出来的部分,突然出现在城市的小区里,又变成了另一种风景。这个走路佝偻着腰的小个子男人,一张嘴就露出两排黄牙,不用说话就知道方言一定带着土味,滑稽的是,他怀里抱着的小姑娘,咿咿呀呀说一口普通话。父亲小心翼翼,怕露出破绽,这个在村庄里无比威严的父亲, 没有了在田间地头的神气, 没有喝酒打牌时的狡黠,面带怯色,悄悄地活着。

村庄里突然迁走一棵树,或许没有人操心它去了哪里,但是一个人的位置突然空了出来,会有很多人关心他的去处。刚来城里的时候,父亲的手机总是不闲着,不是他打给村庄的人,就是村庄里有人打给他。其实,电话接通也没啥说的,无非就是问问对方好着吗,然后就不知道说啥。每次放假前,父亲总会像马上放假的孩子一样,迫不及待,得到我的应允之后,他大半夜就爬起来去车站。我从来没教过他怎么买票,但是每一次他都会很顺利地返回故乡,用自己的方式去填补那个缺失了许久的空缺。

离开村庄多少年了,除春节之外的每一个节日,我都是一个缺席者,我在村庄里的位置空缺得实在太久了, 以至于回乡时总有一些人是我所不认识的,我也成了很多人所陌生的面孔。

今年清明节,陪父亲回趟村庄给先人们上坟。两个空缺者回到村庄,跪倒在坟地里,疯长的野草把每一个坟堆盖得严严实实的,父亲清理完他的父亲身边的草,又清理了我的母亲身边的草,然后在两座坟之间,清出一块空地。

我没明白父亲为何在一块空地上折腾半天,不过离开的时候,回了下头才看清楚,原来祖父和母亲的坟地之间,恰好留出一座坟的位置。父亲不说,我心里明白,这块空地,是他留给自己的,这时候把它空出来,是想着在村庄里早早选下一块空地方,安放这些年的空缺,以及多年后将永远空缺的自己。

人一死事情就堆下了

在这世上,一个人一旦离开,应该由他做完的事情也就堆积下了。

是一个黄昏,母亲被一辆吉普车送回村庄,在此之前,她被侧翻的一架子车土豆压在下面,父亲扒开土豆和架子车,母亲软塌塌的,抱在怀里像抱着一股风。送到医院后,母亲的嘴巴、鼻孔、胸膛……到处插着管子,一瓶又一瓶的液体,还是没能让她软下去的身体再恢复过来。

医生说,还是早点送回去吧,见见家人,让她早点走,少受苦。

村子里经常有吉普车路过,不过停在村庄里还是第一次。吃了饭没事干的大人小孩都围过来看热闹。我夹在他们中间,看着母亲被几个人用门板抬进屋子,软塌塌地放在土炕上。她一直不说话,准确地说,她说不出话来,看看我,再看看妹妹,然后就闭上眼谁都不看。

眼泪从母亲的眼角下来,流得很慢。一屋子的人也都很慢,站着的,坐着的,一个盯着一个,等待最后时刻的到来。几天几夜没合眼的父亲蹲在炕旮旯,双手抱膝,头埋着。他说梦见一堵墙就醒来的,不过母亲已经闭上了眼睛,再也没睁开。一屋子的人开始哭泣,嘤嘤呜呜的。

那堵墙倒了,就再也没起来,它把母亲死死地堵在我们看不到的地方。母亲走了,应该由她来完成的事情也就真的堆下了。

阳洼梁上的两亩地,路太窄,母亲没事干的时候就扛着铁锹去修路。

现在，半截土路停在那里，被铁锹翻过来的杂草枯萎了，原本快要完工的事，就这样被堆积了下来。母亲像挖断了根的枯草一样，再也没办法返青，也没办法把剩下的半截路补上。

给我纳的一双布鞋，鞋底上密密麻麻的针脚已经让厚厚的一层布有了美感，鞋帮子上几块破布被严丝合缝地组合在一起，一只鞋已经纳好，另一只鞋只剩下最后几针。针线还在，鞋帮子和鞋底扔在笸篮里，一只鞋张着嘴，等着有人把它缝上。这事也被母亲堆下了，一年以后，姑姑替母亲缝上另一只鞋，但是针脚明显不一样。

后院的几只鸡、夹在书里的旧鞋样、仓库里的破麻袋……好多事情，就这样被母亲堆了下来，母亲陪嫁的箱子上落了薄薄的灰尘，过年贴的窗棂破着洞，蜘蛛不知道什么时候在顶棚上布了网。整个院子灰突突的，我们几个人出出进进都没精打采，母亲堆下了好多事情，但是每个屋子都空荡荡的，有一种巨大的悲伤。

父亲开始整夜整夜地不回家，他蹲在小卖部的土炕上，手里攥着几张扑克牌，然后盯着别人扔下来的牌。很多时候，他手里的牌大不过人家，但是他就是不认输，一直等到最后一张牌亮出来，才蔫蔫地等下一轮开始。

母亲把作为妻子的那部分堆下来了，土炕的另一边空着，父亲睡在炕上，就会叹气，会偷偷抹眼泪，还不如蹲在小卖部里，看着一张张的扑克牌走完，然后再发下一轮。如果人死能像扑克牌一样，洗了重来，那该多好，可惜牌出了一轮又一轮，死了的人没有一个能活过来。

我以为，时间越长，堆下来的事情就会越来越少，甚至慢慢消失。但是事实却恰好相反，堆积下来的事情像那堵在父亲的梦里倒塌的墙一样，堆在那里。有时候我安慰自己，人很容易健忘，不一定要把每一件事都记在心上，于是说话从不提“母亲”这两个字，看到别人和母亲在一起就躲开。

可是父亲似乎并不会如此，寒食节、清明节，父亲都会去母亲坟上坐坐，每年的忌日，他都会早早地备下香火，带着我给母亲送去。去的路上，我跟在父亲后面，偷偷抹眼泪，回来的时候，父亲跟在我后面，偷偷抹眼泪。

这么多年，那堵墙堵在父亲的心里，母亲堆积下来的事情也堆在他心里，只有父亲知道，堆下来的事情究竟有多少，但是他从来不说，一个人装着，我们这些做子女的对此毫无办法。好几次，我想问父亲，嘴里的话马上就说出来了，最后自己弹回去。我担心现在不问，等父亲这堵墙也倒了，他堆积下来的事情，和母亲这些年堆积下来的事情，会成为我生命中无法承受的重。

收脚印的人

麦黄六月，村子空荡荡的，大人们到地里收麦子，牲畜们关在圈里避暑，巷道里没有其他人，我蹲在树荫下，看蚂蚁从一堆虚土里爬出来又钻进去。观察蚂蚁是一件很有意思的事情，你看有一只蚂蚁先把小触角伸出来，还来不及看清楚外面的情况，排在后面的伙伴就耐不住性子，一头把它顶出洞口，随后一大批蚂蚁像水从泉眼里冒出来，四散离开。

我想看看它们的足迹，结果土上没留下任何痕迹。这让我很是沮丧，站起来脱下裤子，朝蚂蚁冒出来的地方一顿猛浇。这突如其来的水，把另一些水一样冒的东西挡了回去，看着湿漉漉的地面和正在泥里翻滚的蚂蚁，我有些报了仇的兴奋，生活在土之上，怎么会没有足迹呢，就不信收拾不了你们！

很快，我的快感就被太阳和风瓦解了。地面上的水变成了一摊水渍，没一会儿，土又变成了原来的样子。几只没来得及爬出来的蚂蚁，身后留下一道浅浅的痕，在水里爬时滚到身上的泥像个小坟包，把它埋在那里。水消失了，洞里又有蚂蚁冒出来，它们还是一个顶着一个出来，然后四散而去，对于此前发生的一切毫无兴趣。

多年以后，看到蚂蚁，我总会想起这个画面。在街上遇到蚂蚁，我还有坐下来看看的冲动，不过再也没有浇的冲动，对于蚂蚁是不是留下足迹这事，也不再那么认真。在这城市的钢筋水泥上，人都留不下痕迹，何况一只小小的蚂蚁。

其实，在到处都是土的村庄里，也是留不下任何脚印的。弯弯曲曲的路，我走了一条又一条，每一次回头，只看见路看不见脚印。我曾经把脚印留在刚犁过的地里，等着它长出来，春天里所有的植物都长出叶子，脚印却没有任何动静。我曾经把脚印留在厚厚的雪里，看着它在身后留下一长串，就像很多个我排队一样，太阳一晒，地面上什么都没留下，那几十个排队的我也跟从来就没出现过似的。

我怀疑，村庄里一定有一个收脚印的人，他躲在我们看不到的地方，有人走过去，他就悄悄地跟在身后把留在地上的脚印收起来，让走路的人找不到任何痕迹。他跟风一样，把路舔得干干净净，就像从来没有人走一样。

村庄里也有能留下脚印的时候。有一年，我和小伙伴趁着夜色翻到别人家的果园里，借月光摘下十几个苹果。你要知道，在一个只有杏树和梨树的村庄，像是突然之间就长出来的苹果树，对于我们的诱惑有多大。发现园子里的苹果挂果后，我们每隔一段时间就会去看看，看着它们从指头蛋大长到拳头一样，看着它们褪掉青色开始红润。就有些忍不住了，蹑手蹑脚翻过院墙，让它们以一种见不得人的方式结束生长。我把它们藏在麦草垛里，每天吃一个，苹果被牙齿咬碎的瞬间，除了咀嚼果肉和吞咽的快感之外,还有一种说不清的味道。

苹果吃着香,心里一直忐忑着。从翻过院墙的那一刻起,我就处于一种恐慌之中。翻墙的时候我们尽量不发出声音,跳下去的瞬间,却已经暴露了。布鞋留下的痕迹,从落地到离开果园就一直显得很慌张的样子,东一脚,西一脚;深一脚,浅一脚。很快这些脚印和半夜消失的苹果一起,开始在村庄里流传。苹果还没吃完我就更加担心了,生怕人家循着那些脚印发现藏在麦草垛里的苹果,然后顺藤摸瓜抓住我。我多么希望收脚印的人已经收走了那些脚印,我的嫌疑被排除。不过越希望,惶恐就越大,以至于不敢再吃那些苹果,好几个苹果就这样被遗忘在麦草里,半年后被发现时,它们水分尽失,只留下苹果的样子,人们还为它们的来历做过好多的猜测。

我没有等到那个收脚印的人,却在不久之后做起了他应该做的事情。十岁那年秋天,母亲出车祸长眠于自己劳作了一生的土地,我的童年就这样被硬生生撕开一个洞。早上醒来,母亲睡过的地方空着,我就当她去了地里,可是等一天也不见她回来,我跑到地里,看不到她的影子,就想着找她留下来的脚印。阳洼梁上的地刚犁过,虚土有规则地排列着,只留着一些牛走过后的蹄印。滚牛坡上的地里长着苜蓿,秋风萧瑟,苜蓿干枯,一地的苜蓿叶子根本看不清地的样子,更不用说找到脚印。我把自家的地走了个遍,没找到一个母亲留下来的脚印,它们就像被抽空了一样,毫无痕迹。我想着在母亲停止呼吸后,那个收脚印的人是否出现过,他一一将脚印收回去,不留任何痕迹,好让我断了念想?

这念想就真的断了,在随后的日子里,我再也没有找过脚印,也不在做母亲突然回来的梦。我甚至把脚印这事和收脚印的人给忘了,在我离开村庄的时候,我没有刻意留心身后是否有脚印。多年以后,再回到村庄的时候,物是人非,当年和我一起翻墙的小伙伴已经看不到小时候的样子,斑驳的院墙里苹果树早不见踪影，陈旧的麦草垛里有没有苹果我不得而知，不过可以肯定的是，我偷苹果时留下的脚印早已经被收走，不仅如此，我在村庄里生活了二十年所留下的所有脚印都早已经不知所踪。

这让我更加坚信，肯定有个人在我走后，将我留在村庄里的脚印一一收走。

时光的陷阱

一条坝把村庄分成上沟和下沟。上沟是一汪水，人绕着水居住。下沟是看不到头的沟壑，草木躲在那里。上沟放水的时候，下沟就有一条小溪，水不深，在水草之上流着。运气好的话，能抓到鱼。我们挽起裤腿，猫着腰，眼睛死死盯着水草，发现有动静，就猛一下子把手伸出去，手从水里出来的时候，一般掌心里会有一条两指宽的鱼。

每次下雨或者坝上放水，去下沟摸鱼就成了我们的乐趣。水不深，可要抓住滑溜溜的小鱼儿却并不容易。得有陷阱，我们在水草平坦的地方挖一个坑，在坑的边上设计一个半圆形的槽，就算是陷阱。陷阱里的水明显比周边的水深，它们只会往水深的地方游，如果鱼儿不小心游到槽里，想退回去就难了。一个下午，陷阱里会捉半筐子鱼。

夏天我们用陷阱摸鱼，冬天我们用陷阱抓麻雀。雪落下来的时候，就开始筹划着去哪设置陷阱。一定要在一个开阔的地方，最好有树或者半截墙，人就可以躲在后面，手里拉着一根绳子，绳子一头绑在半截木棍上，棍子支着一个筛子，筛子下面扔一些玉米和小麦。雪盖住村庄，筛子下面的玉米和小麦就成了唯一的粮食，也是最好的陷阱，饥不择食的麻雀看到它就激动不已。

我们屏住呼吸等着，有时候，一天都等不来一只，运气好了，不一会儿就会有一群麻雀飞来。它们躲在筛子附近，小脑袋转来转去，或者飞起来又靠近原地落下。反复几次，确定没有危险，就开始靠近筛子。第一只麻雀钻了进去，第二只，第三只……许是饿了太久，这些小家伙们刚钻进筛子里，小嘴就不停叨着地。急性子的伙伴就要下手，被摁回去了，大家齐刷刷盯着筛子，要等至少一半以上的麻雀进去。一网打尽是不可能的，狡猾的小家伙总不会傻到一股脑全部钻进去。看地面上的玉米和小麦吃得差不多了，猛地把绳子拉回来，棍子离开了筛子，几只麻雀就这样被装进了陷阱里。飞走的几只，落在不远处的树上，叽叽喳喳叫个不停，我们哪能听得懂它们说什么，麻溜地包围了筛子，手伸进去掏出陷阱里的小麻雀。

有时候，陷阱还会用在小伙伴身上。把牛赶到下沟，牛闷头吃草，我们就分成两队，一队攻一队守，各自占山为王开始战斗。守是最不保险的，老是被一锅端，得想办法阻止进攻，就开始在攻击的线路上挖陷阱。一般陷阱会挖在草比较茂盛的地方，草皮铲下来，在原地挖一个能把一只脚埋进去的坑，用棍子把草皮轻轻支住，然后埋伏在附近，就等着对方冲上来。只要一脚踩空，这个倒霉蛋就被“活捉”。我们乐此不疲地埋伏、挖坑、活捉，以至于下沟里到处都有我们挖的陷阱，后来还把牛也陷了进去，一只前蹄踩空之后，硕大的身子随之倾倒，一头牛因此失去了一条腿，最终失去了整个生命。

鱼抓住后上游还会下来另外一些，麻雀抓住后树上还会飞下来一些，草地上挖出来的坑过不了多久就又被新长出来的草皮遮盖，牛死了再也回不来。把它陷进去的陷阱一点责任都没有一样，待在原地，我们突然开始憎恶陷阱，憎恶曾经挖出来的水槽和支起来的筛子，这些陷阱，把我们带到下沟,带到半截土墙背后,我们站在水里躲在墙背后的时候,陷阱也躲在某一个地方盯着我们。

我们抓住过那么多鱼,抓住过那么多的麻雀,总觉得没有什么是我们所抓不住的,但是偏偏却抓不住给我们布下陷阱的时光。当我们沉迷于用陷阱抓小鱼儿和麻雀的时候,它已经把陷阱挖好,就等着我们一步一步靠近。而我们每一个人都排列整齐,朝它布下的陷阱走去,一个一个掉进去,却迟迟不见有人来收网。

隐喻的麦子

在大地上,人和麦子一模一样。

——题记

1

麦子这一辈子只有站着的份儿。从破土出芽那天起,它就站在田野里,风一遍一遍地吹,它的芽被吹成了叶子,还在原地站着,空空的茎秆还生出节来,细小的根须使劲往土里钻。

麦子想把自己和草区别开来,就长出穗,结出麦粒。其实,草也是站命,只不过,它们一辈子可能就一直站在同一个地方。而麦子一旦长出了穗来,不管麦芒有多尖锐都会被收割,然后换一个地方接着站。

在村庄里,收割是一桩仪式感很强的大事。农历六月刚到,人就不停地往山上跑,观察敌情一样,根据麦子成色的变化,估摸出哪块地的小麦先熟。

麦秆干透、麦穗裂开的时候，鸟雀也着急了，被我们叫作“算黄算割”的鸟，就会不停地提醒人们，该上山割麦子了。闲了大半年的人们，找出落了灰的镰刀、绳子和麻袋，去集市上买回新的磨刀石和刀片，端一碗凉水坐在屋檐下给刀片开刃。

等待他们的是一场盛大的战役，没有人敢懈怠。不管是阳洼梁，还是滚牛坡，只要有一块麦子先熟透，一家人就一字摆开，镰刀深入小麦根部，一寸一寸攻占地盘。

麦黄时节村庄里没有闲人，刚出生的小孩也不例外。一大早，孩子们还在酣睡，就被装进背篓，摇晃到麦田里，大人们就割两捆小麦立一个人字形凉棚，把孩子们放在里面。

那些年做的梦里，总有窸窸窣窣的割麦声。每次醒来的时候，眼睛看到的不是房顶，而是两捆麦子。麦子码成的人字形麦码，和椽码成的人字形屋顶比起来，还有些相像。

等磨刀石中间的部位凹下去，站着的一地麦子就全部溃败了，它们向磨刀霍霍的人们缴械投降。作为战俘的小麦，两两相靠，码成一排人字形，远远看上去站着的麦捆还像是长在地里。它们就等着人们像迎神一样，一架子车一架子车把它们接回家。

我见过很多人割麦子的样子，自己也蹲在麦茬前学着大人收过麦子，不过多年以后，记忆最深刻的还是大妈一个人大中午割麦子的情形。午后的滚牛坡上，没有半点云彩，太阳晒得土都大口大口喘气，嗓子眼里不断冒出白烟来。大妈顶着个破草帽，挪过去一点，麦地就动一下，如果她不站起来，你会以为是风在吹麦子。大妈的动作连贯，却缓慢，镰刀碰到麦秆上，听不到很脆的那一声。

大妈是个苦命人，她的命，在某种意义上甚至不如麦子。收农业税那几年，卖相好的麦子一包一包送进粮库，被大卡车拉着去了我们听都没听说过的地方。而大妈出嫁之后，从一座村庄被接到另一座村庄，从此轨迹就固定在这两座村庄之间，多少年了，最远就是去镇上，连县城也没去过一次。

站着就要受欺负的。麦子还是种子的时候，埋在土里怕虫吃了，长出芽又怕嘴长的羊羔或者牛犊一舌头舔走，甚至人一脚下去也会致命。好不容易熬到收割，又怕一场冰雹把麦粒提前埋进土里。麦子不容易，人也把它们当宝贝照顾着，提心吊胆生怕出啥岔子。

在村庄里，同样提心吊胆的，还有大妈。大伯爱喝酒，每次必醉，醉酒后最受气的就是大妈，骂都是轻的，动辄就是一顿打。摊上脾气不好又嗜酒如命的男人，女人们大多像麦子一样，逆来顺受，看似隐忍其实是对现实没有任何办法。

你看，麦子站在田里，风吹过来，它们最多摆动一下，牛的舌头和羊的嘴唇靠近，它们躲也不能躲。大伯醉酒之后，大妈就是一株麦子，被风摧残，被雨蹂躏，在两个孩子面前还要一声不吭。

麦粒收进了麻袋，麦秆还是摆脱不了站着的命运。人们把光溜溜的麦秆堆成馒头状的一个垛，秋冬时节作为牲畜的草料。刚脱粒的麦草垛，不是很瓷实，我们掏一个洞钻进去，捉迷藏，谁也找不到。

麦草垛里藏过我们的童年，也藏过大妈不堪的往事。一个雨天，人们发现大妈不见了，我的哥哥和姐姐也不见了，而大伯烂醉如泥，躺在床上流口水。能找的地方都找了，没有任何消息。后来，我顺着大妈家门口的三行泥脚印，在麦草垛下发现了三个抱头痛哭的人。日子不好过，大伯醉酒后就拿老婆孩子出气，而麦草垛就成了一个走投无路的女人和她的两个孩子的临时避难所。那一天，雨下得很大，大妈坐着的地方却是干干的，这站着的麦草垛，不忍心让三个流着眼泪的人，再湿漉漉的。

多年以后，和我一起钻过麦草垛的孩子都已经有了自己的孩子，他们中大多数像我一样,并没有掌握种植小麦的技术,他们也不需要蹲在麦田里收割,种植对于我们而言,已经变成遥远的事情。留在村庄里继续操持庄稼地的大伯,依旧酗酒,只不过不再宿醉,也没听说动手打人的事。大妈的头发已经全白了,守着三个在镇上上学的孙子和几亩地。

这些年,麦子一茬一茬收割掉,再一茬一茬种下去,它们看似简单的轮回,给生活在村庄里所有的人以营养,给离开村庄的所有人以念想。其实,有很多人都盼着能像麦子一样,割一茬再长出一茬,有一年大妈却亲口告诉我,她只活这一回就够了。当年,大妈不止一次当着众人的面说,最大的愿望是能早点死,并且她再也不想做人了。这几年,她不怎么说这话了,还时不时去镇上把那一头白发染黑。

2

小麦不光养人,还毁人。这是我爷爷的话。他觉得,自己的三个儿子之所以没有上进心,就是因为饥荒的年代白面馍馍吃多了,以至于一辈子只能种庄稼,结果捯饬一亩三分地还闹不出啥名堂来。

在我们家族的发展历程中,有案例可以佐证爷爷的说法。我到现在也都记得那场将我们家族带向衰落的撤离, 那也是我们家族史上最具有代表性的事件之一。一个大雪纷飞的日子,我们一家将镇上那座规模较大的油坊里所有的家具搬到一辆牛车上,将一把油乎乎的钥匙交给房东,就彻底同这座经营了二十多年的油坊作别了。牛车在空无一人的马路上慢悠悠前进着,我趴在一袋胡麻籽上,看着爷爷和他的三个儿子推着车。他们低头使着劲,嘴像是被风吹走一样,说不出一句话来。

其实,按照爷爷的布局,当过兵的大伯做乡村电影放映员,读书稍微多一些的父亲经营镇上的砖瓦厂, 平时话少的三叔则接他的班继续做油坊生意。一切顺利的话,整个家族将会摆脱以种地为生的命运,靠一技之长维持生计。可惜事与愿违,大伯因为酗酒丢了电影放映员的好差事,父亲没有经济头脑被人排挤丢了砖瓦厂的股份。爷爷把全部筹码都押到他最小的儿子身上。作为唯一的希望,三叔却在牌局还没分出胜负前早早地向生活缴械投降。

三叔慵懒,又贪玩,好好的家族产业,就这样在他手里终结了。至此,爷爷的三个儿子最终都回到田垄里，一生与土地打交道。总结失败的原因,爷爷想起了那件和白面馍馍有关的往事。

吃大锅饭那些年,作为村庄里的第一任村长,一边想办法让村里的人吃饱，另一边和规定斗智斗勇私下做点小生意。脑子活泛胆子也大的爷爷,曾经在禁止自由买卖的年代,成功避开各种监视,将村里的一车小猪崽辗转拉到陕西,换来一车小麦。一村人就是靠着这些小麦,挨过了饥馑,我们家分的自然比别家多，几个叔父长身体的时候很好地吸收了这批小麦的营养。

后来包产到户,允许自由买卖,爷爷就大展手脚,拉着骡子、小猪崽走南闯北,换回小麦、西红柿和西瓜。这时候,虽然制度放开,村庄里还是有很多人吃不饱饭,甚至饭都是吃了上顿没下顿,而得益于爷爷的小聪明,我们家却顿顿吃着白面。

三叔上中学那会儿，爷爷为了让这个最疼爱的儿子有出息没少费心思,最大的也最实际的付出就是让三叔在学校里吃好。那个年代,别的孩子窝窝头都不一定能往饱里吃，爷爷每天早上却骑着自行车给三叔送白面饼子,有时候还有香喷喷的油饼。三叔在学校里吃白面馍馍的事,很快就成了这个并不大的镇上的一条新闻,因为关注度实在太高,以至于引起校方不满。校长有一次很不客气地告诉爷爷,你这样做会害了孩子。

果不其然,天天吃白面馍馍的三叔,在学习上并不是很上心,到了中考的时候,担心自己的成绩对不住这些年他吃掉的白面馍馍,考试时竟然玩起了失踪。没考上高中,爷爷就悄悄给三叔报了名去参军,依然没指望,复员回来后爷爷就让三叔先成了家,然后把经营了半辈子的那间客源稳定的油坊交给三叔,希望他能在家族产业上有出息,没想到他会以这种结果收场。

后来,我想起这件事的时候,突然就明白了爷爷为啥将搬家的时间选在一个风雪交加、大路上没人的日子,肯定是不想让别人看到他和他的三个儿子落得如此下场,毕竟整个镇子上曾经流传过田家顿顿吃白面的事。

之后几年,爷爷的三个儿子安安稳稳种地,再也没有人说起白面馍馍的事。

3

衰落给整个家庭带来的最大影响是分家。三个儿子要重新回到农民身份,就需要土地、家具、牲畜和劳动力。爷爷请来村子的几个长辈,把自己那点家底一分为三。

分给我们家的除了一些简单的家具和农具外，最值钱的就是一头牛和四亩地。一旦和爷爷分开过日子,麦子就得自己种,公粮也得自己交。刚做农民的父亲没多少经验,经常是辛苦一年只能勉强收回一家人的口粮,交公粮就成了一块心病,每年秋收过后就会犯。

留下一家人一年的口粮,剩余的就当公粮。口粮可以粗一些,可以糙一些,公粮却容不得半点马虎,因此每年最好的麦子都是要交给粮库的。不过究竟什么样的小麦才能算最标准的公粮,自己说了不算,得听粮库收购员的。按照以往的经验,新麦子下地,挑出最好的晒上几天,等彻底干了就能当公粮。

有一年,我们家的麦子歉收,只够一家人吃,没有余粮。为了完成交公粮任务,父亲想了个办法,在一半饱满的干燥的麦子下面,掺一半干瘪的有些潮的麦子。一切妥当之后，天还没亮起来，我和父亲就赶着牛车把作过弊的几袋子小麦往粮库送。一路上，我们故意让架子车从沾着露水的地方走，这样袋子沾上露水会重一些。

麦子拉到镇上，粮库前面已经排着长队。我和父亲紧紧盯着前面的队伍由长变短。终于轮到我们时，父亲就开始紧张起来，不敢抬头看收购员的眼睛，抓袋子的动作也明显异常，我看见他打开口袋的手是抖着的，就赶紧搭了把手。袋子张开口，收购员先是用手摸了几粒最上层的麦子放进口里嚼几下，听到嘎嘣声后就吐出来，冲我们点点头。眼看着就这么过关了，没想到收购员突然使劲将手伸进袋子深处，摸了一把，然后扔出一句：麦子太潮，晒干了再过秤。

父亲的脸原本涨得很红，听到这话，唰一下子就变成灰色。他心里有鬼，不敢向收购员求情，不做声也没抬头，就把架子车一拧，在粮库的一块空地上摊开那几袋麦子。天气不错，不出几个小时，一半潮麦子很快就会干了。

我们蹲在麦子边上守着，没多久天却跟父亲的脸一样，猛一下子就变成了灰色，看样子还有下雨的意思。于是，我们开始收拾摊在地上的麦子，很明显已经有些迟了。雨落下来的时候，最后一袋麦子还没来得及收进口袋里。麦粒一样的雨，一滴一滴把粮库偌大的晒场填满，很快汇聚到低处，快要冲走那些麦子了，我下意识地趴到麦子上。原本想堵住麦子，却让水聚集得更多，麦子很快就漂了起来，顺着水往低处跑。

半袋子麦子就这样被漂走了，抢收的麦子也因为躲雨不及时进了水，这下，粮库更不可能收了。雨小些了，我拉着牛，牛拉着架子车。父亲跟在牛后面，一路上一语不发，我们就像护送着被医院下了病危通知书的亲人回家等死一样，心里异常沉重。

这过水的麦子，像闯了祸的少女，没多长时间就顶了个大肚子，我们眼巴巴看着麦粒从瘦变胖,然后冒出白色的芽来。公粮没交成,麦子却很快就孕育出了新生命,这让一家人尴尬而又不知所措,如果不赶紧做处理,三五天的时间麦芽就会茂盛起来,假如处理了它们,要交的公粮不知道从哪去弄。

母亲最先按捺不住,她把发芽的小麦,变成了芽麦面烫饼。发过芽的麦子磨出来的面粉其实并不好吃,芽面洗不出面筋,用酵头和的面不发,蒸出来的馒头烙出来的饼子是死面疙瘩。但是母亲却让它们变成了可口的烫饼。

一盘子烫饼端上来,我们几个吃腻了白面烙饼的孩子,有些按捺不住,可蹲在炕上的父亲,脸一直阴着。我们一会儿看着父亲,一会儿看着寡淡的生活里突然出现的烫饼,等一道圣旨一样等父亲开口。烫饼的热气都快冒尽时,这个国家余粮不足的国王,才开口说了一句"你们好好吃吧",就狼狈地退朝了。我们嚼着有淡淡甜味的烫饼,却吃出了生活的苦味。

4

这几年,三叔已经不怎么热心种地了,他在几亩离家近的地里种上土豆和胡麻,这些经济作物既能喂饱肚子,也可以换些零花钱,然后把山上那几亩地托付给别人,就背上背包加入建设城市的队伍。每年春天,三叔混在人群里进城打工,而不是赶着牛去地里,城市里收成比土地上好,虽然此前曾把种地当作一辈子的事业,背叛还是不可抑止地出现了。

这些年,进城的人越来越多,混出名堂的却没几个,有些人一去不回,有些人被人遗忘。进城的人多了,土地自然受到冷落,有些甚至彻底撂荒,土地又慢慢回到原始状态。麦子作为土地上最常见的农作物,也开始被人所疏远。

我见过一畦被人遗弃在荒野的小麦。有一年冬天车过庆阳,在盘山公路上慢悠悠挪动,收割过后犁了一遍的梯田,不断被扔在身后。这黄褐色的土地,像一个慵懒的艺术家画了半截子的油画,快有点荒凉的意境,终因着色不够而显得死气沉沉。

一路上,我本来是准备睡觉的,又担心临着悬崖的盘山公路,会突然一下子把车甩出去,于是心里有些不踏实,一闭上眼睛脑子里就会出现各种惨烈的车祸现场。索性就把头别向窗外, 看着那些稍微差点意境的梯田。

那慵懒的艺术家一定是有很深功底的, 要不梯田的线条怎么会如此匀称,又错落有致。高处和低处的过渡带,不多不少点缀着一两棵树和若干的草。地里除了土,没有任何植物,你可以清晰地看到同一个平面上属于不同人家的地之间立着一个矮矮的地垄,两块地之间界限分明,老死不相往来。

一路都是相同的景致,我有些昏昏欲睡。这幅以梯田为背景的油画,却突然画风一转,刺激了我。有一片麦子竟然站在冬天的麦田里,这多少让人有些不可思议。整座山上,仅有的几棵树光秃秃的,稀稀拉拉的草明显营养不良,而这些突然出现的麦子,齐刷刷站在那里,士兵等待检阅一样等着收割它们的人。

我猜想,种下它们的那个人,一定是遇到了比收割还重要的事,要不怎么能把这么多麦子忘在地里?也有一种可能,种下它们的人,离开了村庄把自己种在别人的城市里,他被城市这座大型机器卷进去再也出不来。

在村庄里,麦子是和命一样重要的东西,没有麦子何以养命?所以,包括我爷爷在内的以种地为生的人,丢一粒饭粒都会心疼,何况丢下这一地的麦子。而现实是,确实有一地麦子尴尬地站在冬天的麦田里,带着麦穗和叶子,一簇一簇的,有风吹过来,或者有麻雀落下来,它们跟狗听见主人靠近一样,也会激动。

看着这一地的麦子,我突然就想起了那些离开村庄的人们。不知道出于什么样的隐喻,我总觉得,他们(也包括我),就像被撒出去的一把把麦子。运气好的,落地生根,顶破坚硬的土抽芽长穗,在经过一个成长季之后,用淀粉、蛋白质、脂肪、矿物质元素和维生素,喂养自己,讨好这个世界。运气不好的,一把撒下去,胎死腹中或半路夭折,有一些甚至连被扔到了哪里都无人知晓,它们的生死似乎交还给了上天,没有期许,没有惊喜。而更多的人,就像那一地被遗忘的麦子,在城市里好不容易熬到成熟,却等不到收割的那个人,只能尴尬地站立在那里,被风一遍又一遍吹过。

在大地上,人和麦子真的一模一样。站着的麦子和行走的人,有着一样的尴尬和不一样的经历,人用智慧和精力经营大地,让麦子成长;麦子用麦粒和麦草喂养人,给人以营养和温暖。在经历一世之后,不管是人还是麦子,都躲不过岁月的收割。

王选 作品

王选，1987年生，甘肃天水人。作品见《人民文学》《中国作家》《散文》《天涯》等。著有《南城根：一个中国城中村的背影》《葵花之远》。曾获人民文学新人奖、华语青年作家奖、敦煌文艺奖等。

风尘刻画了你的样子

女人花

有人出巷子，去看花。顺手牵着孩子，孩子牵着风筝，风筝，牵着一溜风。

河边上的花一场一场开。迎春、腊梅、桃花、玉兰，带着寒意，静静开，多是素净的颜色，不喧不闹。接着是丁香、海棠、樱花、连翘，紫的、白的、粉的、黄的，一股脑全开了，嘟噜着嘴，像赌气。

花是年年会开的，节气一到，不催，也就开了。坐巷子口的那个人，不去河边，依然也看清了花开花谢。她守着小烟摊，挣点零花钱。有好多年了，她都在那里坐着，满脸灰尘，是那么旧。生意寡淡，她倚在小木柜上，一抬眼皮，目光穿过马路，就是河堤，杂花生树，草长得蓬勃，莺却没有，倒是叽叽喳喳的麻雀不少。再抬眼，过湖面，就是刷过新漆的楼，挤成一堆，玻璃明亮，反射着太阳光。楼是看的，买不起。

守摊的女人，有时不出门，丈夫替她一阵，或者城管赶，她就不去摆了。女人端着碗，蹲在台阶上吃饭，碗里泼了辣椒油，一汪鲜红。女人吸溜着面条，看着台阶上的两盆花。一盆仙人掌，一盆令箭，都齐膝高了。也不知这花养了多久，看着也有些年头了。

南城根冷，没冻死，也算命牢。冬天花是藏屋里的，清明前后，气温稳了，她才抱出来。

抱出来放什么地方，女人为难了很久。放窗台，晒不上太阳；放地上，怕院子里的狗一尾巴扫断。最后还是放在了紧靠护栏的台阶上。

女人爱花,名贵的养不起,就养了些便宜的,后来大多都陆续死了,就剩两盆,她也懒得再重新作务了。房子狭小,何况是租的,养多了也只是占地方。但活着的两盆她是怜惜的。儿子常年在外打工,很多年没回来了,丈夫话少,只会埋头干活。无聊时,她便看会儿花,解解闷。

女人端着碗,朝背后的房东说,等六月里我把令箭给你分几枝,你养。

房东用鸡毛掸子掸老梨木桌上的灰,听到话,把头伸出窗户,说,狗前几天把几个花盆撞到院子,全打碎了。

门口蹲着房东的外孙女,三岁左右,圆圆的,像气球。孩子把门帘卷在身上,不停地打转,手里捏一束塑料假花。房东不到五十岁,但看着有些老了,眼角的鱼尾纹堆了几层,头发灰白。她还在低声咒骂着该死的狗,瞎了眼打碎了花盆, 她发誓要找个时间把狗宰了炖一锅狗肉。其实她经常发誓,但从没给狗提过一次刀子,甚至连狗毛也没碰过一指头。她嘴里骂狗,其实在骂人。养个你能干啥,除了害人,这二十年你干过啥好事,养个狗还有个狗样子,还知道叫几声,你呢?房东骂着骂着,眼眶红了,眼角的鱼尾纹,开始摆动。

房东是有心事的。三年前,正上高中的独生女儿,跟一个混社会的年轻人好上了。女儿长得苗条、秀气,自小听话懂事,学习也好,原本可以考个大学。高三后半学期,不知哪根筋乱了,偷偷跟一个二十多岁的年轻人钻一起,开始逃学、上网、喝酒、约会,当初的清纯一扫而光,完全一个风尘女子了。那时,她女儿十九岁。

后来,巷子里有人看见她女儿跟那个男人在一片蔷薇花下抱着亲嘴。看见的人,把话传到她耳朵。可那时,已经迟了,女儿怀孕了。去医院检查,都四个多月了,不能做流产,只好生下来。那个年轻人刚开始还口口声声说一切他负责,恼怒之下的房东照嘴一巴掌,骂了句,你负责个屁。也就是那一巴掌,把他扇跑了。从此再没有出现过。

后来孩子生下了,留给了外婆,女儿到外地打工去了,一年回来一次半次。巷子的人,多多少少都知道了这事,虽不明着提,但背后还是议论的。从那以后,房东的头上像压了一片砖,也就很少出门了。

鸡毛掸子刚放床上,门口的外孙女把门帘扯断了,摔倒在地上,假塑料花戳在腮上,疼得哭了起来。

房东跑出去,抱上孩子哄。孩子依旧哭。住隔壁的姑娘走过来,蹲下去,给孩子喂了一粒糖,哭声才止了。

隔壁的姑娘是租房的,二十多岁的模样。给孩子喂完糖,替她擦了眼泪,领到她房里玩去了。房东说,跟这个姑姑玩去,我洗衣裳。孩子乖乖走了,浓密的眼睫毛上挑着泪珠。孩子进屋,姑娘塞给她一只毛绒玩具,让她抱着。姑娘蹲在地上,移栽着一盆吊兰。吊兰是新买的,叶子泛着细微的绿光。

姑娘栽着,孩子看着,没有人说话。

姑娘是去年腊月住进来的,没有人知道她是干什么的。她从住进房子的那一天开始,就把自己关进了屋子,不上班,不玩耍,不说话,除了买吃的,她整天不出门。整个冬天,满院的人,几乎忘了三楼还住着一个姑娘。过年,她也没有回家,依旧睡在那间常拉着窗帘的黑屋子里。她把自己藏着,严严实实藏着,像是害怕自己被自己发现一样。

当人们怀疑她发霉时,偶尔天晴,她洗过头,会推开窗户,站在窗口,让风吹湿漉漉的头发。她的脸白得像河边的梨花,失血、疲惫,似乎风一吹,就掉下了。偶尔下雨天,屋子会发出湿湿的哭声,轻轻的,像从雨珠里抽出的一根丝。

她是那么神秘,没有人知道她的前世今生。

直到最近,她突然出现在了院子里,她买菜做饭,她洗衣晒被,她偶尔还会哼几句歌，跟院子里的人微笑点头，打个招呼。她还跑到花鸟市场买了几盆花，摆在了屋里，还把房间也精心收拾了一番，贴了壁纸，换了窗帘。

河边的花，依旧一场一场开着，海棠谢了，樱花落了，马莲、梧桐和紫薇次第开了。有人出巷子，去看花。三楼的姑娘，吐着酒气，两腮微红，脚步有些乱。她借着下午的阳光，牵着孩子，孩子牵着风筝，风筝，牵着一溜风。她们一起去看花了。

那时月光

大寒，没有雪，整个冬天都没有几场雪。不比以前，大雪下几昼夜，天地苍茫，冰冻三尺。或许世道变了，天也变了。

过了大寒，就该打春了。那个南城根的老人终究没有活过这个冬天，悄悄然，死了。

很多老人都熬不过一个冬天，像迈不过一道坎。

我是在一个夜色四合的傍晚回到南城根的。南城根依旧，小巷幽深，天光昏暗，破损的路面，飘浮着黑掉的人。当我钻进巷子时，看到了巷口，一个花圈背着水泥墙，定定站着。没有风，纸花一动不动。一个人死了，用五颜六色的纸片，似乎跟人们打着最后的招呼，告诉那些人，他走了，不要惦记了。

岔巷里，站着更多的花圈，两根瘦腿吃力地立着，举着花花绿绿的脑袋，两溜子。岔口正对的大门开着，门口一个铁盆，插着一炉香，香断断续续燃着，青烟似有似无。铁盆边奠着一杯冷茶水，落着几张冥票的灰烬，像黑蝴蝶，铺开翅膀，静静睡着了。院子里人来来往往，显得杂乱，红漆铁门半敞，遮住了半边院子。有人挂灯，有人铺纸，有人忙着借桌椅麻将，好像人们在准备一场晚会，其实，是一个人死了。白纸黑字对联贴上了，子女亲戚告知了,海蓝色绸缎老衣上身了。一切妥帖,没有累赘。似乎人们早已为一个人的死亡做好了准备,只等他咽气,就像冬天南城根的小院,都扫过了,只等着,来盛接一场雪的尸体。

没有哭声。夜深了,腊月的寒气,流浪汉一样,四处游走。满月,冷冷的,但月色灿烂,照在南城根的房顶,照在一方塞满悲伤的院落,照在一个人停止走动的脉搏上,照在去另外一个世界的草木路上,路冷冷的,月色冷冷的。

还是没有哭声,或许哭泣已不时兴,或许人们已泣不成声。月亮也不知道哭了没?

只有偶尔传来的麻将声,噼里啪啦,拍打着干硬的夜空。坐夜的人,围火取暖。有人添煤,有人抿一口白酒,有人烧香,有人眯着眼摸起了一张白板,和了。今夜,他们不回家去,他们坐着,陪这个不再说话摸牌的人坐坐,一辈子,就陪这最后一次,接下来,就是天道轮回,就是来生了,何况有没有来生,谁知道。就安下心陪这一夜,一个人,终究要陪着别人一个个离开,去很远的地方,然后,再让另外的人陪着自己离开。像灵堂的蜡烛,照亮那人生远去的最后一截路。

南城根静悄悄的,跟所有冬天的夜晚一样,寂静得可以听见白月光照在事物上的细微声。一个人离开南城根了,很多人都离开了南城根。他们合上翅膀,闭上眼睛,把卑微的一生收敛回来,让活着的人,独自活着。

我去找老贾,老贾坐在黑屋子,六十岁的老贾,说起了那个人的生和死。老贾说那个死了的人今年五十八,老贾说他们自小在南城根长大,老贾说他后来去了靖远煤矿,退休了回来了,老贾说他就一个姑娘,他一死一院房全是姑娘的了……老贾摸出了旱烟,捏一撮,摁进烟嘴,点火,皱着一张脸,吸了起来,那么拼命地吸,吸得老脸皱成一疙瘩。老贾说,五十八,死得早了,前几年身体还硬朗,今年过来,垮了,害的怪病,前两天我门口看见,脸上阴了,我觉着活不下去了,结果……老贾还在抽烟,眼睛定定的,是想起了那些年少时南城根的光景?还是有一天他也会孤零零独自走了?或许都有。月亮照进窗户,一片水迹。没有人知道,今夜,有人说起了一个人的生老病死,像摊开了一生的手掌,给另一个人看看,这如此的生,这如此的死,是多么匆忙,多么惨淡。

第二天的早晨,我还是路过那个门口。一切如旧,花圈、凉茶水、香、纸灰,只是多燃了两支蜡烛,烛泪斜流,火焰虚弱。院子里还是散乱的人,满脸寒气,端着碗,啃着蒸馍,就粉汤菜吸溜吸溜吃。正对门口的院子,停着一口棺材,松木的,棺盖打开,斜一边,棕黄的油漆,刷了一遍,没有画,没有雕,只有小档处刻着一个碗口大的福字。人已死了,此生再无福可享,就等下一辈子了。

住南城根的人,主要是房东,多为老天水人,北山、南山都有坟,人去世了不进公墓,就直接埋到山上。山上好,北山阳,暖和,一抬眼皮,就能看见城,也能发现尘埃深处的南城根。想了,就下来,偷偷来看看,看儿孙们的生活,看自己磨旧的院落。

两天后的一个半夜。那个死了的人被送走了。下弦月,露着微微的缺口,隐没在西边。月色依旧冷清,多少年了,似乎从未温过,还好,多少年了,月色还似当初,没有陈旧的痕迹。丑时已过,鸡打鸣的声音隐隐传来,像给一个即将起身的人,提着醒。寅时到,该上路了。鞭炮声响成一串,在老城墙下激荡着,吵断了残梦,吵醒了余生。似乎白昼的铁皮门早早给南城根的人打开了。院子里人声鼎沸,提香蜡的,收花圈的,细细哭泣的,抬棺材的,在月色隐没后的夜色里,蠕动着,忙乱着。棺木拥拥挤挤抬出了巷子,上车,拉走了。

在这红尘人世里活了五十八年,终究抵不住一场疾病。然后抽身离去,干干净净走了。南城根,从此少了一个干咳不止的、面色蜡黄的、黑衣蓝帽的人。除了两天的白事情，过了，就没有人想起这档子事了，人们陷于生活的泥淖，无法自拔。除了屈指可数的几个，没有人知道有人死了，最后趁着夜色走了，再也不来了。南城根知道不？这片养育过那个老人的土地，是否还会常常想起四十年前的少年，多么精干，也是否还会常常想起四十年后从他乡归来的老人，多么孱弱。南城根或许知道，因为它再也听不见那咳嗽了，再也感受不到那双颤巍巍的脚底了。

旧时的月光，铺了一地，像南城根的眼泪。

我在一个夜色收拢的早晨，走出巷子。岔巷里，没有了花圈，香火收了，冷茶倒了，纸灰扫了，依旧清静。似乎什么事情都没有发生过，似乎那个人没有死，或者说，那个人根本就没有从世上来过。

我出巷子，一个佝偻着腰的女人，晃动着出了门，端着一瓷盆粉汤菜。她的腰佝成一座山，满头白霜，还沾着昨夜的月色。她应该是那个刚刚死去的男人的老伴。她很老了，老得像一纸灰烬，风一吹，就化了。

去他乡

我去安海的房子溜达。安海在扫地。满屋子烟味，像麻将馆。

我坐在他干木板搭成的单人床上。他给我倒水。完了打开窗户，用干毛巾往外扇烟味，一颠一颠，像赶苍蝇。

开始抽烟了？

我爸前一阵吸的，我连烟的味道也闻不惯。

我还以为你改正归邪，吃喝嫖赌都来了。

安海笑笑，露出了两颗虎牙。安海我什么时候认识的，记不清了。他住南城根，我也住南城根。他是乡下进城来上班的，我也是。他父母是农民，我父母也是农民。他在狭小的屋子里过着一个人的严寒酷暑，我也如此。我们真像，我像他的翻版，或者，他是我的复制品。我们唯一的区别，安海是公务员,在政府部门当秘书,我是事业单位的一般人员。还好,这样细小的区别不足以让我们产生多少距离,倒是相同的出身和现状让我们有种患难兄弟的感觉。我们经常打开天窗说亮话,没有忌讳。

安海有点胖,一张弥勒佛一样的圆脸,似笑非笑。进城之前,他在学校,经常西裤搭运动鞋,邋遢,不讲究。进城后,突然换了行头,皮鞋锃亮,夹克笔挺,嘴上的胡子刮得寸草不生。安海变得人模人样了。他说,要重新做人。我说,好好表现,还要善于接受潜规则。安海话多,或许是学校几年说惯了,不说,憋得慌。

屋子的烟淡了。安海打开灯,屋里亮堂了许多。铺着方格油布的桌子,床头的几本闲书,地上的红塑料盆,还有挂在墙上的一株吊兰,都披上了柔弱的亮光。这屋子真暗,白天也要开灯。

安海跪在床前,从床底下摸出了几瓶啤酒。他打开,倒了两杯,酒沫子溢出来,沾到手上,有泡沫破碎的声音。我们开始喝酒。

你爸逛城来了?

没那福气,到北京去。

干啥?

打工。

快五十的人了还打工去?

有啥办法,申请了一套经济适用房,砸锅卖铁,又借又贷,先付了十万,剩下的二十万还没音讯呢,家里没一分钱渣渣了,我的一点死工资就够养活我。安海抿了一口酒,酒沫子,糊在下巴上,他揩了。安海今天话也多,可能是喝了酒吧。不出去弄不成,一套房逼死人。

北京干啥?

一个工地上做饭的,一月两千多,他光擀面,一天早晚两顿。他腰不行,去年腊月刚做过手术,我让他在天水随便找个活,出远门不方便,他嫌挣不下钱。

地上蹾着四个空酒瓶,一个躺着,瓶口流出了酒水,地上湿了一坨。真像一具尸体,嘴里流着血。院子里有人咳嗽,咳嗽声在低矮的楼房间回荡,回荡。南城根多安静,这是周末的午后,阳光如漆,均匀地涂抹在这块地方。有人上街,有人做梦,有人抱着别人的女人睡觉。空空的南城根,没有人知道我和安海的谈话,像湿漉漉的羊鞭,抽打着午后的空气。

安海和我碰杯。他酒量差,白酒二两,啤酒两瓶,多了就吐。我们不划拳,不挖坑,有一搭没一搭喝,我常说安海你酒量真㞞,不像男人。安海说男不男人,实践是检验真理的标准。我说我不好那一口。

今天,安海喝了两瓶半,竟然没醉。安海爸前一阵刚走,晚上六点多的火车,他要送到车站,他爸说去一趟北道来回要六块钱,你省下吃一碗饭。然后自己背着他上初中时背过的那个烂书包,佝偻着腰,走了。安海说看着灰扑扑的老人从南城根消失的那一刻,他心上,像钉子扎,难过得流血啊。

家里的地呢?

全撂了,啥也不种了,牲口也卖了,大门锁了,人走光了。安海用牙齿吃力地撬开了一瓶啤酒,给我们添上。他捏着瓶盖在手背上摁,使劲地摁,直到他长满酒窝的厚手背落满了红色的锯齿形的印痕。安海的表情有点木。

安海妈常年在天津打工,有时当保姆,有时在食堂洗碗。有时候没活,一连十天在人力市场啃着干饼等活干,一瓶一块钱的矿泉水也舍不得买。一年给家里寄来一万多,已经有四五年了,年年如此,有时过年也不回来,家里留着他爸看家、务农。到年三十,她才急急忙忙打个电话,报个平安,就挂了。安海给祖先烧香,听到电话,眼泪打湿了刚点着的火柴。

我妈又两年没回来了,一想,连人的模样都模模糊糊。安海呆呆地坐着，忘了喝酒。王选，你说父母养我们有啥用？打小拉扯大，受尽了罪，到老了，还要出门打工、伺候别人，我觉得我在作孽。

我刚要说话。房东在窗口喊，安海，电费，九十二元五角。安海应了一声，从衣兜里翻出了一堆皱巴巴的钱，数了半天，九十一元。还不够，给一元五角。我找了一元五角，给了他。

安海出去给钱，脚步有点乱。房东问，你爸走哪了？北京打工去了。房东拉得很长地“噢”了一声。上楼了。

地上放着七个空酒瓶，瓶口张着，像死不瞑目的人。安海忘了碰杯，一抬头，独自把一杯啤酒灌了，纸杯子捏成了一团。

安海醉了。醉了的安海多像倒地的酒瓶子，嘴角挂着白沫子。此刻，南城根多安静，静得可以听见安海的心跳。跳着，跳着，像泡沫一样，就破碎了。

本科生

马甲就叫马甲，是真名，没开玩笑。兄弟四人，父母依甲乙丙丁次序取的。马甲排行老大，自然就叫马甲了。

马甲三十好几了，再混两年，就差不多四十了。马甲年龄大，可还是根光棍。像他这年龄，生娃早的，娃都会谈恋爱了。马甲好像也无所谓，一年四季不温不火，不急不躁，像头牛，当然，偶尔会顶一下人。有人隔窗户问，马甲，脱光了没？没的话给你介绍一个。马甲嘿嘿一笑，说，不急。那人说，你不急娃急。马甲说，娃不急太监急。那人找了个无趣，一鼻子灰，走了。

自那以后，基本就没有人给马甲介绍对象了。

马甲给一家单位看大门。那单位人少，来办事的也不多。马甲坐在门房的椅子上，对着院子发呆。深度近视镜溜下来，搭在鼻梁上，有点像老朽。发一阵呆，翻一阵膝盖上摊开的书。我们其实把马甲不叫马甲，叫教授。我们叫教授,其实隐约带一种讽刺和嘲笑。不过马甲不在乎,他笑眯眯的,好像很享受这个绰号。

我们说,教授,干啥不好,非当个看门的,一个月挣的钱不够喝凉水。马甲眯缝着眼睛,用一张卫生纸擦镜片。说,清闲啊,我看个门,扫个院,泡杯茶,剩下的时间就是学习。马甲真的是在学习,门房的窗台上,床上,甚至他在南关的出租屋里,堆满了书,一摞一摞。在南关,你找不出一个比马甲书多的人了。

马甲的书,都是自考书和各种复习资料。

马甲只上了高二,那时候,他喜欢上了一个贼文静贼端庄的女生,喜欢得死去活来,天昏地暗,无法自拔。他给那个女生写情书,唱情歌,说情话,但人家都无动于衷。最后他偷了家里的二十个鸡蛋,在学校后面的山上挖了个坑,架上火,用搪瓷缸两个两个煮了,端到那女生面前,女生全部笑纳了。马甲很高兴,觉得女神终于接受了他的表白,他的爱情就要破壳而出了。然而,半个月后,那个女生辍学了。辍学的原因是怀孕了,据说,也仅仅是据说,怀的是校长的种子。马甲听说了这事之后,钻到煮过鸡蛋的那片山坡上的白杨林里,仰天长哭了一场。他不是哭二十个鸡蛋,他是哭他鸡飞蛋打的爱情。他带着红肿如枣的眼睛下山后,在一个夜晚,用半片砖头砸了校长的窗户。他听到玻璃哗啦的破碎声,他的心也破碎了。他想起了语文老师常说的一句话:冰凌挂在当胸口——冷透了心。

当然,马甲被开除了。

被开除后的马甲都干了些什么,说来话长,不一一唠叨了。反正后来经过一个亲戚的撺掇,马甲就到这家单位当门卫看大门了。而这个亲戚据说是市里的一个小领导。

马甲上学时,学习一般,不拔尖,不拉后腿。后来为什么就开始考自考了,说不清,问马甲,也支支吾吾说不清。马甲是从大专开始考起的。兰大自考大专汉语言文学专业，好像是十三门课。马甲报上，一年两次，一次两门，三四年，全考完了。随后，他接着报上了兰大本科自考汉语言文学专业，课程数差不多。本科就没那么轻松了，什么古代汉语、外国文学、英语、语言学概论，没把马甲整死。尤其外国文学，那些一长溜外国名字，还有什么田园派啊意识流啊黑色幽默啊垮掉的一代啊，让他眼麻。其次是英语，那一连串字母摆一排，直接是狗看星宿一串明啊，百屁不懂。

这一考，马甲就考了八年。马甲举着语言学概论说，不就是张嘴说话的事儿，有必要整这么复杂，弄一门课程学习么，不学习难不成变哑巴。马甲朝书上啐了两口唾沫。又说，八年了，八年日本鬼子都被赶出去了，我还连个本科都没考过。

马甲每天挂一副近视镜，一头钻进书里。刚开始，单位领导把他作为爱学习的楷模，到处表扬，一张嘴就说，你看，连门房看大门的马甲一天都在学习，你们还一天吊儿郎当，拿着党的工资不好好上班，有一天，看大门的将是你们，坐办公室的就是马甲。一屋子人捂着嘴笑了，嘴里叨叨着教授。他们都觉得马甲有点傻，有点怪，有点不正常。他们一跟马甲说话，就是拿他开涮。

后来，这个老是号召干部学习马甲的领导被抓了，贪污了好几百万。据说，办公室后面的书柜里，一套叫廉政丛书的书盒里，装了十来张银行卡。他看着两个人带着领导出了门，他不知道那是纪委的人，以为领导被挟持了，追出去，大喊着，站住，放了领导，放了领导。结果被人家一个冷峻的眼神镇住了。马甲愣了半天，灰溜溜地回到了门房。

后面来的领导是个女的。马甲的日子也就没那么好过了，动不动批评马甲不务正业。你一个看门的，把门看紧就行了，一天读什么书，读书对你有啥意思，难不成你还要当个局长，该干啥就干啥去。那个女领导背着手，腆着胸，趾高气昂地伸着指头骂道。马甲低着头，一言不发，他透过眼镜的缝隙看到了女领导裤子上没有拉上的拉链,像一张嘴,张着,没闭住。黑紧身皮裤里面,是玫红色的蕾丝裤衩。马甲想,老了,还骚情得很,穿个内裤,都那么艳俗。

自那以后,马甲就不敢在门房明目张胆看书了,虽然他的自考进入了攻坚阶段,他只要考过语言学概论和英语,就能顺利拿到本科文凭,可他只能在休息的时候,在出租屋里翻几页了。平时,他就傻傻地坐着,看着院子发呆。院子对面的一棵梧桐树,绿了,黄了,叶子落了满地。又绿了,黄了,叶子落了满地。

有一次,第二天就要考试,他实在忍不住,翻着看了两页,结果被领导发现了。因为他的门房斜对面就是办公楼,办公楼三楼领导的房子窗户正好朝过来。领导没事干,趴窗户,看外面,一眼就能瞟到门房,马甲的一举一动自然就被她尽收眼底了。她下去把马甲狠狠收拾了一顿,最后甩了句:再看你那废物,明天就卷铺盖回家。

然而事情总是很蹊跷,这句话说了的第二天,领导就笑眯眯地对马甲说,马甲啊,以前都怪我,我不应该批评你,像你这么爱学习的人,我们表扬都来不及呢。她拍拍马甲的肩膀说,以后要什么复习资料,你直接说,我让办公室给你打印,你就不用花钱了。马甲坐着,一言不发,脖子缩进去,一副高度近视镜把半张脸遮住了,像只猫头鹰。

当然,领导态度一百八十度的大转弯,不是平白无故的。那天早上,马甲早早给几个领导灌好水,从一楼开始,打开门,放好水壶,倒了垃圾,然后二楼,最后三楼,局长办公室。他刚把门拧开(他有每个领导办公室的钥匙,是办公室主任给他提水用的),不对劲,五十岁的局长趴在办公桌上,撅着白花花的屁股,后面站着产业办的主任,裤子掉在脚腕上。马甲一声尖叫,他被眼前白花花的屁股、长满绒毛的大腿和两张绿透了的脸吓傻了,他顺手扔掉水壶,跑了。

马甲再次有了一个宽松的学习环境。他坐在门房的椅子上，发一阵呆，翻一阵膝盖上摊开的书。

马甲领上本科毕业证的那天，我们把他挟持到一家川菜馆，狠狠宰了他一顿。我们举起酒杯，说，来，喝一个，这次你成真正的教授了。马甲咧着嘴，说，你们用了四年完成的事，我用十年终于完成了。说完，他把一高脚杯白酒一饮而尽，眼里飘开了花儿。是激动，还是辣的，或许都有吧。他牢牢捏着杯子，说，今天我宣布一个惊人的消息。我们一愣。他说，农历三月初八，我结婚，邀请大家。我们放荡不羁地笑成了一片，觉得教授喝点酒开始胡说八道了。有人问，你要结婚，有女人没啊？和毕业证结吗？他站起身，把胳膊一扬，大声说，我的女人叫刘若梅。我们几乎惊死在了饭桌上。

后来，我们终于知道了马甲考自考的真相了。马甲刚当门卫的那一年，单位分配进来一个女大学生，贼文静，贼端庄，从她进门的那一刻起，马甲就看上了。可人家是大学本科生，那时候，本科生还是稀有物种。马甲暗恋了很久，鼓着勇气去表白。女的笑着说，我知道你高中没毕业，想追我，是不？等你有一天成了本科生，我就嫁给你。只是当时轻蔑的一个笑话，就成了马甲十年不懈的动力。也只是当时随意的一个笑话，就成了十年后的预言。后来，那个女的嫁了一个高校的教授，但那教授背着她对女学生屡屡下手。十年后，她选择离婚。他等了她十年，她兑现了她的诺言。

她叫刘若梅，本科生。他叫马甲，本科生。

酒

老牛不老，也就四十来岁。可满院子人都这么叫，时间一长，老牛也就真把自己当老牛了。

觉得已经老了的老牛蹲在房子门口，眯缝着眼，捏一小瓶二锅头，撮着嘴喝。脚下放着一个仿制青花瓷的醋壶。午后的阳光正好从侧面的墙头照过来,落在他右边的脸上。阳光是冷冷的,像一块沾了水的布,搓着他满是褶子又白里透红的脸。

老牛活了半辈子,真没啥爱好。打麻将,费时间,一锅下来能把人等死;遛鸟,都是南关黄土埋到脖子的人干的事;喝茶,他还是不喜欢,一杯薄茶,下午喝上,都能让他失眠到大半夜;抽烟,没那习惯,他说,男人不抽烟,赛过活神仙,男人不喝酒,白在世上走。于是,他就爱喝两口酒。以前是真往死里喝,把赵宝一帮人拉来,聚一堆,买八九瓶十块钱的二锅头,一圈圈转着喝。从下午一直能喝到半夜。小拳不来,太娘儿们,全部大拳。不会,不会让别人代。他总是第一个打关,六个酒,填满,酒满心诚嘛!齐齐来,点元一、四红喜、七巧到、八马跑、桃园三、六连连……他的拳划得硬,指头展得直,不赖,输一个,端一个。赢多了,顺便给对方洗一双。一圈下来,面红耳赤。他把输下的酒攒一起,倒进茶杯子,快满了。他一端,说,来来来,看着,一个不少,我喝了。说着,举起杯子咕咚咕咚咽了,喉结一上一下,一上一下,跟喝凉水一样。喝完,他端起地上放的半碗撒了盐的醋,伸舌头抿一抿。看得赵宝直起鸡皮疙瘩,用手闪着,躲到了一边。

赵宝给他起了外号——醋壶。

喝酒的人,难免醉。老牛也醉。他常说,酒啊,李逵喝上打鼓呢,李白喝上吐诗呢,我们喝上乱抖呢。

以前,老牛醉了,酒风很差劲,有点装疯卖傻。歪着一张红得像抹了猪血的脸,摇来摆去,在院子的楼梯上磕磕绊绊地上来下去,嘴里叽里咕噜不知道骂着什么。一会儿踢翻一个花盆,一会儿用拳头砸得铁栏杆嗡嗡响,一会儿趴在别人的窗台乱喊乱叫……刚开始,老牛的媳妇还一边咒骂一边往屋子里拉扯。他脚下打着绊,像捣蒜一样,嘴里骂着,你个臭女人,赶紧滚……你不要丢人现脸了,你赶紧往房子滚。你滚,你他妈牛家没你的地方……你不要喝一点狗尿就亏先人了,满院子就你的屄样子难看……拉了半天,老牛一屁股坐在台阶上,头塞到裤裆里,不动了,只有喉咙里像卡了一团痰一样,呼噜呼噜响。呼噜了一阵,就哭开了,拉着长长的腔调,跟花旦唱戏一样。后来女人没治,就干脆不管了。老牛就一直哭,谁也不知道他哭什么伤心事。

老牛家的院子本来不大,在巷子最里面,缩手缩脚盖了单面的两层楼。两层楼,六七间房。租房的人,一看老牛那德行,没几天就吓跑了,尤其女的。能留下的,就是两家带孩子过家的,知道老牛的酒风差,也倒无所谓了。

老牛最早在巷子口的澡堂里给人搓背。澡堂九点半开门,一般没人,他十点半过去,一个人躺在搓背用的大木床上睡觉。早上没有收住尾巴的残梦,接着在安静而潮湿的澡堂里铺开,继续梦。老牛就喜欢这样的闲适和自由,他和其他南关的房东一样,靠着几间房过日子,害怕出力,好吃懒做,喜欢把所有的时间都过得自由、懒散,没有搅扰。所以搓背是最好的活了。

有人,他起来,换上短袖短裤。等人洗完,他用水龙头冲一下床板,铺一张塑料纸,让客人躺上去。他提着澡巾从脖子、背上、臀部、大腿、小腿、脚背、两胯、胸上……齐齐搓下去,又搓上来,直搓得垢甲卷成一棒一棒,像梭子,滚落在塑料纸上。搓澡的人躺着,像一条草鱼,在老牛的手下翻来覆去。提着澡巾的老牛像提着一柄刀,是那么淡然、轻松,甚至还有一丝自信。他常把自己想成一个杀鱼的人,等这鱼,洗干净后,就该进锅了。偶尔躺着的人会和老牛说几句,不过多是澡堂子里的事,没什么新鲜的,老牛也随口嗯嗯啊啊地应着。

澡搓得多了,看着各种各样的肉,也就麻木了。翻来覆去、搓上搓下,都是那么一堆肉,无非有的肥些、有的瘦些、有的白些、有的黑些,没啥区别。就如看女人,看多了,也都一个样。他不喜欢通过那些赤条条的肉体揣测他们的来历、工作、家庭,他嫌麻烦,也没必要,只要进来的,他搓一次,人家不会因贫穷少给一元钱,也不会因富贵多给一元钱。因为搓澡费是外面收过的,他拿个固定工资,一个月一千五。也不多,现在物价这么贵,当然,也不少,他一天也就搓十来个人,多数时候是闲着的。

老牛搓澡有些年头了。澡堂子刚盖起时,他就在,现在,澡堂子的墙壁上积满了厚厚的水垢,墙角也长出了一层密密的绿苔,他还是在。或许真是清闲,或许日子一久,人一习惯,就懒得挪地方了。老牛就这样给人搓着澡。直到有一天,人家澡堂老板把老牛赶了。

那还是年前的事。

老牛的媳妇在一家蔬菜超市卖菜, 也是早出晚归。中午急匆匆赶回来,做一顿饭。媳妇也是老天水人,当初娶时,就看上的是门当户对。他俩原先都在木塞厂上班,就是做水壶、药瓶等塞子的,后来厂子倒闭都下岗了。媳妇找了份卖菜的工作,老牛找了份搓澡的活。两人早上一前一后出门。媳妇先走,老牛磨磨蹭蹭起床,发一阵呆,瞅一阵天色,才收拾了去澡堂。

有一回,可能是前一晚喝多了,第二天都晕晕乎乎。十点,照例去澡堂,有人搓澡,他才想起提回家往干晾的短裤短袖没有带。他只好凑合着搓了,水点子溅了一身,湿漉漉的。搓完,他想回去拿,一摸,钥匙忘了带,只好去媳妇的蔬菜超市取。他借了收钱的老李的自行车,咣当当骑着去。刚到超市门口,车子还没停稳,透过门帘,老牛竟然瞟见超市里的一个男人跟他媳妇拉拉扯扯打闹着, 最后还拉了一把手。他心里莫名的一股醋意,他想冲上去朝那个男人脸上啐一团,结果那个男的走了。他进去,没好气地向媳妇要了钥匙。一路上疯子一样骑上回了。

中午回去就是吵架。从一见面一直吵到两点半,媳妇没有做饭。两点半一到提着包走了。老牛一肚子气,想提着拳头好好把这婊子揍一顿,让她外面再骚。可他从来没打过女人,都不知道怎么出手。媳妇走了,他空着肚子,从门背后的酒箱子里摸了一瓶酒,揣上,去澡堂了。澡堂没人,他半躺在长条椅上,拧开酒瓶盖,一口一口地抿着。他窝了一肚子的气在酒精的稀释下慢慢淡了,可他有些醉了,眼睛花,头晕,脚踩不实。或许是空肚子喝酒的原因,平时四两酒对他来说简直是小菜一碟,也就刚把嗓子润湿,可这次有点大了。

过了一阵,有人来,洗完,搓澡,老牛迈着八字步过去,提起澡巾搓。老牛眼冒重影,脚底发虚,一双手难以把持,正当他昏昏沉沉搓得起劲时,那人大叫一声,一个鲤鱼打挺,直接从床上弹了下来,破口大骂:你他妈瞎眼了吗?你是不是要把我毁了?他一根指头差点戳进了老牛的眼睛。老牛刚一澡巾差点把人家下面那玩意搓掉了。当然老牛还是醉醺醺的,他没有意识到这些,但一听到这家伙骂他,加上上午的窝火劲,老牛一巴掌打掉那人的手指,也骂了起来。那人不依不饶,老牛后退两步,从长条凳上摸起还装着六两酒的酒瓶,直接往那人头上砸去,那人一看情况不妙,衣服都没有来得及穿,一手抱头,一手遮羞,赤裸裸逃出了澡堂。老牛摇来倒去,提着瓶子,咒骂着,追了出去。

老牛被澡堂的其他人拉住了。但老牛搓澡的工作从此也就丢了。还背了一个臭名声。

老牛跟媳妇的事也不了了之了。或许他媳妇跟那个男人就没有什么事。即便有,他也没有什么铁证。老牛在家里闲了两个月,后来实在闲不住,就找工作。开出租,他嫌有夜班,睡不醒。洗车,冻手冻脚,一天浑身水淋淋,还比搓澡麻烦。批发水果,要早起,还得跟那些水果贩子一毛两毛的斤斤计较。找了一大圈,都没适合他的。他有时候不想找了,闲待着,打发日子算了。可一想,还不行,儿子要上学,要吃喝穿衣,家里衣食住行也得开销。靠一点儿房租和媳妇的工资,日子要往前推,就难了。

从澡堂出了事之后，老牛就很少喝酒了。偶尔喝，也不吆三喝四地弄一堆人，喝得天昏地暗，一般都是三四个人，一人二三两，然后，拍拍屁股各回各家。有时候有些醉，他进屋就倒头一睡，不多说一句话。他后来慢慢总结出来，酒是个好东西，也是个坏东西，但归根结底还是个坏东西，害得他丢了那么清闲的一份工作，想着都后悔。这是其次。严重的是这酒糟蹋了他的名声，他醉酒打人的事都成了巷子里人的笑料了。背后还有人说，他就是一个酒鬼，喝一点儿酒就成二尿货了。老牛听着，有些伤心，他也就慢慢很少喝酒了。

后来，托着亲戚，老牛在一家酒店找了份保安的工作。这工作好，钱虽不多，但人清闲，不出力，一天手叉在背后，就是走来走去。尤其穿上那身保安服，老牛感觉精神了许多，腰杆子也能挺直了。

日子不咸不淡，就这样过着。老牛当门卫，媳妇卖菜。当了保安后，老牛就彻底把酒戒了，怕喝点酒惹事。他也想不通，一个喝了二十来年酒的人，怎么说戒就真戒了，他还挺佩服自己。他想，这戒酒啊，不能是胃戒，要心戒，心一戒，心就死了。

不过最近儿子又不消停了，开始偷着逃课，跑外面网吧打游戏。有时候半夜不回来，还得老牛去找。他朝儿子屁股上几脚，儿子不跑、不哭，挨着，像块橡皮泥，任你揉捏。他最讨厌这种蔫不拉叽跟滚刀肉一样的人了，可再讨厌，也是自己的儿子啊，有啥办法。直到后来有一次，他揍儿子时，儿子竟然转过头，用充满仇恨的眼神瞪了他一眼，只瞪得他毛骨悚然。他觉得儿子大了，不是该打的年龄了。再打，儿子一反抗，父子俩就成仇人了。他来软的，说好话，一遍一遍说，咬烂嚼碎、苦口婆心，打比方，举例子，用物质承诺，用言语刺激。他把舌头都磨短了半截，儿子依旧跟滚刀肉一样，毫无变化，对他的劝说也是充耳不闻，还是天天泡网吧。最后，初二那年，被学校开除了。开除后儿子整天睡觉，像死人一样。老牛开始对他束手无策。他不知道上辈子干了什么亏心事，这辈子养了这么一个下三滥。

老牛跟儿子形同陌人，一个话茬也没，甚至真的有些像仇人了。一个看着一个不顺眼，但都不出声，忍着。

老牛虽然很反感这样的儿子，但毕竟是他的儿子啊，谁让他播了那么一颗种。儿子干了坏事，巷子里的人指的是他的脊梁骨骂啊。再说一个十四五的少年，整天像捂蛆一样，捂在被子里也不是出路。老牛想尽了办法，要么换个学校上，可儿子不去，要么去酒店当服务员，但他不甘心。那该怎么办？最后，听来串门的钱梅花说，让当兵去。这个主意不错，儿子也没反对。

但天下没有那么顺当的事。当兵，眼睛近视，人家不要。老牛愁着，这得咋整啊。眼镜往上推了推镜片，说，到医院做个近视手术，就好了，这个简单。

可做手术，得上万元，他哪来的那么多钱啊。

因为儿子的事，老牛突然觉得自己老了，老得百无一用了，老得只会搓澡当保安了。慢慢地，快要忘掉的酒瘾，又开始复苏了，像虫子，在他喉咙眼蠕动。

他蹲在房子门口，眯缝着眼，捏一小瓶二锅头，撮着嘴喝，他又想起了和赵宝他们大碗喝酒大口吃肉的时光，可时光一去不返。唯有青花瓷的醋壶静静坐在地上，装着一肚子酿酸的陈年事，没有改变。午后的阳光正好从侧面的墙头照过来，落在他右边的脸上。阳光是冷冷的，像一块沾了水的布，搓着他满是褶子又白里透红的脸。他眼角细密的鱼尾纹，一层层重叠起来，像岁月的沙土，在他脸上筑起了豢养苍老的城墙。

老牛抿了一口酒，端起醋壶。心想，一万元啊，把我这头割了，估计也值不了那么多钱。

老牛抿了一口醋，端起酒。心想，还是老话说得好：夫妻是前世缘，冤冤相报;子女是今生债,债债相逼。

诗意的流氓人生

牦牛是南城根唯一的诗人。

在南城根,太阳四季照着半边脸,这样的地方,能养活一个诗人,是不幸?还是万幸?

当我这样疑问时,牦牛正跟我、老鬼、虫虫、莫渡缩在一家名叫孔乙己的酒吧,摆着几张苦逼脸,觅酒谈诗。窗外是腊月的雪,扑哄哄下着,要把全世界淹没的样子。

我们要四十度的女儿红、竹叶青,斟到拇指大的酒杯里咂。牦牛要五十多度的武山池,捏着酒壶灌。边灌边嘲笑我们的鼠肚鸡肠,他说,喝酒要有猛势,吃饭要有饿势,跟写诗一样,要有牛X势。他憋着劲咽了一口酒,拳头大的喉结鼓动了几下,如驴饮水,一两酒进肚了,然后长长出了一口气,喷出的酒气足以熏死一个连的苍蝇,所幸,时值隆冬,没有苍蝇。

他摸了摸油腻的中分,接着说,你们这些狗屁文人,整点风花雪月,鸡鸣狗盗,就自认为是诗歌了,我给你们说,他妈的中国无诗人!他的唾沫星子像仙女散花,落到了醋熘萝卜和红油面筋上。我们几个七倒八歪,各怀鬼胎,没有人在意他吹牛不纳税的梦话。

见我们无动于衷,牦牛便开始一一对在座的开刀。

他批虫虫写的诗歌滑,没有骨肉,还停留在抒情诗上,没有生活。他说,没有生活写屁诗歌,不如玩女人去了。虫虫眯缝着眼,回了句,你懂个毛!

他批莫渡写的诗歌,太烂,没找到自己的准心,随风摆,几天海子,几天顾城,几天王家新,又是几天伊沙。他说,抒情早被玩弄了,口水也被强奸了,而你们却执迷不悟。莫渡手里搓揉着一把扑克,说,啊!我受不了你了!

他不批老鬼,老鬼坐墙角,嘿嘿笑着,似乎心里端着一座城府。牦牛为什么不批老鬼?

他又说我,选选的东西,有些我喜欢,首先我能读下去,只要是我能读下的东西就是好的,他妈现在的垃圾文人写的什么鸟玩意儿,看一个字就想吐。他脸一皱,像皮薄馅多的包子,煮久的样子。我说,玩玩,写着玩玩。他端起酒杯,举过额头,像要歃血为盟的样子,说,来,干一杯,就要的是玩,玩死狗日的。

窗户外面的雪,下得更大了,像喝醉了。

牦牛向来对我是客气的。我认识他有多久?我记不清了,反正超不过一年。我第一次见他,是去一个朋友家吃饭,老鬼领着他接我。他五大三粗、油头土面、挺腹撅臀,俨然一副李逵的模样,唯一没有两板斧,没有穿长袍。我当时一度怀疑老鬼叫了一个民工型保镖。随后老鬼介绍,说了一个古怪的名字,我没听清。老鬼又说,他也写诗。我当时就爆弱了,心想,自古诗坛,多是手无缚鸡之力的白面小生,即使边塞诗人豪放派,也不过花拳绣腿、嘴上功夫罢了,此人竟然也写诗,真是人间奇迹,开我眼界。老鬼最后说,他是垃圾派。我霎时心安神顿,想,如此体态,写垃圾诗,则理所当然了。

从进屋到吃饭,我们无话可说。我向来对面带恶相的人没有好感。此外,我还发现他对我怀有敌意,而且是那种古老的敌意。

后来一来二去,喝酒打牌,便熟了。便知,牦牛姓朱,北道人,年届三十,高中肄业,在一家房地产公司上班,具体干什么活,我一直没有搞清,一会儿是业务员,一会儿是收账讨债的,一会儿是保安看门的。最重要的是他也住南城根,这个我记住了。而且我去过一两次他的房子,巷子最里面一家,二楼顶的活动板房。房子不大,只有一张床,几本诗集,再就是空空荡荡了。床上被褥团在一起,隐约可见墨黑的人形。其实我不惊讶他的房子有多空,而是惊讶冬冷夏热的活动板房,他是怎么存活下来的。我甚至猜测,他是为了活动板房而长的一身膘,还是长了一身膘才租的活动板房?

好像他很享受这一指能弹个窟窿的房子。他笑眯眯的样子,此时像弥勒佛,只是煤窑里出来的那种。

有人说我们朗诵诗吧。我们在他房子里席地而坐,一边喝着二十元一打的黄河啤酒,一边光着膀子轮番朗诵着诗歌。那是仲夏,活动板房像蒸笼,我们像肉包子。一百米外的藉河,被橡胶坝拦腰截断,人们躲在树下,搓着麻将,调戏着女人。那时候,牦牛也爱着一个女人,会写诗的女人,据说他们有青梅竹马的故事。而且牦牛对那写诗的女人爱得死心塌地、死去活来。后来我才知道那天他的敌意来自对那个女人的呵护,他以为我对那个女人有好感,因为之前我在网络上曾推荐发表过她的几首诗,其时我还不认识牦牛。不过那样的敌意在随后的日子里消除了,因为我从不爱一个女诗人,我觉得她们天生有神经质。

牦牛喝着啤酒,把酒瓶嘴全吸进嘴里,依旧是饮驴的样子。他对三天前几个外地作家来天水搞的文学讲座愤懑不已。他捏着酒瓶,骂道,操,什么狗屁学者作家,一窍不通,说什么李广之死是文人侠客梦的破碎,简直操蛋,李广之死从地缘学的角度分析……我们根本没有听懂他在说什么李广,什么地缘学,这跟我们有毛关系。虫虫说,不要吵了,赶紧读诗。牦牛甩了甩手上的啤酒沫,说了句,那讲座,我差点冲上去砸了。然后,捣开手机读起了他那首标题叫《麻雀》的诗。遗憾的是,这首诗,不垃圾,不下半身,这多少让我们失望。

他朗诵诗歌的时候竟然是温柔的,甚至带点女声,这让我惊讶,如此波澜壮阔的身体,竟然发出涓涓细流,这叫人情何以堪。他的声音是轻的,像一只刚洗过的袜子,飘出了板房,飘到了南城根上空。那时候,天空泛白，日光狭长，鸽子一圈圈飞，人们躲在屋檐下发呆，石榴花火红，像咳出来的一朵朵血。我不知道南城根的鸽子听见这诗句了没有，我也不知道南城根的人们听见这诗句了没有。我分明看见，那声音，在空中飘着，高过了尘埃。

牦牛还在朗诵，他总是矛盾，甚至自扇耳光。他咒骂中国无诗人，但自己还在写诗。他批别人写的诗歌都是垃圾，但喜欢让别人安静地听他朗诵自己的东西。他还说写诗就是玩，但自己写一首却是战战兢兢。他满嘴我操我弄你死，但他至今也就摸过一个女人的身体，并说中国的问题不能有革命和暴力，要有礼。

牦牛一直在朗诵。牦牛张着被烟熏黑的嘴，嘴里豁着一个门牙。他所有的气息都在豁口里漏了，他开始显得底气不足。那时我才知道牦牛是混过江湖的，他似乎熟悉天水所有的老混混、小混混，他说他一个人提着钢管剁翻了六个二逼少年，他说谁把他的狗嘴打烂了他提着砍刀站在巷子里骂了半小时都没有人敢出来应战，他还说，他的门牙是盗墓时被公安局的敲掉的，不过，随后他又闪烁其词地说，门牙是骑车时，被一辆卡车撞飞的。后来，后来他改邪归正，退出江湖，写起诗歌了。幸好，他写诗了。要不去年天水市扫黄打黑早把他踢到三监狱了。我这么想，感谢诗歌，挽救了一个问题青年。

其实很多时候，牦牛是不朗诵的。不朗诵的牦牛整天泡在网上，趴在QQ群里，胡吹乱侃，自称大师。所有进群的群友他都要调戏一番，并且大言不惭地指导一番。我说你装逼。他说，当所有人学着不装逼时我却在装逼，这就是境界。对此我很无言。他在网上是话痨的那种，有人，他说，没有人，也说，甚至自言自语，自问自答，一个人能独自聊一个小时。他觉得他一辈子写了首最牛X的诗——“今夜/下雪了/乌鸦一身白”。他像卖狗皮膏药一样，在群里提着到处吹，有空没空发出来，让大家品评，自己躲在电脑前，豁着嘴偷笑。

我们每一次的聚会，牦牛都会来，来时，牦牛总带着那个会写诗的女人。他们坐在一起，如胶似漆的样子，他批所有人的诗歌，但对他女友的诗歌，追捧有加，赞美过度。有些诗句他一开口都能背下来，这让我们不快，不快里更多的是羡慕嫉妒恨。可见他的人生观是何其分裂，但他依旧津津有味地朗诵着，我们只好忍着，听着，听他温柔的女声，从体腔里飘出来，让人昏昏欲睡。

然而，有一天深夜，牦牛打电话叫喝酒。我有事，未去，虫虫去，一直陪他喝到凌晨，他竟然醉了。而且醉了的他竟然要去打人。他哭得稀里哗啦的样子，手里捏着半截砖头，诅咒着，血红着眼睛，完全没有朗诵时的委婉，而像一头愤怒的公牛。我那时才知道，原来多硬气的身板，都包着一颗柔软的心。

后来，我才知道他失恋了。他的诗人女友跟一个小说家跑了。

失恋后的牦牛萎靡了，凋谢了，腐朽了。他几乎不参加聚会了，也不在群里叫嚣了。我们朗诵，他不在，没有人读他的"两只麻雀"，麻雀在嘴皮上，显得孤单。麻雀锈迹斑斑。牦牛蜷缩在南城根，活动板房还是老样子，日晒雨淋，铁锈弥漫，一坨坨，暗红色的样子，像冬天尚未来临，铁皮哭出的眼泪。牦牛把群退了，说要闭关去了，不知道闭多久。我们知道，生活给了他苦逼的人生，临终，还要给他扇一巴掌，他，能不疼吗？

我们在一起，老鬼、虫虫、莫渡，唯独少了牦牛。像一只手缺了一根指头，伸出来，疼痛是显而易见的。我们喝酒，还是在那个叫孔乙己的酒吧，我们要四十度的女儿红、竹叶青，斟到拇指大的酒杯里咂，五十多度的武山池再也没人要了。

我们一起朗诵——"今夜/下雪了/乌鸦一身白"。窗外真下起了雪，要把全世界淹没的样子。今夜，不知道那只乌鸦，穿着白孝衫，行走在何处？

王威廉 作品

王威廉，生于二十世纪八十年代。在《收获》《十月》《作家》《花城》《读书》等刊发表大量作品，并收入各种选刊、选本。获首届“紫金·人民文学之星”文学奖、十月文学奖等。出版有长篇小说《获救者》，小说集《内脸》《非法入住》《听盐生长的声音》《北京一夜》(台湾)等。现任职于广东省作家协会，兼任广东外语外贸大学中国语言文化学院创意写作专业导师。

德令哈随笔

1

德令哈并不是一个容易抵达的地方。漫长的青藏线，车窗外一成不变的荒山与草甸，足以颠覆一个人的耐心。车厢内，有人昏昏欲睡，有人嗑着瓜子，我和一位安多藏族的老人小声交谈着，他黝黑的脸盘被草原风雕刻成了岩石的形状。他告诉我安多藏语和拉萨藏语的区别，并且做了示范，那种语言的长调呼应着这片土地的风语。这时，不远处的布哈河闪耀着深蓝的光泽，它跋涉千里，直到把自己融进青海湖。每年雪水消融之际，青海湖里周身发亮的无鳞鱼便逆流而上，将卵产在布哈河的上游。

我永远也无法理解，它们怎么能在咸水与淡水中同时生存。不过，换个角度来看，它们也只能生存在咸水与淡水中，缺一不可。就像人类只能同时生存在高尚与污秽当中，缺一不可。

我闭上眼睛，想象自己是几粒汉字，书写在布哈河的水面上。

当车过鹿芒的时候，我被这个诗意的名字深深打动，脑海中浮现出一头通体发光的神鹿。可老人告诉我，这是安多藏语的音译，就在几公里外的鹿芒沟，静静躺着千年的岩画，那是一组组行色匆匆的驼队——丝绸之路青海道。是的，这也是丝绸之路经过的地方，在德令哈郭里木乡夏塔图草场发掘的吐谷浑墓葬，棺板上绘制着那时的日常生活，饮酒作乐，狩猎吃肉，以及外邦来客，粟特人和波斯人都是座上宾。画中人的脸上都涂抹着红色的颜料，应该是血，客人必须亲手宰杀自己要吃的牲畜……

在我的身上已经没有了那种血性，这不是进化，而是文明的遮蔽，我知道自己的内心深处永远守望着一头野兽。

火车停了，周围一下子安静起来，老人不再言语，脑海中鲜明的画面被这片无人的风景撕碎，再美的历史，也敌不过荒凉。

但荒凉，并不是敌人。荒凉，只是全部的归宿。

2

德令哈的黄昏像母猫的舌头，舔着火车站，舔着我。那是一个久别的吻吗？我会被含在这湛蓝的嘴里融化吗？我一个人站在无人的站台上，荒凉狠揍着我，疲乏的双眼望到了远山的幽蓝，那种蓝美得令人心碎，仿佛美就是让人牺牲的事物。我的心间涌起一股股怀旧的心绪，令人疼痛，那可是一种可恶的咒语？而这次的行旅，可是一种生命必须的仪式？戈壁的天际线勾勒出往昔的轮廓，目光抚摸着那里，再好的演奏也奏不出此刻心中的管弦。

提着行李走在雨后的街道上，湿润的水汽隔开了远处的干枯。在十字路口的时候，我想道：在走向未来的同时，我为什么会一次又一次周期性地返回过去，这真的是同一条道路吗？我们的人生有没有可能习惯由一首又一首的挽歌带来的修订？

一次永久性的出走，已逾十年。谁也不曾清楚，我曾在一个名叫德令哈的神秘地方长久驻足。十年的时间，篡改了记忆。有生以来，我第一次理解了十年的尺度，那是生命的刻度，就像是一把米尺上高高立起的红色线段，它比其他线段都要长，像是一种总结，更像是一种无可奈何的突变。

携带着行李住店。实际上对一个作家而言，他唯一的行李便是语言。那是永远也不会丢失的行李。其余的，就让它随风去吧。家园已无法寻觅，寄居旅店，在墙壁中央的镜中，我看到过于明亮的光线让我的白头发变得醒目。白发不多,可也不少,在这个仍然年轻的时段,无疑是悲哀的意象。我凝视我自己,也许好久都没这么清晰地凝视自己了。我的脸色苍白,高原的阳光也许没有机会再次灼伤我了。可为什么总有绝望的呼救萦绕在我的耳际?我丢失了什么?流浪的影子还是没来得及开展的腐烂?是耽于呼吸还是死于遗忘?

不愿多想。阳光灿烂,应该好心情。事物的细节在这样的光线中也纤毫毕现,就像一个长期近视的人突然配上了一副好眼镜。原来世界的表面是如此华丽。当然,过于清晰的视力未必是什么好事。世界会变得太硬,没有回旋的余地,就像德令哈城外毫无植被覆盖的巨大石山,曾把一个少年做梦的眼光碰得生疼。

朝思暮想的远方近在咫尺,心跳加速,你突然明白你自己既是远,又是近,你是在远与近之间来回眺望的人。这是你的命,也是你的福。没有了地址,便也没有了流亡。因为,不再有家的终点。站起身来来回走动着,有些躁动,逆光的时候,发现在房间内很容易看到飘扬的灰尘,却也干燥得沾不上身体。在德令哈,灰尘就是灰尘而已,而不是任何脏的东西了。同样,没有脏,便也没有了洁净,我从某种规则里越狱出来,直到把故乡当作异乡,把异乡当作一条没有终点的路。

躺下,终于昏昏入睡了,闭上眼睛也能感到外边的明亮,仿佛梦境也被阳光照耀着。谁听说过一个明亮的梦?可我知道,因为明亮只是空无的一种美学形式。

3

夜半醒来,饥肠辘辘。黑暗的窗外传来淅淅沥沥的雨声。“……德令哈/这是雨水中一座荒凉的城”,海子的诗句扑面而来,把我打醒。想起海子,想起海子的德令哈而不是我的德令哈,我就心痛。这个诗句是我的此刻，也是海子曾经的此刻。我们都是在德令哈听过夜雨的人，我们都是在这样的夜雨中写作的人。打开窗户，一阵泥土的清香，我忍不住使劲吸着鼻子，可真正美妙的气息是鼻子感觉不到的。鼻子，只是通往呼吸的道路，今夜，我只是德令哈的鼻子，我调动起全部的情感，都是为了通向它的呼吸和它的心跳。

穿好衣服，洗把脸，水龙头里的水来自戈壁深处，清冽非常。那一刻，我觉得自己接通了某种引而不发的巨大黑暗。我的身体不易觉察地微微战栗了一下，我们用一生的时间也许只是为了克服对黑暗的恐惧。一个人轻轻下楼，大堂的服务员趴在桌子上睡着了，看不清她的模样，她是德令哈的面孔，近在咫尺，我却看不到。我已经不再是德令哈的面孔，我有一张异乡人的脸，我不属于任何地方，我是我自己的流亡者。带着对自己的悲悯，我推开门，轻轻走出去，一个人影都没有，一个车影也没有，我高兴了，这就对了，这是我的城了。我可以像一只蚊子那样，恶狠狠地落在它庞大的身躯上，吸吮一点往事的汁液。

雨后的柏油路面光滑闪亮，在路灯下宛如青海湖无鳞鱼的脊背。我一个人朝着往事的方向走，很多的记忆已经成为枯井，不能再涌起诗意的泉水。那些人与事，曾经刻骨铭心，今夜却只是温暖着，仿佛昨天的不适全是为了今天的舒适。世界的边界变大了，可以容忍的事物变多了。走在曾经走过无数遍的道路上，发现有些道路整修过了，有些没有，没有整修的道路和人一样变老了，起了灰白色的皱纹。

我走着，看着那些熟悉和不熟悉的建筑，巨大的陌生感俘获了我。现在，比过去和未来更陌生。十年间，中国的城市都变漂亮了，德令哈也不例外，不过奇怪的是，我倒有些怀念起曾经的尘土飞扬了。今夜，冰凉湿润的雨丝，让这西北高陆的小城有了江南的风情，我的心情只好了一瞬，甚至都没来得及抓住它的尾巴，就急剧坠落了。只是因为我发现了一个悲哀的现实:这座城市越美丽反而越见荒凉,像是被抛弃了一百年的废城,人们像水一样蒸发了,只剩下这些砖头和水泥,隐匿了生命。没有生命的世界照旧是美的,必须接受。遥远的某处,突然有汽车驶过,雨中的车轮像信使,捎来戈壁的一声叹息,令人心生凄惶。我被击中了,站在马路中央,像个失去理智的人,我只清楚地意识到一点,就是往事的道路刺穿了人生的风景。人生,非要血流成河不可。我屏住呼吸,仿佛有人马上要来揭开我的帷幕,索取我内心深处最隐秘最珍贵的事物。

那是什么?再一次想起海子的诗。"姐姐,今夜我不关心人类,我只想你。"是的,亲爱的,你不再是人类,你是天使。

4

第二天睡醒的时候,已经接近中午了,仅仅是这种生活方式就证明我是个颓废的人。可我每日里极力斗争的,就是与颓废摆脱关系。洗漱完毕,去吃这里独特的面食,炮仗面,就是长长的面条被切成一小段一小段,再回锅翻炒一下,味道还是不错的。

饿了,急急地吃完,一下子又虚空了,好像人生的内容就在这一碗面里。来到街上,像一粒沙,在风里滚来滚去,可我不会硌着德令哈的眼睛,我只能硌着自己的眼睛,那是一种流泪的冲动。我不想做这种冲动的俘虏,可是,德令哈,与旷野为邻的城,只有你会聆听我一分一秒走向衰败的心脏。你这亚洲大陆的腹地,干涸龟裂的土地需要一滴想象的泪水。我能提供给你的,也只有这些。

我准备去怀旧,彻底的怀旧。故地重游的人,都是丢失了一把至关重要的钥匙,他需要重新找到它。多想在一声轻松的口哨声中,捡起那把银光闪闪的钥匙。可钥匙是隐匿的,需要不倦地寻找。由怀乡病滋生的孤独,使一种孤独的美学诞生在此时此地,它的圆心便是一把锁的孔眼。在旅程中,我像坐标移动,驶向一个早已等待着我的锁,我早已不确信自己能不能打开那把锁。我对这个世界的信念越来越多,信心却越来越少。

路边,油菜花刚谢,有些地方还留着黄色的花朵,但是已经不够灿烂。结满菜籽的绿色茎秆倒伏在田野上,一堆堆的像是天空的枕头。绿色躺在上边,已经熟睡。八月的德令哈,夏天的步履轻盈,简直是惊鸿一瞥。那种绿色不同于南方的浓绿,是一种浅得令人发痒的嫩绿。我喜欢那种绿,每当我看到那种绿,都会欣喜得无法自持,那简直是令死者都会激动的绿。因为那不仅是生,而且还是生的愿望,谁会拒绝那样的愿望?

看着绿色的景致,我去了学校,一个害怕回去却不得不回去看看的地方。

校园空无一人,寂静的暑假。没有孩子的学校,让整座城都寂寞了。我看到校门依然紧张,仿佛上课铃马上就要响起,而我却还没有做好准备。迟到,训斥,罚站,表扬,考试,早恋,打架,那个无休止循环的小世界结束了,可曾经幻想的大千世界远远没有那个小世界有趣。有没有人靠着对那个小世界的回忆度过一生?我想肯定有。如果我有普鲁斯特那样的记忆力,我愿意成为那样的人。

可这还是我的学校吗?学校和城市一样拼命扩张着自己,新的教学大楼,新的学生宿舍,新的体育馆,新的操场……我的记忆的对应物时过境迁,导致记忆本身也锈迹斑斑了。我变得渺小,不能再从教室的窗户溜出去,不能在深更半夜翻越学校的大铁门,不能再体验上课停电的那种恶作剧式的黑暗,一切变得没有意外。意外多么恐怖,又是多么迷人啊。即使再有想象力,也不能梦到几十支烛光交织起的光晕,那光晕像钟罩一般,可以罩住笑脸与话语。对我而言,只有在那光晕的内部空间,曾经暂时取缔了时间。可最终,我还是从那光晕中跌落了出来。口袋里双手紧攥着的地址,就是这样丢失的。我无法再收到信件,也无法再抵达那个被告知的去处。

5

实际上,这座城市曾给我上的最精彩的课程,是关于自然之美的。关于德令哈的自然之美,一个是山,一个是水。而水在戈壁上就犹如人的眼睛一般珍贵,所以,我先去看水。那是一条名叫巴音河的水。巴音,是蒙古语,幸福之意。的确,在干涸之地有了水,便有了幸福。我要去看看幸福的波纹,我想念极了青藏高原的阳光反射进碧水中的光泽。

走着走着,突然下雨了,没来头的一阵太阳雨。想起以色列诗人阿米亥的一句诗:"站在一处恋爱过的地方。/下着雨。这雨就是我的故乡。"这句诗温暖着我的心窝,我几乎说不出话来,即便是自言自语也被打散了。完全沉浸在雨声中,听雨看雨。下雨,却不见泥泞,这里的土地要更加贪婪一些。树枝上缠绕着水的气息,打湿翅膀的麻雀飞起,跌落一两片黄叶,美,只存在于瞬间,就像生命。

雨水让德令哈的气温骤降,冷得人瑟瑟发抖,我躲进一家小商店打电话,电话在货架的最深处,我显得形迹可疑,貌似电影中的特工。半个小时后,天晴气朗,我已然忘记刚才在电话中讲了些什么,仿佛沉默从未离开过我。街上,阳光耀得人睁不开眼睛,极端的温度变化,让我感到了人心的脆弱。就在一个人刚刚忧郁而沉思的时候,一切都被照亮了,一切都被驱散了,那种热情近乎饱满,急切地填补着寒冷的阴郁造成的空虚,仿佛遵循宇宙间的某种均衡法则。可遗憾的是,我更喜欢阴郁的空虚,因为它更指向自我,而热情的空虚却让我一无所获,满头大汗地张皇在高原的明亮之中。

终于,巴音河就在眼前。由于刚才的雨,她混浊、急促,甚至有些粗鲁,像是要追赶城市的开发速度。站在岸边,重叠进数年前的自己,那时的自己略瘦，现在被时代催肥的身躯，需要挤一挤了，挤进一个时光断裂的缝隙。多少年了，我发现自己喜欢在水边沉思的天性，还是没有丝毫的改变。以前的长椅呢？可以好好坐上一下午了，即使被紫外线灼伤也在所不惜！可遗憾的是，寻不见长椅，只有白色的花岗岩栏杆，坐在上边，粗粝的表面散发着阳光的烫。目光滑过河面，碰到河中央裸露着的白色河床，像一小段女性的肌肤，轻微的战栗，和曾经的爱情毫无二致。战栗，皮肤的激动，像瓷器不小心沾染上了沙粒，不过，在抚摸中瓷器愈加光滑了。光滑便是没有裂纹，没有伤疤，始终如一，犹如理想。

"可是我的蓝色理想现在哪里……"老狼的歌自然响起，曾经多少次看着巴音河水听着老狼，忧郁少年的外表，心里却美滋滋的，享受着提前到来的怀旧。可如今，真正的怀旧者内心是空空荡荡的，就像眼窝深处的干涩。唉，巴音河水，你是德令哈的溶液，掏空了日子的重量。而我，只是蝴蝶，短暂如虚无，唯有词语，使我保持着引而不发的蝴蝶效应。

沿着河流前行，来到河流的转弯处，多么迷人！就像是小说中的跳跃，它远离了平铺直叙，以性感的曲线击打着心脏，像一把唐代的折扇缓缓开启。河流的转弯处，岸显得尤为遥远，像是在某处隐藏着河的第三条岸。看不见的鱼群游到这里也会放慢速度，沿着水流的波纹倾斜着身子，朝岸上的我投来警示的目光。

河流弯过此地，弯过一个叫德令哈的地方，然后弯进我想象中的故乡。河流的轨道不像火车，永远只是单线，它更随意，也更柔韧，攀爬到了无数人的梦境里，攀爬到了我梦中的花瓣里边。要多么复杂而伟大的文字技艺才能让这条河成为我精神故乡的一部分？才能使这条河成为某种不朽的象征？这仅仅是语言的渴望还是出自生命的真实需要？巴音河，源头活水，戈壁之水，我挚爱这样的水，挚爱那种不可或缺的珍贵。这片我紧紧攥在眼窝中的风景，让我对活着本身增添了勇气，我静静站在这里，直到自己变成这片风景中的一个细节，直到这片风景变成自己的某种形式，譬如封底与封面，那是结束，也是开始。

一个人能带来一个季节，一个人能带来一个海拔，一个人能让河水涨潮，一个人能让河水干涸，一个人能让河水逆流，一个人能让河水飞起。在河的对岸，我望到了一个向我眺望的人，河水隔开了我们，我不会再见到他。

6

我第一次发现自己有扮演隐身人的天分，站在无人理会的红绿灯路口，打量的目光落在疾驰而过的汽车后边，我的身体变成了一株空了内部的树，适合自我倾诉与自我倾听。路边的小花坛里，有紫色和红色的花开了，艳丽的颜色适合高原，就像诗的影子适合梦境。我决定去看看曾经住过的房子，我来前就听说了，那片地方已经被推平了，新建了一座巨大的广场。但是，我还是想去看看，仿佛那里隐藏着一架时光机，可以把我偷偷带到过去。

探访旧址，我怀着忐忑，似乎那里有一封多年前自己寄出又被退回的信，从未启封。我究竟写了些什么？写给了谁？那些青春的话语会不会纵容了一种可笑的狂野？是不是直到此时此刻，才看清楚青春的燃烧只是对死亡的第一次反击？现在的自己有没有能力做出第二次的进攻？还是，已经开始了防御退缩的阵地战？

不过说真的，我在德令哈没见过墓园，更没见过墓碑，仿佛这里从没有人死去。这里是永恒之城。永恒之城？当然，这是我的谎言，但我愿意相信。永恒的事物是语言的最高创造。我不会向任何人问起墓园的位置。

悖谬的却是，在德令哈，那种永恒是令人生畏的。曾经少年的心中最渴望的便是逃离，逃向远方，因为德令哈是一个被定义的“远方”，在“远方”里的生活总显得不够真实，我们，德令哈的人们，都渴望一个更“近”的地方。“近”的地方繁花似锦，繁华如梦，有丰润的人生，不像这里，人们会觉得自己的人生也如戈壁似的干枯。如果变成干尸，即使保存千年又能如何？这是我在德令哈博物馆里看到一具干尸的时候想到的。的确，那具干尸在干燥的戈壁中历经五百年依然完好无损，皮肤厚实得像一面鼓的鼓皮。那曾是我的噩梦。突然，想起高考前的时候，老师像将军对士兵演说那样，激情澎拜地说：“都考出去，离这里越远越好，别让我再见到你们……”当时大家都笑了，直到现在才体味到那种黑色幽默中的无奈与艰辛。那些可爱的先生，他们的爱是那么无私。远和近当然只是相对的，但是这个世界在人心中固执地定义了远和近，谁要是无视这点，谁就是没有直面这个世界的冷酷无情。

是的，如先生们的愿望，现在我在一个“近”的地方，我一走十年，变成了自己的陌生人，这是否值得？作家卡内蒂写道：“成为一个陌生人比迎接一位陌生人更值得。”也许只是因为，成为自己的陌生人是不需要迎接的，当他突然出现在你房间的时候，你必须坐下来，泡一壶好茶，与之攀谈。面对他，你需要足够多的耐心。

自己的陌生是一本记忆之书，书页上的文字缺席了，召唤着你一次又一次地补记，直到你精疲力竭的时候，那本书才稍稍有了一点儿形式，可它离内容的完成还有十万八千里。

7

我找到了那座广场。尽管事先已经有了心理准备，知道它的巨大，但等到真的置身其中的时候，还是被震到了。这是广袤的西部，当东南沿海将巴掌大的地皮炒到天价的时候，这里的土地还是波澜不惊，随便的尺度便可震惊在大城市的小缝隙中卑微穿梭的人。我在这样的巨大中，茫然无措了,我以为凭着记忆起码能大致判断曾经的地点,可是我做不到,根本没有办法记起什么。这个地方所显现出来的态度,是与我全然无关的。它试图让我和它一样沦为现实,一种以为是现实的现实。可我不,这不是我的现实,我的现实早已消逝,我只能把一些残存的印痕保存在语言的盒子里。我可以变小,定居在一个盒子里。

探访旧址的计划完全失败了,我的记忆出现越来越多的空洞。我扫视着广场周围的高楼与建筑,看到城市被近乎夸张地改造了,我急切地想读懂她,就像曾经那样,但是,她变成了我的外语,将我拒斥在意义的界限以外。我不得不再次重申一种感觉,在戈壁的谷地中,越是富丽堂皇的东西越是显得荒凉。常常空无一人的街头,令人仿佛以为置身于世界末日的空城。城市像是一个无比华丽的大匣子,它诱人深入,等你急切地进去了,却发现里边空空如也。我流亡在街头,看着那些卖千篇一律的"名牌商品"的小店病毒似的蔓延,悲凉无可避免,像自己成了一件过时的商品。

在德令哈,时间怎么可能保持匀速,时间是只兔子,它喜欢蹦蹦跳跳,它也喜欢打盹儿。我的时间兔子打了个盹儿,而德令哈的时间兔子却兴奋地跳远了。

在民族学院的旁边,我终于找到了一座熟悉的雕像。那是两位优美的女士,她们拉着小提琴,完全陶醉在其中。其实,让我熟悉的不是这雕像本身,而是对雕像的恶作剧:一条破皮带拴在一位女士的脖子上,她的嘴前还放了一个破酒瓶。心底里升起一声惊呼:这才是我熟悉的德令哈!那种被荒凉压抑着又反弹着的生命能量,酗酒,打架,无所事事,让这个小城充满了生机。现在,当城市被规划后粉饰一新,处处都显示着一种刻意的客套,掩盖了那样的能量,让初来此地者不得其门而入。我又看了一眼那破酒瓶,笑了,再次感叹,这才是德令哈。

已经黄昏了,实际上时间已经很晚了,我忘记了看表,在高原,阳光对土地的留恋会更久些。我吃完饭,待在旅馆里,看着黑夜从地平线升起,打开窗户使劲向天空看,还能看到一丝阳光的痕迹。而后,便是黑暗,路灯亮了,极少的人影,寂寞蜂拥而至。突然间,我怀念孩子的笑声,却没有听到,只有夜啼的婴儿,令人惊恐不安,却令人意识到这座城市将会一次又一次幸存下去。

“谁在窗外流泪,流得我心碎……”刀郎的《德令哈一夜》在德令哈的夜晚升起,歌声湿润了我的耳朵,听觉也像高原的蓝色一样清脆。等他唱到“只要被打碎,就会随风飞”的时候,我心间一堵,多想做一个哭泣的人。我感到了自己的脆弱,似乎只要一阵纯净如水的高原之风,我就会纷纷扬扬地飞起来。少年的青春早已燃烧成灰,那灰烬不知道还够不够再筹备一次重生的盛宴?或是,一堆掩盖死亡痕迹的沙土。

为过去不可遏止的感伤,感伤到胸口发痛,就像是耳鸣那没日没夜的轰鸣,同样被虚假所折磨。

我就是德令哈的孤独,德令哈就是我孤独的结构。

8

清晨醒来,有些不知今夕何夕的茫然,什么也不想做,周围安静极了。德令哈的宁静渗透了戈壁的气息,尽管戈壁远在百里之外,城市的四周郁郁葱葱,长满了人工栽种的树木,但是我仍能感到戈壁的气息潜伏进来,想到戈壁上一丛丛抱团的沙棘丛,想到戈壁上空盘旋的苍鹰,我就忍不住张大鼻孔,贪婪地呼吸着干燥而凉爽的空气。也许这是德令哈给我的最深刻的烙印,生理的烙印:一个习惯干燥的鼻子。在溽热的南方积年累月地生活之后,患上了不可治愈的鼻炎,水分子经常像小虫子一般骚扰着敏感的鼻黏膜。现在,德令哈的空气中,只有纯净的空气,像虚无一般单纯。

我起身,再次被户外的光线所吸引。我走到窗前,呆呆地站在那里望云。所谓蓝天白云并不是最美的,山雨欲来时的高原天空才是千姿百态的大美。那种水墨的浓淡,泼墨的抽象,无可言喻的气势,是任何人间大师无法比拟的。千姿百态的云,一层一层地铺展到远山,远山的幽蓝像是云出生的地方。望云,古代称作望气,可以看云的变化去揣测天下事。德令哈的云彻底将我迷惑了,把我变成了一个痴迷天象的星官。我渴望拥有那些神秘的云,飞翔的云,当我在云中,我便是天空上的一片沼泽。

云者,运也,小到地球之云,大至宇宙星云,都是事物的起源形态,也是事物的终结形态。可遗憾的是,我只是个一无所知的小角色,预测不了这个时代和自身的命。也许,我所能把握的,只有今天的行程。

今天,我打算去旷野深处。那种荒无一人的戈壁滩,久违了。我怀念那种荒芜,因为只有荒芜才能让我明白自己所拥有的。我们的骄傲与自负在荒芜中只是个笑话,我们的悲伤与阴影在荒芜中却变得真实可感,那才是找到自我存在的时刻。

德令哈是个说大不大、说小不小的城,最适合德令哈的交通工具便是自行车。有了自行车,便可以纵横百里,游刃有余,抵达她的每一条大街和小巷。我来到楼下,与服务员攀谈着,用德令哈的过去弥合了我们之间的距离。她愿意把她上下班用的自行车借给我,我欣喜若狂。我告诉她我只是去找个朋友,可等到一转弯,我便怀着愧疚一直向北骑去,巍峨的柏树山迎面而来,我感到了雄伟的压抑。氧气稀薄,我本应保存体力的,但我兴奋了,反而用力踩踏着,希望精疲力竭能早点来到。我对自己说,你还不够累,因为你还没有倒下。

半个小时后,我已经出了城,来到了城郊的水泥厂。

意外的情况发生了,成群结队的蚊子突然迎面扑来,不管是脸上手上还是衣服上,都落满了那种褐黄色的大蚊子。我使劲扑打着,但无济于事,它们的探针刺透了我单薄的衣裳,饥渴地吸食着我的血液。我狼狈极了,只能继续骑行,试图用风的速度来驱散它们,但是收效甚微。疼痛与瘙痒折磨着我,我有些慌乱了,有返回之念,就在这时,当我绕过水泥厂破败的厂房之后,庞然大物似的柏树山再次迎面扑来,这次太近了,仿佛触手可及,那种雄伟的气势让我的心中涌起了巨大的恐怖。与这种恐怖相比,蚊子带来的疼痛只是疥癣之疾。

我们常说敬畏,实际上是先有了恐怖,才有敬畏的。柏树山像是天地间一排巍然屹立的石头牙齿,山坡的陡峭与山巅的锋利,都是在其他地方所罕见的。只要来过德令哈的人,都会记得这里山的凶险,这种凶险要么让你噩梦连连,要么让你有股向大自然探险的冲动。我选择了后者,很早就选择了,我曾经步行进入深山当中,发现全是石头的山表寸草不生,但是在石头的缝隙中却长满了粗大的柏树,堪称奇迹。在历史上,这里曾是吐谷浑人的国度,他们上层贵族的墓葬都是用柏木铺盖而成,因此这苍郁的柏木已经存在了千百万年。相传吐谷浑部族是鲜卑人的一支,由遥远的东北迁徙而来。可我的直觉告诉我,这也许并非历史的定论,想起德令哈诸多深山野谷中的原始岩画,总觉得此地的文明另有渊源。

那次,我在柏树山全是碎石的山谷之中,突然脚下打滑,差点命丧黄泉,至今记起,仍然恐慌不已。那冷透的一瞬间,让我发现生命太慢了,慢到每分每秒都是一种结束和另一种开始。

琢磨着历史,回想着探险,我迎着那锋利如刀的大山继续前行,真正的旷野就在山的脚下,万籁俱寂,连飞鸟都很少见到,我被旷野消化着,直到变成了旷野的一部分。我的生命也许早就荒凉了,但现在置身在荒凉中,我却感到了难得的静谧。

是荒凉抚慰了荒凉,是万古洪荒抚慰了白驹过隙。

在心灵的安详中，我又坚持骑行了半个小时，蚊子顺着裤管、衣袖爬了进来，浑身上下已经没有了一处好地方。忽然间，前方出现了一道山洪冲刷过的干涸河床，绵延几公里，纵深十数米，我推着自行车，慢慢挪进了河床的中央。白色的沙砾一望无际，像是无数动物的尸骨。万古洪荒就是这样的吧?！我躺在被太阳晒得滚烫的鹅卵石上，像是被荒凉推倒在地，疼痛的地方宛如有翅翼在暗自生长，准备破土而出。蚊子，在这样的极度荒凉中已经去向不明。我累极了，闭上眼睛的时候，我眺望着自己向更荒凉的地方走去，走到那河床的断裂处，转过身去，我看不见自己的踪影。

一个人的地理学就是勘测自我的边界，世界被放置进心灵的沙盘上，最不起眼的角落也被赋予了中心的涵义。

这就是我在旷野上想到的。我躺在旷野中的哪里，哪里便是生命的入海口，荒凉进入我的体内，同时，生命的风暴也涌进了世界的广阔。我，我的存在，只能像一个泡沫那样被激荡着，进退两难，举步维艰。

9

不知道躺了多久，等我醒来的时候，皮肤被阳光的松针灼伤了，火辣辣的疼，我挣扎着爬起来，大山大谷，四周巨大的尺度让我渺小得到了眩晕的地步……我骑着车子返回，一路下坡，比起来时轻松了很多。大约只用了来时一半的时间，我便脱离了旷野，回归了城市。我觉得自己更加陌生了，却更加真实了。我沿着城市新的中轴线用力骑着车子，仿佛驶过我人生那道被虚构的中轴线。那道虚线像长蛇吐着芯子，寻找着记忆的分子。或者，是记忆的出口在引蛇出洞。无论如何，我要通过想象自己来认识自己，这需要一生的练习。尽管我还稚嫩，但我怕的是，自己已经永远失去了这种能力，像是已经腐朽的器官，等待着一次手术的摘除。

如果真是那样，就把我摘除了吧。

十年前，我就居住在这座城市里。此时此刻，看到这全然陌生的一切，连我自己也不敢相信。我真的在这里居住和生活过吗？为什么关于我的痕迹已经如此稀少，像是戈壁上的植被？待到下一个十年，不知道还有什么事物在德令哈等待着我。作为作家，我原以为应该尽量避免让自己的经历与生活变成传奇，故而我总是对回忆中的美好讳莫如深，宁愿它们以一种连我也意想不到的方式——艺术的虚构再现于时空当中。但是，当我置身在德令哈，在心中念起“德令哈”三个汉字的时候，那种美妙的旋律如此激动人心。我不得不承认，德令哈是我的历史，更是我的传奇，我不可避免地隶属于它。

是的，我是传奇。

易县读史

——关于刺秦及其他

豪言

秦兵旦暮渡易水。

这是我在易县行走时，脑中出现的一句话。我一直默默吟咏着。这是在哪里读到的？从未刻意去记，此时却从记忆的混沌中脱颖而出，这眼前的风物碰触到了什么敏感的神经元？望向茫茫天际，金戈铁马不见，但那其中的紧迫与危机，七个字便表达得淋漓尽致了。

恍惚中，总觉得这句话与荆轲是有关的。这要被秦兵强渡的易水，莫不就是那句著名悲歌中吟唱的河流？“风萧萧兮易水寒，壮士一去兮不复还。”我曾像目睹过荆轲离别背影的士兵一样,心中被这句话反复激荡。

所谓豪言壮语,我想此为千古第一。

一查,果然是《史记·荆轲传》中的话,司马迁对荆轲刺秦王有着完整的记述。

燕国太子丹在极度的恐惧中,对荆轲说:“秦兵旦暮渡易水,则虽欲长侍足下,岂可得哉?”尊贵的燕国太子,竟然对一介平民,用“长侍”这样的说法,可见有多么器重,有多么无奈。太子长期的侍奉,便是荆轲所领受的恩情,他所要报答的,并非国家大义,而是这样的恩情。因为,荆轲并不是燕国人。荆轲本是齐国庆氏的后裔,后迁居卫国,始改姓荆。荆轲这样的人,心怀大抱负,所梦寐以求的,是要实现自己的价值与荣耀。

我这样说,并非贬低荆轲,恰恰相反,他这样的人才更好地诠释了“英雄”的形象。秦国大将王翦一生打胜仗无数、杀人无数,但很少有人觉得他是个英雄,而提到荆轲,大家都不约而同地竖起大拇指,说:“那个是英雄!”

青史留名的英雄,大多是“舍我其谁”的个人主义者,他们并不蔑视别人的生命,他们只是想让自己的生命能更好地实现价值最大化。

而且,英雄一定是有豪言壮语的人。

怯懦

来到易水河边,正在修建一座休闲度假村,尘土飞扬之下,已然能看到花团锦簇。它仿照古村落的样式,一排排都是小食店铺。我一路走过去,竟然发现陕西人开的铺子最多,写着臊子面、羊肉泡馍和肉夹馍的旗子,在风中猎猎招展。脑中想着荆轲的我,看到这一幕不由得有些感慨。其实,我本秦人,可两千多年过去了,这些恩怨早过期了,剩下的,只有我们对历史的遐思。时光过滤之后,没有了愤怒,没有了血腥,我们可以心平气和地去揣摩那些人和事。

我继续想着荆轲,在易水河边,不能不想他。也许此刻我脚下的位置,就是当年他站立过、行走过、醉过酒的地方。

荆轲并不是个完美的人。他早年喜爱读书、击剑,然后游侠四方,寻找机遇。曾去卫元君那里找工作,没有如愿。他也并非天生就是天不怕地不怕的人,而是有着许多胆小怕事的“劣迹”。他在榆次与剑术家盖聂论剑,一言不合,盖聂瞪他,他就离开榆次了。他在邯郸跟剑客鲁句践因为博弈发生争执,他也逃走了。司马迁写道:“嘿而逃去。”意思是,一句话也没说,默默逃走。

因此,在很多人眼里,他是个怯懦的人。

知遇

荆轲游来荡去,终于来到了燕国下都,就是如今的易县,和这儿杀狗的屠夫以及擅长击筑的高渐离成为朋友,天天喝酒唱歌,一会儿笑,一会儿哭。我想,后辈所仰望的“魏晋风度”,也许源头就在荆轲身上。这样的表现,在普通人看来与疯子无异,但在隐士田光眼里,此人必有不同凡响之处。

有一天,在秦国做人质的太子丹,终于从咸阳逃回了下都。他与“战国四公子”一样,开始了求贤问士的事业。太子丹的老师鞠武,向他推荐了隐士田光。田光知道自己年事已高,不能再做什么大事了,便向他推荐了荆轲。

第一次见面,太子丹就向荆轲提出了自己刺杀秦王的计划。

如果能劫持秦王,便可让他退还占领的各国土地。如果秦王不从,就杀了他,让秦国内讧,各国再联合起来一起灭秦。

说真的,不是事后诸葛亮,这个计划一听上去就很不靠谱。因此,荆轲很久没有说话，过了好一会儿，荆轲说：“这是国家大事，我的才能低劣，恐怕不能胜任。”这个“恐怕”，让太子丹听出了希望，赶紧膝行上前跪拜，以头叩地。这事就成了。荆轲成了太子的座上宾，被拜为上卿，不仅天天美食美酒美女伺候着，而且太子每天还要亲自去问候。荆轲的游荡，终于找到了一个好的归宿。这就是古人说的“知遇”了。

私仇

养“卿”千日，用“卿”一时。在秦兵旦暮渡易水之际，太子丹再次对荆轲提出了刺杀的计划。荆轲说：“我需要两样东西，樊於期将军的脑袋和燕国督亢的地图。我将它们献给秦王，秦王一定高兴接见我，我才能获得接近他的机会。”

樊於期原为秦国大将，畏罪逃往燕国，被太子丹收留。

太子丹是个善良的人，对荆轲说：“樊将军以穷困来归丹，丹不忍以己之私，而伤长者之意，愿足下更虑之！”

仔细琢磨，这个说法挺奇怪的。刺秦，对燕国乃至其他国家来说，都是一件令人敬仰的大快人心之事，怎么会说是“一己之私”呢？

原来，太子丹与秦王嬴政有私仇。

许多年前，他们还是孩子的时候，在赵国邯郸，他们是一起玩耍的小朋友。

战国的时候，两国订立盟约、请求出兵或停战协议，为表诚意，便要互送重要的公子作为外交上的保证。这样的公子其实就是人质，故叫作“质子”。

那个时候，太子丹在赵国充当质子，而嬴政，连质子都不能算。他是秦国王子异人的儿子，是质子的儿子。质子的日子并不好过，只比囚犯好一点。太子丹和嬴政同病相怜，经常在一起嬉戏聊天。太子丹比嬴政要大上好几岁，作为哥哥，太子丹在生活上照顾弟弟嬴政的时候也很多。

多年以后，嬴政跟随父亲异人回到了秦国。在吕不韦的精心策划下，异人做了秦王，是为秦庄襄王。秦庄襄王短命，在位三年就过世了，嬴政便成了新的秦王。那一年，嬴政只有十三岁。

太子丹就没这么幸运了，他的父亲燕王喜身体健康，稳坐王位，他只好继续过着质子的日子。但这一次，他被派往秦国当质子。他心下有喜，期待见到那个嬴政弟弟，尽管这个弟弟已经二十八岁了，但他认为，童年的时光怎么可能被忘记呢？这个弟弟一定会善待他，也许，还会帮助他和燕国。

但是，当他觐见的时候，以前的弟弟，现在的秦王，冷酷、傲慢之至。当时天下最强大的王者，最不愿想起童年的惨痛经历。传说他的母亲怀了吕不韦的孩子，才去邯郸跟了异人，而他，极有可能就是那个腹中的孩子。而太子丹的出现，是一种提醒。嬴政讨厌这种提醒，他要用傲慢将过去的耻辱压成齑粉。（数年后，秦军攻下邯郸后，据《史记》载："秦王之邯郸，诸尝与王生赵时母家有仇怨，皆阬之。"可见，嬴政心中对过往是多么敏感和痛恨。）

太子丹的心被刺痛了，假若他不认识这王座上的人，也就像以往那样忍了，但现在，他忍不了，他只有一个卑微的请求，看在往日的情面上，请秦王放他回去。

但是，嬴政说："等乌鸦变白，马的头上长角，我就放你回去。"

太子丹心底最后的一丝温情就此熄灭，这种耻辱，化为仇恨。

没有比仇恨更可怕的力量，他开始周密地策划逃跑，竟然成功了。他一归国，就开始招揽侠客义士，心中的仇恨让他可以把自己放低到尘埃里。凡是别人介绍来的侠士，他几乎都是行跪拜大礼。他不爱后宫佳丽，终日和这些士人为伍。据《汉书·地理志》中记载："初太子丹宾养勇士，不爱后宫美女,民化以为俗,至今犹然。宾客相过,以妇侍宿。嫁娶之夕,男女无别,反以为荣。”

这对一个太子,意味着怎样的煎熬与迫切。

尊严,远没有仇恨重要。但他的仇恨,却来自于心底深处的尊严。

而且,他的可爱在于,他并没有用高尚的名义去掩饰自己的私仇之心。

自杀

一个正常人,得有多大的勇气,才能自杀。但是在上古时代,人们动不动就自杀了。那时的人们把很多东西看得比生命重要。

像是上文提到的隐士田光,他将荆轲引荐给太子丹之后,就自杀了。《史记》是这么写田光自杀的。

> 田光曰:“吾闻之,长者为行,不使人疑之。今太子告光曰:‘所言者,国之大事也,愿先生勿泄’,是太子疑光也。夫为行而使人疑之,非节侠也。”欲自杀以激荆卿,曰:“原足下急过太子,言光已死,明不言也。”因遂自刎而死。

在这里,我不得不深深感叹下司马迁的才华,他写这些隐秘的历史事件也如在现场一般,所有对话皆为想象与揣测,但实在是贴切之至。就是这样的对话体,开创了中国古典小说的基本样态。

田光学识渊博,智勇双全,素称燕国勇士,怎么能受得了这样的质疑?一点点的质疑都是义士无法容忍的羞辱。尽管,这只是太子丹为了谨慎起见说出的一句话,并不代表他对田光有质疑之心。这也暗示着太子丹并非是个有大智的人。刺秦大业尚未开始,便已经蒙上了阴影。田光要让自己的死亡，给荆轲更大的动力。

另外一个人的自杀更加意味深长。

荆轲问太子丹要樊於期的人头，太子丹不忍，荆轲便私下去找了樊於期，对他说：

"秦之遇将军可谓深矣，父母宗族皆为戮没。今闻购将军首金千斤，邑万家，将奈何？"

樊於期仰天太息，流着泪说："於期每念之，常痛于骨髓，顾计不知所出耳！"

然后荆轲说出了刺秦的计划，樊於期咬牙痛哭之后自杀了。

但有一点让我困惑，据说樊於期本是秦国大将，兵败后畏罪潜逃到燕国，那么，他的家人依照秦律被杀，是他逃跑时就应该知道的。况且，秦国对于战败大将的惩罚并不是十分残酷。秦国大将王陵伐赵都邯郸失败后，只是被免职。在"灭楚之战"中，大将李信率领的二十万秦军被楚军击败，秦王嬴政对李信也只是撤职，并没有处死。

历史的缝隙出现了：樊於期这么重要的人物，居然在此之前的经历是缺失的。他就这么突然出现了，没有其他的历史记载。

一些学者考证樊於期就是秦国大将桓齮。理由是：桓齮在败给赵国大将赵牧之后就再也没有了记载，而在此之后出现了樊於期，他们的名字读音相似，也许是燕人发音不同，其实他们是同一个人。我认为这种推测并不成立。首先，我相信《史记》，《史记》中这是不同的两个人；其次，我认为樊於期并不是个怕死的人，何况打败仗也不会真的被处死，他没有出逃的理由，更何况，还有《战国策》的记载：桓齮兵败被杀。

樊於期是另一个人。

我在这里更愿意提及历史小说《东周列国志》对樊於期的描写。很多时候，文学比史学更接近历史的"真相"——一种哲学意义上的真相。

樊於期作为长安君成蟜的副将，一同出征赵国。成蟜为秦庄襄王（异人）亲生之子，樊於期担心吕不韦想借机除掉成蟜。他对成蟜说：“今王非先王骨肉，惟君乃嫡子。不如我们写檄文昭告天下，到时一呼百应，你便是真正的秦王。”成蟜当时十七岁，热血男儿，说干就干，就这么反了。

可是，这场叛乱被嬴政平定，相关人员被残酷绞杀。樊於期惶惶之中四处流窜。无论他逃与不逃，家人皆是死罪了。参与谋反，还书写檄文，说嬴政是“怀妊奸生”，嬴政怎么能不震怒？用黄金千斤、城邑万家来买他的脑袋，才能解心头之恨。

因此，樊於期这个人活着，也是为了复仇。当荆轲找到他时，他慷慨激昂的陈词与毫不犹豫的自刎是期待已久的，几乎都带有了一种表演性。

如果说田光的自杀源于义士的高洁，那么樊於期的自杀，有着跟太子丹一样的心境，他对嬴政更加充满了愤怒的私怨。

这也是太子丹之所以和他惺惺相惜的原因。

太子丹得知他的死讯后，驾车奔驰而来，趴在尸体上痛哭失声。太子丹和嬴政不同，他是个重情重义的人。

为了生命之外的价值而自杀，总是令人惊叹。比生命本身更重要的目的，究竟是什么才能被我们所理解？

恐惧

法国思想家帕斯卡有一句话令人难忘：“在危险之外惧怕死亡，而身临险境时却不惧怕。这就是所谓人。”我觉得这话很有道理，比如我们惧怕失败、悲哀、疾病、衰老、失去……但是无一例外，我们都会在人生的某个时刻跌进那种无助的漩涡中。当我们置身谷底之后，的确，恐惧反而减轻了。因为我们除了认可这种处境之外，别无他法。就像病了只能吃药、住院、休养，别无他法。但是，这种逆境不是我们主动选择的，而是被动承受的。许多身外的力量，在突然之中，就改变了我们的处境，我们尚且来不及去细细思量。

可世上有一种特别极端的情形，那就是眼睁睁地主动奔向灭亡，而不是被动地突然地跌进灭亡，由于本能，这个过程中的恐惧值是会趋于无限大的。

况且，死亡也并非是恐惧的极限，有很多情势蕴含着大于死亡的恐惧。

荆轲的副手秦舞阳，据说十三岁就当街杀人，目光凶残，无人敢对视。但这个人，跟荆轲来到秦国，进宫觐见的时候，居然“色变振恐”，当即让秦国大臣起了疑心。司马迁在另一处还提到了秦舞阳(《史记·匈奴列传第五十》)，里面记述了燕国贤将秦开，说秦舞阳是秦开的孙子。一些人就此认为这是司马迁暗示秦舞阳年少杀人是“官三代”的跋扈，我觉得这属于当代语境下的“过度解读”。刺秦，不是摘桃子，没有哪个官三代会选择主动去送死。有人说秦舞阳是太子丹的眼线，负责监视荆轲，这点嫌疑我倒觉得是有的。但无论如何，秦舞阳这个人也是勇士无疑。

勇士秦舞阳，来到让列国闻风丧胆的虎狼之邦，在穷街陋巷争勇斗狠的经验，哪里受得了秦宫内如此巨大的权势压迫，他终究被恐惧压垮了。他让我们反思自省：人们往往惧怕权势甚于死亡。

想清楚了秦舞阳，才可真正明白荆轲的伟大。

我们知道，恐惧是会传染的。可荆轲发现了秦舞阳的状况后，居然还能解嘲似的笑笑，对秦王解释说：“北蕃蛮夷之鄙人，未尝见天子，故振慑。”他的表情、语气得多么轻松自然，才能让敏感多疑的嬴政相信啊。这个时候，我们终于知道了荆轲是一个怎样的大智大勇者。

接下来，荆轲取过秦舞阳手中的地图，冷静而谦卑地向秦王呈上。他的胜算本来就是极其渺茫的，现在由于露怯的副手无法辅助，失败的结局其实已经注定了。可他早已将成败与生死置之度外，继续冷静地行事。

地图完全打开后，一把短小的匕首握在了荆轲的手中，秦王惊慌逃窜。在那个尚武时代，秦王带剑在身，一定是会格斗的。因而荆轲无法很快杀死他，当秦王从后背抽出长剑来，一下就砍断了荆轲的左腿。荆轲将那把涂满了毒药的匕首像飞镖那样掷了出去，秦王灵活躲过，匕首狠狠地扎在了柱子上。

荆轲自知事不就，倚柱而笑，像个簸箕一样瘫坐在那儿，骂道："事所以不成者，以欲生劫之，必得约契以报太子也。"

这个时候的荆轲，已经像帕斯卡说的，完全置身于险境了，因此他完全没有了恐惧。他压抑了一生的豪迈之气让他理直气壮地为自己的失败辩护。

我没杀你是因为我要活捉你！

这话极为霸气。但后半句，他作为严格训练的刺客，居然直接供出了幕后主使太子丹，不免有些费解。但我不禁想起了《水浒传》中的武松。他在杀了张都监全家、血溅鸳鸯楼之后，从死尸身上割下一片衣襟来，蘸着血，去白粉壁上，大写下八字道："杀人者，打虎武松也。"——荆轲作为刺客之祖，早已经知道这个时刻是自身价值最大化之际，是自己终于成为了自己之际，索性正大光明地说出一切，便是一种刀锋似的叙事，将自己的生命镌刻进时光的深处。

至此，荆轲生命中所有的怯懦都不再成立，我们方才惊觉他之前的怯懦只是为了保全自己的生命。他不愿浪费鲜血在不值得的普通事情上，他宁愿像懦夫那样逃窜、被人鄙视，因为他心中满是自信，他会找到机会充分证明自己。有了大的使命，才能在小处妥协。否则，妥协就成了怯懦。

成功

刺客的成功不在于结果，不在于对象的死或活，而在于对象的义与不义。

这就是司马迁在字字如金的《史记》中居然为刺客立传的初衷："自曹沫至荆轲五人，此其义或成或不成，然其立意较然，不欺其志，名垂后世，岂妄也哉！"

有了刺客的存在，再强权、再有力的人，也总有了忌惮。这种忌惮便是一种制衡。尽管，这样的制衡是那么的脆弱，但，总是存在的。

清人吴见思说："刺客是天壤间第一种激烈人，《刺客传》是《史记》中第一种激烈文字，故至今浅读之而须眉四照，深读之则刻骨十分。史公遇一种题，便成一种文字，所以独雄千古。"

这几天在易县的深读，果然有"刻骨十分"之感。我所写下的这些片段，就是尝试以一个现代人的视角对荆轲进行再读。

荆轲，弱小的个人，与中国历史上最强权的人——秦始皇捆绑在一起，形成极为鲜明的反衬，从而他也成了中国最著名的刺客。他是被后世文人咏叹最多的侠士，也是被当代影视文化改编最多的刺客角色。没有之一。

当然，批评的声音总会有的。汉末名士杨雄，觉得以君子的眼光来看，荆轲不过是一个强盗罢了。最刻薄的说法，来自太史公司马迁千年后的宗亲司马光，这个北宋的史官认为："荆轲怀其豢养之私，不顾七族，欲以尺八匕首强燕而弱秦，不亦愚乎！"典型的儒家想法，貌似客观，但实则已经失去了对个人的勇气与力量的信念。人不再是有血有肉的人，人成了匍匐在地的蝼蚁。从司马迁到司马光，从汉到宋，儒家是如何全面占据士人的思维的，于此可见一斑。

若是中国无诗,那儒家化的中国将会是怎样的中国?无法想象每个人都以国家的思维与立场去说话和行动。

幸而中国有诗,我们得以看到一代又一代的中国人,有血有肉地活着。

其中有几首特别打动我。

西晋左思的五言诗《咏史》,其中有两句写荆轲:“贵者虽自贵,视之若埃尘。贱者虽自贱,重之若千钧。”左思不愧是晋人,他与先秦的精神气质还是相通的。他出身卑微,对当时的门阀制度亦是深恶痛绝。他是能够理解荆轲的绝佳人选。

同是晋人的陶渊明,专为荆轲写了首挺长的诗:《咏荆轲》。陶渊明的诗歌崇尚隐逸,清静无为,难得有这样赞美暴力的诗。可见荆轲是如何打动了他,也让我们明白陶渊明是一个怎样的人。他的隐逸,不是什么都无所谓的平淡,而是一种藏其锋芒的自省。不是谁懒懒散散地住在乡下,都可以称之为隐逸。一个足够伟大的灵魂,才能有那样的悠然态度去品味自然。陶渊明的《咏荆轲》写得明白如话,基本上便是以诗的形式重述了司马迁的记叙。他写荆轲“心知去不归,且有后世名”,颇能理解荆轲的抱负;“其人虽已没,千载有余情”,更是充满了对荆轲的企慕之情。

唐人赞美荆轲者也颇多。骆宾王的《易水送别》也是名诗:“此地别燕丹,壮士发冲冠。昔时人已没,今日水犹寒。”这种意味与陶渊明是相通的,但唐人更敏感于时间的漫长与变迁,故而此诗让人多多少少想起《春江花月夜》中的“人生代代无穷已,江月年年只相似”。易逝的人与不变的山川对比,是让人感慨万千的主题。

贾岛也继承了陶渊明的一个方面,着重写荆轲的“名”。“荆卿重虚死,节烈书前史。”“易水流得尽,荆卿名不消。”他把荆轲的死叫作“虚死”,能否将这个词理解成一种为了身后万古名的死亡仪式?名声是虚妄的,可进入史册,却是实实在在的不朽。虚构的历史与无名的现实,到底哪一方是虚、哪一方是实？不免令人恍惚起来。

不能不提李白。这个侠骨诗心的人,怎么能不歌咏荆轲呢?他的诗也霸气,在《赠友人》中写:“荆卿一去后,壮士多摧残。长号易水上,为我扬波澜。”他说出一个悲情的事实,多少壮士的死亡,让侠义精神在衰败,这是多么伤心的事情。最末一句是:“人生贵相知,何必金与钱。”这种价值取向,已经完全回归到了荆轲身上。

宋人写荆轲,继承唐诗颇多。如汪元量的《易水》:“当年击筑悲歌处,一片寒光凝不流。”除了感慨,还有了凝视,触及内心,因此,也就有了反省。高斯得《读荆轲传》:“其事虽不就,简牍光无穷。奈何今之人,蹙缩如寒虫。”既然说到宋代,肯定要提苏轼,他在《和陶咏荆轲》中说:“荆轲不足说,田子老可惊。”他对荆轲评价很低,只是觉得自杀成仁的田光非常值得钦佩。其中还有一句会得罪很多人的诗:“燕赵多奇士，惜哉亦虚名。”这很显然,应该算苏东坡为了与众不同而故作的惊人之语吧。几十年后,他的后辈晁说之写了句:“贯日白虹可奈何,书生容易笑荆轲。”(《过荆轲冢四绝句》)怎么看都像是在回应苏东坡。

元人中,除了杜征君《荆轲》中的一句“悲风寒易水,侠气小咸阳”之外,也许只有李时行的《易水》值得读:“塞北时闻铁马嘶,蓟门霜柳渐凄凄。天边野烧连烽火,城下寒砧杂鼓鼙。阴碛草荒孤隧出,平原风急雁声低。尊前不见悲歌客,易水东流何日西。”我照引全诗,不是因为它在写“悲歌客”荆轲方面有什么新意,而是因为全诗有一种特别“元代”的感觉,特别值得去感受。

明诗不足道,在那个特别世俗化的时代,荆轲竟然被演绎成了另外的一种人。冯梦龙的《三言二拍》中有篇小说《羊角哀舍命全交》,其中荆轲在阴间成了恶霸,欺凌隔壁墓的左伯桃,左的好友羊角哀为了帮助朋友,自杀去阴间,一起斗荆轲。自此,“羊左之交”成了生死之交的代称,但与伯牙、钟子期“高山流水”相比,总觉得缺了精神的内质。

小说中,羊角哀骂荆轲:“不思良策以负重托,入秦行事,丧身误国。”

这应该能代表明代人对荆轲的一般看法。就连小说中,都已经是一种完全国家主义的话语了。

就这么到了晚清。还是那个让我们敬重的龚自珍写出了好诗:“陶潜诗喜说荆轲,想见停云发浩歌。吟到恩仇心事涌,江湖侠骨恐无多。”(《已亥杂诗 129》)但我们知道,龚自珍在清代是为一代怪杰,在他的周围,那种侠义的精神已经稀缺得如同太空了。

梁启超在《中国之武士道》中尖锐发问道:“荆卿以还,次有张良,次有贯高,皆同起于前后三十年间。自兹沉沉黑暗数十世纪,不复有此等人物闻于历史矣。何意百炼钢,化为绕指柔。先民之元气断丧如此其易也,谁之罪欤?”

谁之罪?我们至今在解。

在我看来,最后一首赞美荆轲的古诗,是一个女人写的。

这首诗名叫《宝刀歌》:

“不观荆轲作秦客,图穷匕首见盈尺。殿前一击虽不中,已夺专制魔王魂。”

这个女人,就是鉴湖女侠——秋瑾。

这个女人不仅写诗,而且还身体力行。她没有受任何人的恩惠,也没有跟任何人结下私怨,她为了那无边的、不认识的人的更好生活,踮着那双被残害千年的女性小脚去“刺杀”统治者。

这个女人的伟大程度超越了荆轲。

只不过,后人将这种“刺杀”谓之:“革命”。

从荆轲读到秋瑾,方可明白中国的历史与当下。

友情

应该稍微提一下太子丹的结局。

在荆轲行刺的一年后，秦军大举攻打燕国，燕王喜为了洗刷罪责，保住自己的命，派人斩杀了太子丹，将他的脑袋献给了嬴政。但嬴政并没有罢休，继续进攻，灭了燕国，杀了燕王喜。对于必死的结局，太子丹应该不会惊讶。但他一定会惊讶自己父亲的狠心。

我特别关心的是，当太子丹得知荆轲刺秦失败的消息后，心中不知有没有愧疚。因为，他虽对荆轲拜为上卿，但他对荆轲的疑虑从未消失。荆轲一直在等待一个武艺高强、心有默契的朋友到来，然后一同行事。他却怀疑荆轲是在借故推托，他刺激荆轲说："要不，我先派秦舞阳去行刺吧。"荆轲一听，勃然大怒，立刻唱着悲歌出发了。事实证明，秦舞阳不是个合格的搭档，如果有另一个心理素质和荆轲一样强大的人，那么刺杀成功的可能性是极大的。

太子丹和荆轲之间没有信任，因而不能说他们是朋友。

他们之间，是互为工具的关系。

但荆轲有一位伟大的朋友。他不是那位荆轲没等到的朋友，他本是一个极不起眼的角色。

遥想荆轲当年，他在燕市饮酒高歌之际，结识了一大群朋友。有田光这样的高人，有屠狗卖肉的小人物，还有一个乐手叫高渐离，他擅长一种叫"筑"的乐器。每当荆轲和朋友们喝醉了，乱吼乱唱的时候，高渐离就击筑助兴。

那个年代没有酒吧，但一样有酒吧的氛围。

在易水河边，荆轲唱着："风萧萧兮易水寒，壮士一去兮不复还。"高渐离击打着筑，用激越的旋律呼应着朋友的豪迈，并望着朋友孤绝的背影流下了眼泪。

刺秦失败六年后,秦灭六国。嬴政认为,仅以王号不足以显其业,称自己为始皇帝。他没有忘记荆轲给他带来的困扰,因此他继续通缉太子丹和荆轲的党羽,这些人四处潜逃,高渐离也更名改姓,隐藏起来,当酒保度日。

有一天,他听到主人家堂上有客人击筑,他听得痴迷了,还对人评价着弹奏的好坏。主人家知道后,便让他来弹。本来是想羞辱他的,没想到他弹得太好了,大家鼓掌,赏酒给他喝。

这唤醒了高渐离的尊严感,他回到房间,把自己的筑和衣装拿出来,穿戴整齐之后,再次来到堂前,满座宾客大吃一惊,赶紧离座行礼,主人家也把他尊为上宾。

他再次击筑而歌。他想到了死去的荆轲,想到了这些年来国破家亡的际遇,心事沉郁,音韵婉转,宾客们被感动得流了泪。

这样一来,他的名气迅速传了出去,秦始皇听说后,召他觐见。

秦始皇不会忘记荆轲掏出匕首的那一瞬,但他实在太喜欢高渐离的击筑之音了,他不忍杀他,便赦免了他的死罪,熏瞎了他的眼睛,把他留在身边,为自己击筑。

音乐是最能让人亲近的艺术,时间一长,秦始皇的警惕之心慢慢松懈了。但高渐离的心底一直浮现着荆轲易水高歌的样子。他要为朋友报仇。

他收集铅块,放在筑的空膛中,制作了一件隐秘却沉重的兵器。

这天,他弹奏起那首易水悲歌,悲壮的乐曲让秦始皇不由得站了起来,在他周围踏着节奏、踱着步。突然,他感到秦始皇距离自己很近了,便迅速抓起筑向秦始皇砸去。可毕竟是眼盲之人,判断无法准确,秦始皇一闪,躲过了这致命一击。

对高渐离来说，只有这一击的机会，不会再有第二击。

这一击，凝聚了多少友情的力量。

细想起来，荆轲并未将同等的友情给予高渐离，否则，他一定会邀高渐离同去刺秦。但是，高渐离用自己的勇气和生命确认了这场友情。

世人都歌颂“高山流水”这种互为知音的友情，但我觉得高渐离对荆轲的这种不对等的友情，更加令人感佩。

伟大的友情，除却物质形式上的不同(如性)，其精神实质与爱情是极为相似的。这也是为什么郭沫若的戏剧《高渐离》，在很多人看来有着浓重的“耽美”之风。(我读之，那种叙事的随意、反讽与抒情，总觉得有种八十年代先锋小说的感觉。)

为友情而死，往往比为爱情而死更伟大。因为，友情不仅包含着一己的私欲，更包含着对同道中人的那份精神与价值的认同。

所以，高渐离刺秦除却以弱抗暴的高贵精神之外，要比荆轲刺秦更有一种人性的道德感。有了高渐离的刺秦，荆轲刺秦的故事才能算是完整的。

风水

坐船行驶在易水湖上，阳光强烈，迎面的风也很强烈。心里想着刺秦的暴烈，再望这一方山水，更觉深不可测。近处的山，碧绿清秀，有桂林漓江的错觉，而远眺太行山脉，那水墨似的蓝雾当中横着层层叠叠的山峦(抗日战争时“五壮士跳崖”的狼牙山就在那里，所谓燕赵多奇士，至今犹然，绝非虚名)，令人有荡气回肠之感。南国的妩媚与北国的雄奇就这样并置在了一起。

在古人那里，气是宇宙的本源，风能散气，而水能聚气，聚散辩证，生生不息，故有风水之说。

风水学,逐渐发展成了研究地貌、环境以及方位等等的堪舆之术。

我不懂风水,我也不信谁能说得清风水。尽管这些年经常有人戴着科学的帽子大谈风水,但我总觉得那是格格不入的。风水最迷人的玄妙,恰恰就在于它玄之又玄的那部分,而不在于日常经验能够理解的那部分。

谁能说得清玄妙的事物?玄妙的事物天生就不是让人说清的,而是和一首好诗一样,直接诉诸人的脊椎神经元,能够感受却无法理解。

我能感受到易县的风水非同一般。

我的感受并不重要,其实,严格来说,我这是一句废话。易县的风水好早有铁证在此:雍正皇帝放弃了他父亲康熙选定的遵化县清东陵,另外选择了易县永宁山下作为自己百年后的地方。堪舆考察的结论是:“乾坤聚秀之区,阴阳合会之所,龙穴砂石无美不收,山脉水法条理详明,形势理气诸吉咸备,洵为上吉之壤。”自此以后,以“父东子西,父西子东”的“昭穆之序”建陵,雍正的泰陵、嘉庆的昌陵、道光的慕陵和光绪的崇陵都在这里,其中道光是因为东陵在建的墓穴漏水,他下令改建在了西陵。只有光绪的崇陵被盗(现在可以直接参观地宫),其他的皇帝陵墓都保存完好。自建陵起开始栽种的数百平方公里的古松林至今基本完好,郁郁苍苍,吸纳并散发出清王朝的讯息。

还有一位帝王的陵墓也在西陵。

那就是末代皇帝溥仪,他过世后,先葬于八宝山,后迁于光绪崇陵附近的一座公墓里。巍峨的帝陵和简朴的公墓之间,形成了极为强烈的对比,令人直面一个漫长历史时代的终结。不仅仅是清王朝的终结,更是帝制时代的终结。

让我们再回到刺秦。

荆轲当然知道秦国统一六国的大势是不可能逆转的。他怀刃上路的时候，韩、赵两国已经灭亡，魏、楚两国也危在旦夕。燕是小国，对秦国更是没有抵抗之力的。这个时候，各种连横抗秦已经无计可施了。因此，才有了刺杀这样的举动。刺杀，是至弱者能够反抗的最廉价却最有效的办法，瓦解对方的心脏，以便瘫痪对方的整套体系。

这是一种天真的幻想还是一种理性的推断？

都不重要，这是一种反抗的激情。加缪在《反抗者》中说："反抗不创造任何东西，表面上看来是否定之物，其实它表现了人身上始终应该捍卫的东西，因而十足地成为肯定之物。"荆轲的刺秦，就是捍卫一种弱者的尊严，彰显一种个体的力量。再强大的帝国，在奴役的过程中始终要面对这样的尊严与力量。任何民族，任何人，只要有这样的尊严与力量存在，便有希望和未来。

秦始皇的统一之功自然不容置疑，他开启了中国历史的新时代，他设定的基本制度绵延了两千一百三十二年。这个制度的最后体现者，居然葬在了荆轲出发的地方。这是一种终结，这是一种开始，这是一种奇妙的衔接，这是一种无法料及的历史轨迹。

这都在易县。

易者，阴阳交替，日月为易。

古有《易经》，无论夏的《连山》、商的《归藏》，还是周的《周易》，都是阐述"变化"的神书。

什么是变化？从荆轲刺秦到溥仪的公墓，就是变化。

我们都置身在宇宙的、人类的、民族的巨大变化当中，却浑然不觉。只是此时转身一望，便是两千一百三十二年的尺度。

那本来可能发生的和已经发生的，指向一个终结。

终结永远是现在。

足音在记忆中回响，
沿着我们不曾走过的那条通道，
通往我们不曾打开的那扇门。

——没有比 T.S.艾略特《四个四重奏》中的这段诗更符合我此刻的心情了。

让我们推开那扇门。

吴佳骏 作品

吴佳骏，1982年出生。编刊物，写散文。嗜静笃，尚自由；不跟风，不盲从；尊个性，举革新。脚踏大地，心怀苍生。以真诚、朴实之写作态度，体察光明与黑暗，洞悉人心与人性，剖析精神与灵魂。迄今已出版散文集十部。现居重庆。

穴居里的黑暗和光明

一

仲秋时节,一个细雨绵绵的午后,我提着两袋苹果,撑一把被风吹折了细骨的雨伞,跟随雪君走在一条荒草掩膝的乡间土路上。草叶上的水珠,像一些被风摇落的马豌豆,不断掉进我的鞋子里。有一团化不开的凉,便从我的脚底慢慢穿过双腿,朝心的方向逼近,使我原本就忐忑不安的心情,越发地显得慌乱而游移。

我即将去拜见的,是一个既熟悉又陌生的年轻人。

说陌生,是我根本不认识他;说熟悉,是缘于雪君不止一次跟我提起过他。我对他的生活和精神状态,乃至内心隐痛和理想追求,可谓一清二楚,并对其生发出由衷的敬意。

这个人名叫小海,是雪君的表弟。

雪君是我多年的朋友了。我们常在一起谈论文学和生活,她作为女性特有的慈悲和细腻,常常给我的创作带来诸多启迪。至于小海,是她近来才频繁向我提及的一个人。雪君每次说到他,都眼含泪花。甚至说着说着便抽泣起来,仿佛小海的命运就是她的命运。她说:“我表弟很苦,一直瘫痪在床,日常起居尚难自理。”继而,她话锋一转,“但他很有才华,古典诗词写得好,还能写一手漂亮的毛笔字。”说到这里,雪君总是两眼放光,仿佛一个农民在锄地时挖到了黄金。同时,她还滔滔不绝地跟我背诵起小海写的诗词来。起初,我并没觉得怎么样。后来,雪君多次请我抽空去看看她的这个表弟。她说:“我请你去,没别的意思。你作为文学杂志编辑，去鼓励鼓励他，这对一个残疾人来说很重要。这种意义已经超出文学本身，你去是为让一个备受病痛折磨而几近绝望的生命，如何更好地鼓足勇气活下去。”雪君的话情真意切，近似哀求。我自知没有她说的那么重要，但还是被她的爱心和真诚所感动。于是，我决定去拜会一下她的这位表弟。

据雪君讲，小海是在十岁那年，患上一种怪病导致下半身瘫痪的。而且，他还患有肝病，他的母亲也有肝病。小海属于家族遗传。他的父亲便是因肝病去世的。他还有一个哥哥，长年在广东打工。目前，小海跟他年过花甲的母亲相依为命。

我和雪君在镇上下车后，便一直在山间小路上前行。一路上，雪君都没说话。或许是她平时已经跟我说得够多，又或者，她的心情也如我一般惆怅吧。大约走了四十分钟后，一座青瓦土墙小屋出现在我的视线中，屋前的菜园子里，有几只鸡在啄食。小屋后面栽种有苍翠的竹子，远远看去，像一块绿色的帷幕。而那小屋和菜园，则好似自然界刺绣在帷幕上的一幅乡间素描画。雪君用手指着那小屋说：“到了。”

刚一进屋，便看见狭窄的房间里摆放的木床上躺着个年轻人。他好似刚刚睡了觉，垂肩的头发有些凌乱，眼眶凹陷下去，面容蜡黄。雪君喊了声：“小海。”他便双手撑着床面，使劲儿挪了挪上半身，抬头回了句：“姐来了。”大概是紧张的缘故，他脸上的笑容略微有些僵硬。雪君拉亮电灯，原本潮湿而暗淡的屋内顿时亮堂了许多，仿佛还把弥漫在房屋里的霉味和尿臊气也给驱散了。雪君跟小海介绍我说：“这就是我时常跟你提起的吴老师，这次是专门来看望你的。”我过去拉着小海的手说：“经常听你姐提起你，我被你的精神所感动。”小海羞涩地低下了头，用颤抖的声音回答：“苟且偷生罢了，苟且偷生罢了。”这时，我发现他的手透着冰凉，且枯瘦如柴。那天，小海跟我说了许多的话，但所谈大多是关于写诗填词的。我仔细聆听他对于文学的理解和观点，末了，他说："其实，我并不具备写东西的潜质，练习书法也纯属消遣，不过是跟死亡玩玩游戏罢了。"或许是初次见面，他的心扉并未完全敞开。我也不便深究，怕影响他休息和触及他的自尊，只说了些安慰的话，便与雪君起身告辞。

那个下午，直到我们离去，都没看到小海的母亲。听小海说，母亲到镇上替他买药去了。

二

> 残疾人中想写作的特别多。这是有道理的，残疾与写作天生有缘，写作，多是因为看到了人间的残缺，残疾人可谓是"近水楼台"。但还有一个原因不能躲闪：他们企望以此来得到社会承认，一方面是"价值实现"，还有更具体的作用，即改善自己的处境。这是事实。这没什么不好意思。他们和众人一道来到人间，却没有很多出路，上大学不能，进工厂不能，自学外语吗？又没人聘你当翻译，连爱情也对你一副冷面孔，而这恰好就帮你积累起万千感慨，感慨之余看见纸和笔都现成，他不写作谁写作？你又不是木头。

这是史铁生在他的《病隙碎笔》里说的一段话。我曾将这段话专门拿给小海看过。小海看后，陷入了长久的沉默。然后，他深有感触地说了句："说得真好。"从此，小海像突然之间找到了精神上的盟友般，疯狂地喜欢上了史铁生的作品。而在这之前，他压根儿不知道有史铁生这个人。有一次，我在书店买了一本史铁生作品集送给他，他如获至宝，夜以继日地翻看。隔三岔五，我就会收到小海发来的短信，谈他读史铁生作品的感受。他说，史铁生的作品，宛如一盏巨大的精神之灯，照亮了他那被黑暗笼罩的命运。虽然,他未必真正读懂了史铁生作品的深邃内涵。但这已经不重要了,重要的是,通过阅读这些作品,让小海看到了即使身为残疾人,也可以活得那般充实和有意义。甚至,比健全人还深刻和有价值感。

小海的阅读视野无疑是狭窄的。在我没有送书给他以前,他的床头除放着一本《新华字典》外,就只各有一本《唐诗三百首》和《宋词三百首》。这还是雪君在几年前给他买的。那本字典,由于长年累月的翻查,早已残破不堪,像被老鼠啃过一般。而那两本古典诗词,也都掉了封皮。纸张陈旧泛黄,加之受潮,书的边沿被染上了一层黑乎乎的污渍。小海说:“这本字典和两本诗词,是我的救命稻草和精神支柱。”只要随便提到书里某首诗词的题目,他皆能倒背如流。

我每次去看他,小海都要拿他新写的诗词给我看。那些诗词虽然大都写得浅显、单薄,有的还不合格律,却不失本真之态。每首诗都在抒发他内心的痛苦和人生愁绪。而在那锥心般的痛楚之中,却又充满了对活下去的坚定信念。

除写诗填词外,小海把大部分时间都用来练习书法。他的床边长年安放着一张四方桌。桌子靠床的一边,已经被他的衣袖摩擦得光滑了。因无钱购买练字的纸笔,小海就将自己的头发剪下来,再找来几根筷子,用棉线和胶布将头发缠在筷子尖上替代毛笔。然后,他让母亲从镇上的建筑工地上要回几块砖头充当字纸;再从家中的水缸里舀来几碗清水充当墨汁,就开始了他漫长的写字生涯。我目睹过小海练字的样子。那用头发做成的毛笔,在巴掌宽的砖头上游走,清水留下的痕迹,组合成一个个堂堂正正的方块字。意到笔到,水乳交融,方寸之地天地尽显。我从未看见过如此练字的人。那一刹那,我像被电流击中,眼中似有两股热泪要夺眶而出。客观地说,小海的字比他的诗词写得好。他房间的墙壁上,贴着一幅字,那是小海唯一用墨汁书写的作品,内容是常见的两句励志的话:宝剑锋从磨砺出,梅花香自苦寒来。我问小海:"你这些年消耗掉多少块砖头啊?"他用手指着床底下让我看。我低头一瞧,竟然堆着三四块像磨刀石一样凹下去的砖头。我再问:"那你这毛笔呢?"他摸着脑袋戏谑地说:"这个不耗材料,人废了,就剩这点毛发管用。"我说:"那你完全可以申请专利了。"他说:"如果你愿意投资,我可以试试。"说完,我俩都大笑起来。那是我见他最为开心的一次。

后来,我无意中将小海的故事讲给了一个书法家朋友听,谁知这个朋友竟是个热心肠,他非要去见见小海。而且,坚持要给小海送去一把毛笔、一箱墨汁和几捆宣纸。领着朋友去见小海那天,我并未事先跟小海说。除了我和那位书法家,还有书法家的另一个至交。我们三人扛着宣纸和墨汁,像几个下乡支教的人,走在弯曲的乡土路上。阳光从天空洒下来,暖融融的,鼻孔里能嗅到野草的清香。书法家和他的那个朋友,突然从大城市来到乡下,眼前的一切都令他们感到新鲜。只有我的心,像吊在深井半空的水桶,有种悬浮感。我担心我们的突然造访,会显得唐突。果不其然,我们刚进屋,小海即感到惊讶。待我说明朋友的来意后,他才稍稍感到几分释然。那次会面,小海明显有些不悦。但或许是考虑到照顾我的情面,他才压制住了心底的怒火,没让它当即喷发出来。我见两个朋友还在喋喋不休地缠着小海问这问那,便提出告辞。朋友无奈,只好随我匆匆离开。

事后,我怕这次莽撞造访,会给小海造成心理伤害,我给他发去一条短信,向他表达我的歉意。短信发出后,一直未见小海回复。我想,这次是真的伤害到他了。我正暗暗自责时,却又意外收到他发来的一条信息。只有一句话,很短:

我只想做个像史铁生那样有尊严的人。

三

时间宛如初冬时期的银杏叶，被几场冷风一吹，转瞬间便飘逝了。自从那次贸然造访后，数月过去，我都未敢轻易去看小海。我怕我的出现，会再度引起他的介怀。要不是雪君突然给我打来的一个电话，我真不知道该如何重新去面对小海。

那是一天上午，冬日的雾霾使外面的能见度很低。我打开书房的窗子，正准备静下心来看一本书，这时，我的手机铃声响起。我一看是雪君打来的，料想一定与小海有关。果然，我刚一接听，手机里便传来雪君急促而发颤的声音："小海割腕轻生，正在医院抢救。"

我急忙赶去雪君说的医院，刚到病房，即被雪君拦住了。她说："小海刚睡着，不要吵醒他。"我透过病房门上的玻璃窗，看到躺在病床上的小海，比几个月前更加消瘦。头发油渍渍的，好似长久没有洗过；胡须也像秋收后的稻茬，包围着他那干瘪的嘴。他露在被子外面的右手腕缠着纱布，纱布上有暗红的血丝渗出来，像他家院落里那株月季的颜色。

雪君跟我说，小海已经是第三次轻生了。第一次是在前年夏天，他从床上滚到床下，拿起他练字的砖块朝头上砸，整个头部鲜血淋漓，幸亏被他母亲及时制止，方才化险为夷；第二次是去年春天，刚过完春节，他偷吃了藏在家中的老鼠药，所幸吞服的药量不大，才又躲过一劫。

小海这次割腕，是因为他刚刚因肝硬化去世的母亲。

据雪君说，小海的母亲，是在他割腕的三天前下的葬。母亲的亡故，使小海瞬间掉进了寒冰地窖，所有的希望都烟消云散。以前，小海的饮食起居，全靠多病的母亲照料。如今，离开了母亲，他不知道自己该怎么活。痛苦绝望之下，他选择了自杀。

雪君的讲述，让我顿时回忆起了小海那孤苦而顽强的母亲来。一个乡间老太太的身影，像电影镜头一般，清晰地闪现在我的脑海中。

除第一次去见小海,我没有见到他母亲外,之后每次去,他母亲都在。这个老太太给我最深的印象,是她那张饱经沧桑的脸。密布的皱纹有如刀刻,版画般透着力度和被岁月浸染的痕迹。满头银发,宛如春蚕吐出的丝线,缠绕着她那颗充满忧思和焦虑的头颅。她一见到我,总是非常热情,感激的话说个不断。我每每与小海交谈,她就默默地站在旁边听我们说话。目光始终停留在小海身上。只要小海脸上一露出笑容,她也会跟着笑起来。要是小海偶尔谈到某个伤感的话题,她就会背转身,用衣袖抹眼泪。这时,小海就会突然岔开话题,顾左右而言他。

小海曾跟我说,他母亲经常从屋外的墙缝里窥他。尤其是他情绪不好的时候,他母亲自知不好去打扰小海,又担心他想不开,每隔一会儿,就会偷偷地朝屋里瞅。只要看到小海还平静地躺在床上,她绷紧的神经才能稍稍放松一下。天气晴朗的时候,她总是要想法把小海挪到屋外的院坝里去晒太阳。小海说,他母亲年老体弱,每次背他去外面透风都很费劲。小海虽然也很瘦,但毕竟体重超过他母亲。有一次,他母亲在背他的过程中,腿一软,两个人双双摔倒在地,把彼此都吓傻了。他母亲强忍着痛,拼命将小海扶起来,嘴里满是自责,眼泪止不住地往下流。当天下午,小海发现母亲走路有些趔趄,撩起裤脚一看,才发现母亲的左脚踝肿起一个大青包。晚上,小海坚持要为母亲热敷,母亲却极力推辞。小海说:"当我把热毛巾硬搭上母亲脚踝那一刻,我的心都碎了,仿佛满地都是玻璃碴子。"

我最后一次见到小海母亲,是随书法家朋友去看小海那次。我们离开的时候,她跟出来送了很远。末了,她从衣兜里掏出三个煮熟的鸡蛋塞给我们。我们坚持不收,见实在推托不过,便也都收下了。小海母亲见我们收了她的鸡蛋,脸上浮现出一丝喜悦。直到我们快翻越山坳了,她都还在朝我们渐行渐远的背影挥手。一路上,握着那个温热的鸡蛋,一股暖流在我的全身游走。瞬间,我想起了史铁生在《我与地坛》里写到的母亲形象。那个同样平凡而伟大的母亲,在无数个上午或下午,清晨或黄昏,跑到偌大的地坛公园里,去偷看她那同样瘫痪在轮椅上的儿子的情景:

> 曾有过好多回,我在这园子里待得太久了,母亲就来找我。她来找我又不想让我发觉,只要见我还好好地在这园子里,她就悄悄转身回去,我看见过几次她的背影。我也看见过几回她四处张望的情景,她视力不好,端着眼镜像在寻找海上的一条船,她没看见我时我已经看见她了,待我看见她也看见我了我就不去看她,过一会儿我再抬头看她就又看见她缓缓离去的背影。

这其中的辛劳和酸楚,爱与揪心,真正是痛彻肺腑。史铁生说:有过我的车辙的地方也都有过母亲的脚印。

其实,凡是有儿女的地方,就一定有母亲的挂怀和守望。

四

命运对人的作弄,类似猫对老鼠的戏耍。直到那只老鼠在猫的利爪下被玩弄得精疲力竭,奄奄待毙,猫才得意地露出轻蔑一笑,转身蹲在墙根晒太阳去了。即便如此,猫的目光却仍旧没有离开过那只老鼠。小海或许就是那只被晒太阳的猫盯住的"鼠",经过命运反复的摧折,他几乎丧失了挣扎的力气。

雪君和我都很担心小海的生活,自他母亲去世后,小海便只能暂时跟着大哥大嫂过。小海的大哥也患有肝病,拖着两个尚未成年的孩娃。见小海每天像一根藤条样缠着自己无法外出打工挣钱,大哥大嫂天天吵嘴,甚至大打出手,搞得一家人鸡犬不宁。小海每次看见哥哥嫂嫂吵架,内心五脏俱焚，万箭穿心，死的念头宛如夏夜的闪电，一次又一次在他大脑屏上闪现。雪君说，小海的大哥有回当着她的面咒骂小海："一个废人，你活着有卵用，害得我也跟着你受罪，我早晚会被你搞得妻离子散的，你去死吧，去死啊……"小海听大哥如此责骂，脸被气得乌紫，泪花在眼眶里打转，却掉不下来。后来，雪君忍无可忍，跟他大哥吵了一架，他大哥负气而走，举家跑去广东了。

目睹孤苦伶仃的小海，雪君只好把他送去镇上的养老院，每个月的护理费均由雪君支付。雪君每个月都要去看望小海，每次去，都要给他买很多的东西。小海一见到雪君，心里就很愧疚。他每次都劝雪君不要再为他浪费精力，说人各有命，他不想成为别人的累赘。小海越这么说，雪君越是不放弃。

其实，雪君有时跟我谈及小海，也会发出另一番慨叹。她说："偶尔想想，觉得人活着一点意思都没有，像小海，整天瘫痪在床，不说爱情，连亲情最终都无法得到，你说有什么意思？试想，一个正值盛年的小伙子，指不定哪天就离开了人世，却最终连女人是啥滋味都不知道，你说这有意思吗？"

我跟雪君说："小海长期由你照顾，毕竟不是长久之计，得想个妥善的办法。"雪君说："能有啥办法啊，他大哥又甩手不管，我不能眼睁睁看着他被逼上绝路吧。"那段时间，我们利用各种关系，通过各种渠道替小海寻求生活保障。我还多次去镇政府，乃至区民政局反映小海的具体情况，希望能得到政府的帮扶，解决他的后顾之忧。镇上和区里均对小海的遭遇深表同情，但同情之后的答复都是小海目前尚有亲属，不符合全部由国家来赡养的相关政策。

无奈之下，我请一个记者朋友帮忙，在他供职的日报上为小海写了一篇报道，这招果然奏效。报道发出后，引起了区里领导的重视，并责成镇政府妥善安置小海的生活。最终,镇政府想了一个万全之策。他们决定赞助小海大哥三万元建房补贴,但前提是他必须赡养小海。

小海大哥听到这一消息后,火速从广东赶了回来。这些年,小海大哥一直都在试图靠打工挣钱回乡修房。但他们两口子的月收入,除了支付房租、水电费,和两个孩子的花销外,几乎没有结余,有时还入不敷出。这一现状让小海大哥的建房梦想几成泡影。故当得知镇政府的决定后,小海大哥无疑是兴奋的。拿到钱的当天,小海就被大哥从养老院接了回去。那天,我和雪君也一同去养老院接小海回家。冬日少有的阳光从天空洒下来,照在路两边挂着稀疏叶子的树上,像是披了一件淡黄的薄纱。小海的大哥背着小海,健步如飞地走在回家的路上,脸上的笑容也如阳光一般耀眼。我和雪君跟在他们身后,默默地走着。只听小海大哥不停在说:"老弟,你放心,哥哥就是再穷再苦,也不会丢下你不管。"小海趴在大哥背上,对哥哥说的话没作任何回应。他的脸一直愁苦着,仿佛他正在去的不是家,而是另外一个什么地方。

小海被大哥接回家后,因为工作原因,有好几个月,我都没去看过他,也不知道他过得怎样。

2013年10月的一天,我突然想起去看看小海,便买了两套保暖内衣给他送去。我刚进门,便看见小海蓬头垢面地躺在床上。他一见是我,迅速用手捋了捋头发,并强打起精神的样子。小海的话明显少了,我问他问题,他也总是支支吾吾。我在屋里坐了很久,都不见他哥嫂的身影。只见小海的床头柜上放着一碗冷饭。我说:"你就吃这个?"他答道:"嫂子农活儿重,我泡点开水就吃了,不碍事。"我没有再说什么。直到午时已过,我准备起身离开时,才看见小海的嫂子牵着两个孩子从外面回来。她一见我就满脸堆笑,说:"吴老师,你真是我们家小海的恩人哪!你坐,我马上去煮饭。"我说不用,我吃了饭来的。继而我问她:"小海他哥还没收工?”她遮遮掩掩地答道:“快回来了,快回来了,我是提前回来煮饭,担心饿着小海。”事后我才知道,小海他哥自从把小海接回家不到一个月,就独自跑去广东了。而小海嫂子那天也并没上坡干活,而是在邻居家打麻将。

令我更没想到的是,那次居然是我最后一次见到小海。

就在这个冬天快要结束的时候,小海走完了他生命最后的路程。雪君说,小海是从床上摔下来,头部撞在床前一块生锈的毛铁上死去的。雪君流着泪跟我讲述时,嘴里不断在说:“死了好,死了好,少遭罪,少遭罪啊……”

雪君还跟我讲述了另外一件事,她说,小海生前曾跟她表达过看透人情冷暖的话,说有些人活着其实比他还可怜。我问他为何说这样的话。雪君说可能跟那些隔三岔五送他电脑和轮椅的人有关吧。我说什么送电脑和轮椅?雪君说,自从我那记者朋友跟踪报道了两期小海的通讯后,镇上的领导有的给小海送去轮椅,有的送去吃的和穿的。后来,听说区里的领导看到镇领导给小海送温暖的照片出现在日报上,又有区里的领导给小海送去一台电脑,还叫上电视台的记者进行报道。再后来,小海只要听说有领导要去慰问他,他就紧张得睡不着觉。小海说,他不想把自己的伤痛变成别人的一种荣耀。

安葬完小海那天,我和雪君去整理小海的遗物,在小海睡的床后面,我发现放着三辆崭新的轮椅和一台连包装都还没拆的电脑。雪君说:“这些东西小海一次都没用过,他根本用不上。”

我在小海睡过的枕头底下,还发现一个硬抄本,上面全是他写的日记,内容多是他这些年来心中的苦楚和灵魂的煎熬。在日记的最后几页,我看到这样一句话:

明日区领导要来探望，我尚未做好心理准备，心里慌张得很。

这句话让我有种欲哭无泪的感觉。同样是史铁生，在他的《病隙碎笔》里，还说过这样的话：

残疾，并非残疾人所独有。残疾即残缺、限制、阻碍。名为人者，已经是一种限制。肉身生来就是心灵的阻碍，否则理想何由产生？残疾，并不仅仅限于肢体或器官，更由于心灵的压迫和损伤……

也许，上帝正是要以残疾人来强调人的残疾，强调人的迷途和危境，强调爱的必须和神圣。

读着史铁生这段话，再想想小海曾经躺在床上的模样，我的脑海里，突然跳出诗人痖弦的一句诗来：有那么一个人，他真的瘦得跟耶稣一样。

而我，则无疑是把小海推向绝境的最大罪人。如今，面对已故的小海，我唯有顶礼合十，并写下这一切，来虔诚地表达对他的哀悼和纪念，以及我那深深的内疚和忏悔！

在黄昏眺望黎明

一

多年的漂泊生涯，使我成了一个独居的男人。独居让我变得寂寞，也变得清醒，更变得脆弱。有时躲在城市蜗居的陋室里，内心的荒凉像冬日的寒冰。窗外偶尔刮过的一阵风，都会使我的身子瑟瑟发抖。

人或许真的要远离故土，才能深刻理解“故土”的含义。

二

每到黄昏时分，当万家灯火照亮城市的夜空，我都习惯站在出租屋狭窄的阳台上，朝着老家的方向眺望——那个两百多公里之外的故园。在那片贫瘠的土地上，我仿佛又看到了童年时的自己，赶着一群鸭，或牵着一只羊，忍饥挨饿，在田埂上摇摇晃晃地走着；看到父亲和母亲挑着箩筐，背着背篓，在落日的笼罩下，阴沉着脸，默默地走向山坡；看到几个光着屁股的野孩子，骑在牛背上，伴随沉闷的时光，等待成长和梦想……记忆使这一切变得虚幻而又真实，亲切却又无奈。

故乡给我的感受总是这么庞杂，充满了苦难和泪水。无数次，我都试图将故乡遗忘。可我越是这么做，越是忘不掉。我原以为，告别乡村，就能告别过去，获得一种城市化的生活。但当真正来到城市后，我才发觉，自己作为农村人的特质是无法改变的。我的生活习惯，我的思维方式，我的人生观和价值观，都是农民式的，与我置身的城市格格不入。我仿佛一只蛙，离开了野地、草丛、池塘，闯入了别人的领地，只能沉默地活着。

唯有故土，才能唤起我的自尊。

三

稍有闲暇，我就朝乡下跑。走在熟悉的石板路上，内心的凄惶暂时得以平复。苍翠的山峰首尾相连，白云在山顶飘移和游动，载着我的想象；藤蔓爬满崖上的石壁，仿佛岁月的经纬；路边的树又沧桑了许多，经历过时间的风霜雨雪，它们的年轮又刻下了诸多辉煌抑或暗淡的秘密。树杈上的几个鸟巢被风吹破了边沿，几根羽毛露在外面，那是生命留下的印记。曾经在里面安营扎寨的鸟儿，如今早已不知去向，说不定已经消亡。但它们在这个巢里孕育的儿孙却依旧在世界的某个角落，替它们传宗接代。

我常想，如果鸟也有乡愁，有一天，它们会不会带领自己的后代，飞过千山万水，越过丛林沟壑，来瞻仰这个破旧的老巢，追宗问祖。且绕树三匝，为遗失的故乡唱一首挽歌。

我不能替鸟儿作出任何回答。或许，故乡原本就不只是为游子而存在的。就像我，每次返乡都感觉故乡离我越来越遥远。它缥缈得如同一个梦境，虚幻得好似一阵烟霞。当故乡在游子的心里逐渐变成一种伤怀和凭吊时，它跟那个枯树枝上寂寞地空着的鸟巢，又有什么两样呢？

四

回乡更多的是疼痛。我每次回去，耳朵听到的总是某某又不在了。这些相继离世的人，大多是我的长辈。他们看着我出生，看着我长大。我穿过黄四爷在寒冬腊月里偷偷地送我的一件旧棉袄，吃过春婶背着她男人给我的一碗白面粉；我至今还记得王大叔教我唱的人生第一首歌谣，更忘不了李奶奶在我最无助的时候帮我垫付的几块钱学费……这些平凡而普通、慈祥而憨厚的庄稼人，不仅养育了我，还教会我如何做人，以及活着的尊严。从精神意义上讲，他们每个人都是我的父亲和母亲。可如今，他们都已谢世。像春季过后的花朵，一朵接着一朵地凋零。走在故乡的山坡或野地，无论是看到被荒草掩埋的旧冢，还是泥巴尚未干透的新坟，内心的凄凉便如隆冬时节的寒气，从脚底蹿至脊背。我知道，在那些泥土下面，有我无法捡拾的乡村记忆，更有我未敢忘却的血脉亲情。少了一些人的存在，故乡也就少了一种温暖。这逐渐递减的过程，使我每每提及“故乡”这个词汇，都要鼓起绝对的勇气。

五

我最近一次回乡，是我叔公的死。我们家族史上又一棵老树，在风摧雨折中摇摇晃晃地坚守了六十九个春秋之后，终于断了。它断得是那样的决绝和彻底，连根拔起，毫无留恋。这个性格倔强的老人，生前承载了太多生理上的痛苦和心灵上的折磨，孤独和恐惧时刻侵蚀着他，使他对人世已经不再抱任何幻想。死对他来说，无疑是最好的结局。

我叔公一生乐善好施，本分老实，春种秋收，靠天吃饭。贫穷和饥饿把他炼成了一个硬汉。他从不向人低头，凡事都往自己肩上扛。为把自己的四个子女拉扯成人，他甘愿做牛做马，受尽人间屈辱。可当“荷子已成莲叶老”时，他却落得个孤苦伶仃的下场。四个子女都不在他身边。两个女儿远嫁他方。两个儿子，一个在重庆靠打工为生，另一个在近四十岁时才靠入赘讨到一个寡妇为妻。一家人分别生活在不同的屋檐之下。

即使在我叔公病重的时候，他的四个子女都没有一个回去看过他，给他些情感上的安慰或精神上的支撑。他们都以冠冕堂皇的理由，斩断了血缘这根藤。

在农村，时常发生老人无人送终的事情。我们村头的赵婆婆，老伴比她先走，子女又不在身边，单家独户住着。她长年有病，饮食起居全靠自己拖着病体解决。因行动不便，平时门都关着。一天，有人路过赵婆婆家门，喊话没人应。推门进去一看，才发现赵婆婆死在灶房背后，手上还拿着把水瓢。尸体都臭了。苦难使亲情变得冷漠，冷漠又助长了悲剧的上演。

因无钱去药店拿药，我叔婆只能隔三岔五地上坡挖草药熬水给叔公喝。我叔公睡的床底下，塞满了大小的瓶瓶罐罐。那些瓶子里装满了水药。只要一踏进叔公的院子，一股怪味便扑鼻而来，带着死亡的气息。经过无数次的努力之后，叔婆最终对叔公的病失去耐心，她早已厌烦了这个曾与她同床共枕了几十年的男人。现在，她恨不得他快快死去，她已经心力交瘁。当爱变成一种恨的时候，亲人之间就再没任何意义可言。

我的叔公最终是带着痛苦走的。他躺在床上，神志恍惚，大小便失禁。整个人瘦得皮包骨头。他临死前最大的愿望，是希望再看自己的子女一眼。他的子女们没有给他这个机会。上帝垂怜他，在一个凄风苦雨的夜晚，把他召回了天堂。

叔公的葬礼很是草率，连副像样的棺材都没有。叔公的四个子女匆匆赶回来时，没有人们预想的那么悲伤。他们只在叔公的灵堂前磕了几个头，烧了几沓纸，表情十分平静，仿佛灵堂里躺着的那个人，跟他们没有丝毫的关系。叔公下葬的第三天，他们就各自启程，继续他们的生活去了。生和死，悲和欢，转瞬即成云烟。

我站在叔公的坟前，不禁泪如雨下。这个让我百感交集的老人，再一次把我这个故乡的叛逃者，重新拉回了故乡。

六

或许正是因为疼痛，才使我对故乡保持着敬畏。如今，坚守在故乡的人一年比一年少。已经逃离故乡的人，如果没有一个充足的理由，是很难再把他们召唤回去的。像我叔公的四个子女，他们根本不需要故乡。

我的父母现在还生活在乡下，老两口相依为命。我没有其他的兄弟姊妹，他们是我唯一的牵挂。我每次打电话回去，问及家里的情况，以及父母的身体，他们都是报喜不报忧，尽量不给我增添麻烦。我理解他们的心态。但他们越是这样，我就越是放心不下，老想挤出时间回去看看，哪怕陪他们吃顿饭，或者说说话。只要见到他们，我的心才算踏实和安稳。他们是我生命的根须，故乡的源头，血脉的上游。有了他们，我的故乡才是具体的,可以触摸的。有了他们,我的家园才不至于荒芜,我的内心才有了支撑,情感才有了维系。

我终于明白,故乡的意义正是因为有亲人的存在。

没有亲人的故乡,至多只是一个地理名词或文学符号而已。即使你的身体回去了,灵魂也是回不去的。

七

随着故乡的沦陷,我的父母也在衰老。光阴在使故乡的树木由苍翠转为枯黄的时候,也在残酷地消耗着人的生命。每一次回乡,我都发现父母额头的皱纹在加深,白发在一天天增多,脊背也越来越弯曲。目睹他们俯向大地的身躯,我的目光满是苍凉,心中的刺痛水波一样扩散。

去年八月的一天,母亲在地里扯草,突然小腹剧痛,昏倒在菜地里。父亲请人把母亲送到县医院抢救。经初步检查,发现母亲的左下腹有一个包块。包块形成原因不明。由于县医院设备落后,医生建议立即到大医院做双排 CT 增强扫描检查。无奈之下,焦急的父亲给我打来电话。当我带着慌乱的心情,连夜从重庆赶回县医院,看到躺在病床上憔悴的母亲时,我的眼泪再也忍不住了。母亲看见我,强制自己压低了呻吟,故意装出无事的样子。可我分明感觉到她的面部肌肉因疼痛而发生的抽搐。那一刻,我的内心除了伤痛,只有深深的自责。

医院的夜晚布满恐惧,惨白的灯光没有一丝温暖的色调。穿着白衣的护士,在幽深的走廊里来回走动,使死气沉沉的夜晚增添了少许生气。我不知道长期习惯了乡村黑暗的母亲,在面对这样一个白亮而神秘的世界时,内心是否会升起一种比生理痛苦更大的压抑。为尽快抓紧时间,我托熟人联系了一辆面包车。父亲匆匆收拾完病房里的生活用品,搀扶母亲准备前往重庆时,母亲迟疑了。她拉住我的手,近乎哀求地说:“能不能不去重庆,我觉得没那么严重。”我知道,母亲是心疼家里的钱。我没有理会母亲,背起她就走。在车上,我紧紧地搂着母亲。母亲的头靠在我的肩上,像一个小孩子。父亲则坐在旁边,盯着窗外的黑夜发愣。那刻,我第一次感觉自己与父母之间靠得那么近,仿佛血液在我们彼此的身体里循环。几十年来,我也是头一次真正理解什么是亲情,什么是爱和责任。

在那个深秋的夜晚,我伴随父母的疼痛,披着茫茫夜色,正在奔向一个他们所陌生的地域。

八

令我惭愧的是,在贫穷的乡下生活了大半辈子的父母,第一次走进大城市,却是因为病痛。如果不是因为生病,他们恐怕一辈子都没有走进大城市的机会。这使我猛然意识到,自己在重庆生活了多年,竟然没有想到要带父母来城市看一看,走一走。这些年,我都在为自己而活,却很少顾及自己的父母。生活的残酷使我变得麻木和冷漠。我突然感到自己的丑陋和自私——我这个不孝之子,父母给予我生命,抚养我长大,培育我成人,到头来,我却使他们屈辱地活着,没有尊严和依靠,只有孤单和落寞。我忘记了父母对我的恩养,就像忘记了故乡对我的精神守护。

弥补或许还来得及。

陪着母亲在西南医院做检查的时候,我的心一直是忐忑不安的。我怕查出什么大毛病来。尽管那天天气晴朗,医院外面的一株三角梅正在接受阳光的照耀。我和父亲坐在CT室外的长椅上,屏气凝神。我们都在竭力舒缓自己的紧张。父亲突然说了句:“你妈这辈子不容易。”我下意识地看了看父亲,他的两只眼眶都蓄满了泪水,但没有掉下来。

几个小时过去,检查报告出来了。当医生说并无大碍,不过是腹膜炎引起的包块时,我们悬着的心总算落地。父亲兴奋地跑去告诉母亲检查结果，在上电梯时，摔了一跤，把周围的人都吓出了一身冷汗。

走出医院门诊大楼，我带父母去医院的公园里晒太阳。我试图让阳光驱除连日来笼罩在我们头顶的阴霾。父亲坐在公园里的条凳上，望着四周林立的高楼，目光流露出惊恐。马路上喧嚣的车辆和天桥上过往的行人，让我父亲这个乡下人感到新鲜和稀奇。这是他从未幻想过的生活，是无法用镰刀和锄头去创造和还原的世界。这一次，我的父母终于知道了什么是大城市。这个车水马龙、钢筋水泥的城堡，就是无数农村人一辈子想要投奔的地方。在农民的眼里，城市意味着生活的富足。城市人不必忍受艰苦的体力劳动，而可以获得各种生存的保障；不必因为物质的贫乏而忍受疾病的折磨和摧残；不必因为文明的落后而忍受他人的歧视……这一切，让农村人对城市充满了美好的向往。虽然，他们并不明白，城市里也许有着比乡下更多的欺诈和丑恶，陷阱和虚假。

置身在繁华的都市，父亲作为农民惯常的虚荣心浮出了水面。趁我陪母亲去上厕所的间歇，他掏出手机开始给乡下的村长打电话。父亲在电话里说："我现在在重庆，在我儿子这里耍。重庆大得很啊……"他说话的语气是自豪的，表情是骄傲的。仿佛他已经深入这座城市，对这座城市的每一寸肌肤都了如指掌。我不知道父亲在说这番话的时候，是否还记得几小时之前，他在电梯上摔的那一跤。

下午，在医院开了些消炎、止痛的药后，母亲便要我立即送她回老家。出来几天了，她担心家里的牲畜。无论在哪里，母亲都没有忘记她是个乡下人。城市再好，终归是别人的。她的手上沾满了泥巴。母亲不信佛，但相信命运。她认为乡下才是她的家园。

我劝母亲既然来了，就在城市多待一天。那晚，我把父母带回了我租住的小屋。我的小屋很凌乱，桌子上和床上都堆满了各种书籍。书籍上落满了灰尘。屋里只有一张床和一个旧电视。厨房和厕所都是公用的。母亲一进屋,只说了句:“你就一直住在这里啊。”然后就陷入了长久的沉默。我明白母亲的心情,她不愿相信自己的儿子居然在外面过的是一种如此糟糕的生活。一直以来,我都跟父母说,自己在外面生活很好,不必挂念。可做儿子的,任何事情都瞒不过母亲细腻的心思。也只有母亲,最懂自己的孩子。

我把床让给了父母睡。我则在阳台上铺了地铺。夜晚的安静放大了我的敏锐。那夜,母亲一直未能入眠。她的每一次翻身,我都能察觉。我尽量不出声,装出睡着的样子。我怕自己的响动,会掀起母亲更多的惆怅。我敢肯定,那天夜里,母亲的内心一定经历了一场风暴。那场风暴,比乡下山坡上的寒风还要沁人心骨。它来自心的最深处,夹杂着血泪,以及身为一个母亲的慈悲和无助。

第二天一早,父母就让我把他们送到车站,坐车回老家去了。父母走后,我又成了孤零零的一个人,独自浪迹在这个喧嚣的大城市,做着怀乡的梦。

后来,父亲在跟我的一次谈话中说道,自从母亲回去后,一直在担心我的生活。母亲曾对他说:“如果我那次生病医治不好的话,我就去撞车,为儿子挣回一笔钱。”父亲话刚说完,我就哭了——为我这位一辈子生活在乡下的愚昧而又伟大的母亲!

我愧对我的父母。

九

像我一样做着怀乡梦的,也许还有那些农民工。他们是这座城市里的另一群卑微者。无论是烈日酷暑,还是寒风刺骨,随处都能看到他们在城市的大街小巷穿梭的身影。他们皮肤黧黑、衣履破旧,躬着身子劳作在水泥堆、仓库、车站、码头、建筑工地上;或蹲在马路边,抽着劣质的烟,吃着毫无营养的盒饭。即使逢年过节,他们也宁可忍着思乡的煎熬,而把身体出租给这座城市,以获取求生的资本。

在这座偌大的城市里,他们永远是一群边缘者,过着封闭而廉价的生活。他们用勤劳的双手为这座城市建造过无数的高楼大厦、公园广场,却没有一处空间是属于他们的。他们就像一只只蚂蚁,只能躲在阴湿的暗角,做着虚无的梦。他们以自己的沉默和谨慎,与城市保持着距离。他们怕得罪那些高傲而"文明"的城市人。他们明白自己的身份和处境,知道自己身上散发出来的泥腥气和柴草味道。这一切都会让城市人排斥和鄙视。为了生存,他们已经学会了忍辱负重,明哲保身。

在我工作的杂志社附近,有好几家新开发的建筑工地。傍晚时分,夜幕黑纱般笼罩在城市上空,静谧而寂寥。这时,那些劳累一天的民工就会拖着疲倦的身躯从工地上出来。脸上的表情是麻木的,生冷的,僵硬的。他们早已被残酷的生存打磨成了一块顽石。

这些民工大多住在工地上,生锈的钢管和肮脏的塑料布搭建的工棚就是他们的"家"。里面除了凌乱的被褥和锅碗瓢盆外,剩下的,便是无尽的荒凉和寂寞。重庆的冬天很难见到太阳,天空总是灰蒙蒙的,弥漫着寒冷和忧郁。入夜,湿气像草丛里的蛇,到处乱窜,碰上谁咬谁。我不知道那些躺在工棚里的乡下人,没有电热毯,没有空调,是否能够抵挡得住寒气的入侵。在他们那焦黄的体内,该潜伏着多少条无形的毒蛇呢?

吃罢晚饭,他们就围在床上打牌。这是他们唯一的娱乐方式,也是最好的抵御空虚的方式。他们没有条件享受到其他的文娱生活,没有电视可看,没有广播可听。只有扑克,可以让他们暂时忘记活着的苦恼,把生存的隐痛和内心的酸楚消融在漫漫长夜里,消融在浓浓的黑暗中。

但我不明白,这简陋的工棚,能够安放民工的身体,也能安放他们的灵魂吗?当他们蜷缩在被窝里的时候,听着外面隆隆的车声和城市人发出的欢声笑语，他们会想起远在乡下的妻子和孩子，以及衰老的父母吗？会想起村边的那条河流和房后面的那棵树吗？会想起圈里的牛和羊，以及院坝边的那片菜园吗……

我每次下班从工地旁走过，都会在内心发出一连串的疑问。这些疑问困惑着我。每次看到那些民工们在劳动的重压下凝重而无奈的神情时，我都会难过。在这个陌生而冷漠的城市，没有人会去真正关心他们的内心世界和精神生活，没有人会主动去了解他们在想什么，需要什么。他们也没有倾诉自己情感和表达自身愿望的权利。他们永远压抑着自己。他们已经习惯了做一个被漠视的社会角色。

可就在这个习惯了被漠视的庞大的群体里，他们当中的任何一个人，都是我的父辈。因为，在这个爱恨交织的人间，我们有着同一个姓名：农民。

也正是由于这种根源上的关联，当更多的农民工受到社会不公正对待和歧视的时候，我注定没法做到像那些“文明”而有“教养”的城市人那样，成为一个旁观者而心安理得。

十

无论在乡村，还是在城市，我都是一个站在黄昏边沿的黎明守望者。在这个漫长的守望过程中，我目睹了辛酸和悲伤，体味了痛苦和绝望。看到了人为了活着所必须承担的苦难。但我并不悲观，我相信只有经过苦难的锤炼，才能最终获得曙光的照耀。

十一

我对故乡的怀恋，并非是要做一个农耕文明的怀旧者，更多的却是一种审视。作为一个农民的儿子，无论我身处何处，我的根始终在乡村。

在城市里摸爬滚打的这些年，我已经深切体会到无根的痛楚。这种痛楚是尖锐的，它使我迫切需要替自己的心灵寻求一个归宿。但当我看到故乡一年不如一年的衰败和陷落，我的精神有一种枯萎的状态。尽管我一直在逃避乡村，但我从来没有抛弃过对这片土地的热爱。我的爱是潜在的，隐忍的，像地下的泉水。

人活着，是需要有根的。

根，让一个人看到自己的来路。能看清自己来路的人，才能摆正自己的位置，既不狂妄自大，又不妄自菲薄；才能知道自己该珍惜什么，该坚守什么。

尽管我一直对像我一样出身的农民充满同情，但我也时常看到一些进了城之后的农民，再回到故乡时的跋扈和乖戾。他们穿着被城里人淘汰的西服和皮鞋，打着劣质的领带，把自己包装得煞是光鲜。还学着城里人说话的腔调，故意在乡邻们面前显阔，俨然城里人的模样。可只有他们自己知道究竟在城市里过的是什么样的日子。

这样的人总是令我感到厌恶。这不能不说是另一种意义上的悲哀。

如今，大部分的年轻人都跑到城市里去了，乡村只剩一副空壳。还继续留在乡下苦苦挣扎的，就只有像我父母那样的老人了。他们是乡村最后一批守望者。只是，他们所守候的，不再是黎明的曙光——他们对生活已经不抱希望。而是命运本身，以及那一丝血缘亲情。

像我的父母，总是盼望我能经常回去看看他们，陪他们说说话，吃顿饭，哪怕什么也不做，就那样静静地待一待。在乡下老家，我母亲至今还藏着我曾经使用过的几种名片。她用一块纱布包好，放在枕头下。想我的时候，就偷偷地拿出来看看。而我父亲则收藏着各种刊物寄给我样刊后留下的信封，每个信封上，都写着他儿子的名字。有一次，我整理房间，将这些破损的信封扔了，可父亲又背着我将它们捡了回来。现在，他们老了,已没有能力再爱我,只能以这种方式来表达对儿子的牵挂和祝福。

可我在乎过他们内心的想法吗?我在逃离乡村的那一刻,就意味着把他们一同撇下了。多年之后,当我回首来路,已是人到中年。面对渐渐老去的父母,我束手无策,像面对逐渐消失的故乡那样。

好在,我并没有因为故园的丧失而颓废,也没有因为父母的衰老而沮丧。故土和亲情所给予我的养分,已经融入了我的血液里。这种来自血脉上游的滋养,使我懂得了感恩和怜悯,懂得了慈悲和爱。

以致不管我在城市里遭受多大的屈辱,我都不会因为自己是一个农村人而感到羞愧。

十二

我也无意于去指责和批评我现在寄身的城市。

我时常告诫自己,不要以农村人的狭隘眼光去看待城市。城市虽然有它固有的排他性和残酷性,但总体上还是体现了一种现代文明。不管是医疗卫生,还是文化教育、权益保障等等,都是农村无法比拟的。城乡之间,永远是有差别的。城市也永远对农村具有诱惑力。否则,就不会有数以万计的农民,从他的孩提时代起,就在梦想着挤进城市。以此来改变自己的命运。

事实上,城市也确实让无数来自农村的追梦者实现了自己的梦想。虽然,他们在实现梦想的过程中,经历了常人难以想象的艰辛和血泪。

从生命的本源来讲,人是生而平等的。没有人可以决定自己的出生,就像没有人可以抗拒死亡。我们没有必要因为自己是城市人就自觉高贵,也没有必要因为自己是农村人就自感低贱。应该彼此多一分理解和宽容,少一分歧视和伤害。

让每一只蚂蚁,都能感受到被太阳照射的温暖。

让每一只蟋蟀,都能发出哪怕微弱的声音。

放爱一条生路吧,你的灵魂将会获得永恒的安宁!

我这样想着的时候,又一个春天悄然地来了。窗外园子里的几棵柳枝上,新的胚芽正在绽放纯净的笑意。我看到从地平线上升起的第一缕阳光,在照亮大地的同时,也在驱除我内心深处囤积的寒冷,使无数光明的事物重又灌满我的胸腔。

小白 作品

小白，原名白光迅。1988年生人，长居天津。

饭

室友知道我会做饭后，每天下班都约我一起回，路上买菜，本不想做饭，也不得不做了。这位精瘦的东北汉子不会做饭，跟他聊起猪肉炖粉条，他说的索然无味，令人食欲全无，索性令他熬粥和洗碗。三两个人来自天南海北，这样搭伙生活着，竟也持续了一年多。

一位大学同学精于做饭，偶尔会和我联系，无论是见面还是电联，都要尽可能地嘲笑我，这个瞒着父母偷偷写网络 BL 小说的暗黑系女同学，只有谈到做饭，才与我和平友好。那次是当她痛诉与公婆难以相处的经历时，把做饭这件事当成头项罪证。自从有了孩子以后，公婆从外地过来帮忙照看小孩，同一个屋檐下厨技难免暴露，婆婆做饭随意，破天荒地做了一道茄子炒鸡蛋。听到这里我也有些惊悸，担心茄子没熟之前，鸡蛋已经煳了，或者已经糟碎了。同学则一语道破问题的关键："怎么能看见什么就放一块炒，食材搭配是有讲究的！我都崩溃了，炒煳了还是盐放多了都不是问题，这样的搭配就是让人崩溃的！"是啊，从一开始就错了。紧接着她又抱怨起老公只会用电饭煲熬粥，不会做她爱喝的汤。后来她终于成功地把公公挤对走了，下面可能就是婆婆了吧。她的女儿刚刚一周多，天真烂漫，想若不是这个可爱的婴孩作为调剂，他们家这道菜可能很难下咽吧。

那些特别会做饭的人，大概都是好吃的讲究人。我既不是讲究人，饭也做得一般。一位同样从农村走出来的同学，至今无论面对怎样的一桌菜，只盯着主食看，菜再美，肉再多，总先要那一碗白米饭。穷人的孩子早当家，其实言过了，只是知道世事艰辛比旁人早些，对过于美好的景象，总有些怀疑和疏远。

学会擀面条时,已经十岁了,只是当玩。刀工差,擀完层层叠好,等母亲细切。每家的做饭风味不同,小时候总觉得别人家的饭香,到了冬日,觉得别人家的屋暖。如果说有什么特别值得回味的,那当属母亲烙的发面饼。我家灶里烧的是粗锯末,火文而久,烙饼再适合不过。烙后,大锅里甩几块大油,鸡蛋打好滴些白酒,葱段扔进锅里,浇上一层鸡蛋,扒拉几下,趁嫩出锅,就着酥皮的发面饼,吃起来特别香。

一位悲观的哲学家说,饥饿是最好的调味品。犹记得那时候和发小在外面疯玩了一个晌午,下鱼塘游泳,捉蜻蜓,偷桃子,捡破烂,浑身臭汗。一进他家外屋,透了心的凉爽。他从碗橱捧出一盆炖土豆,我们俩下手直接吃——那土豆的美味,我至今记得,裹着浓汁,沙糯而咸鲜。想必一块土豆伏在田里临照日月,听风得水,渐肥渐大,只为这一刻的涅槃吧。可是这菜里并无特别的功法,而且酱油等调料还都是劣质的,填灶用的是棒子皮和秸秆,烧起来烟重熏泪——大概那一刻我就知道这好吃的炖土豆,再也不会吃到,所以要牢牢记住。

伪厨师学徒的生涯,应该自住进姥姥家开始。那一晚是正月十五,二舅在炉边煮元宵。自家的元宵都是蒸着吃,还从未吃过煮元宵。舅舅缓缓地用勺子搅拌,那个勺子已经磨缺了一部分。舅舅这个人向上,难免逞能,跟他过久了,我知道他但凡炒菜都要用勺子,因为真正的厨师也是用勺子烧菜的,铲子只用来盛菜。他一边搅汤,一边扤出一个来,看看样子,元宵还没煮透,藏着硬芯,就溜回去。我忍了很久不哭,小声地问他:今天能在您这吃吗?舅舅看着一锅元宵,汤已浓,元宵鼓起肚囊个个浮在上面,“吃吧。”舅舅说。那也是我第一次学煮元宵。

会不会过日子,先看怎么吃。姥姥家是过日子的人家。姥姥那时还硬朗,干得动家务,她总是提前一天开始发面,把老面干用水化开,揉进新面，夏天自然放着，冬天就放炉子边暖着，发酵好了放碱面，叫作“使碱”，碱小了面塌，吃起来酸，碱大了蒸出来发黄。到了第二天舅母开始揉面，掐分出一个个面团，一个个揉，蒸出的馒头暄实好吃，而自家的馒头只是用刀切分出面团就上锅蒸了。俗话说，吃饱了不想家，吃了这个馒头，就不再想家了。

舅舅爱吃面，一年四季地吃面，早晚都吃面。西红柿汤面，或者小白菜炝锅面，甚至油爆葱花点几滴酱油的清水面，变着花儿地做面吃。放的是细丝挂面，盛在碗里显得文巧适口，放的若是手擀面，汤浓硬可。天天跟着吃面，我也开始爱吃面，读到课本里“智者乐水，仁者乐山”，那么善良的人呢？大概爱吃面吧，所谓“善者乐面”。

春天万物复苏，萌绿的田野里，藏着许多食物。清早雾气轻薄，午时阳暖，归来的人带回来一兜子野菜，像是蒲公英、马兰头能够凉拌吃，马齿苋(我们叫“马玲菜”，蜻蜓则叫“马玲”，暂不知二者是何关系)用水焯掉，做馅儿吃。有一次舅舅从外面带回一大袋子野菜，堆在姥姥面前，姥姥一见便说，这东西好几十年没吃过了，以前没有盐，把它烧了，灰里面能扒拉出盐粒儿来。后来我查得，叫“碱蓬”“盐蒿子”，姥姥把它用水焯掉，泡了几遍水，做馅儿烙饼，吃起来咸咸的。小孩子们则够榆树枝，撅下来一枝，用虎口卡住一头，一扽，一大把榆树钱儿捧在手里，往嘴里揉。槐花也是有吃的，我自小便吃家门口的两棵槐树上的花，取根长杆，杆头劈开个口，夹住花串的根部一折便得手。听姥姥说，三年困难的时候，连榆树钱也吃不上，柳叶芽也被吃光了。我讨厌柳树，因为柳树的树皮没有杨树的好搓，树皮搓动了，抽出木芯，树皮就变成了笛子。我们吹着笛子在灌溉的田里捉蝌蚪，无意间发现了一种叶子上带黑斑的草，嚼起来酸倒牙，我们称之为“酸溜草”。

到了夏天,院子里种的黄瓜、西红柿、辣椒都可吃了。通常舅舅下完一天的活,冲完澡,光着膀子从架子上揪几根黄瓜,扯几个辣椒,掐一把长豆角,薅一撮葱,径直走进厨房做饭。端午节一群人到池塘边采苇叶,姥姥早将江米和小枣泡好,马蔺草绳不够,就到窗下拔几根,若无马蔺作绳绑缚,粽子的香味是出不来的。包好了支起炉子煮一下午,自家吃几个,剩下的到处送人。三伏天的大中午常常是捞面,早上面就醒着,随吃随擀,姥姥教我怎么做西红柿鸡蛋卤,一再告诫我,飞完鸡蛋勾完芡之后千万不要再动锅,不然鸡蛋就成沫沫了,舅母做西红柿鸡蛋卤喜欢在黄花菜、木耳的基础上再放些细小的土豆丁,还有切段的老油条,口感比面筋要好。菜码更是丰富,芹菜丁、豆角丁、黄瓜丝、香椿叶,这都是必备的。村后有一处人家房后种着花椒树,结满了青涩的花椒,我偷偷摘一大把叶子,回去拿水焯熟,比其他菜码都要好吃。

快入秋的时候,大人们从田里回来,除了一些青玉米和青黄豆,有时会带回几根甜棒,甜棒就是没有结果的玉米,养分留在根茎里,剥开皮像甘蔗似的甜。大舅家则种着甘蔗,这种甘蔗并不是水果店里的南方黑皮甘蔗(后来我查了一下,学名叫“芦粟”),而是和高粱很像,不同的是高粱的穗子是收拢的,芦粟的穗子是散开的。捣蛋鬼们就靠这种区别锁定目标,偷偷进了我大舅家的院子里,结果被同为窃食而去的马蜂蜇了出来。

冬天是白菜的天下,每天必有白菜,好像白菜吃不完,一直吃到第二年的二月二才罢休,白菜好吃的是菜心,其次是菜叶,菜帮子往往做馅儿吃。姥姥教了我各种白菜的做法,她最爱吃的是白菜烩粉条。油热后放切好的白菜,差不多熟的时候放泡好的粉条,滴几滴酱油上色,作料都放好后,还要放半碗水——老太太没有牙,熬不软,嚼不动。冬日农闲,隔着玻璃温暖的屋子里有热炕,外面干枯的树枝缠上塑料袋在吱吱的风中摇晃,舅舅有时丢把棒子皮扔进灶膛,哗哗倒进瓜子,趁锅热来回扒拉,等到锅冷却,瓜子也炒好了。大锅焖完米饭,锅底一层脆响的锅巴,也是消闲的美食——据说是补铁。

相比现在的生活,那时的生活微微有些清苦,这和舅舅一家节俭生活有关。吃完的凉菜,醋底儿留着,还能拌别的菜,一道菜剩下不多,菜汤就着新菜一起炒,饽饽一顿顿地蒸,蒸了新的先就陈的吃。做鱼的时候,不放盐,而是放许多咸菜丝,等鱼吃完,吸饱了鱼汁的咸菜能当成鱼肉继续吃很长时间,就着白米粥吃最香。

周末舅舅一家外出的时候,姥姥馋得慌,给我些钱,叫我去打些肉,绞成肉馅,包个饺子或者氽丸子。她出钱,我出力,她教我怎么和馅儿,怎么擀面皮儿,怎么把肉攒成丸子,扑通滚下水。

卖肉的人叫肖老八,他父亲生了十个孩子,肖老九则是我的表姨夫,肖老十早亡,寡妇改嫁同村,儿子叫"傻蛋",却是个有名的混蛋,跟我是同学,二年级就辍学了。肖老八给我割肉的时候,表情总是很微妙,好像知道我家的一些家务事儿。他的女儿肖万春跟我是小学同学,三年级就辍学了,那时大家都叫她"臭春",因为她家养猪,身上有异味,短暂地做过我的同桌,我虽没欺负过她,也很气她。"疯子来了!"大家一喊,她往桌子下躲,老师也护着,我们就看见一个满头白发的女人扒着窗户朝教室里踅摸,那是她的母亲,很早就和她父亲离异了……总之,那几年,所有人,幸福而无所忌地吃肉,真的是没有过。

万物莫不无常,我也终不再寄人篱下,有了自己的学业和生活,去过一些地方,吃过一些祖辈们从未吃过的饭。犹记得初入社会,在第一个单位实习的时候,单位领导请我们在一家高档港式餐厅吃饭,餐碟大而菜量小,作为老坦儿,不晓得怎么吃。席间上来一碗汤羹,里面有一块像是肉的东西，我囫囵吞下，就听同事说：这鲍鱼做得还行。"妈的，这是鲍鱼啊。"我心想，可回去细细回味，并未觉得有什么可口。几年后明白一些事，才知道当时吃的其实并不是饭。

去年姥姥去世了，走得很安详。一生两个儿子两个女儿，大舅是姥爷前一个妻子生的，而那个妻子是被公公活活打死的。姥姥进家门的时候，大舅刚刚五六岁的样子，还有个襁褓里的小女孩，后来赶上三年大饥荒，夭折了。姥爷去世得也很早。姥姥过了一辈子苦日子，没怎么享过福。享福在农村的语境里，首一条就是吃好吃的，想吃什么就吃什么。那时候和她拌过嘴，说别老天天琢磨吃，人还是得做点事儿的。在上辈人的絮絮叨叨中才知道姥姥其实是做过很多事的。自此以后，我觉得现在每天还能琢磨琢磨吃什么，生活就很幸福了。

丧事大操大办，这是舅舅定下的原则。如今红白喜事很少再摆流水席了，这次是大动静，先是霸占了整条马路，然后支起大棚，大厨进场，家伙什儿全上。

小时候的流水席是改善生活的重要方式——对孩子来说是这样，对大人未必，大人是掏了份子钱或者送了一篮子鸡蛋的。大家排着队，等着轮到自己，就像是上战场，突突突使劲儿放完枪就得撤，一轮又一轮，撤走一拨，紧着上下一拨人，两拨人能撞身走不动。"大嫂子你先坐，我等下一又！"一"又"就是一轮，大概是我们那里的特有词。相比红白喜事本身，大家更关心上什么菜，怎么能吃着，一盘菜上来，几秒便精光，若是同桌的有村里的恶霸，那就很不幸了。遇到能主事儿的大娘，就好多了，她先镇住场面，约法三章，"一，不许抢；二，不许闹；三，平均分。都有份儿！"说着抻起筷子抽走起哄的手，抄起盘子按个儿拨分。上了条大鱼，就不好分了，我从历次战争的经验中得知，鱼脊那块肉最多，刺儿还少，于是伸筷去夹，旁边某个守着孩子的外村媳妇儿便要说了:“啊呀,这孩子聪明,就知道那儿肉多!”于是别人也去夹那块儿,她则狠盯着自己迟迟未领会的孩子,不言不语。

毕竟十多年过去了,流水席上的菜已经比当初更丰富了,不变的是,一道道菜仍旧是不刷锅炒出来的,带着浓浓的锅气,一样的不卫生不干净。我坐在大棚里,身边许多年不曾见也不认得了的亲戚,吃着仍旧很香也不必再抢的饭菜,总觉得差了些什么,可能是很久没真正饿过肚子了吧。

丧事办完,请“大支”和其他帮忙的乡亲吃饭,那是最后一顿饭,摆了几桌。那几天一直阴雨,不休不眠了几天,有些吃不下饭,最后上了一盆烩嘎吱和烩豆腐。

嘎吱类似天津市区的锅巴菜里的锅巴。姥姥在世的时候,偶尔也弄些绿豆面、黄豆面、白面和水摊薄饼,有时候里面还加些鸡蛋。摊完晾干切成丝,直接放进勾好的汤里一起烩。

烩豆腐里的豆腐是大舅家做的,大舅的豆腐远近闻名,小时候一到傍晚,炊烟熏眼的时候,就能听见大舅的吆喝声,曾有人介绍外国友人吃了大舅的卤水豆腐,赞不绝口,想把大舅搞到国外去发财,被大舅拒绝了。

这两个菜和着大米饭吃都是绝配,我盛了一碗饭和着烩嘎吱吃了,又盛了一碗米饭和着烩豆腐吃了, 旁边的大娘很奇怪:“这孩子怎么不吃肉啊? ”另一个善解的大娘说:“他在外面吃不着这些。”

这顿饭刚起火的时候,我就偷偷问了伙夫这俩菜的方子。

前些日子清明,再度回老家,看见舅舅家里煮了田螺,俗称“咸螺子”,很想吃,却没时间吃到,听到姥姥生前养的猫还活着,每到饭点定时来吃饭,倒是宽心不少。煮田螺,先放清水里养几天,排出脏东西,再放些五香作料加盐大火煮。大多地方炒田螺,怎么吃也吃不习惯,有的烧烤摊摆着田螺,走近看是炒制的,只好悻悻走开。

念了很多日子,一个不绝的雨天,母亲发来信息说,煮了咸螺子,昨晚我回去时,忘记拿出来吃了。我本不想外出,可想起若去图书市场逛逛,当然也可赶在饭点顺路回家的。

我当即拿起钥匙,开着车,冲进滚滚泛流里。

生我

一

遇到爱聊天的出租车师傅,路愈颠簸,愈容易在夜色之中轧出一道弯弯曲曲的话辙来。途经某个熟悉的地方,多半忍不住指给师傅看——"这家饭店是我表哥开的。"

师傅们齐刷刷站成一排,从后视镜里看着我,异口同声地说:"嚯,真有钱啊!"

好像是在说我很有钱。

我其实是没钱的。

您别困惑,国家大事,咱不谈了,我跟您说说我们家族的事情。这个事情每一次发生,开头都是这样的:

"我爷爷生我父亲那一年,已经七十岁了……"

二

关于家族的事情,大多都是从母亲那里听来的。

我不知道爷爷的名字,也不知道奶奶的名字,听到过一两次,最后还是忘却了。家族是一棵树,每个枝杈长成后脆然断裂,赶上哪个季节的风,就随河流漂向哪里。等我长大成人,回望故乡的时候,只看见一根光秃秃的树干,旁边矮矮的坟包上,几束枯草秆插在上面,和树干形成不规则的线段排列。在地平线上,饱含秩序的颜色变幻里,那几条线段因为视觉的错觉仿佛是一样高、一样宽的,野火烧过去,它们是同时化成灰的。

那不过是历史的尘埃。

对寄生在这颗尘埃上的人,尘埃的比喻过于冷血。

母亲支离破碎、断断续续、反反复复地讲述着父辈家族的过往。她希望我是一个倾听者,可她忘却了,我也希望她是一个倾听者。我们对彼此漠然,却停不下讲述各自的苦恼。对于是一家人这件事,我曾产生过怀疑。我想她也怀疑过,因为她不止一次地说:“要是生个女孩就好了,跟她说什么都知冷知热。”

我这样一个冷冰冰的孩子, 也不止一次地想:“要是不来这个世上就好了,就不必受那么多苦楚。”

我何尝不了解她的苦楚?可她毕竟是母亲,而我还是个孩子。年岁稍长以后,我很少再反驳她,有时劝慰她几句,她在跳广场舞的大妈之中毫无亮色,更不是名人传记里常写到的伟大的母亲,她没给过我一句激励之言,也没有三迁之举,可她毕竟是母亲,而我已经无法做一个孩子了。

她喜欢看上百集的家庭伦理剧,琐碎勾心的剧情,仿佛复刻着她的经历,她一遍一遍地看,好像在无限循环的云霄飞车中甩掉自己的命运,然后令人惊诧地用一种宿命和阴谋的论调评论即将发生的事情, 此时我便打断她过度发挥的想象力——“您电视剧看多了吧。”她则很认真地告诉我:“你社会经验太少!”

谈话就在这里结束了。或者继续争吵下去。

吵到激烈时，猫儿以为有人唤它吃饭，走进来，左看看，右看看，见没人理，对着空气失望地“嗷”一声。

这个极其不爱争吵的儿子，偏偏喜欢和自己的母亲吵架，他把原因归结为母亲的偏执，以及由偏执所引发的嘴硬。

他曾一直认为母亲的嘴硬，是农村妇女的没文化没教养的表现。吵过无数次后才发现，他自己也是一个嘴硬的人，他开始让自己变得柔顺一些，也顾虑到姥爷在母亲十八岁那一年去世的事实——这在现代家庭问题专家那里称之为“单亲”的现象，一经解释便强化了这一现象本身，让它成为一种供研究的精密的对象和恶性循环的借口——他毕竟是受过教育的人，他在学校学到的唯一一件事情就是理解这个世界，用尽智力。因此，母亲并不是一个落后的农村妇女，她是一个单亲家庭长大的孩子，姥爷死在她的怀里，她保留至今的幼稚和某些孩子气的举动，是姥爷留给她的最后一件遗产。她沉溺在父辈家族的宿命里——而这正是她极力摆脱的，她也沉溺在自己家族的纷争里，为市侩的小姨——她唯一的亲妹妹——的背叛翻来覆去睡不着觉。她抱怨父亲身上的每一根汗毛，像个成熟的母亲那样数落父亲的荒诞和失职，却总是怕自己这位并不合格的伴侣有任何闪失，仿佛像再失去父亲那样。她的孩子在一侧看着这些，争吵也好，劝慰也好，她总是不能改变自己的意志——这是母亲这一家族通有的特点：胆小、心软、焦虑、固执，还有一些总是说出口却从来不成行的心机，更准确地说，这是姥爷去世后，那些初成年孩子们共有的特点。如果姥爷没有去世那么早，他们就不会像孩子似的，总在希求一个角色，填补他们人生的缺憾。连最为稳重的二舅，也曾抱怨分家过早，幼弱的他顶着村人的目光独自去挑水——我想这就是他当年收留我的原因之一吧。

回到父母身边的几年后，看母亲的眉目和言语，越看越熟悉，于是忍不住说：

“您快别说那些破事儿了，您现在跟我姥姥一模一样，已经跟个老太太似的！”

“我才不像她呢！”

三

“千万别早结婚，三十再说。”姥姥去世前一周，对母亲嘱咐说。她曾这样预测表哥的婚事——表哥果真在三十岁结婚了。母亲向我提起这句话时，已是在姥姥去世之后。看我将信将疑，她便回忆起，姥姥曾是大户人家的小姐，姥姥的父亲是风水先生。恍然我想起姥姥曾提起过一个大大的罗盘，她的父亲身穿长袍，托着罗盘，为别人寻找命运和归宿。顺路她讲了许多神鬼的故事，比如学校后面的垃圾坑曾经埋了很多小鬼，我认真地去看过，除了臭烘烘一片，什么也没有。老太太睡在热乎乎的炕头儿，我睡在炕梢儿。心情好的时候，我就像问百科全书那样问她这，问她那。心情不好的时候，她就自己讲起来。猫儿贴在被窝上，不知道是不是也在听。记得她说起姥爷去世后，为了给小姨治病，挨家挨户地借钱，老太太的牙齿早就掉光了，说起话来像是在急切地偷吃热食，又用着极其缓慢的语气，听来是在讲述别人的事情，我听着也是别人的事情，还嫌她啰唆。去村南头借钱，去村北头借钱，去村西头借钱，怎么不去村东头借钱呢？因为自己家就住在村东头，早就借过好几遍了。有时晚上一开场她便说：昨儿黑晌儿，我梦见一头驴。梦见驴怎么了？我问。驴不好啊，驴可是鬼啊。

她曾认真地跟我说：“好几年前，我梦见一个小黑人追着你跑。你父母命薄，这几年不顺……”

“那以后呢？”

“以后就好了。”

出于对这位迷信又话痨的老太太的怀疑，我丝毫没受这句话的鼓舞，却莫名养成了一个习惯:我很少愿听同龄人高谈阔论,反而更喜欢老人们不经意抛出的几句大俗话——像一根老咸菜丝,百味从中出。正如她一见我对吃不完的白菜生愁,便说:“百菜不如白菜。”

那一次我问她:我爷爷奶奶是怎么样的?

她便说起来,爷爷年轻时,一个算命先生告诉他,他将有两个妻子和七个孩子,在爷爷准备相信之前,预言已经传遍了全村,后来事情果然按照算命先生所说,爷爷在四十多岁时续了弦,娶到我的亲奶奶,一个十八岁的姑娘。这个姑娘原本是有男人的,犯事被枪毙了。年龄的悬殊在那个年代显得很特别,常常遭到村人的戏谑,以至于有人将他们当父女开玩笑。奶奶拿着烧火棍追出去,只因那人说了一句:“别忘了,想着你爸爸回来告诉他一声。”

说到这里姥姥笑了,我却笑不出来,心想,世上还有这样的事情。

第一次听到爷爷奶奶的名字,是在老姑家,为了显得亲近一些,我问起了祖辈的事,老姑看了一眼父亲,便同我说爷爷奶奶的名字。不懂事的我就把姥姥告诉我的“世上还有这样的事”告诉了老姑。机敏的老姑脸色顿时严肃起来,显然姥姥说的都是真的。父亲在一旁则一直沉默。

家族的颜面像一块石头,“咚”的一声,沉入了水里。

等被打捞上来丢到某处后,我听到姥姥和母亲都在说,姥爷在羊肠小路上骑着自行车,和另一辆自行车相撞,摔下时头磕在了石头棱子上,血水汩汩地往外流。母亲已经到了现场,正发动人把姥爷往医院送。我没有看到姥爷的遗容,因为自始至终,墙上相框里远远近近大大小小的照片,都没有姥爷的面容,好像死去的人的照片,会随着时间渐渐消隐掉。

四

猫儿挤进门来,用头挑起被子,钻了进去,老太太呼吸里带着痰音,熟睡中手臂碰到了猫,猫便知意了地呼噜呼噜起来。猫儿不知养过多少个,初来时都是直起小尾巴细声细气的小奶猫，经过两三年便因各种原因消失了,这一族的香火断了,从别处再抱来一只,小小的村子里,难说外来的猫没有自家的血统,或许其中之一便是姥爷的转世。一到春夏之交,一群满地跑的小猫围着臃肿的老太太,真是抱歉,这群生灵刚刚降临到世上就和老太太生活在一起,好像生下来就住在柴火垛里。满是老茧和皱纹的手抓起小猫永远是游刃有余,小猫也从来是听之任之,乖乖地等着被送到别人家去——怕老猫寂寞,也防备老猫丢了仓门空虚,要给自家留一只。体力上已经不能做农活的姥姥,似乎以此延续习以为常的劳碌。“谁抱进家门,猫狗就随谁。”姥姥如是说。那一年又是一窝小猫满地跑,有一只自己跨出了门槛,跑到了屋外,我当即决定抱走。

二舅剪了纸盒,掏两个孔,胶带上封,装进书包,临行前舅母又塞进去两张韭菜馅饼。两个小时辗转,到家后往床上一扔,盒子早被挠破,猫自己钻出来,嗷嗷地叫,浑身韭菜味儿。母亲见了,对我任性的做法十分不解,“养这玩意儿做什么？”

其实往家里带小动物不止一次,都没有打过招呼。带过一只仓鼠,被母亲喂撑死了,也带过一只小狗,邻居孩子看了疼得慌,送过去没几天也死去了——后来知道那是星期狗。几天后再回家,一开门,父母正围着猫儿团团转。“没有猫狗不成人家”,家里总算有了点家味儿,又因为是从姥姥那里抱来的,对这猫,总有种根正苗红的政治信任感。起初父母养这只猫逢人便说“这不是孩子非得养么”,等到猫丢了,他们自己坐不住了,隔了段时间又从别处抱来一只。

父亲对猫的溺爱远甚母亲。与其说溺爱,不如说他常常是不假思索地有求必应。家里老猫去年生了小猫,他每次回家都带回丰厚的食物,半斤酱牛肉,留下两片给自己,剩下的给猫,凡外出应酬,餐桌上的鱼肉也尽量带回去——那一筷子未动的红烧鱼,整条放在猫食碗里。老猫一将可怜巴巴的眼神向父亲递过去,父亲就抓来一大把猫粮。我和母亲同说不能太惯着,他一边猫腰添食,一边口里说着:“一气儿生五个,都得养活,不容易。”我知道,他想起了奶奶。

爷爷在七十岁时生下父亲,在父亲八岁时即去世了,父亲二十多时,奶奶也去世了。和母亲家族正相反,爷爷是个手艺人,手艺人特有的脾性是,通常不管理家庭事务,而奶奶则奉行着“树大自然直”的理念,换言之,这七个年龄差距极大的孩子们并没有人管。父亲既缺乏来自父母的关爱,也遭受着兄长和姐姐们的忽视——他们的孩子,有的甚至比父亲还大。他曾不止一次恨恨地提起,三姐将烙好的大饼偷偷藏起来给大姐的儿子吃,为的是巴结有钱的大姐——母亲在一旁总是活该的眼神,父亲那又臭又硬、傻里傻气的脾气,显然在这样的家族里不受宠。孩子般的单纯和软弱,就这样包裹在怨恨里,除了生下他的奶奶具有天然的高位,似乎再也没有什么能唤回他对于家庭的温度感。

办理姥姥丧事的时候,我带着母亲回到以前的家清理旧物,从一处旧盒子里翻出一本日记。那是父亲的。随便翻开一页,开头写着“母亲的病……”字迹清秀,向来,父亲有一手傲人的书法,也曾经说自己的作文在全校朗读。他给我买的那本《我教儿子学作文》已不知去向,他喜欢翻孩子的书包,找语文书看。有一天他的孩子拒绝了他,因为书包里藏着一本杂志,里面有自己刚刚发表的文章,这个软弱的男人便把手缩了回去。当母亲将日记本从地上的一堆杂物中捡起时,父亲问那是什么,母亲说那是你的日记,他淡淡地说:收起来吧。母亲曾对我透露,两三年前父亲还偷偷写情书。

那是给谁写的?

“不知道。”母亲用一种恨铁不成钢的语气说。

这样一个不成熟的男人生下了一个对他冷冰冰的孩子。如果归责于他的失职,对他来说是不公平的。当母亲在广场舞大妈中听说一个家族中老儿子是最受宠的,母亲又翻来覆去睡不着了,她像姥姥那样心事重重起来,最后同父亲说,他该多去看看刚刚失去老伴的大姐。曾经父亲一直用一种孝敬自己母亲的姿态面对着自己的大姐,此时他断然拒绝了母亲的提议,也否定了自己之前执着的念头:希望自己的姐姐能够帮助真正需要帮助的自己,而不是前去讨好的其他人。正当两个人争执不下时,一旁的儿子冷冰冰地说:“与其求而不得,不如两不相欠。”这一次,他的儿子首度站在他这一边。

在他儿子自幼形成的印象里,他是个差劲的父亲,随性,冒失,贪玩,不通情理,不撞南墙不死心,缺乏一个成熟男人该有的沉稳和担当……等这个孩子也开始面临成年后的种种负担时,才意识到,他虽是个差劲的父亲,但不是最差劲的。这个世界总是要人拿出符合标准或是最好的给别人看,这其实是弱者发明出来保护自己的机器,这种自私的做法伤害了其他无意于参与掠夺的人,因此本身就是一种掠夺的行为。这个差劲的父亲,把他某种与世无争的性情多多少少遗传给了儿子。所以他的妻子对他的儿子说:“忒木讷,你这孩子往那儿一坐不说话,进来个外人一看,以为是傻子。”

他的儿子冷冰冰地说:“傻子也是你们生的。”

他则一直沉默不语,隔着门帘“唉”一声。

五

且不说这个家族里其他几个兄长和姐姐的生活如何离奇,我的父母,两个某种意义上都是单亲家庭的人阴差阳错结合到一起,在家庭问题专家眼里,这或许是个灾难。至今母亲仍然不能理解为何姥姥如此放心地让自己嫁给这个人,毕竟两家人生活在同一村庄,而非异地不相闻。他们的结合是仓促决定的,先是一位表亲开玩笑地说他们在一起了,为了弥补这个谣言,他们就在一起了。在以过日子为主题的婚姻生活里,他们显然写出了跑题的作文。母亲归罪于父亲,他们的孩子则总结为这是他们两个的问题,无论母亲怎样历数父亲的过患,他越发地发现,经过几十年的共同生活,这两个来自观念和传统截然对立的家族的人,正变得越来越像。终于有一天,他忍不住说:"你们都五十岁的人了,说话做事还跟小孩子似的。"

那一刻,他意识到自己已经"不得不"成为一个大人了。

除了像小孩子之外,他们也没什么可被责怪的了。

六

高三时,母亲给了我一兜鹅卵石,说是从工地上捡的,留着玩儿。

圆扁扁的,滑溜溜的,不起眼的石头,我很希望成为它。人真是一种麻烦的存在,会快乐,也会痛苦,这两件事摆在一起,简直是水火不容。从整个宇宙看,人渺小至极,可当人有所希求,他的事情比世上任何一件更重要,他会像野兽那样趋利避害,却越发让自己软弱,谎言会把他从危险中解救出来,也会将他送向下一个陷阱,他身上所有自以为是恶的东西,都源自他曾经以为是善的追求。我想成为它……莫名其妙的,当石头攥在手心,有一种绝望般的心安,它见证过不知多少事情,而我在它面前是如此无知,所有的焦躁和忧虑只因为自作聪明,以为不改变自己就可以改变一切。我想成为它。我成为了它,学会了它的坚硬,和它的沉默——好像我与这个世界,本来就不熟。

母亲在给我石头时也捎带来父亲给我的信。

信写在一张薄薄的纸上,不知道以为和那一盒子里的欠条没什么区别。我只读了一次,泪流满面。读罢收拾了起来,就再也没读过。为了不成为这个软弱无能的父亲,为了不成为这个扶不上墙的父亲,他的儿子假装自己是一块石头,是一块冰,以此来表达对他的失望,他确切地收到了,而他还是要活着,他已无法再去改变自己,这个家的三个人都已经无法改变自己,改变只在不知不觉中发生。所有的因果链条里,谁都不是第一环,也不是最后一环,然而人真的是种麻烦的存在,他会把自己当成最后一环,解决麻烦的方法很简单却是最艰难,那就是同时把自己当成第一环——大概这个问题太难了,所以有了上帝来承担人所本该却不能扮演的角色。把身上的痛楚和负罪分成均等的几份,除了留给自己的,其他的分给谁呢?分剩下的,该怎么办呢?这个家将继续疏淡下去。和那些刻意摆出幸福模样的家庭相比,这个家的三个人都明白对方心里想什么,面对那些艰难和困惑的事,他们和所有人一样,只是不说而已。

七

——说到底,这不过是历史的尘埃。

司机师傅听完这些年轻人的讲述,缓缓踩下刹车:终点已到。夜路空旷,惹人寂寞。为了谋生,他还要去寻下一位乘客。

年华似冰

不知道是我变了,还是镇子变了,这一路回来,满眼都仿佛是异地的风景。也许是因为我换了以前没有走过的路线回来,一村一庄看上去是那么相像,路边人的面目又是那么遥远,以至于下车的一霎,在镇子唯一也是最繁华的街市里,我竟找不到方向了。这时有人问我:“坐车吗?”我问多少钱,他说十块。显然他拿我当外乡人了,以为我不知底细,准备坑我。

不过我心里很踏实:回家了。家是什么呢?我却说不出概念来。物理上说,那是姥姥住的那个院子,也是离之不远的另外一个倾颓的院子,也是我坐车出发的地方。从心里说,我还没有魄力去接受四海为家的豪情,心有戚戚。俗言狡兔三窟,大概兔子也不知道哪个洞口是自己的门牌吧,难怪会向木桩上撞。

我顺着这条街朝西走,两辆九路车停在路边。一辆是朝南面县里去的,一辆是朝北面乡里去的。通常我会乘坐九路车回来再离去,我对它再熟悉不过了。以前上高中的时候,要坐它去,后来回乡,要辗转乘它回。我还记得刚开始它还很新,我也很新,充满了各种幻想,曾经在一个春天的结尾我乘它去上学,司机放起了音乐,是那种合集的卡带,有个女孩子大大咧咧地和同伴打笑,突然喊说:“对,就这个!”我望见她并不好看的脸上蓦地有些害羞——是《盛夏的果实》——我忽然意识到美也可以这样。如今这路车又旧又破,因为是中午时间,大年初三,乘车的人不多,有个小孩子把脸从母亲的臂弯里探出来看我稀奇。显然他拿我当外乡人了。

这一路来我看见的都是同一个人。穿着永远是八十年代搭配风格的衣服,留着八十年代的发型,脸上不施修饰;眼神是滞着的,不知道是因为劳思过度,还是因为惧怕,这样的表情遗传了几千年。我在这个孩子的眼睛中看到了这个人的身影,也看见了一个小学同学。

他远远坐在我对面,低着头,因为不是正式的座位,车子行驶起来他跟着左摇右晃。我们在同一个地方下车,临下车的时候,我拍了他的肩膀,他似乎这时才看见我。一副没精打采的样子,原来刚刚从外地下班回来,也许真的是疲惫,他的话不多,寒暄几句,就分开了。这时我发现脚下狭窄的公路是新铺过的,两边的平房是那么矮小——我惊讶于这发现——我不知道是我变了,还是这里变了。

姥姥家就在公路边,以前这条路坑坑洼洼的,坑里都是石子儿,车子轧过去,石子儿从坑里跑出来,沙沙地响。现在这条崭新的公路伸向远方,路过几个人家便伸向无边的田野。路边高大的树木被伐去了,代以单薄的新树苗紧紧挨着。

过了马路,转两个弯就是我以前的家,在那里我出生,长大,然后再也没有住过。这个家离姥姥家有一里地远。姥姥说我两岁的时候找不着妈妈了,那时腊月寒冬,大雪纷飞,自己一个人从家里走到了姥姥家。姥姥问你妈妈呢?我哭着说:妈妈买橘子去了!

抬头,眼光掠过屋檐,我望见了湛蓝的天空。

开门的是表姐。姥姥不在,随着舅舅去探亲了。于是吃完午饭。我直接去了崔小妹的家里。

崔小妹是我的初中同学。因为长得白面书生的样子,我戏称小妹。他家乡在内蒙古,小时候随父母来到天津,中考时候回到老家考试,就在那里上了高中。我看了他那时的照片,短短几年一下子长高了,跟他合影的是些女孩子,背景是空旷的草地,一边还垛着杂草堆。我想,那一定是个好地方,草原!想想那里空气的味道就让人兴奋。后来他去了东北的一个大学。如今我们都要毕业了,一见面却都还是老样子。

冬天的天总是不经意就黑下来了，好像马虎的神仙打翻了墨水瓶，顺着苍穹从东方洇到西方。我们沿着镇子唯一的一条大街边走边寻找吃饭的地方。街两边的店面大多紧紧闭锁着,路灯灯光微弱,像是小孩子画纸上的太阳,似乎是涂上了一层白色来代替真实的光明。空气中飘浮着烟花燃尽的香味，和这朦胧的街边夜色一样轻飘飘地笼罩在我们身上。我们走穿了这条街。在他看来,我们走了太远了。而在我看来,这条街太短了,短得我不用刻意去记忆。横在我们面前的是外环公路,不时有车辆经过,路两边高大的杨树在寒风中一抖一抖,影子在路旁的屋墙上迅速攀爬,壮大,虚弱,消失。我看见了客车车窗中睡去的旅人,润黄的灯光洒在车子上,反射出柔和的光泽,伴随着呼啸声,一闪而过。

朝回走的时候我们才发现那半明半暗的霓虹灯招牌之下正是我们要找的饭店,苦于失修,那个招牌实在难以辨认。坐下之后,酒一入杯,我就准备醉了。我们坐在靠窗的位置,外面的世界安静得很,没有灯光的喧闹,乡村的夜亘古如常,这条绵长的公路罕有车经过,就好像落单的昆虫从田埂上恍然爬过。我的心里有很多话要讲,因为我的心里筑着人满为患的城,不分昼夜地进行着战争。一杯酒下去,我们默契地谈起了以前的事情。

我们互相帮助地回忆初中同学的信息，一个人的记忆是那么奇怪，所有的事情都朝他袭来,然后喜怒哀乐从中发出,他的感受是如此私密独特,却可以同别人共同验证,最后绘成一副完整的历史画卷。我们想起了那些重大的历史人物和历史事件,比如,老许去厕所抽烟,结果上课迟到,被老师发现给臭了一顿;在临近中考时班里突然出现的恋爱风潮;发生在校门口的群架让一个小角色变成了黑老大……现在那些人都去哪里了呢?在农村,他们都结婚了,有的甚至有了孩子——我的同桌已经有了自己的儿子,今天是大年初三,他在丈母娘家里陪客人喝酒,不能来和我们相聚。上高中时我和同桌还有书信来往,如今人已非,怕是他心有芥蒂吧。崔小妹跟我说起,刚才路过的一家糕点店是一个女同学和她的男朋友开的。一个平凡的女孩子最好莫过于此。初中的时候她和一个男生谈恋爱,被老师抓到,放到办公室门前抽巴掌示众。毕业后听说她和她母亲闹得很僵:她想筹些钱去外面打工,而她母亲不认她这个女儿了——而今这般光景,我想真是个幸福的结局。

我主动谈起了圣武,过年时候应该谈些喜庆的事,但是我一直对他难以释怀。圣武曾经找过我几次,我都不在,高中时不在,大学时也不在。舅母回忆说,他来就说想和我待一会儿,跟我借书看。我能想见他默默走掉的样子——他们说圣武走路时总是心事重重的样子,做过他老师的表哥说,圣武没事儿就病恹恹地伏在桌子上,两手耷拉着。没有人关心他怎么了,包括他的父母——出事的那天,我们去他家里找他,他父母都从屋里出来,见我们没有欢迎的样子,同我们讲,圣武去姥姥家了。而整整隔了一年之后,我从市里回老家过年,再和同学相聚,我提议去找他,崔小妹神情沉重地把我拦下,说:人没了。我这才知道,就是那天,我们去的时候他刚刚出走不久……

有人说世上死去一个人,夜空上就会有流星划过;而在另外一些地方,当人们看见流星,会马上停下来合紧双手许一个愿望。死亡就这样和愿望巧妙地搭配在一起。小时候死亡对我来讲,就是可以随着父母去吃大席,丰盛程度不亚于大餐。丧宴满足了我幼小身体的欲望,那些披麻戴孝的人们并不知道,亲人死亡的悲痛在一个小孩子看来是好吃和不好吃的区别,而且与喜宴也没有区别。后来的一次事件,让我对死亡改变了看法。那天我从外面回来,路上遇见一位亲戚,他在和一个人说话。那个人因为半身不遂杵着根木棍，穿着乞丐一般的衣服，浑身散发着油泥的味道，他口齿不清但是骂骂咧咧地同我的亲戚喊着话，最终我的亲戚冲他吼道：就算你姐也不养你！我权当是街边笑闹，回去十分钟后再出来，我看见一辆运送砂石料的大货车不正常地停在路口。车后轮子底下伏着一个人，我认得那衣服，血从公路边一点点向中间蔓延。很快围观的人像苍蝇一样围拢过来，我心里难过，舅母说：就当死了一个畜生！死亡离我如此之近，如此真实，粗俗肮脏中隐含着灵魂的透彻绝望，而那个可怜的中年人死后仍那么孤独，得不到作为人类身份的尊敬，我知道他一定不是因为怕吃不到饭而自杀，而是怕被当作一头无用的牲口抛弃。可这对那些摇头晃脑的人们有什么意义呢？

圣武没了，人们继续生活，没人会提起有个孩子低着头一步一步向野地的沟渠走去，再也没有回来。如果我们那天去得早些，如果我主动找他谈一谈——我心里装了很多如果，我知道，我们活着的人只是命运和体制的幸运儿。圣武的愿望很简单，他希望走出这片土地，外面的世界一定很精彩，当现实的井盖遮起唯一的一片天空的时候，井底之蛙唯一的快乐也随着黑暗的到来而渐渐烛熄。

高一暑假我回到老家，凭表哥的关系在那里的中学补了几天课。我被安排在教室的最后面。下课的时候我从后门望去，楼道里跑来跑去的几乎都是我的初中同学。我没有出去和他们说话，我只是记得下午放学的时候那黄昏的阳光很好看，而我却莫名的悲伤，细微的阳光颗粒溅落在酷热后的柏油路上，远方的餐馆飘来喧闹的人间烟火的味道，我想他们还是老样子，一点儿也没有变，可能我变了，或者一直和他们就无共同语言吧。后来高中毕业了，我在那个中学卖掉我的书和笔记。其中有个小女孩拿起我的东西，自言自语说，唉，反正我也考不上，买了也没有用。于是她放下了，就像圣武放下自己的生命。高中时候我还和那里一个姓刘的同学通信,他猛烈地抨击那里的黑暗,每一个老师都是磨洋工、混日子,同学们像木偶一样麻木地生活着,这一切是那么荒谬可笑,最后他选择回家种地。

我们又要了一瓶酒,崔小妹说起他在东北上学的掌故,我呆呆地向旁边的桌子看去,我又看见了那张脸,穿着新年的衣服,头发梳理过,但依旧蓬乱,和同伴们推杯换盏,讲着黄段子,哈哈大笑,忽然他敌意地回看我,他喝得很好,他吃得很美,他很满足,满脸红光,但是缺乏尊严和希望。崔小妹略带激动地对我说,这么多年他最对不起的就是自己的父母,自己在外面贪玩不思进取,全是父母在支撑他挥霍青春。我心里微微一颤,脑海里那些争乱猛地镇静住,我第一次意识到在我私自的烦恼世界之外还有一个真实的世界:我的父母,是他们支撑着我的所有,我自隔绝于他们却又离不开他们;还有这片土地,我身虽在其中,人却不在其中,我在这里长大,却对这里如同陌生人。是我变了,还是这里变了?

回去的时候已是深夜。电动车照出一小片光亮。公路和四野田地在漆黑之中不分彼此,寒冷的风向我脸上扑来。远处的村庄静静地沉睡着,几粒灯光从十几里地外穿过大片的开阔麦田和稀松的树林映入眼中。我爱这无边的漆黑,一切是那么安静而无害,好像自己在这天地之间受到了温柔的目光,因为童年受到的伤害,我常常有无处安身的感觉,但在这夜里,黑暗之中万物归一,诱人的、奢华的、繁复的、浮夸的,它们覆盖在夜色之下,一切黯然无声,我只听到了自己心里的呐喊。

脚下这条路我曾经走了几千遍,灯光朦胧照出路边学校的门牌,那是我的初中。白天路过的时候,这个庞大的院落已经大门上锁,里面盖起了厂房。二中已经从这个世上消失了,消失的还有我曾经的年华。有人说年华似水,我觉得年华像冰,有时候我们故意不去回忆,是怕它融化,更是怕尝出眼泪的味道。每个人的年华就像是浮冰,相碰的找到了共同的记忆,有爱情的冻结在一起,向远方缓缓漂流而去。我在黑暗之中瞥见了高高耸出围墙的活动厂房,白色在黑夜里变成了灰色,灰色映照进我的眼里,而我心里回忆起彩虹的颜色。每当春夏之交,校园里的垂柳顺着甬路雍容地排列,随风起摆,风情万种,骑着单车路过会有枝条懒洋洋地搭在脸上、肩上,懒洋洋地撤去。秋天来的时候,每个教室前的空地上都有扫不完的阔叶杨的落叶,每场雨过后,残留的雨水映照高爽的天空,澄明的秋水中叶子的脉络清晰可见。冬天放学后出了校门走上马路,西面一望无尽的田野,地平线上夕阳轰轰烈烈地下落,每一刻每一秒都能看到那圆环颤动着,周围腾起稀薄的云烟,像是被黑暗吞下。

那时真是美好的岁月,虽然我不知道理想是什么。家里出了变故,我被寄养在姥姥家里,我唯一想的就是离开这个地方。好好学习是为了什么,从来没想过这个问题,学习在我看来并不是一件痛苦难熬的事情,相反,在仔细思维之后获得的快乐是那么私密那么巨大,正是得益于这样的感受,我的学习成绩最后成就我离开了这里。我的许多同学还留在这片土地上,有的回家种地,找活计。有的继续在乡里的高中上学,前途迷茫。夜里我常常独自一个人,伴着一盏昏黄的灯,在和我一样年龄的书桌前发呆。人生对十多岁的小孩子来说过于沉重了。我的同学们,他们谈起了恋爱,打群架,吸烟喝酒,无乐不作——然后呢?我对一个女同学说,你想想看,几年之后,你就变成了一个小孩子的妈妈,然后数不完的家务活、农活,你愿意这样度过一生吗?她冲我笑笑,这个和我一起长大的小学同学不愿意想这个问题,她觉得这个问题太不实际。每当上课的时候,老师都会花费很长时间讲一些大道理,激励我们免于懒惰逸乐,然而仍然有人不断放弃——有的人当堂和老师吵架乃至动起手来,也有的扬言说自己不打算学好,也不愿意让别人好。那时我非常恨这些人,现在却非常可怜他们。希望是那么微妙的东西,一开始的错不意味着永远的错,但是在这里希望只是昙花一现。曾经有一个小混混对另一个小混混说：老师还是觉得我有希望的，你没戏！他们像所有的白纸一样等待新的色彩描绘，但是却有那么一种无形的力量已经为他们规划了一切，希望在还没有变成绝望的时候便永远地退出了，在那空当，怒吼和嬉笑遮盖了失落的尊严，他们把这归为一个象征衰老的词：命运。未来是什么，没有人说得清，积极的结论在书稿上过于重复，变成了谎言，年轻的心不知道究竟该去相信什么，日子在一天一天过去，心底的寒冷渐渐凝结成冰，往事不堪回首，未来也不堪憧憬，当下只是麻木。

村庄渐渐靠近，淡薄的路灯已经遥遥可见。到家的时候姥姥还没睡，等着我。我记得上次我走的时候，她混浊的眼睛望着我，问我为什么这么急要走，什么时候回来，说着手里掐算着数日子。她蹒跚地一直跟我走到路口车站，找个地方坐下，低着头看着公路的远方，我几次摆手要她回去，她仍是不走，我看着她单薄的身影，全白的头发在风中散乱，眼泪忍不住掉下来。姥姥是这个世界上最疼我的人，那时父母不在身边，我所有的委屈全看在姥姥眼里，我讨厌这个固执忧愁的老太太，但是我离不开她。回到城市里跟父母一起生活，我总是无所适从，但是和姥姥在一起，我总觉得那么温暖自在。姥姥已经快八十了，生过大病，腿脚不便，她拄着拐杖在外屋的门前，接我进来的舅舅看见了问：您在这干什么？姥姥说：这么晚不来我着急……我的忧愁姥姥，她没有一刻不忧愁别人，儿女都已成家立业，她还总是担忧这担忧那。我借着酒意没有把眼泪落下，赶紧扶着姥姥进了屋。安顿好了，姥姥在炕一边放心地睡着了。我睡不着，望着窗外的夜空，这间我生活了三年的屋子，和以前还是一个样，我望的夜空，却已经不再了。这么多年发生了什么事呢？恍恍惚惚的一团意识，在我心里隐隐作痛，随波逐流了太久，源头是那么难以寻找。

早晨很早起来，我走向回家的路。曾经有个两岁的小孩子走过这条找妈妈的路，那天下着雪，他走了很久，因为脸都哭红了。现在看这条路是那么的短。两岁到二十二岁，二十年间我的步伐发生了惊人的变化，这条路却没有变。院子已经八年没有人住过了，半年前租给了外地的打工者，他们一家过年回家了，现在又恢复了空落颓败。夏天的时候院子里长满了杂草，一人多高。在最初离开的日子里，有只猫留在了院子里，我住在姥姥家，不时回来给它喂食，直到有天傍晚下起雨来，我像往常一样找它，听到它在木头堆下哀号——它吃了老鼠药，我把它从下面拖出来，抱着它在电闪雷鸣中跑回姥姥家，把它放在箱子里，它不时发出痛苦的呻吟，我一夜未睡。第二天它提前生出了肚子里的小猫，都已经夭折，不久它也死去了。我非常难过，不只是因为这只可怜的猫，也是因为忽地感觉自己没了家。

所有的东西都在渐渐腐败，以前崭新的物器如今已经破旧得不成模样。屋里的墙皮掉了，土堆到地上，居然长出一棵小槐树。新来的居住者把以前的家具重新摆放，没用的就堆到一起。院子里有条狗，没有人喂，它却忠心地看护着，从通水道跑进跑出，见到我又叫又怕，又饿又躲。院子的东北角种着薄荷，那一年我刚刚换掉门牙，和小伙伴跑到村子最后的那一家人的院子里偷了一棵草，我觉得那草非常神奇，它的叶子嚼在嘴里凉丝丝的，于是我取它来植在东窗下，没有几年工夫，蔓延了大半个院子，以及我的童年。

这里的一切都是如此陈旧，以至于我不得不承认这就是我生命最初的地方。在不经意间，我故意将这里遗忘，情愿居住在自己假想的乌托邦之乡来逃避痛苦，反而找不到自己的理想。在语词的世界里活得久了，连生命最基本的事实都忘记了，墙头那丛枯草迎着风摇摇晃晃，远方的天际云彩变化无常，这自然的力量是任何野心和幻想都无法战胜的。我想在这里找到曾经的希望和动力，就好像迷途的浪子找到自己的本心，却发现它们并不在这里。回去,回忆,旧事物在悄无声息中融化了年华之冰,我尝到了泪水的味道,还有某些值得去仔细体验的真实,我无法言说。

朱强 作品

朱强，1989年生于赣州。在《人民文学》《散文》等刊物发表作品。出版散文集《墟》。获首届"紫金·人民文学之星散文奖"等。

有无帖

点开手机,看了朋友从微信发来的定位,在抚河桥,锋利的针头稳稳地插在了桥的中心。周围是深蓝色的河水,浩浩汤汤。巨大的空白中没有一栋建筑,没有一棵树,甚至没有一只飞鸟,只有水。我想象她一个人站在这冬天的孤绝中。吹风、看风景、左顾右盼,视线跟随车辆从桥的某端驶来,在中间的位置与另一辆车重叠。

周末了,人像潮水一样淹没了所有的街道。等我艰难地走到桥上,却并没有她。车来人往,一切都像水一样快速流动。“我到了,在桥上。”信息发出,手机就没有电了。我料定她会来的。最终我成了想象中的那个人。我手扶栏杆,凝视白色的流水,水其实并没有流,肥硕的云从水里经过。车辆从桥面经过的时候,桥跟着发生剧烈的颤动,心也跟着颤动。我把头高高昂起,河流的上方是另一条河,两岸高大的建筑形成新的河岸。气流与水流正迎面涌来。我的视网膜中出现了许多杂点。处于这个位置,我的内心是复杂的,所有的人都在按照他们设定的方向安静运动,在运动中,他们获得了某种隐蔽性;而我在安静中响亮地暴露了自己,成了所有人观看的对象……

在这个间隙,我的脑子又像往常一样,开始发动了;巨大的轰轰声从头皮底下冒出来,像一个锅炉埋在下面。这脚本到底该从哪个位置下手呢?到底是采取单线还是多线叙事较为妥当?如果不是上面摊派任务,我根本不想去啃这块难啃的骨头。这是个命题作文,一部关于王阳明的纪录片脚本。对于这个人物,说实话,我感到陌生;对于他所倡导的心学,我也仅仅是一知半解。心是什么？据我理解，比如你觉得她会来，她就必定会来，你觉得自己的记忆中有一件东西搁在那，那它就果真有。现在，我觉得这个冬天，差不多就是从这个下午开始的，在我看来，冬天并不是来自降雨、冷空气以及节气里的立冬。它来自静止。无论生长还是凋落，都与冬无关。它只负责冬眠，负责凝固。安静的，像已死去的生命。就这样，一个人在喧嚣中稳稳站住了，在过往的车辆中，最终成了一件冰冷的雕塑，渐渐你感觉不到喧嚣的存在了。城市那么静。所有人，在你的感官中渐渐地停下。此时，你清楚听见自己心跳。

一盏茶后，她出现了。穿个大衣，从桥的一端款款而来，并非遗世独立羽衣翩跹的模样。她的脚步跟随路人甲乙丙丁轻盈迈出。不徐不疾。是她刚才发来的定位发生了偏离，针头本该钉住的是桥北三十米外的一栋茶楼，竟然钉错。她正和同学们聚会，兴致浓烈。楼上的暖气把她的两只耳朵熏得通红。我有意保持住面部的平静。她对我笑了一下。我也冲她笑了一下。因为这场意外的相遇，这钢筋混凝土桥竟有了一种唐诗里的美好气质。

因为定位上的失误，让这个下午的见面和预想的完全不一样了。以往，类似的相亲，地点也多定在酒吧、咖啡馆或者饭馆。也许，这是个过于开放的年代吧，因为选择上的自由，人生的很多东西也都可以相应地搁一搁。相亲，说白了，也就是蜻蜓点水似的见见，扫扫微信，然后就再不可能见了。多数成为朋友圈中僵尸般的存在。我和她很久没有联络了。这一次，如果不是因朋友在中间撮合，恐无再见之日。可以说，我出现在这，完全是个意外。这是老城。即便地铁在地下穿行，缩短了新旧城区的距离，我也很少偏离日常轨道到这种不相干的地方。作为一个异客，我的生活简单明了,工作,睡觉,宅着,看喜欢的书与电影;偶尔出去与朋友聚会。可以说,我和这座城市的关系从来是不蔓不枝的。因为构思脚本的需要,王阳明的各种著作成了我最近接触最多的东西。还有三天就是冬至了,天气却并没有想象的冷,甚至有点阳春的气象了。蓬松的空气在鼻腔中均匀地炸开,大量有关于春天的细节纷至沓来。她把两只手惯常插进了大衣口袋,和我步调保持在一个频率。这个下午,两个被缘分撮合的人,在路上漫无目的地走。穿过一栋灰白色建筑的后院,就是河边新修的栈道。这是一条与机动车道、高铁轨道、人行道、天桥、地铁轨道以及电梯井道完全偏离的路。它与我日常生活的轨道发生巨大偏离,它无法把我带向办公室、卧室与故乡。此刻,缓慢安详的气氛在栈道上洋溢,暮色在悄悄降临,与我擦肩而过的各种人,他们面部书写着与这座城市的熟稔信息、难以忘怀的痛苦与忧伤。画眉深浅,皱纹纵横,记下的是一座城的成长与衰老。新城正在崛起,城市的心脏一点点偏离了它原先的位置。我暗暗地看了一眼她的左脸,腮帮子上是一枚红痘,灼灼其华,和几个月前见面没有两样。那是夏天,皮肤被热气蒸烤。这美丽的痘,却并没有因为季节的变迁而枯萎。显然,它是美的,令我想起杜牧的"豆蔻梢头二月初"。但不知何故,那一扇心扉,我始终无缘走进。尽管她的舅舅,一个在地方上叱咤风云的人物,当着众人的面说过多次,假使这婚姻能成的话那么以后我在事业上必将省去很多的心思,这话中的意思当然我也能懂。我和她一路走,言语不多。在对方的生活面前,我们都是陌生的,因为一种叫相亲的东西,我们彼此在对方的面前出现了。久违之后,我们就像两台僵硬的机器,凑在一起。从栈道的这个角度看城市,和在桥上看是截然不同的,四五层楼的房子被托举到了半空,随时要坠下来。窗台与阳台上焊了防盗网,密密匝匝。花盆里的花从铁栏杆中撑出,画眉鸟在笼中乱鸣。

在某个位置,我突然站住了。在空气中,有一种熟悉的气味泉涌而出,把我的衣领、心脏死死地抓住。我愣了一下,铁铸一般,鼻翼伸长,它来自于岸上的居民楼,那些昏黑的窗口。仿佛也只有冬天才有。它掺和了香烛、黄酒、醋、姜汁焖鸭、香菇烧鸡等等与家有关的气味。每当这复杂的香味在空气中播散,经过我的鼻孔、嘴、喉道与肺腑,整个人都会变得异常精神、敏感与亢奋。

这是一种与钢筋水泥、汽车尾气截然不同的味道。这时,我好像被过去的某段光阴拉扯进去。话明显增多,成了话痨。我把她作为倾诉的对象,讲述起与这气息有关的往事,比如那时,我是怎么跑我舅舅家去拜年的,他家是标准的城市户,住水泥房,养水仙、挂年历、摆糖果拼盘、蹲马桶,也喂鹦鹉。又比如,当初我是怎么把呼啦圈当救生圈用的。过年了,我爸爸店里总是拥挤了很多的叔叔阿姨,他们一律穿红着绿,言笑晏晏……我沉浸在往事的美好追忆中,面色像缸美酒。她用一种特别的眼神看我,又对我笑。我知道,这是一个性格与我完全相左的角色了。他感情用事,热爱言说,天马行空,不拘一格。这个举措,也让两台原本僵硬的机器有了互相缠绕的可能。这个下午,我不清楚接踵而至的意外到底意味了什么,它们究竟要把我带到哪里。尽管两个年轻人在感情的问题上都没有过仔细思考。在头脑中,那人的面貌依然是模糊的。也许,感情本来就是个不需要想太清楚的问题。一场又一场的偏离成就着所谓的现实。而现实,大概也就是事情不断偏离着你的设想、你的记忆与你的经验。你站在灰蒙蒙的天空下,大脑空空,神情恍惚。你锋利的针头偏离了本该钉住的那一个点。

她走了,我继续站在暮色中。暗红色的云像羽翅一样在空中排列。即将到来的冷空气很快就会把满天空的云变成霜,变成雨,变成雪。头脑中,我又想起了二十三年前的那场大雪。对于这场雪的存在,我一直将信将疑,因为梦总在设法篡改我的记忆。直到最近,我在至少两个人那里得到证实,这一场雪的真实性才被确立起来。

第一个人，是朱伯伯，他在任何场合都把他当伯伯看，而朱伯伯也真心认他为侄；以至于在任何场合都没有忘记向众人推介他的才华。说起来，他们也确实早该认识了，不仅共一本家谱、一个祖先，在相貌体型上也多有相似之处，这让伯越来越觉得在侄的身上能够看到自己年轻时的影子。而侄也觉得冥冥中的这个人就是自己将来的样子。他是在为朱伯伯编辑文稿时发现的那场大雪。那场雪在纸上纷纷扬扬，充满了仪式感。那时伯尚且年轻。身材魁梧，面容如玉，身份是省军区宣传处的处长。雪下在了同一座城市。那时他的故乡也就是伯的异乡，因为筹备文工团演出，伯在他的城市逗留了将近半个冬天。那个冬天的雪一遍遍涂抹在了朱伯伯下榻的军分区的院子里，涂抹在厚厚的军大衣与铮亮的皮靴上。初雪降于深夜。白色的雪花像崩塌的天空覆盖了地上的一切，也覆盖了他的鼾声。次日清晨，往日的绿树、红房子、灰色水泥路与马头墙在雪花中消泯了。空旷的天地上下皆白。伯推开了门，肩头耸了一下，猛然一个寒战，那雪的白光像刀子一样刺进了他的皮肉，身子猛退了回来。对于这突如其来的雪，伯的内心是平静的，雪在他的世界里降临也不知是第几次了，这异乡的雪除了让他感到寒冷，感到孤独，感到生命在大雪的包裹中一切都那么宁谧，也让他感到有一丝的焦虑。这一回，文工团在这里排一场大戏。这是赣州，赣南采茶戏的源头。排“采茶”，还有哪会比这里更合适的呢。这里的土盛产茶，这里的水养条金嗓子，这里的风吹得人打哈欠，这里的空气熏得人禁不住地发出“哎嗨哟”“扯当扯”的声腔。而伯作为整台戏的总策划人，事无巨细，在他的手上都有根线，一切工作在他的这一根根线上正有条不紊地进行着。唯独让他感到焦虑的是戏里的一个旦角始终没有中意的人选。他明白旦角在戏里的位置——除了勾筒(二胡类)、唢呐、锣、鼓、钹和笛子这一些家伙，旦角就算是当家的了。大雪之中，他希望这一钵炭能尽早找着。也许是因为有了雪，炭，就立即出现了。她穿一件抢眼的红短袄站在雪中，像一个半开的梅骨朵。身段、眉眼、气质一亮，没等出腔，朱伯伯一眼就认准了，这，就是他急需要的炭。一块烧得红彤彤的好炭。

雪继续下。

炭火正炽。

事情也就在同一时、同一座城，天空飘落下来的同一堆雪中，黄老师像一个石礅呆呆地站在街道的另一侧。而伯眼里的侄呢，那时还乳臭未退，尚在襁褓，被亲友们唤作"强牯头"(赣州话称男性儿童为牯头)，二人必定是无缘相认。强牯头和黄老师也无缘相认。假使，他们各自用尽了此生，也不能见上一次，于是这场雪就将雪藏起来，成为一个虚假的秘密了。也或者，他们认识了，忘却，或互不提起此事，也同样不能知道对方的记忆中也有那场雪的印记。一个人的大脑，一个人的心，一生将装载多少场雪，除雪以外，又装了多少人与事物。它们如恒河之沙，在一点一滴的聚集中，变得面目模糊，在经验中，夯实成砂岩一样的块状物质，储存于时间的仓库。它们是非到特殊的一刻绝不出现。

让这场雪在时间里再一次出现的是黄老师。

当第一次见，他就这么称他了，那时黄老师作为一个异客，刚刚在赣州站稳脚，而他呢，还刚刚抽条，身体的每个器官都在迅速壮大，他青愣愣地站在卷插门下，一个大胡子中年人立在柜台后面，从一张绘至过半的山水中直起腰来，手里握杆笔，满面堆笑。他怯怯地朝门里望，大胡子男人用甜而友好的笑一步步地将他朝里面引。这是十五年前，三康庙，黄老师开的文玩纸笔店，售卖文具兼带培训。暑假母亲觉得他在家里有所好闲，就把他送到了这里来凑凑热闹。

就这样，两个冥冥中素昧平生的人竟成了师生，成了莫逆。这期间，他常常会把他的习作带去给老师评点，回来将自己反锁在屋里，苦心研究。

他一度喜欢宋人纸上的寒林、空山与老鸦，喜欢那时的雪。那时的雪特别洁净，是清瘦的，浸透着寒光。他不知为何宋人会如此酷爱雪。他不止一次地对着李成的《群峰霁雪图》、范宽的《雪景寒林图》、郭熙的《幽谷图》、许道宁的《关山密雪图》发愣。凝视得直至眼睛里有了血丝，他想象自己就是大雪中的一株枯树，通身银装，凌厉的朔风裹挟着雪沫。也许是因缘巧合，他不承想二十三年前，黄老师也正因为一场大雪滞留在了这座城市。

正当朱伯伯欣喜若狂地为送来的炭而庆祝时，黄老师清楚地听见自己写对联的骨节发出一串吧嗒吧嗒的响声。瓷盘中的墨倒出来，很快就被冷空气给冻住了，糊状的墨汁必须用笔快速搅动才能书写。掉光了叶子的香樟经过大雪的粉饰，满树银花，多么像北宋绢帛上的一株雪树。不用说，黄老师心里是苦的。雪水融进了他的笔端，字都因此有了一股涩味。“莺歌绿柳楼前，第丰物阜民欢”，横批：新春大吉。他甚至用尽了臂膀上的力气设法把这副联写出一点儿喜庆的味道，尽可能地把字写得丰腴圆润，但终于是不如意的。字都是冷的、枯的，满脸苦相。说起来，事情还得从昨日的那场意外讲起，如不是因为昨日的那场意外，黄老师怎么可能这么落魄呢，怎么可能狼狈兮兮地借个桌子在雪天鬻联为生？这一座城，原只是他去往别处的中转站而已。他知道，这是宋城，唐宋以来南方著名的驿站，历代很多的文人，在岭南与中原间来往，都要在这里逗留一下。黄老师当然也是个文人，他在养他的城市当了几年的语文老师，早就已经把自己当一个文人看了。他站在旅馆冰冷的柜台下，要了间房。反转手，用力地去扯背上的行李。几乎也就在同一时，他感到有一个相反的力也在扯他的行李。肩膀因此而变轻了，他扭转头，一个黑魆魆的影子正风一样的朝门外跑。他恍然，掉转身，追，也向外跑。开始那黑影还看得见，后来他双眼一黑，就什么也看不见了。就这样，他从一个巨大的窟窿中滑进去，走不掉了。

这时，天地寂静。雪落无声。骨节的响声还在继续。大雪封门，这春联到底还有没有人要？假使真的一个买主也没有，这异乡的寒冻岂不要吞噬掉可怜的弱骨？心里这样想，他也长吁了口气，他把埋在春联中的眼睛抬到了半空，红色的雪覆盖了一切。也就在这时，在他的视野中突然摇晃出一个人影。

待那人走近，他简直不能相信自己的耳朵。

“这春联我全买了。”

就这样。黄老师留在了这座城市。而这个买走春联的人就成了他在这座城中最好的朋友。

时至正午，强牯头终于被他的父亲唤醒了。雪天，乳臭未退的他除了睡又有何为。因为能吃能睡，他的体积看上去比同龄人大了整整一倍。他家所在的位置，叫左营背。如按照字面上的意思讲，几百年前，这很可能就是官府的屯兵之所了，左营房的后背。想象那时候，将军们醉里挑灯看剑，梦里吹角连营。当然还有一匹叫作“的卢”的马——在马厩中啃食青草。醒了，强牯头尿急。他父亲引他去门外撒。门是一百多年前的老门，楠木的，门枢每转一下，就有种时间底部的声音冒出来。父亲并没有告诉他门外发生的事。出生至今，他也从来不知雪长什么模样。门被他父亲的手推开了。天地皆白，他觉得新奇，门前的水泥地上像被奶油覆盖了一层。他首先想到的是他的母亲浆洗衣服留下的肥皂泡。他只能想到肥皂泡了。每次，他母亲浆衣，他就静静地蹲在一侧，眼看白色的泡沫尽情繁殖，最终充满了他的天地。

大雪之中，就在朱伯伯眼看着戏没法进行下去，就在黄老师认为自己将成为一个饿殍，就在强牯头觉得洁白的大地是他母亲浆洗衣服留下的杰作，不想，一切都和预期的不尽相同，一切都偏离了事先的判断。

也许，这就是现实，就这样，雪霁天晴了，雪终于融化了。终于消灭于大多数人的记忆了。经历过这场大雪的人们又开始在人生的新的事情上倾注精力与感情。谁会去在意那一场无关要紧的雪呢?而时光总是让人忙碌。新事物的出现,总是以遗忘另一些为代价的。一年之后,两年之后,十年之后,许多人彻底忘记了与那场雪有关的细节,甚至忘记了那场雪的存在。后来,他母亲无论如何,都记不得那天她是怎么度过的了,她把人生的许多场雪混为一谈,变得无从说起。

但朱伯伯、强牯头与黄老师并没有将它忘掉,在经历了人生各种刻骨铭心后,那雪的模样依旧是清晰的。并且缘分使他们在茫茫人世相遇,这遇见本身不能不说是一个奇迹。二十三年,白驹过隙,朱伯伯从军界转到了政界再转到出版界,在荣枯炎凉中,他一次次偏离预设的轨道,一次次发出独行的咏叹。而黄老师呢,中途在经历了一场锥心的变故后,下海经商,弃笔多载,然后又逐步从阴影中走出来,再一次亲近笔。冥冥中,也不知是什么力,竟让他们在人群中相聚到了一起,也不知是谁,突然就提起了那一场雪,因了这一场雪,情感在兴奋中顿时都有了种哽咽,他们像失散多年的亲友,酒一次次浇灌在胸膛,一切都不偏不倚——落在了最易感动的位置。

她走了,我继续站在暮色中。暮色很快就成了夜色。盛大的夜让我感到茫然,因为纪录片,我努力去想象王阳明的那一张脸,但轮廓的线条始终凌乱,脚本的线索刚一理出,转眼就断了。我钻进地铁,像块坚硬的岩石——在黑暗中被洪流席卷。我明白,我和她无论怎样努力,无论中间有多少人撮合,到底都难成合卺之喜。也许,那真是一张姣好的脸蛋:白皙、青春、明亮,洋溢着一层朦胧的光。若在另一个人那里,这必将兑换成许多的赞美。我到底是怎么了,对于这美好事物,竟无动于衷?也许,是我在心里给自己埋了道槛,一道铁铸的槛吧。当经历了这一切。我也终于知道了,人心的位置是何等的重要了，一个人的心假使死了，他的世界也就跟着死了。甚至于他的所见所闻所感所想也都随之而成了灰烬。也无论现实怎样地朝着有利于你们的方向偏离，即使万分之九千九百九十九的接近吧，也终究难以达成那一个一。就像二十三年前的那场大雪。二十三年了，雪无论有多么结实，多么坚硬，到现在，恐怕也都成了水，成了霜，成了缥缈的想象了。而唯一能够确认那雪的存在的，不是别的，是一个人的心，是一个人的记忆。至于千万人中的伯乐，千里马与黄老师他们就像那雪中站立着的史官，假使他们心中也没有了那一场雪，于是这雪，就真的从来不曾在这个世界上出现过了。真的不曾覆盖过他的城市了。

这样想，我觉得自己是在替另一个人说话。这一个人，不是别人，正是最近把我纠缠得要死的王阳明。书上说，他长相清癯，是美髯公。于是，我就努力地照着书上的样子想。想啊——五百年前，王阳明就站在我和她约会的桥上，左顾右盼。那是木桥，榫卯相接。周围同是深蓝色的河水，浩浩汤汤。那是七月，明孝宗弘治元年(1488)。时间一转，又到了元年，那山、水、红日，眼看又有了一股浑然的元气了。他笔直地站在桥上，样子像一根戟，胡须稀稀疏疏。周围是熙熙攘攘的市声。这是异乡，对于纷至沓来的赣语，他竟感到愕然。如果不是因为迎娶江西布政使参议诸养和的女儿，他怎么可能风尘仆仆地从余姚赶到这里。《年谱》上说，这一年，他十七岁，装在他心里的并不是情爱、食色、姣好的面庞、吹弹得破的肌肤，而是满满的“道”。是飞升、冥想、打坐、养生、丹药以及符咒。就这样，他很无所谓地把诸养和的千金给娶走了。按史书上载，他对这一个女人，其实并没有太多的好感。新婚之夜，他甚至一个人梦游般的飘到了铁柱寺(今南昌中山路万寿宫)——陪老道士打坐。花烛与红肚兜在他眼中竟毫无兴致。真正让他的心感到怦怦跳动的是多年后的一根竹子，官署里的一杆翠竹。他想，既然天下的道理都隐藏于一草一木，既然先儒们都讲求格物，那么干脆就先拿竹一格为快。书上并没有说他这竹子是怎么格的,他好像既没有拿尺子量,也没有用墨绳标记。只知他像一个笨拙的树桩,对着一根竹子苦思了七天七夜。脸上格出了巨大的黑眼圈与脓痘,甚至格得吐血了,最终,也没有在竹子中格出什么像样的道理。于是,他就怀疑起这道应该并不在竹子中了,也并不在草木、星光与泥土中了。静夜中,他摸着自己滚烫的胸口,听见心脏像一个悬浮的星球,在轻轻旋转。蓝色火焰从他心脏的位置喷出来,接着,又一杆竹——从他的心脏的位置伸出来。那心怦怦地乱跳,肋骨跟着跳,心先是跳到了喉道,又往上跳到了舌根,差一点就要从嘴里激烈地蹦出来了,他拿手去捂,另一只手也去捂。就这样,持续了几刻钟,他也累了。心又回到了之前的位置,起伏的胸膛也平静下来了,世界也跟着平静下来了。

这以后,他的活动轨迹,又涉及京师、钱塘、绍兴、舟山、山东、安徽、福建等地,这些年,他在江河与驿道上奔走;在马上、贡院、书房与山水中消磨时光。他像那个时代诸多优秀的读书人一样,一路下来,经历了乡试、会试和殿试,然后平顺地步入仕途。先是在工部做个小小观政,后来又在刑部和兵部干了段日子,日子静好,一切都如鱼得水,一切都在努力地使他成为官场上千千万万庸常人物中的一个。

在地铁中, 这个存在于五百年前的人物的面孔在我脑海中像打豆浆似的翻转,每翻一下,我的心就咯噔一声,我甚至觉得眼前的那些鼻子、嘴、额头还有胡须都可以任意拿来了,拼成历史上任何时代的人物了,内心的力量竟让我感到可怕,也让我感到时光的无效。我听见了风的声音,而这时,地铁差不多就从当年铁柱寺的地下笔直地穿过去,也许是触碰到了一个什么坚硬之物, 地铁哐当了一声。一个穿高跟鞋的女乘客差点摔倒。

但历史并不允许王阳明做个庸常人物啊，命运也不允许他把满满的能量消耗在那些无用的事情上。天将降大任于斯人。就在我初次与雪相遇的那个院子，那个在地图上被标记为左营背的点，正德十二年(1517)王阳明站在上面。他的靴底必定是沾着这里的土的。那时，他胡须茂盛，像片森林，但早早地就已经花白了。他以都察院佥都御使的身份钉在了这一个偏僻的点上。这一年，他四十五岁。作为一个男人，他和诸氏完婚至今，竟不曾让这个女人怀过孕，这让他感到沮丧，到底是身体哪儿出了问题呢，他来不及想。十万火急，这是赣州，闽粤湘赣往来的要津，这里的土，除了盛产茶与采茶戏也盛产流民与匪盗。而这些匪盗的成分往往又极为复杂，他们白天耕种，貌似良民，晚上却遁山为贼，甚至不少当地的里甲编户和畲、瑶土著也混在其中。加上此地又多是高山大谷、茂林荆棘，这让历任的地方官们对于清缴盗贼一事都颇感到头疼。但这一次，王阳明必须将他们给定住。时间一晃，他就在这个世界上晃悠了四十五载，他握笔的食指，胼胝厚了，因为舞剑，手心的胼胝也厚了。这些发黄的老茧让他逐渐成了一个骚人，却并没有能够使他成为响亮的政治家与武将。是的，此刻，他必须把头颅高高扬起，把宝剑高高举起。抬望眼，让心中的光芒和火焰抛向天空，让心稳稳地钉在这一个坚硬的点上。

我苦思冥想了许久，纪录片索性就从这开始写吧！在时间里，两个人不论以何种方式遇见，既遇见，必定是有缘故的。不然事情怎么会那么巧呢。五百年前，他就站在我出生的位置，手挥五弦，目送飞鸿。而他一生中最重要的著作《传习录》也刊印于这座城市。我一边想，一边将脚高高地举到了挡风玻璃上，我旁若无人地躺在副驾驶的位置，脚几乎挡住了后视镜，血液顺着腿与躯干回流到心脏。我享受心脏被血液包裹所带来的陶醉，我喜欢这种放浪形骸、信马由缰的状态。喜欢这种时空置换所带来的错愕感觉。在景德镇，朋友们购物去了，我一个人在夜色中围着门外的广场疾走，一圈两圈九圈，想他，汗流浃背。头转晕了，我觉得王阳明当年格竹子的时候差不多也就是这一种心境吧。

老余在对面大啃猪脚：那你说说王阳明的心所指的又是什么呢？

要明白王阳明的心，那你必须先说说他是个什么样的人吧！道士和菩萨的心当然是不一样的。毋庸置疑，王阳明本质上当然是一个儒者。穷则独善其身，达则兼济天下这一根本性的东西是不会变的，对待身与天下，王阳明必定是有他理想的模样。在他看来，心也就是一个人的主，心是可以替人做主的。比如，你的记忆，你的经验，你的情感，你处理问题的方式，你和外部世界交流的习惯甚至包括你选择对象的标准都是心说了算的。王阳明格竹子考虑到更多的是这些实际性的问题。他的心说到底也就是一颗安邦济世的心。你看看，他一生中所做的功课——不多在此么？

在南赣，王阳明主要的精力并没有花在平定乱事上，虽然他也狠下过心，擒斩了一批贼匪，但其目的，却并不在这。把人的头颅从脖子上拧下来又有什么难呢？要把一颗真正的仁义之心嵌入人的胸膛那才叫难呢。你看看，他所做的那些工作，包括确立南赣乡约、办社学、兴修书院，哪一件不起着教化人心的作用。他明白，其实所谓的贼，本质上也都是民。王阳明像一个大力士，他要把贼子们既已偏离的思想、情感，以及生活方式一一扶正，他明白，真正的贼是在人的心里的，在那个滚烫而潮湿的位置。那才是真正的贼府。"破山中贼易，破心中贼难"，在赣州，王阳明在写信给学生薛侃的时候，这几个字必定是用朱笔写的，那是心的颜色，是用心调成的黏稠的墨汁。

后来，我和她果真就再没有联系了，尽管我们也做过诸多尝试。然，终是枉然。想到这，突然感觉有什么谶语应验了，我的心也猛然地惊了一下。确实，除她以外，很多人都有向我做过介绍，这其中不乏教师、银行职员、公务员以及富二代。我也毫不忌讳地去见了。结果呢，自然是都没有成。我也说不清对方到底哪不好,对方也始终说不清我哪不好,也许就是平常所说的没有感觉吧,但感觉是什么呢,谁能够说得清呢,也许就是彼此的心中照不出对方的面庞吧。我想,若没有积攒到足够的缘,人和人是不可能走到一块去的。于是,人生的这一件工作,就始终没有什么进展。我明白,这应该是心中的贼在作祟,只要这贼一日不破,我就很难结束这尴尬的境况。

时间很快就到了春天,纪录片脚本的工作也将告罄。接下来就是配音以及拍摄了。玉兰和海棠在门前开得正艳,雪始终都没有下。我的祖父,并没有能够看见未来的孙媳,并没有熬过这一个冬天就急急地走了。因为丧事,我在南昌、赣州两地的火车上频频往返,在王阳明曾经奔走的路上,我的泪一次次从眼睛里滚落下来。但很快,冷风就使它们干透了,结了层霜。悲凉中,我又想到了人世的无常,想到了生命中诸多的不期而遇,想到人在时空中的小,也想到了人和人在时光里重叠的短。二十七年前,我出生那天,我祖父在二十里地外得到喜讯,他健步如飞来城里看我。此后,我和他在这世上愉快地共度了二十七年时光。那一刻,他此生用尽,然后,我们就再不能见了。是的,这世间的一切,似乎都不是你我所能把握的,哪怕是一粒沙,在手上,你我都握不住。但,假使闭上眼,不去管它呢,假使阖上心,也不去管它呢,那样,心外便似无一物了,而心中便什么也都有了。其实,这世间的一切,一切历史,一切记忆,人的,树的,石头的,山水的,宇宙洪荒的历史与记忆,本质上说,哪一件不应该是心。这样说,心终究是大于万物的。在路上,我一遍遍对着那本泛黄的《传习录》思考起人生的这些问题。在轻盈的纸上,我又未能免俗地要提一提盛开在南镇岩壁上那些花了,提一提王阳明对着花——答友人的那一段经典台词了。“你未看此花时,此花与汝心同归于寂。你来看此花时,则此花颜色一时明白起来。便知此花不在你的心外。”在我看来,其实那不是花,是雪,是二十三年前经历的那场大雪。那雪在我的心中纷纷扬扬,充满了仪式感。雪,铺天盖地,覆盖于你我的记忆之上,像镀了层镍。那一刻,大雪以某种形式雪藏在伯伯、我及黄老师的记忆中,像一种暗物质,悄无声息,汇入血液。直至二十三年之后,有人突然将它提起,我们仨对于这久违了的雪,才能相认。

飘来之物

记得在我很小的时候,我妈就说过类似的话。退休以后,时间将漫长起来,那时候,索性就把城里的老房子租赁出去,然后再到山里觅一亩三分地,归园田居,安享晚年。因为山里空气清新,水土都是养人的,房前屋后,再种上一点点南瓜青菜,生活自给自足,比起那些用农药化肥伺候起来的瓜豆菜蔬,吃起来不知要健康美味多少。可是自从有了雾霾,渐渐的,我妈当初心里构筑起来的那一番番理想,就越来越近乎缥缈了。记不清曾经有哪位朋友说过,这天底下的水,总归是相通的,天空是相通的,男人女人的心也是相通的,大风起兮云飞扬。而今远方的城里起了雾霾,用不了多久,它便四处飘散了。世界就像个巨大的连通器,所有的事物都是水,它们被存在于空中"飘"的力量带往一个个陌生之地。

以前,我在后屋里做功课,师院苗圃里的玉兰花香,常常不经意地浮荡过来,纸和笔管里的油墨也渗透着玉兰花的香味,这些香气扰乱着我的心智,使我心不在焉。那时我以为做功课是人生的一种莫大的享受。人被无形之物奋力地托举,笔在纸上自行书写。可是近年我从外地回到家中,晚饭以后,情况就大不相同了,尽管我和往常一样,坐露台上看星星,看飞机。嗅觉里，隐隐间却觉得有类似氨气的味道从地上缓缓升起，完全混淆了玉兰花的香味。好奇心让我总想去探明究竟——没想到，就在我家的南边，一去三五里现在有了一条大河，河堤上有排幽黑的孔道，夜深人静，常常会有些冒着白烟的沸水从涵洞中汩汩而出。刺鼻的气味一圈圈地在空气中扩大着。然后它们就借着风的力量，借着“飘”的力量，借着夜的力量，触碰到了我的鼻子，触碰到我爸妈还有我爷爷的鼻子，我妈披衣出户，一遍又一遍地在坪上洒水，把屋子的抽风机马力旋到最大，我爷爷就拿一个大大的蒲扇，试图把这些污秽的气味驱赶到十里远的地方。我明知道他们在白费力气，那些幽黑的排污口距离我家的位置尽管还有老长一段距离，可是，我与它们却被巨大的连通器给串联了起来。鼻子无处可藏。尤其在狂风骤雨的春夜，夜半醒来，因为这种难闻的气味，好梦即使不曾破灭，翻来覆去，却再也睡不着了。

也许后来是我妈很清楚地认识到了这一点：每个人的世界，都是与外面的世界息息相通的，外面的世界一旦污秽了，里面的世界随即也就被糟蹋了，每座城市的天空，都连接着外面深而广的天空。彼此之间，水与空气密切来往，各种事物在风与云气，以及现代交通工具的作用下，随时都可能渗透、影响。这些道理在她陈旧的心里逐渐地明朗了起来，因此，她也就彻彻底底地打消了原来的念头，逐渐明白了城与乡在今天的确是没有了多少的差异了。

窗子外面，草多半已经枯了，京津两地的朋友因为转机，绕到赣州。天地玄黄，雾霾给远山近树都拉起了一道厚实的帘子。雾和雾霾当然是有区别的，记得十几年前的冬天，早晨起来，大雾弥天，往日的楼房大树都被什么人给搬走了，上下皆白。那一种白，白得纯粹，白得柔软，像雪片糕上的一层白粉，绵密、湿润。那时，太阳烧红了它的身体，我们陆续地走到操场开始做伸展运动,做体转运动,做跳跃运动,雾由蓬松的、绵软的、白茫茫的,转眼就变得透明了,天地被雾气清洗以后,格外的明洁亮丽。而雾霾总归是消不去的,像搪瓷杯上日久积存的一层水垢,灰蒙蒙的,十分粗粝,吸一口,人的胸口足足要闷上半个小时。车子过了收费站,很快就进入市区,许多新楼都已经盖好了,行道树绿意袭人。坐在前排的朋友,掏出手机,埋头转发起微信。

她说:京城雾霾起兮,牛马不辨,新闻报道讲,现在终于有了好转。

天津的朋友接过话头:不过帝都的雾霾现在都被天津人民给分享了。

我心里嘀咕:雾霾继续地还会被分享到东西南北,形成更大的、新的雾霾。雾霾凭借着“飘”的力量,与空中的清风、云气、流岚为伍,与花香酒香、脂粉的香为伍,周游列国。现在,这些飘移的事物,也导致我在各种交错的空间中频频生出错觉。那时候,我坐在屋子里做功课,玉兰花的香气就开始在屋子里旋转,使我屡屡误以为我处于苗圃的中央。正如我端端正正和朋友坐在我老师黄绍武的珍宝堂里,仿佛一屁股就坐在了北京的中央一样。

珍宝堂里,其实也并没有什么珍宝,四面墙壁,放了几个大玻璃柜子,上面仅仅是一些不大值钱的奇石字画。门前是条大街。熙来攘往,远近都是些居家过日子的蚁民。买菜买衣服买馄饨与沙河粉的,携老带幼,东张西望。他们的脚步,可能向着赣州公园里去,向着公共厕所里去,向着百货商场与卫府里菜场里去。他们被那些金碧辉煌、香气馥郁的门洞用力拉拢,黄老师的店面对他们来说,当然是没有多少吸引力的,就说牌匾上那个繁体的“寶”字,便让很多人摸不着头脑了,更遑论会有多少兴趣。

当然,黄老师从来没有奢望过路人甲乙丙对他的珍宝堂抱什么兴趣,要说依靠门店上的那一点点买卖,一年到头能赚到几两银子?他只是习惯了,喜欢搞一个大桌子,桌子上清清净净摆一个大茶盘。坐在主人的位置上，面朝马路，自斟自饮。他与外面世界所建立起来的种种关系，此前基本上是和谐而愉快的。妇孺老少，走路、骑自行车与遛狗的，充当起了他眼里的街景，只要他往那里一坐，就好像在门外搭了一个戏台子，他每天就一边饮茶，一边看着门外走马灯似的这些人物，卤豆腐、烤玉米的香气不绝如缕地飘散过来，打通着他身上的一团团死穴。

黄老师还是十年前的那一口大胡子，迎风飘展，坐在主人的位置上，壶都已经洗干净了，水也都已经煮好了，接下来就是添茶叶、续水，一切在他手上都驾轻就熟，然后他从左到右地给我们每个人斟满一杯。茶水光艳艳的，墙上柜子里摆满了奇石字画。我们聊天的话题就从奇石字画开始。没过多久，话题就风筝一样地扯远了。黄老师说：原来这个地方还是很安静的，路两边不远都有交叉的大路。中间的这一段仿佛就被掏空了的。路的两侧，假如再种上梨树，到春天，推开店门，梨花院落溶溶月。坐在屋子里喝茶，风月将给人制造着无限的遐想。

可是去年，在路的北面，立了一座牌坊，牌坊以北，乌七八糟的仿古街断断续续地也都修好了。从南边来的、从北边来的、从东边来的、从西边来的人与车辆就开始蚂蚁般地多了起来，他们通常攒三聚五地到仿古街来观光大发感慨，无事生非，喝酒、吃烧烤，制造无数的废气与喧嚣，满足身体里与日俱增的复古癖好，没过多久，这里就被弄得闹气哄哄，鸡毛满地。以往那些遛狗的、亲嘴的、骑自行车的、在大腿上摸啊摸的，原本也都清闲自在、相安无事，都像生活在自己家里、院子里，现在也都磕头碰脑，挤挤挨挨，顾左右而言他，心不在焉，脏腑里都生出了好多的怨气。

当然黄老师胸膛里也积了许多的怨气，原本外面的各种事物都像花香一般地飘过来，水一样地流淌过来，节奏都是舒缓而明净的，它们一点一滴地麻醉着人的中枢神经。让人做梦到唐朝去，到宋朝去，因为仿古街像雾霾一样地盘聚过来，从通都大邑渗透到各方的小城小镇，于是乎，事情说变就变了。就像雾和雾霾当然是有区别的,雾霾像搪瓷杯上日久积存的一层水垢,而雾却是土生土长的,风吹不动,雷打不动。吸一口,肺都是绿意盈盈的。被它湿润了。

记得在雾霾还没出现以前,到了冬天,这个城市上上下下也只有雾。就像仿古街没有以前,城市也只有街。衣冠简朴,古风郁郁。阁楼花窗,深深庭院。可是,自从各种舶来品在街头巷尾风靡以后,这个城市许许多多土生土长的东西相继地就销声匿迹了。以前我家饭桌上的那个防蝇罩都是纯手工的,市场上有卖,十分便宜,我舅公将曝晒好了的竹篾用竹刀破开,拉成细条形状,质地柔滑,有好几米长,舅母盘腿坐在地上,一圈圈地编织起来,最后形成一个个漂亮的圆拱,收尾的地方,串一枚铜钱,盛开的,像一朵秋天的菊花。后来这种带着太阳香味的手工制品渐渐地就没有了,取而代之的,是塑料以及蕾丝的,机械的,花花绿绿的,饭桌上,再也没有土壤的香气以及太阳的香气了。

茶喝过了,闲话都已经像子弹似的消耗光了,老师将午饭安排在了太子楼。太子楼在民国时就有了。最初,这楼我是从《泰晤士报》的一个摄影记者哈里森·福尔曼(Harrison Forman)那里知道的。1942年秋天,大记者哈里森·福尔曼在家里做了一个大大的梦,当时的整个中国,都是他的梦游之所。他忽而从南边飘到北边,忽而从北边飘到南边,也不知他到底从哪个角隅梦游到这座暮色苍黄的城市。手里抱着粗而长的镜头,要为这一座优美的城市痛痛快快来一组肖像。有一个姓蒋的,矮个、脸面黧黑的男子,三番五次地出现在他的镜头里,太子楼同样没能躲过他的镜头,因为这一桩机会,这也一度让七十年后的我,突然有种被历史拽进去的感觉。可到底不曾想过将会在这个冬天,猝不及防地给拽进去,并且在靠北的某个房间里与朋友们放浪形骸,言笑晏晏,推杯送盏,大快朵颐。黄老师和我的远方的朋友相继都已经坐下来,我也就端端正正地坐下来,菜都是地地道道的,蹄筋啦,荷包肉啦,鱼饼啦,肉丸汤啦,夹一筷子送进嘴里,肩膀上的某根神经顿时就弹立起来,倏然间我想起了十几年前早操时候吸进嘴里的雾气,土生土长的雾气,白茫茫的,大片大片地洇进肺里,整个身体就被湿润了,绿莹莹的。

这几个菜,都算得上是正宗的,蹄筋都只取后蹄的腱子,口感淡嫩不腻,油都是山里的茶油,荷包肉更是要用水塘里的荷叶,用三伏这一天的太阳晒干,然后再用重阳这一天的月光照拂,这般做出来的,才有味道,有嚼头,舌尖触碰到这样的美味,倏然间,就觉得自己果真又回到了故乡,回到了故乡的唐代或者宋代,肌肤丰满,水润亮丽的。这些年来,故乡可怜兮兮的总是被外面"飘"来的事物蚕食鲸吞着,被挤榨得越来越是枯槁、瘦削了。以前在这个小小的城郭里,还保持着许许多多的穷规矩,大年三十,我妈总是反反复复地叮嘱我,给我煎草药水,要我痛痛快快地洗个澡,换一身新衣裳,到大清早,我和我爸提着鞭炮,去山里给列祖列宗们磕头,见到亲戚们,还要自觉地鞠躬问新年好。一年三百六十五日,我妈总有告诫,白露这天的水你不能碰,立春要乖乖地躲在家里,吃了清明这一天做的艾饺,疯狗就会避而远之了。可是这一些年来,规矩都在我表弟、堂弟、外甥、侄子那里一一给打破了,很多的观念都在渐渐地褪色,很多的人身在外地,胡不归?还乡太累,假如真的衣锦还乡,通常习惯性的动作,都是住星级酒店,吃自助餐,到消毒柜里取只雪白的盘子,见到有自己喜欢的,就往盘子里盛,中式的,西式的,熏的,烤的,油炸的,用酱拌的。良久,尊体便装得满满了,肚子像一个大杂烩,走出来,晕头转向,反认故乡是他乡,五味杂陈,东西南北不辨。

对于那些飘来的事物,我们总是心存犹豫,一方面是好奇心推搡,一方面心想四通八达以后，还有什么秘密、规矩可言。

尤其是城墙拆了以后，城市也是往来相通。恰如我妈知道了环境与环境之间总是借助于“飘”而相互影响的，她也就觉得实在是没有必要归隐了，包括一百年前、两百年前及五百年前的袁枚、黑塞和陶渊明也觉得实在是没有必要归隐了。躲到乡村又能怎么样呢，山里有山有水，有野果子，有泉水阴翳，可是雾霾就像天上的风雨雷电，污秽的空气也像那天上的风雨雷电，上天入地，有哪里去不了呢？当初我妈想到山里觅一亩三分地，图的就是山里的那一份清静、自在。可是山里的那一份清静自在如今被外面飘来的事物一件件地干扰了，我妈当年构筑起来的理想自然是一件一件地破灭了。假如她从更高的角度上看，现在哪里又能算得上是真正的故乡？二十世纪八十年代，我外婆带着我的大舅舅、二舅舅从广西的大外公家探亲回来，火车坐了两天两夜，屁股都坐疼了，坐麻了，好容易带回了几个布兜兜的南宁特产，绿豆糕啦，芒果干啦，罗汉果啦。包括现在我三姨娘还是改不了曾经的这个习惯，外地出差，上火车登机之前总是要捡些那地方的糕饼蜜饯。其实这一些东西，在我家楼下的超市里一件不差都可以买到，现实的世界被串通好了，雾霾被看不见的天路运输过来，外面的世界从高速运输过来，可是理想的故乡呢，却都是用来隐蔽的啊，外面的光进不去，风进不去，雾霾也进不去，它们在黑暗中发着光，充满了各种异香和神秘。

菜一个一个地上齐了，酒也一圈一圈地敬过来。我坐在面窗的位置，吃一口菜，然后就看一眼窗子外面的城墙，河对岸的矮山，矮山在新的规划图纸上据说也将被夷为平地。玻璃转盘把每一道菜逐一地推送到我的面前，我也就不容客气地把筷子伸过去，夹一口，接着又找准对象，努力地敬酒，然后伸长了脖子用力地把杯中的酒一饮而尽，直吃得满嘴流油，红光满面。总之往死里吃，仿佛狠下了决心，非把流失的故乡以吃的形式挽留回来。后来，所有的酒都浇灌完了，桌子上杯盘狼藉，老师建议我带着朋友去周围走走。到城墙上去。到浮桥上去。到灶儿巷去。到南市街去。到新赣南路去。到属于故乡的地方去。可是我心里明白，最终我们都要回去，回到不是故乡的地方，继续生活。

隐者居

“隐”是相对于“显”而存在的。那些以隐者自居的人，尽管“隐”的方式五花八门，但无论真隐、假隐，好歹都要有点隐的资本。这些人，之前要么是朝野上的大官，要么身体里流淌着贵族血液，假设两者都不具备，那么至少要有点济世之才，唯其如此，他才能够堂而皇之地把自己送上“隐”途。譬如元末的王蒙、董其昌，做官累了，就索性把自己隐起来，隐得过于无聊了，就脱下布衣，去官场上折腾一番。再比如历来被人鄙薄的卢藏用，之所以敢跑到终南山上去做隐士，也是因为在此之前，早已经考上了进士，只不过朝廷迟迟没有给他封官而已。

朱耷身上虽然有着皇室血统，家底也算殷实，但这时毕竟到了甲申年，黄沙从北方席卷过来，没有多久，山河的颜色说变就变了。朱耷作为明王朝的后裔，完全丧失了隐的条件——隐的前提，是必须拥有显的资本，也就是说，这条路既能够堂而皇之地走进去，也能够轻而易举地走出来。就像孩童啼哭要闹，他之所以有胆量哭闹，是因为他知道还有人疼他。“被人疼”是他放声大哭的资本。然而此刻的朱耷，这一切都没有了，这一切没有并不能怪他，应该归咎到家族中那些昏庸的腐朽的君王们头上。是他们把“明王朝”这只大虫推上了断头台,把山河弄得支离破碎了。

在此之前,雍容阔绰的朱氏家族,至少还可以给远在天边的旁系亲属们予以荫庇,带来福祉。可是现在轰然一声,就被李自成推倒在泥地里。他远房的一个亲戚,也就是崇祯皇帝,时在甲申,也缢死在了煤山,现在那一株歪脖子槐树作为铁证还在。这样一来,他不仅一点儿指望都没有了,甚至还极有可能受到牵累。因为他姓朱,并且还是明太祖朱元璋的儿子甯献王的后裔。别人在逃窜的人群中,能够勉强蒙混过关,他要蒙混过去就很难,他身上烙印有太深的朱家的痕迹,他身体里流着浓稠的朱家的血,这血会散发出一股很重的腥味;而这个家族的敌对势力模样看上去就像只凶残的猫,面对那些猫发达的嗅觉器官,他是极难以逃脱过去的。但是那个夜晚,朱耷和他的家人,还是偷偷摸摸地蒙混出去了,成为漏网之鱼。不过,朱耷到底是从南昌城的哪条街巷哪座城门逃窜出去的,现在我们都没法说清了,包括奉新县里曾经收留过他的那个耕香寺,具体的位置现在到底在哪,同样也没法说清了。因为这一切所涉及的,都只是世俗里的朱耷。这个世俗身影的摇身一变,让南昌城里之前存在过的所有的影像顿时都变得模糊起来。

尽管那时候,他已经迈进了耕香寺的门槛,把头皮削得瓦青瓦青的,可当时他迈进这条门槛,却是出于许许多多的原因。他背后至少还压着一个重重的世俗包袱。寺庙这地方,也顶多是让他歇歇脚,暂时先喘一口大气。总之,十九岁的朱耷,无论从哪个方面,根本就不具备做隐者的资历,他只是一个逃荒避难的小贵族而已。一个被那场血腥的杀伐裹挟进去的无辜者。但历史需要他裹挟进去,因为此前纸上的水墨,要么太狂,要么就太死板,要么呢,就已经老了,那些人的画,画着画着就有了些乏味。那一缸子墨磨好,需要他用毛笔伸进去蘸一蘸,然后把墨泼洒开来,搅动纸上有些沉闷的空气。

许多人的笔画着画着就断了，埋进了泥土，与泥土模糊成了一片。而朱耷的这支，却始终簇新着，纤尘不染。历史每每在书写的过程中，总喜欢淡化掉一些东西，目的是为了让镜头聚焦在另一些事物之上，好让我们的记忆给抓住。历史在这儿，并没有让我们抓住朱由桵这么个人，也没有抓住耕香寺，以及后来的洪崖寺，而是让我们抓住了朱耷和青云谱。

当青云谱在我生命里出现，我已经活到了十九岁，我突然觉得它与这个城市的气质拥有着本质上的区别，我悄悄推门进入，觉得自己一下子就落地生根了。不过现在看来，青云谱给予我的这一切恩赐，都应该感谢至正二十三年的那一场刀兵之争，青云谱在南昌近郊的出现，可以说，与朱元璋、陈友谅在南昌附近的那场厮杀存在着某种时空上的内在呼应。

这一场厮杀，无论对谁来讲，都将是至关重要的。决定王与寇的关键，有时候就是一根毫发，朱元璋幸运地从这根毫发上站起来，成为“吴王”，而陈友谅却连寇都没有做成，结果直接中箭而死。可是，朱事后并没有把过多的感谢给予他的左膀右臂，而是把功劳都归在了一个叫周颠的道人那里。这个道人当时在南昌的东华门行乞，并且口唱“告太平”歌，言朱元璋不久将定都南京，天下归心，一片太平。先不管这是否是一道谶语，至少朱元璋是相信了，他相信自己就是凭借周道人的这一句话才稳稳当当地坐上的龙椅，而南昌作为他与周颠相遇的城市，当然值得自己千恩万谢。

如果说，那一次江西赐给朱家的是一片江山的话，那么这一回给予的就是一支神笔，是这支神笔让朱耷的遗民身份彻底得到隐藏。这杆笔就像传说中的一种隐身草，握在手上，身体便能隐没不见。但是甲申年笼罩在天地间的巨大响声简直振聋发聩。火光、刀光、哀号声、铁蹄声让朱耷的思维完全僵住，时间不允许他胡思乱想，慌乱中他并没有把这一杆笔给抓住，而是仓促地把自己送入了禅院。他试图以改头换面的方式把自己隐藏。他把发削了，抓住了一件大大的僧袍。他将自己装扮成一个又聋又哑的呆子，脸部表情沉静地在那里打扫庭院。他并没有急急忙忙地跑去受戒。他就像一株从世俗里移植过来的树，根上还带着世俗里厚厚的泥土，生命还源源不断地吸收着世俗里的养分。世俗里的疼，一阵阵地从脚底传来，他半夜被噩梦惊醒了，原来是一声焦雷把屋檐上的瓦片给掀去了几片——首先是父亲朱谋覲暴亡，不久妻子也亡故了。这两个生命的坠落，像在他心上扎了一枚又一枚钉子，他嘴巴里含满了恐惧，舌头紧紧地抵住上腭，一方面他需要把自己打扮得更像是一个出家人；另一方面，又不能忘记这亡国的恨与亡父的痛。每天早晨，他叮嘱自己多遍，千万不能暴露出事情的真相，可是到了晚上，他又总抑制不住地要把生离死别的画面像放电影似的一遍又一遍地再现出来。后来，他突然发现了，僧袍的作用，仅仅是把自己的身份暂时得到遮掩，可是这样一味地遮掩，长此以往，心里就像顶出了一杆枪似的难受。于是，他设法找到一种既能够隐，又能够显的方式。他终于想着了当初的那一杆笔，那一杆笔能够把悲愤的情绪痛痛快快地抒发出来，并且还能够给人造成一种错误的判断：一个整天在纸上涂涂画画的人，与外面打打杀杀的世界怎么可能存在有关联呢？但是朱耷硬是把这些关联很巧妙地隐藏在了纸上。他给自己刻了一枚古怪的印章，形状看起来像一只鹤，仔细分辨，才能看出是“三月十九”的字样——甲申年的三月十九，朱家的天地彻底沉沦了，他在每幅画的空白处，都盖上这个长条形的印，以此锁住这段刻骨铭心的记忆。

他有时也画上一块石头，却并不把它画成一个瘦骨嶙峋模样，那种石头腰身太婀娜了，太美了。美得简直让人忘记了黍离之痛，他要把骨子里的傲气和积愤一丝不苟地画出来。所以他就不能把石头画成娇声娇气的小女子，而要把石头画得浑浑圆圆的，骨骼都像铁盘般的坚硬。为了让它看上去有点桀骜不驯的气色，于是就索性画成上大下小，头重脚轻，像一个喝了酒的醉汉。醉汉是完全不把眼里的世界当回事的。看到一片水洼，他跳进去;看到一堵墙,他也撞上去。尽管衣服湿透了,头上隆起一个脓血大包,他也并不觉得冷,不觉得疼。因为那些都是清醒人的意识,与醉了的他根本无关。有时候他的笔轻轻一转,一条方形的鱼便顺势游了过来。那些鱼有的似乎长了脖子,能屈能伸,还有的似乎长了翅,能扑能飞。特别是一些转动的白眼珠子,他们从人的眼眶里搬过来。在一条鱼和一只老鹰那儿出现。如此一来,一些遗民的情绪很容易的便予以隐藏。没有谁会去追究一条鱼是否有复辟的想法。此时的朱耷,从内到外,把整个自己隐藏在了笔底,他像一滴墨融入另一滴墨里,之前之后的他,根本没有谁能够分辨出来。

现在既然抓住了这一根隐身草，那么就意味着再没有必要成天待在寺庙里扫地、打坐、念经。尽管他当初很无辜地被时代套上了一段又苦、又辣、又酸、又涩的遭遇,但生命曾经也赐给过他一只舌头,一双眼睛与一个性别。现在他有了这一根隐身草的庇护,那么就得好好地到世俗里去让舌头尝一尝酒味,大饱大饱眼福,然后释放掉一点多余的荷尔蒙激素。他在南昌绳金塔附近的巷子里一边饮酒，一边把一枚愤世的眼珠子藏入鱼的眼眶。有时候他也在茶室酒肆的附近摆一张木头桌子，很随意地要上两笔。很快的,一些过路人就围拢过来,他们看到这一杆笔在纸上飞,很好奇,然后就有一块石头像蘑菇云似的立在那。偶尔有一只鹰也从纸上蹿出来,样子缩颈、鼓腹、弓背、露出一足。可是没有谁敢往那只鹰的眼睛里看——因为但凡谁看它,它就睥睨谁。旁观的人,皱着眉头觉得这个画家十分的古怪。但谁也没有想到,朱耷在这张木头桌子上,一次一次地抒发着自己的亡国恨。于是他凭借这一支神笔,既做了隐士,又成了画家,另外还当起了勇敢的复仇者,并且还满足自己作为人的种种与生俱来的欲望。

当他第二回摒绝尘世,生命晃眼间,已经转到了第三个本命年。这时候他头上的戒疤与周围青色头皮也已经模糊成了一片，笔和他也成了一个整体。有时候笔被藏于袖管,有时就索性被作为发簪子。这回他绝尘而去。并不是为了保全性命。好像自从有了这一杆笔,朱由桵这个人就彻底消失了。原来的朱由桵已经完全被朱耷覆盖了。但世间并没有谁要去抓捕朱耷,他躲不躲山林,完全随他自己的便。不过他最终还是搬出了城市,把栖居地选择在了城郊十五公里的天宁观。如果说第一次出尘,是为了避免那把大刀的杀戮,避免朱家的命根子被无端地砍断,那么这一次,就完全是因为世俗里的喧闹妨碍了他神笔的自由发挥。可是,不管怎样,这时候的朱耷,早已经成了一个堂而皇之的隐者。让他成为隐者的资本,便是他神笔下面的那一幅幅生动的禽鸟图与飘逸的墨荷。因为这一些活灵活现、趣味横生的画幅,可以直接拿到市场上去卖,仅仅卖画的钱,就可以解决他的生活日用。确切地说,他之所以能够把自己隐起来,这也可算是前提基础,也就是说,他再也不必为每日的开销用度愁眉不展了。就像鲁迅讲的,但凡隐总是与享福有些关联的,至少不必十分挣扎地谋生,颇有些悠闲的余裕。现在这一杆笔,使他不再需要四处逃生,甚至还可以在屋前屋后种上几棵菊,养上几只八哥儿,然后在摇椅上很香地睡上一个午觉,醒来静观天空游云的变化。

这个时候的天宁观,也不完全是一所道观了,它还充当起朱耷的私人画室。但考虑到这个道观的根气实在是太深了,不但晋代的许逊治水在这里开辟过道场,周灵王的儿子还在这里炼过丹,它与周围的环境相互渗透着,这么些年来,一直保持着千丝万缕的联系。在地底下,有它的一个巨大的道场,这个场,就像庄子的那条鱼,其广数千里,它向东西南北不知道延伸有几千里远。所以,无论怎样,之前既然已经是一个道院了,那么现在就得保持住它道院的身份。

可是朱耷觉得"天宁观"这个名字,那是再也不能用了。因为,"天宁观"是当年宋仁宗敕赐的,从某个角度上说,它带着皇帝某种政治上的期盼,而天下一直是污糟糟的,从来就没有真正地太平过。可是不叫天宁观那又叫什么好呢?意念从他的眉宇间一闪而过,他想起了吕纯阳驾青云来降的神话,索性就把它命名为青云谱。青云谱的出现,使朱耷一下子变成了一个道长。当然也还有人称他为“画画的”。但不管别人怎么称呼,朱由桵这个名字都像一枚刺青一样,刺在他的背上,猛然间使他疯病人似的抽痛一阵,这种痛让他一时间咬牙切齿,手脚抽搐。一抽搐,他就想把一杆笔给抓过来,然后在纸上悠悠忽忽地涂抹一阵。纸在他的手上旋转着,道观周围的水田、池塘、阡陌、农舍、禽鸟、荷、菊、石头全部被卷入它的水墨里。纸上看起来有强大的气流经过,呼呼作响,但是等他的笔一旦停下来,一块石头,一只芦雁,还是那么的安静从容,一点儿也不让人觉得激烈,根本觉察不到曾经有飙风从纸面经过的痕迹。

这时候尽管画幅里的每一个形象都可以轻而易举地在附近找到,但是找到了,一看,又觉得很不像。譬如自然中怎么可能存在瞪眼看人的水鸟呢?鱼又怎么可能是鼓腹瞠目的呢?丑孔雀画得也太怪诞了!这一些,其实也无怪乎他,当年朱耷搬到这里的愿望,也只是想种一点点花,养几只鸟,好好地画点画。只是想把自己当一个闲人似的养起来。他以为但凡有了这一杆笔,不但能够把朱由桵这个人隐藏掉,还能够和古往今来的隐士一样优哉游哉,聊以卒岁,但事实告诉他不是。甲申年越走越远,但镜头却慢慢地拉到清晰的位置。清晰得让他简直想跳出来,捶胸顿足,说自己就是当年那个在南昌城里逛荡的朱由桵。但事实上不管他把朱由桵这个名字叫得有多么的响亮,也已经没有人在乎当年的那个他了。因为这时候,时间已经让外面的世界发生了微妙的变化,它让两种相互对峙的势力渐渐地趋于和解了。即便是坚持抗清这么多年的黄宗羲,也觉得自己这代人的仇恨没必要延续到下一辈人那里去,他把儿子托付给了清廷,希望他能够为清廷做一点儿事。因为“文化思想领袖”的这一暗示性的举措,导致了一种新的意识在遗民中很快地蔓延开了。现在外部的世界,让花甲之年的朱耷选择了还俗。世界说变就变了，他也觉得着实没有必要让自己继续隐下去,并且而今的朱由桵也已经不再是朝廷追捕的对象了,这么多年过去,他让无数的禽鸟替他直直地翻着白眼珠子,说实话也已经翻够了,他也很想让它们持青眼看看人,让一条变形夸张的鱼,回到它正常的状态去,在水里轻轻松松,自由来去。

编后记

散文常常被认作一种并不明显适于年轻人从事的文体。这种观点在有关散文的会议和论著中虽然很少被明确提出，但它和与其类似的“少不谈水浒，老不读三国”一样，在庙堂之高和江湖之远，潜滋暗长绵密发力，持续影响着散文的阅读乃至创作。

在传统文学批评和作家闲谈交际的边缘地带，“悔其少作”的说法可以视为以上观点的强援。此四字从浩如烟海灿若星汉的作家普遍经验出发，对“年轻的”散文作家作品强力“补刀”——长期致力于散文书写的作家，难道他的终作就注定是一本感忏式的随想录吗？

人，在时间中成长，如果我们还不能玄奥地站在所谓更高的“维度”——比如科幻作家特德·姜所描绘的那样——获得一种能够彻底颠覆对时间认知的全新语言，我们或许就必须面对以上江湖与庙堂双重加持的对散文的认识，尽管它看起来并不那么——正式。

“什么样的经验更值得书写？”在这个问题上，年长一些的人站在了批判与扬弃的更高处——这既是事实，也是合理的。

然而这种认知之所以显得不那么“正式”，是因为在悔其少作的作家个人体验之外，在更大的写作人群和更长的时间跨度中，它的描述渐渐显得不再适用。如我们所知,“经传注疏”的写作传统对文字历史而言,其时间跨度可谓地老天荒。在这个传统中,作为起点的孔子,选择以“温柔敦厚”“思无邪”作为标准,对书写对象与书写内容进行甄别筛选,写下其认为最具书写价值的东西。

不过,大成至圣先师的书写价值观也迅速漫漶在时间的洪流之中。在时间和写作造成的固有的、愈来愈大的意义裂隙里,传与注疏相继萌发,蓬勃生长,甚或最终更改了传统的价值与意义走向。需要强调的是,在对既有经典《易》进行书写时,孔子本人,也同时成为“传”方式的源头。

书写内容与对象价值的高下之判难于明辨,但确定存在。用散文方式进行书写的个体,因经验阅历的积累不同,造成理性认识的完善程度相异,也同样毋庸讳言。但就作为整体的传统或体系而言,经传注疏之间实无高下之别。后来者或齿若者,拥有同等的书写价值和发声权利。我们也越来越明白地知道,在记录全景式的“当下”以及更“切痛”的情感体验方面,他们“临场即景”的书写,为历史捕捉下了更多的东西——在巨大的时间之中,在如此众多令人叹惋的稍纵即逝面前。

2018 年 5 月 28 日,宇航员阿兰·比恩辞世,在登月一域,他是第四个吃螃蟹的人,因为没有在同休斯敦的通话中留下名言金句,很多地球同胞对他几无所知。但,在他身去之后,这个地球上能为我们讲述登月经历的,就只剩下四个人了。

《散文》编辑部